Salgues

LETTRES

5 891

150

D'UN

Aumonier Curentuin

AUMONIER MILITAIRE

7537

EN 1870 ET 1871

RODEZ

Imprimerie E. CARRÈRE, Libraire

—

1891

LETTRES

D'UN

AUMONIER MILITAIRE

EN 1870 ET 1871

LETTRES

D'UN

AUMONIER MILITAIRE

EN 1870 ET 1871

RODEZ

Imprimerie E. CARRÈRE, Libraire

1891

Rodez, 15 mars 1889.

Mon bien cher ami,

Je vous réitère mes félicitations pour la publication de vos lettres de 1870-1871.

Je les lis avec beaucoup d'intérêt. Vous y montrez parfaitement l'esprit de dévouement, de discipline, de sacrifice, de courage de nos excellents mobiles ; mais ce qui est très touchant et que chacune des lignes de vos lettres atteste, sans que vous paraissiez vous en douter, c'est votre dévouement absolu pour ces jeunes gens, votre abnégation, votre générosité et la simplicité avec laquelle vous vous associez à tous leurs dangers, leurs privations, leurs cruelles souffrances.

Je vous prie de recevoir l'expression de mes sentiments dévoués et affectueux en N.-S. J.-C.

L'abbé ALAZARD,
Rédacteur de la REVUE RELIGIEUSE.

———

Dans le n° du 23 mai 1890, de l'*Aveyronnais* on lisait :

« Sous le titre : *Lettres d'un Aumônier militaire en 1870 et 1871*, M. l'abbé Dalquié, ancien aumônier des mobiles de l'Aveyron, publie chaque semaine, depuis deux ans, dans la *Gazette de l'Aveyron*, les lettres qu'il écrivait à ses amis ou aux parents des mobiles pendant la campagne de 1870-71 et qu'il a pu retrouver, ainsi que des lettres qu'il a lui-même reçues.

» Sur la demande d'un grand nombre de personnes, ces

lettres ont été réunies en volume, dont la composition approche de son terme et qui paraîtra dans les premiers jours du mois prochain. Nous ne doutons pas du vif intérêt avec lequel il sera lu, non seulement par les familles des mobiles, mais encore par tous les Aveyronnais.

» Ils y trouveront, en effet, le récit émouvant des péripéties que traversèrent les mobiles Aveyronnais pendant cette funeste campagne, des qualités dont ils firent preuve, des souffrances qu'ils endurèrent et des services, trop vite oubliés, qu'ils rendirent.

» Nécessairement amené, dans ces Lettres, à parler de Garibaldi, dans le corps d'armée duquel avaient été placés les mobiles Aveyronnais, M. Dalquié se livre à une étude complète sur ce personnage. Il démontre, avec documents à l'appui, l'impéritie et la lâcheté dont le condottiere italien fit preuve dans cette campagne, qui resta, par sa faute, inutile pour la défense nationale. Les détails et les témoignages qu'il produit ne peuvent qu'achever de dissiper la légende que les partisans de Garibaldi avaient tenté de créer autour de lui.

» Les récits de l'abbé Dalquié ont le mérite d'avoir été faits par un témoin oculaire, ou plutôt par un acteur de la lutte ; car c'est sur le champ de bataille et dans les ambulances, où il prodiguait aux mobiles, avec un infatigable dévouement, les secours de son ministère, que le vaillant aumônier écrivait ses Lettres.

» Qu'on ne dise pas que cette publication est tardive. Au moment où vient de commencer l'application de la nouvelle loi militaire qui oblige tous les Français à passer sous les drapeaux, les jeunes Aveyronnais ne peuvent lire qu'avec intérêt et avec fruit le récit de la campagne de nos mobiles et s'inspirer de la conduite par laquelle ils soutinrent dignement l'honneur du nom Aveyronnais, en affirmant leur foi religieuse et leur esprit de discipline en même temps que leur patriotisme et leur courage militaire.

» Qu'on ne dise pas non plus que la publication des *Lettres d'un Aumônier* dans la *Gazette* a affaibli l'intérêt qu'offre le volume. Les articles isolés d'un journal échappent à beaucoup de lecteurs et ne se conservent pas. De plus, le volume contiendra beaucoup de Lettres qui n'ont pas paru dans le journal.

» Il a sa place indiquée dans la bibliothèque de toutes les familles aveyronnaises. »

Bénédiction et remise du drapeau des Mobiles de l'Aveyron par Monseigneur Delalle, à Rodez, avant le départ.

Voici en quels termes la *Revue religieuse* rend compte de cette touchante cérémonie :

Mercredi dernier, le 2° bataillon (Millau et St-Affrique) de la garde mobile de l'Aveyron, a fait son entrée à Rodez et s'est arrêté dans la rue du Terral, devant la cathédrale. M. le Préfet suivi du Conseil municipal de la ville, le chapitre, les vicaires généraux et Monseigneur qui a voulu, malgré son état de souffrance, présider la cérémonie de la bénédiction du drapeau, offert par les dames de Rodez, n'ont pas tardé à venir prendre place sur la plate-forme qui précède l'entrée de l'église. L'orphéon a ouvert la cérémonie par l'exécution très applaudie du cœur des *Paysans*, de Saintis. Aussitôt après, Monseigneur, s'est levé et a prononcé la touchante improvisation dont nous essayons de donner à peu près le texte :

« Gardes mobiles, chers enfants de l'Aveyron,

» Un grand roi qui fut en même temps un grand guerrier et un grand prophète, le roi David, a dit dans un de ses psaumes : *Nisi Dominus œdificaverit domum, in vanum laboraverunt qui œdificant eam*; si Dieu n'édifie pas la maison, ceux qui la construisent s'épuisent en vains efforts : *Nisi dominus custodierit civitatem frustra vigilat qui custodit eam*; si Dieu ne garde la cité, c'est-à-dire la patrie, c'est en vain que veille celui qui est préposé à sa garde. Ces paroles signifient que dans toutes les grandes entreprises et tous les grands périls l'homme doit élever sa pensée vers Dieu pour lui demander son secours.

» Je n'ai pas la tâche d'exciter votre bravoure ni de souffler dans vos âmes la flamme du patriotisme, ce serait inutilement; car vous avez hérité du courage viril de vos ancêtres, les Rouergats. Mais je veux vous rappeler une vérité de tous les temps, c'est que sans le secours d'en Haut la force de l'homme est toujours impuissante. Il y a un vieux proverbe qui dit : *Aide-toi et le ciel t'aidera*, ce qui suppose bien qu'alors même que l'homme fait tout ce qu'il peut, il doit demander à Dieu ce qu'il ne peut pas.

» C'est pourquoi, dans tous les temps, la religion est intervenue par ses prières et ses bénédictions pour assurer le succès des défenseurs de la patrie.

» Vous allez combattre, pour le salut de la France, l'ennemi dont la présence souille son territoire et c'est pour cela que nous vous bénissons au nom de l'Eglise en bénissant votre drapeau, qui est l'emblème de l'honneur et de la patrie. A ce titre, il vous sera toujours cher, il a été offert à votre régiment par les dames de Rodez, qui ont voulu témoigner ainsi en votre faveur d'une tendresse toute maternelle. Il vous rappellera donc le souvenir du foyer paternel, et c'est ce qui doit vous le rendre encore plus précieux. Il vous suivra partout et en combattant à son ombre vous n'oublierez pas, mes enfants, que, selon la formule des anciens Romains, vous combattez *pro aris et focis*, pour vos autels et pour votre foyer, ces deux choses saintes qui résument la patrie.

» Quand nous aurons béni ce drapeau, nous le remettrons aux mains de celui qui est chargé de le porter haut et ferme et nous lui donnerons l'accolade conformément au rit de la cérémonie, ce qui indique l'union intime qui existe entre la religion et l'armée, entre la croix et l'épée.

» Nous espérons qu'un jour vous le rapporterez glorieux et triomphant parmi vos concitoyens qui, aujourd'hui, vous contemplent, en faisant les mêmes vœux, et qui vous salueront alors comme les libérateurs de la France. »

Le discours fini, on a procédé à la bénédiction du drapeau, que Monseigneur a remis au sous-lieutenant Villa, chargé de le porter, en lui donnant l'accolade de l'affection chrétienne. Ensuite, M. le Préfet a prononcé, d'une voix pleine d'émotion patriotique, l'allocution suivante :

« Mobiles de l'Aveyron,

» Je suis heureux de m'associer à la gracieuse attention des dames de Rodez qui ont voulu vous offrir un drapeau.

» Ce sont des mères, des épouses, qui se sont cotisées pour donner aux enfants de l'Aveyron comme une expression vivante de leur sympathie.

» En voyant flotter cet étendard au-dessus de vos têtes, vous vous rappellerez le pays natal, les foyers que vous quittez pour les protéger contre l'invasion de l'ennemi ; vous aurez sans cesse présentes à la mémoire vos mères, vos épouses, vos sœurs, dont les cœurs vous suivent ; vous serez enflammés d'ardeur et de courage à l'idée que c'est pour les sauver que vous allez combattre.

» Le département tout entier vous accompagne de ses vœux et plus que jamais je suis fier en ce moment de l'insigne honneur qui me permet d'être ici son organe.

» Allez donc, jeunes guerriers, allez venger les mères t les femmes qui pleurent leurs enfants et leurs maris égorgés ; allez aider notre brave armée à sauver la France, et la République ratifiera ce qui est aujourd'hui dans nos bouches : Honneur aux mobiles de l'Aveyron ! »

Après ce discours, M. Devert, colonel de la garde mobile, a pris la parole, et en quelques mots bien sentis a remercié en son nom et au nom de son régiment Monseigneur. M. le Préfet, les Dames qui avaient offert le drapeau et toute la sympathique assistance. Enfin, le défilé du départ a commencé au milieu de l'émotion générale de l'immense foule qui a accompagné le régiment jusqu'à la gare.

DIOCÉSE DE RODEZ

Louis-Auguste Delalle, par la miséricorde divine et la grâce du saint-siège apostolique, évêque de Rodez, conformément au désir qui nous a été manifesté de la part des militaires gardes mobiles du département de l'Aveyron, formant le 42e régiment de ligne, de la part de leurs familles chrétiennes et avec l'assentiment des chefs de ce corps, nous avons décidé de lui assigner.

comme aumônier, afin de les accompagner sur les champs de bataille, Monsieur Pierre-Jean Dalquié, prêtre de la Compagnie de nos missionnaires diocésains, parce qu'il réunit les qualités désirables pour l'exercice de ce ministère de dévouement, pieux et patriotique.

Nous recommandons cet excellent ecclésiastique à la bienveillance de Monsieur le Colonel et de Messieurs les officiers, ainsi qu'à l'administration militaire des subsistances.

Nous le recommandons aussi à la bonté de Nos Seigneurs les Evêques auxquels il aura l'honneur de se présenter pour obtenir les permissions et pouvoirs nécessaires à l'accomplissement de ses fonctions dans leurs diocèses respectifs.

Rodez, le 23 septembre 1870.

† LOUIS,
Evêque de Rodez.

AU LECTEUR

C'est aux pressantes et vives instances d'un de mes amis que je me suis enfin décidé, dix-huit ans après la terrible campagne, à livrer au public les nombreuses lettres qui sont contenues dans ce volume. Ecrites toutes du théâtre de la guerre, elles sont adressées, les unes à ma famille, les autres aux parents des victimes et le plus grand nombre à M. l'abbé Boyer, curé de Saint-Martin, qui, avant notre départ de l'Aveyron, s'était occupé, avec ce zèle et ce dévouement admirables que tout le monde lui connaît, de deux de nos bataillons pendant tout leur séjour à Millau.

Comme on le comprendra très bien, ces lettres, faites à temps perdu, au premier moment que je pouvais soustraire à mon ministère de charité auquel les heures de la journée ne suffisaient pas toujours, ces lettres, dis-je, faites sur le premier morceau de papier venu, au galop du crayon, le plus souvent sous la tente ou tout droit, en marchant, sur les chemins de la guerre, ne pouvaient être évidemment que fort décousues et laisser beaucoup à désirer au point de vue du style et de la forme. C'était la nature prise un peu dans son négligé ! C'était le cœur qui parlait et se répandait dans celui d'un parent, d'un ami, dans la plus intime franchise !

Il est vrai que c'est peut-être là le plus grand mérite de ces récits, de ces détails qu'on a bien voulu conserver et remettre en nos mains pour en faire un recueil qui aura bien, je crois, quelque intérêt puisqu'il résume, à peu près, tout ce qui s'est passé de plus intéressant pendant cette malheureuse campagne dans les pays que nous avons parcourus.

Toutes ces lettres, qui font honneur à notre pays, ont un côté moral et, à ce point de vue, elles peuvent être lues avec utilité et profit. Elles prouveront, du moins, qu'un aumônier militaire n'est pas inutile dans un régiment et qu'il peut, non seulement au point de vue religieux et moral, mais encore au point de vue matériel, rendre de grands services aux soldats et à la Patrie.

Puissent-elles inspirer aux jeunes gens qui les liront des sentiments semblables à ceux qui ont animé nos chers mobiles pendant toute la guerre !

Voici maintenant la lettre qu'a bien voulu nous écrire, au commencement du mois de juin dernier, notre excellent ami M. l'abbé Boyer et à laquelle nous venons de faire allusion :

MON CHER AMI,

En visitant, ces jours derniers, mes petites archives, j'ai retrouvé les nombreuses lettres que vous m'adressiez pendant la terrible guerre de 1870. Lorsque je vous remis les mobiles des arrondissements de Millau et de Saint-Affrique, que j'avais eu la consolation de soigner pendant un gros mois, vous me promites de me tenir au courant, autant que possible, des diverses phases de la campagne. Vous fûtes fidèle à votre promesse, et en revoyant aujourd'hui ces lettres, écrites les unes à la plume les autres au crayon, il m'est venu à la pensée que vous devriez bien les réunir en un petit volume qui ne manquerait pas d'intérêt. Il y a plus : ne croyez-vous pas, cher ami, que la lecture de ces diverses lettres serait autrement intéressante, pour les lecteurs de la *Gazette de l'Aveyron*, que bien des articles que l'on rencontre dans votre petit journal ? Je suis, vous le savez, un de vos plus anciens et plus fidèles abonnés ; eh bien, je crois que tout le monde suivra, avec plaisir, cette publication. Aussi, je n'hésite pas à vous communiquer la petite liasse que j'ai jusqu'ici conservée.

Nos anciens mobiles, qui ont gardé un si bon souvenir de leur brave aumônier, les bons habitants des nombreuses paroisses que vous avez évangélisés avec tant de dévouement et de succès, seront tous heureux de lire, dans votre journal, le récit des aventures auxquelles eux ou leurs enfants ont été mêlés avec vous.

Vous devez cette satisfaction à ces pauvres soldats qui

ont été avec vous au devoir et à l'honneur, et que l'aveugle fortune a si mal récompensés : et au milieu des détails navrants que vous donniez sur la situation véritable de notre France, alors si malheureuse, sur les causes multiples de nos défaites et de nos désastres, la mère de famille à qui il n'a pas été donné de revoir son enfant, à l'heure de la paix, éprouvera la plus douce consolation en lisant que son fils est mort, en bon chrétien, dans les bras de ce prêtre en qui Dieu mit le cœur et le dévouement d'un véritable aumônier militaire.

A l'œuvre donc, mon bon ami, et au lieu de vous laisser arrêter par le désir de vivre inconnu et ignoré, hâtez-vous de faire paraître, au grand jour, ces documents, qui seront une belle page pour la gloire de nos braves mobiles, et l'honneur de l'Eglise et du sacerdoce, qui savent enfanter les plus beaux dévouements.

Adieu ; votre bien dévoué en N. S.

C. BOYER,
Curé de Saint-Martin, de Millau.

Il répugne toujours de se mettre soi-même en scène et de faire par là même indirectement son propre éloge. C'est uniquement ce motif qui m'a fait différer, jusqu'à ce jour, cette publication.

On voudra bien m'excuser en pensant que ces lettres, tout intimes, n'avaient pas été écrites pour être données au public.

L'abbé DALQUIÉ, Missionnaire,
Ex-Aumônier des Mobiles de l'Aveyron.

LETTRES

D'UN AUMONIER MILITAIRE

en 1870 et 1871

I

Autun, 20 décembre 1870.

Bien cher ami,

La petite vérole continue à faire de grands ravages dans notre régiment. Partout, les hôpitaux et les ambulances en sont remplis. J'y amène ces pauvres jeunes gens et, le lendemain, à ma visite, je ne les reconnais plus ! Ce sont des têtes monstrueuses ! et figurez-vous de nombreuses salles, immenses, toutes remplies de pareils malades ! C'est vraiment affreux à voir ! Il n'y a que la charité chrétienne et l'amour des âmes qui puissent retenir un homme auprès de ces couches infectes ! Le premier jour j'éprouvais, tout naturellement, un peu de répugnance et d'appréhension ; mais cela n'a pas été de longue durée ; aujourd'hui je puis, sans répugnance aucune, et, sans crainte de prendre la maladie,

les lever, les coucher, les manipuler, avec le
calme et le sang-froid d'une vieille sœur de
charité.

A Autun, nous avons perdu beaucoup de
monde depuis quinze jours que nous y sommes.
J'ai enterré, en moyenne, par jour, trois de nos
pauvres jeunes gens. Je tiens, autant que possible, à faire moi-même cette triste corvée. Plusieurs, du reste, me le demandent avant de
mourir. Pourrais-je refuser de leur rendre ce
pieux et dernier devoir d'ami! Ce qui me console, au milieu des fatigues et des souffrance
morales et physiques de la guerre, c'est que ces
pauvres enfants meurent tous en bons chrétiens,
étant ordinairement les premiers à demander à
se confesser et à être administrés! Partout, ils
sont un sujet d'édification pour les autres, et
leur exemple ne contribue pas peu à toucher et à
convertir d'autres malades, voisins de lit, et
élevés peut-être moins chrétiennement qu'eux.
Les bonnes sœurs qui leur prodiguent leurs
soins, avec tant de charité et de dévouement,
sont dans l'admiration à la vue de si bons sentiments et d'une résignation si chrétienne en face
de la mort. Leurs parents pourraient bien peut-
être leur témoigner une affection plus sensible,
mais ils ne les soigneraient ni mieux, ni même
aussi bien.

Je tiens à les voir, au moins, une fois par

jour', ce qui me donne beaucoup de peine, étant obligé d'être en course toute la journée et une partie de la nuit, car les ambulances sont très nombreuses et disséminées dans tous les quartiers de la ville. Et j'ai des varioleux partout.

Lorsqu'on est malade et aux portes du tombeau, à plus de 600 kilomètres de son pays, loin de tous les siens, on est heureux, même au milieu de la souffrance, de voir, à côté de son chevet, un ami qu'on connaît, un prêtre de son pays, qui vous encourage, qui vous console, qui vous soigne de ses propres mains et auquel vous pouvez confier tous les secrets de votre cœur et découvrir, en toute confiance, pour qu'il les guérisse, toutes les plaies de votre âme, avant le départ pour le grand voyage dont l'on ne revient pas! Il n'y a que ceux qui ont eu le bonheur d'être élevés sur les genoux d'une mère vraiment chrétienne qui puissent s'en faire une idée et la comprendre!

Je tiens, autant que faire se peut, à les confesser et à les administrer moi-même et surtout à me trouver à côté de leur lit, au dernier moment, car je sais que leurs pauvres parents ne manqueront pas de me demander s'ils ont reçu les derniers sacrements. Ce sera une bien grande consolation, pour eux, d'apprendre, par une lettre ou de ma propre bouche, que leurs chers enfants ont eu tous les secours et toutes les con-

solations de la religion , et que je leur ai fermé
moi-même les yeux après leur avoir ouvert les
portes du ciel ! Et puis, ces pauvres enfants,
avant de rendre le dernier soupir, aiment à me
parler, encore une fois, de ceux qu'ils ont tant
aimés : de leur père, de leur tendre mère, de
leurs bien-aimés frères, et de leur transmettre
leurs derniers adieux et le *au revoir* dans la céleste patrie.

Ah ! c'est bien dans ces circonstances pénibles
qu'on connaît tout le prix d'une bonne éducation chrétienne ! On n'oublie jamais une mère
qui vous a enfanté deux fois : à la vie de la terre
et à la vie du ciel !

Je me souviendrai, tant que je vivrai, d'une
bien touchante scène dont j'ai été le témoin,
l'un de ces derniers jours. Je venais de donner
le *saint viatique* à un de nos mobiles de la montagne, à un excellent jeune homme de la paroisse de Mandailles, qui m'avait singulièrement
édifié par la vivacité de sa foi et la délicatesse
de ses sentiments religieux. Après s'être entre-
tenu, quelques instants, avec son Dieu, dans le
silence et le recueillement de l'âme qui est sur
le point de faire le dernier sacrifice de ce monde,
il souleva péniblement sa tête et s'adressant aux
nombreux mobiles qui, à ce moment, entou-
raient son chevet, il s'écrie d'une voix accen-
tuée, et, en patois de son pays : Et ma pauvre

mère ! la pauvre femme ! elle est déjà avancée
en âge ! que va-t-elle devenir ? Elle n'avait que
moi pour gagner son pain et la consoler dans sa
vieillesse ! elle devait avoir un pressentiment de
ma mort prochaine, car elle ne voulait me laisser partir, et, pour m'arracher à ses étreintes,
il me fallut lui mentir et lui faire croire que
j'allais à la foire de Saint-Chély et que je ren-
trerais le soir ! pauvre mère ! elle va, sans doute,
mourir de douleur et de chagrin en apprenant
ma mort ! Et, tournant alors les yeux vers moi,
le pauvre enfant ajouta : Monsieur l'aumônier,
lorsque je ne serai plus de ce monde, veuillez
écrire à ma mère et lui faire savoir que je suis
mort en bon chrétien, avec tous les secours de
notre sainte religion et que vous m'avez vous-
même confessé et administré. Dites-lui que je
ne l'ai pas oubliée et que ma dernière parole,
avant de mourir, a été pour elle, et que je lui
donne rendez-vous dans le ciel ! Elle est si pieuse !
et il n'y a que ces pensées de la foi et de l'espé-
pérance du revoir, dans un meilleur monde, qui
puissent adoucir ses douleurs et la consoler !

S'adressant ensuite à ses compagnons d'armes,
il leur dit d'une voix mourante : Mes chers
amis, aimez et respectez votre mère, ne lui
faites jamais de la peine ! Je puis me rendre le
consolant témoignage que je n'ai jamais manqué
et fait de la peine à la mienne !

Jamais je n'ai entendu un sermon plus éloquent ! Nous versions tous des larmes ! Des sanglots sortaient de toutes les poitrines ! Et telle était ma propre émotion, qu'il me fallut quelques instants pour la maitriser et trouver des paroles en rapport avec les sentiments du mourant !

Une demi-heure après, ce cher enfant n'était plus de ce monde ; il avait rendu sa belle âme à Dieu et reçu la récompense méritée !

Heureuses les mères qui ont de tels enfants !

Tout à vous en N. S. J.-C.

DALQUIÉ.

Aumônier des mobiles de l'Aveyron,

II

Fontaine-les-Dijon.

Bien cher ami,

Après avoir passé une vingtaine de jours à Autun, nous en sommes repartis, hier au soir, par le chemin de fer. Nous sommes arrivés à Dijon (Côte-d'Or), à minuit, c'est-à-dire à une heure où il n'est pas facile, en temps de guerre et dans un pays déjà saturé de soldats français et prussiens, de trouver à se loger en ville! Aussi avons-nous pris le parti, avec mes deux ordonnances et quelques autres mobiles, de coucher dans la gare. Une couverture de campement étendue par terre, un sac de militaire pour oreiller et un manteau sur les épaules, tel fut notre lit. J'avoue que la nuit a été longue et que le jour s'est fait longtemps attendre. Il n'en pouvait être autrement! Après une journée de courses et de grandes fatigues à Autun, passer la nuit sur la dure, par un temps glacial et avec un petit vent du nord qui, sifflant sous une porte fermée, venait caresser nos oreilles, assez peu aimablement comme vous pouvez le penser, c'était raide!

Les premières lueurs du jour arrivant, nous ne nous sommes pas fait prier pour nous lever et partir, emportant notre lit pour une autre fois, car, en campagne, le matin, on ne sait pas toujours où on ira coucher le soir et si on aura un bon lit ou la tente. Il est vrai que ce que Dieu garde est bien gardé. Je me porte parfaitement bien, n'ayant pas eu une seule minute de maladie. Je suis si occupé et si absorbé par le soin de mes nombreux malades, que je n'ai guère le temps de penser à moi-même. Quelques heures d'un bon sommeil, de temps en temps, me refont de toutes mes fatigues ! Du reste, ce genre de ministère, bien que très pénible, me va, et, le remplissant avec goût et plaisir, je puis faire beaucoup de travail sans trop me fatiguer. Il faut dire aussi que lorsqu'on aime rien ne coûte et j'aime ces chers mobiles comme de véritables enfants !

Dans l'après-midi, nous avons quitté Dijon pour nous rendre à Fontaine, patrie de saint Bernard, à deux kilomètres à peine de la ville de St-Bénigne. Cette localité, peu importante, est située sur un petit mamelon qui domine la plaine. C'est au sommet que se trouvent la maison même de saint Bernard. Elle est encore bien conservée. Nous avons pu la visiter, ainsi que le petit lac où le pieux jeune homme allait se baigner pendant l'hiver pour mieux commander à son cœur et en être entièrement le maître.

L'hôtel de l'aumônier militaire, en campagne, est naturellement le presbytère. Je me présente donc avec plusieurs autres mobiles, armés comme moi d'un billet de logement, chez le vénérable curé de la paroisse. Quelle belle âme ! quelle bonne figure ! quel bon cœur de prêtre !

Il nous ouvre, toutes larges, ses portes, mais la bonne volonté et la générosité ne suffisent pas toujours. Pauvres enfants de l'Aveyron, s'écrie-t-il en nous voyant, que je suis heureux de vous donner l'hospitalité chez moi ! Vous m'avez l'air si bons, si braves ! Ma maison est la vôtre ! Installez-vous aussi bien que vous le pourrez dans mes appartements ! Tous mes lits sont à votre disposition.

Malheureusement, ajouta-t-il, vous ne passez pas les premiers. Ces misérables Prussiens sont passés avant vous et ont occupé Fontaine pendant plusieurs jours. Ils m'ont tout enlevé. Il ne me reste plus que quelques mauvaises raves qu'ils n'ont pas, sans doute, trouvé de leur goût et quelques bouteilles de bon vin qui ont échappé, comme par miracle, à leur voracité, et grâce aussi peut-être à mon bon saint Bernard, qui s'est souvenu des mobiles si catholiques de l'Aveyron !

Il faudra donc faire à la fortune du pot. Mais je vois que vous apportez du pain et de la viande qu'on vient de vous distribuer. Vous allez voir, nous aurons bientôt du fricot. Et aussitôt de crier : Catherine ? Catherine ? Et la voilà la bonne vieille qui arrive à la hâte ! Vite, ma fille, vite, montez la marmite et la poêle, allez prendre les raves et le vin à la cave. Voilà de la viande que portent ces bons militaires. Vite donc et tâchez de les régaler de votre mieux, et comme vous savez le faire lorsque vous êtes de bonne humeur. Ce ne sont pas des Prussiens ni des Garibaldiens ceux-là, ce sont des braves et honnêtes jeunes gens, car ils viennent des catholiques montagnes du Rouergue.

Catherine se met gaîment à l'ouvrage, et une heure après nous étions tous à table, à côté du vénérable vieillard qui nous donnait, de si bonne grâce, tout ce qu'il avait. Le fricot était excellent et le vin de Bourgogne encore meilleur. Depuis longtemps nous n'avions été aussi bien traités ! Ce fut un véritable régal et une heure de joie et de délicieuse gaîté qui nous firent oublier, pour quelques moments, et nos peines et nos souffrances et nos malheurs !

La nuit, passée dans un excellent lit, fut des plus douces et nous dédommagea bien amplement de celle qui l'avait précédée !

Nous allons partir pour Prénois et Darrois, éloignés, d'ici, d'une douzaine de kilomètres. En quittant Dijon, les Prussiens se sont dirigés de ce côté-là. Ils ne doivent pas être loin. C'est donc vers eux qu'on nous envoie. Nous ne pouvons pas tarder à les rencontrer et très proba-

blement il y aura, un de ces jours, du sérieux.
Dieu veuille que notre régiment, que nos pauvres mobiles n'aient pas trop à souffrir !

Du reste, nos chers Aveyronnais ont bonne
volonté et se montrent fort dociles. Malheureusement ils se trouvent, depuis le commencement de la campagne, dans de très mauvaises
conditions : mal armés, mal équipés, mal habillés. Leurs pantalons et vareuses, faits d'étoffes brûlées, tombent en lambeaux. Leurs souliers, sans doute de carton, restent dans la
neige. J'en vois qui me font vraiment pitié et
mal au cœur !

Comment pourraient-ils se battre avantageu-
sement avec de vieux fusils à aiguille, tout
rouillés, ratant la moitié du temps et ne portant
qu'à quelques mètres seulement, alors que les
ennemis, parfaitement bien équipés, peuvent,
avec leurs armes perfectionnées, tirer à 2,000
mètres. Cela n'empêche pas que notre général
en chef, le fameux Garibaldi, nous envoie, de
préférence, les premiers, au-devant des Prussiens. Est-ce pour sacrifier nos pauvres mobiles,
ou bien parce qu'il a plus de confiance en eux
qu'en d'autres? Nous l'ignorons.

Les effets d'habillement, que des personnes
charitables et dévouées nous envoient de l'Aveyron, ne nous arrivent pas. Je n'ai encore reçu

2

qu'un ballot de caleçons et de flanelles, que je
me suis hâté de distribuer aux plus nécessiteux.
Il y a un tel désordre partout que c'est impossible à dire. Il faudrait que les effets qui nous
sont destinés fussent accompagnés par une personne de confiance jusqu'à destination. Dans les
gares, les employés sont débordés et ne sont plus
les maîtres. On fait au plus hardi et au plus
fort! Les Garibaldiens ont ici la réputation,
bien méritée je crois, d'aller à l'arrivée des divers trains et de faire main-basse sur tout ce qui
peut leur aller. S'ils n'en ont pas besoin pour
eux-mêmes, ils en font de l'argent. Vous voyez
si c'est consolant et encourageant! Daigne celui
d'en haut venir à notre aide!

    Votre tout dévoué,

DALQUIÉ.

———

III

Dijon , 23 janvier 1871.

Bien cher ami ,

Dans votre dernière lettre vous me demandez si les mobiles de l'Aveyron montrent du courage devant l'ennemi , et si , au contraire , le bruit de la fusillade n'effraye pas ces soldats improvisés, au point de leur faire prendre la fuite. Je puis vous renseigner parfaitement bien là-dessus. Je les ai vus , moi-même à l'œuvre , encore dans la journée d'hier, et je puis vous assurer que. sans aimer la poudre plus qu'il ne convient , ils sont cependant de braves militaires, n'étant ni moins disciplinés , ni moins courageux que les autres devant les Prussiens. En voulez-vous une preuve incontestable? La voici , en toute simplicité et franchise :

Avant-hier, vers midi, les Prussiens, au nombre de 4,000 environ , sont, tout à coup , sortis des bois, du côté du Val-de-Suzon, pour tomber à l'improviste sur nous. Que pouvait faire une poignée de mobiles sans expérience , avec des fusils à aiguille et sans canons contre un ennemi bien supérieur en nombre , armé de fusils à longue portée, ayant 12 pièces de canon et une puissante cavalerie à son service? S'opiniâtrer à résister quand même, c'eût été une véritable folie! C'eût été vouloir se faire écraser à pure perte pour soi et pour la France! Sans compter que les Aveyronnais étaient seuls de ce côté-là, et qu'il ne pouvait nous arriver du secours que du côté de Dijon, distant de 12 kilomètres au moins. Il n'y avait donc qu'un seul parti à prendre : c'était de battre en retraite du côté des troupes françaises tout en profitant des divers accidents de terrain pour retarder la marche de l'ennemi en lui faisant le plus de mal possible sans éprouver de pertes sérieuses soi-même! C'est ce qui fut fait, et encore Dieu sait à quel prix! un nombre considérable des nôtres étant restés sur le carreau, sur la route de Darrois à Talant.

J'avais oublié de vous dire, et c'est ici que vous allez juger de nos braves mobiles, que nous avions laissé, en quittant Fontaine, une compagnie des nôtres, de 100 hommes environ, à Daix, petit village de la banlieue de Dijon. A peine la nouvelle de l'arrivée des Prussiens est-elle parvenue au quartier-général, que le général Bossack-Kauké, polonais d'origine, et servant, en qualité de volontaire, dans la division des garibaldiens, se met à la tête de notre compagnie de Daix, qu'il rencontre, par hasard, sur son chemin, et marche, avec elle, droit à l'ennemi. C'était de sa part, moins un acte de courage qu'une folie, qu'une coupable audace, qu'il paya bien cher avec nos pauvres mobiles!

Tout le monde battait en retraite et lui, bravant, sans le moindre espoir de succès, le danger, s'avance avec cette centaine d'hommes, à quelques pas de l'ennemi, à découvert, au milieu d'une grêle de balles, et sans même se déployer en tirailleurs, comme l'aurait demandé la position !

Nous les voyons passer au milieu de nos rangs en désordre, comme des êtres humains qu'on irait conduire à une boucherie; car, à ce moment, la fusillade était des mieux nourries! Nos craintes n'étaient malheureusement que trop bien fondées! A quelques pas de nous, nous voyons tomber, le premier, criblé de balles, l'imprudent et audacieux général. Vingt-sept hommes de la compagnie, sans compter les blessés, tombent morts à côté de lui. De ce nombre est le sergent Ray, de La Capelle-Bleys, qui, en passant près de moi, une minute avant, m'avait donné, à la hâte, une poignée de main. Le capitaine Dardenne, qui se trouvait à côté de lui, le relève, le reçoit dans ses bras; mais tout soin est inutile : la mort a été instantanée.

Dans l'impossibilité de pouvoir emporter, avec nous, ces pauvres morts, nous devons nous résigner, avec un mortel regret, à les laisser sur le champ de bataille. On comprendra que nous en ayons assez avec les blessés. Journée des plus terribles! Nuit des plus affreuses! Ce ne fut que le surlendemain, et seulement lorsque les Prussiens eurent abandonné leurs positions, que nous pûmes aller à leur recherche. Nous les trouvâmes étendus sur la neige teinte de leur sang. Leur figure, grâce, sans doute, à un froid intense, loin d'être décomposée, n'avait rien, en apparence, des hideux ravages de la mort naturelle ! Elles avaient même conservé un espèce de teint naturel qui faisait qu'on les manipulait comme des amis en vie, sans répugnance aucune.

Pauvres enfants ! Vous mettre, sans formuler une seule plainte, à la suite d'un chef que vous ne connaissiez pas ! Marcher mal armés, au milieu de la mitraille, à quelque pas d'un ennemi puissant, habitué à la victoire, et avec la conviction peut-être que vous alliez à une mort certaine ! N'est-ce pas là de la vaillance ? N'est-ce pas là du vrai courage ?

Et les troupes régulières et les vieux soldats en auraient-ils fait davantage ? Nous ne le pensons pas ! Morts ou blessés, c'est plus que la moitié de la compagnie qui a été victime de sa bravoure !

Il n'y a que de bons chrétiens, des hommes de religion et de conscience, convaincus de l'existence d'une vie meilleure par delà la tombe, qui puissent ainsi s'exposer au danger et sacrifier généreusement leur vie !

Pour mieux nous assurer de leur identité et

pouvoir leur donner une sépulture honorable et chrétienne, je les fis porter, avec l'aide des bons Frères de Dijon, dans l'une des salles de l'hospice de la ville.

J'ai le cœur bien gros de toutes ces terribles émotions! Et comme vous le comprenez, sans peine, c'est avec la tristesse et la douleur dans l'âme que je trace ces quelques lignes, que vous lirez, je n'en doute pas, avec un vif mais douloureux intérêt!

Priez, bien cher ami, et faites prier beaucoup pour les chères âmes de ces braves Aveyronnais qui sont tombés, avec tant d'honneur, sur le champ de bataille et auxquels le bon Dieu tiendra, bien sûr, un juste compte de tant de sacrifices faits pour lui et du sang versé pour la Patrie!

Au premier moment libre, je vous rendrai compte de ce triage des nôtres, de cette revue des morts que je viens de faire avec mes deux ordonnances dans la susdite salle de l'hospice. Nous venons de terminer cette pénible corvée. Nous en avons encore les mains toutes ensanglantées. J'ai pu les reconnaître tous.

Je vous parlerai aussi de la cérémonie de sépulture. Je tiens à la faire moi-même. Ce sera une consolation pour moi et pour les pauvres parents surtout. Il y aura un convoi de 27 à la fois, et tous de nos chers compatriotes.

Si ma prochaine lettre se fait un peu attendre, vous ne m'en voudrez pas, car vous ne trouverez pas mauvais que je fasse passer avant vous ces malheureux parents qui ignorent, sans doute encore, le triste sort des leurs !

Je leur dois à tous, en leur annonçant la terrible nouvelle, quelques lignes de condoléance et de consolation chrétienne ! Ces pauvres mères ont dû prier beaucoup pour leurs chers enfants ! Après avoir donné cours aux larmes et à la douleur, elles seront si heureuses, ne pouvant les revoir au foyer paternel, d'apprendre, au moins, qu'ils sont morts en braves soldats et en bons chrétiens ! J'ai entre mes mains plusieurs lettres reçues ces jours derniers, dans lesquelles on me demande des nouvelles de ceux qui ne sont plus ! Ce sont des devoirs bien pénibles à remplir ! Le cœur n'y tient pas ! Et il faut avoir une bonne dose d'énergie pour conserver son calme et son sang-froid.

Tout à vous en N. S. J.-C.

DALQUIÉ.

IV

Darrois, 19 janvier 1871.

Bien cher ami,

Nous sommes à Darrois, à quelques kilomètres de Dijon. D'après ce que j'entends dire çà et là, les Prussiens ne doivent pas être bien éloignés de nous.

Garibaldi, notre général en chef, a tant de confiance dans nos fusils à aiguille et nous chérit si tendrement, qu'il nous fait, de temps à autre, l'amabilité de nous envoyer, les premiers, à la barbe de l'ennemi, ce qui amuse tout juste nos mobiles. Ils ont si peu de confiance dans leurs mauvaises armes ! Je ne sais ce qui couve par là dessous et ce qui sortira de ces bois qui nous environne ! Rien de bon, sans doute ! Je le crains.

Notre régiment est, pour le moment, divisé en deux. Une partie est cantonnée à Prenois et l'autre à Darrois. Ces deux petites localités ne sont distantes que de 3 kilomètres environ. Je fais tous les jours le va et vient de l'une à l'autre, malgré la neige qui couvre le sol. J'ai partout des malades, surtout beaucoup de varioleux, qui réclament ma présence et mes soins. Je les fais placer et soigner le mieux que je puis dans les maisons particulières. Malheureuse-

ment, la petite vérole est une maladie si dangereuse et si dégoûtante pour ceux qui ne sont
pas atteints, que je ne trouve pas toujours des
gens de bonne volonté pour faire donner les
soins que demandent ces pauvres malades. Les
populations que nous rencontrons, sans être
mauvaises et tout en étant même relativement
bonnes, ne sont pas cependant assez religieuses
pour avoir le vrai dévouement surnaturel que,
seule, la charité chrétienne peut enfanter. Il est
vrai de dire aussi que ces braves gens sont bien
fatigués de la guerre, logeant depuis longtemps,
tour à tour, soldats Prussiens, Garibaldiens et
Français. Il faut en convenir, on pourrait, certes, l'être à moins !

Quoi qu'il en soit, je souffre plus que je ne
pourrais le dire et que vous ne sauriez le comprendre de ne pouvoir faire tout ce que je voudrais pour ces chers enfants qui sont si dignes
de pitié et d'intérêt, loin de tous les leurs !

Et c'est déjà depuis sept mois que dure ce
triste état de choses. La plupart de nos soldats
sont obligés de coucher, après de terribles journées, dans des granges ou dans des écuries, et
encore sont-ils heureux d'en avoir, car les tentes seraient bien pires ! C'est là, sur la paille,
plus ou moins sèche, que je trouve ordinairement mes malades. Pour les emporter de là dans
une ambulance, au commencement de la mala-

die, il faudrait des voitures couvertes et tout un outillage d'ambulancier que, malheureusement, nous n'avons pas. Le plus souvent, je n'ai que des jardinières ou de simples charrettes à ma disposition, et encore ce n'est pas toujours facile à s'en procurer.

Figurez-vous un de ces pauvres malheureux, au moment où la variole fait sa première sortie et où il faudrait, par conséquent, tant de soins et de précautions, non seulement pour le garantir d'un froid intense, mais encore pour le maintenir dans ce degré de chaleur que réclame une pareille maladie pour être enrayée dans sa marche vers la mort, figurez-vous, dis-je, ce pauvre malade passant avec un simple matelas et une ou deux couvertures de campement, de sa couche de paille relativement chaude, dans un véhicule découvert et porté ainsi, souvent à une distance de plusieurs kilomètres, et cela par un temps de 25 degrés de froid, et vous aurez une idée de ce qui se passe et aussi de ma tristesse et de ma souffrance morale. Il ne faudrait pas vraiment avoir du cœur et être privé de tout sentiment pour rester indifférent et ne pas souffrir à la vue de tant de misères et de dangers auxquels sont exposés ces chers enfants de l'Aveyron. Aussi, mon cœur se fend lorsque je les entend s'écrier, avec l'accent d'une mortelle tristesse : Ah ! si j'étais chez moi, auprès de mes parents ! Ah ! si ma bonne mère était là !

Dans de pareilles conditions, il n'est pas étonnant que nous ayons une mortalité relativement très considérable.

Comme vous le voyez, cher ami, nous avons bien besoin que le bon Dieu y mette la main, qu'il vienne à notre secours et nous donne force et courage au milieu de nos épreuves de tout genre.

Si quelque chose est capable de me soutenir et d'augmenter mon énergie dans tant de circonstances pénibles et difficiles, c'est bien assurément la conviction que j'ai que mon ministère n'est pas inutile et qu'avec la grâce de Dieu je le fais bien, comme le ferait, du reste, tout autre prêtre et comme vous le feriez vous-même, encore mieux que moi, si vous étiez à ma place !

Et comment ne pas se dévouer corps et âme et se faire tout à tous avec ces chers enfants du pays qui, ne marchandant ni leurs souffrances, ni leur sang, ni leur vie pour la France et pour Dieu, me donnent tant de consolations au point de vue spirituel !

Un très grand nombre d'entre eux m'ont connu dans mes missions à travers le diocèse, et ils sont heureux de me voir et de me confier leurs peines et leurs misères ! Je suis au milieu d'eux comme un véritable père ! Je n'en ai pas encore trouvé un seul qui m'ait dit une parole désagréable pour me faire de la peine, et cependant je suis toujours avec eux, vivant de la vie des camps comme un simple soldat, couchant comme eux et aussi souvent qu'eux sous la tente, faisant comme eux mes courses et mes étapes à pied !

Un aumônier militaire, en temps de guerre surtout, doit payer largement et généreusement de sa personne, et être toujours le premier à la peine, à la souffrance, à l'œuvre du dévouement et du sacrifice. Ce n'est que dans ces conditions qu'il peut avoir un ministère vraiment fructueux ! Avec cela il peut se dispenser de distribuer des cigares et des cigarettes. Je n'en ai encore distribué aucun.

Du reste, je suis bien payé en reconnaissance, et ce que vous me dites au sujet des lettres écrites aux parents et amis ne m'étonne pas ! Ils sont heureux de parler de moi, comme je le suis de parler d'eux !

Mes meilleurs sentiments d'affectueuse amitié.

DALQUIÉ.

V

Talant, près Dijon (Côte-d'Or).

Bien cher ami,

Dans ma dernière lettre je vous ai parlé de notre départ précipité de Darrois et de notre malheureuse mais honorable retraite sur Talant et Fontaine. Je dis honorable et c'est à dessein ! Les nombreuses pertes que nous avons éprouvées et le sang aveyronnais dont ces quelques kilomètres de route ont été inondés, m'autorisent bien certes à me servir de cette expression.

Il y avait tant de choses à dire sur cette terrible journée ! Je n'ai fait, pour ainsi dire, que lever un coin de la toile de la scène. Voici d'autres détails qui vous intéresseront. Je vous les donne sans ordre et au courant de la plume, comme ils se présentent à ma mémoire.

C'est d'abord la retraite de douze cents gras moutons et de plusieurs paires de belles vaches. Les Prussiens ne se gênent pas, et, partout où ils passent, ils égorgent tout ce qu'ils trouvent de mieux en fait d'animaux de boucherie. Ils ne demandent pas, ils prennent. Aussi, lorsque les propriétaires sont prévenus à temps et que l'ennemi ne leur tombe pas dessus à l'improviste, ils se hâtent de cacher ou de faire disparaître tout ce qui pourrait servir d'alimentation à ces voraces et malhonnêtes hôtes.

Le riche propriétaire chez lequel nous étions logés, ces jours derniers, à Darrois, avait douze cents moutons et d'autres animaux, tous prêts pour le couteau. A peine a-t-il appris que les Prussiens vont sortir du Val-Suzon, qu'il ordonne à ses domestiques de les amener dans la direction de Dijon. Je n'ai jamais vu un plus beau troupeau. C'eût été vraiment dommage qu'ils eussent servi à régaler et à engraisser ces barbares ennemis de la France !

Ces bêtes à laine sont sauvées ; mais il n'en est pas de même de nous. Les Prussiens, comme je vous le disais hier, sortent tout à coup des bois et s'avancent dans la plaine, déployés en tirailleurs. Ils sont à un kilomètre et demi environ. Leurs balles commencent à tomber sur nous. Quelques-uns des nôtres sont frappés et gisent, par terre, à côté de nous, avant même que nous ayons entendu les coups de fusils, les balles marchant, comme on sait, beaucoup plus vite que le son.

Ici se passe une scène des plus émouvantes et des plus tragiques. Le bataillon de mobiles Aveyronnais, que nous avions laissé à Prenois, ayant, comme nous, appris que l'ennemi était proche, abandonne la localité où il était cantonné et gagne la plaine pour venir à notre rencontre. Faisant erreur, et croyant que les Prussiens, qu'ils voyaient à une petite distance, n'étaient autres que les hommes de notre bataillon, ils s'avancent, en toute confiance, vers eux. Nous étions du côté opposé, spectateurs terrifiés de cette fausse manœuvre, qui allait avoir un dénouement terrible. Nous étions encore à plus d'un kilomètre de distance de nos malheureux frères d'armes! Que pouvions-nous donc faire pour les tirer de leur erreur et leur faire rebrousser chemin? Nous avancer vers eux, crier de toute la force de nos poumons, faire mille signes, mille gestes, les uns plus énergiques que les autres, pour leur faire comprendre leur fausse manœuvre. Nous n'y manquâmes pas; mais tout était inutile! Nous étions trop éloignés. Dépeindre notre anxiété! Dire ce que nous éprouvâmes pendant ces quelques minutes! ce ne serait pas possible. Ce sont des choses qui se voient, qui se sentent, mais qui ne s'expriment pas! Les cheveux se dressaient sur nos têtes!

L'erreur ne pouvait pas être de longue durée. Les Prussiens voyant qu'ils étaient assez près, font pleuvoir des milliers de balles! Les nôtres ont bientôt compris et ne se font pas prier pour battre en retraite. C'eût été folie de vouloir essayer de résister, sans armes, à un ennemi peut-être dix fois supérieur en nombre!

Quelques-uns de nos mobiles restent sur le carreau, entre autres le jeune Arsène Livignac, ancien zouave pontifical. Ce pauvre sergent s'étant couché derrière une grosse pierre, se préparait à tirer sur l'ennemi lorsqu'il fut frappé à la tête par une balle. Il ne battit pas ; sa mort fut instantanée. M. le curé de Prenois l'a relevé après le passage des Prussiens, et lui a donné une sépulture digne d'un soldat catholique et d'un défenseur du Saint-Père. Il n'a trouvé sur lui que sa photographie de zouave pontifical que j'ai entre mes mains. Je la conserve pour sa famille. Ce sera un souvenir précieux pour elle !

Parmi les blessés se trouve le capitaine Villa, de Millau. La balle qu'il a reçu à une jambe ne lui a pas permis de suivre ses compagnons. Ces derniers, suivis de près par les Prussiens, n'ont pu l'emporter avec eux. C'eût été trop dangereux ! Le pauvre jeune homme, baigné dans son sang, put donc voir passer, à côté de lui, toute la colonne ennemie et entendre siffler à ses oreilles des milliers de balles prussiennes ou françaises. Je n'ai pas encore vu le malheureux blessé ; mais, si je suis bien renseigné, il aurait été non seulement respecté par l'ennemi, mais encore transporté par lui dans une habitation des environs. M. le commandant Charles de Gissac, arrivé, la veille, de l'Aveyron, où il avait été pour guérir de la blessure reçue au combat de Lantenay, a été blessé de nouveau entre Darrois et Prenois. C'est un brave, celui-là! Il a passé peu de temps dans son pays. Il lui tardait de rejoindre ses compagnons d'armes, et de se battre de nouveau. Comme vous le voyez, l'occasion ne s'est pas fait longtemps attendre. Ce courageux officier est un des plus aimés et des plus estimés du régiment. Loyal, gai, franc, ennemi de tout respect humain, il ne rougit pas de sa religion, de sa foi, qu'il sait défendre, au besoin, avec une énergie toute militaire. On peut le voir, au moins tous les 15 jours, à la Sainte-Table. C'est peut-être ce qui explique ce courage admirable dont il a fait preuve en face de l'ennemi. Tant il est vrai que lorsqu'on a la conscience tranquille et qu'on est en règle avec Dieu on craint peu la mort. Et cela se comprend si on a la foi! Avec des principes catholiques, avec la croyance aux dogmes de l'immortalité de l'âme, de l'existence d'une vie future et d'un enfer, est-il possible d'affronter, de sang-froid, la mitraille et la mort?

Hier au soir, soit à Talant, soit à Fontaine, il manquait beaucoup des nôtres à l'appel. Nous craignions qu'ils ne fussent restés sur le champ de bataille. Je viens d'apprendre qu'une soixantaine d'entre eux, parmi lesquels le jeune Boyer, de Saint-Beaulize, élève en médecine, ont été expédiés, ce matin, pour la Prusse, après avoir passé la nuit dans une ferme, sous bonne garde. Les pauvres malheureux ont dû passer une bien triste nuit !

Le jeune Boyer a eu beau montrer son brassard de médecin attaché au régiment et protester énergiquement contre son arrestation illégale, on n'en a pas tenu compte et il a fallu marcher avec les autres et faire le voyage de l'Allemagne.

Je ne sais pas encore au juste comment ils sont tombés entre les mains de l'ennemi. Me trouvant avec le bataillon de Darrois, je n'ai pas pu, à cause des accidents de terrains, bien voir la manière dont les choses se sont passées dans la retraite de Prenois. Je vous donnerai de nouveaux détails sans tarder.

Mes meilleurs sentiments.

DALQUIÉ.

VI

Dijon, 24 janvier 1871.

Bien cher ami,

Que je vous dise aujourd'hui un mot de ces
misérables Prussiens. Je dis misérables, je devrais dire : cruels ! barbares ! Le fait inqualifiable que je vais vous raconter prouvera que je ne
suis pas trop sévère, en leur donnant ces odieuses qualifications, et qu'ils les méritent bien.

Le 22 janvier, vers midi, l'ennemi qui, comme je vous l'ai déjà dit dans ma dernière lettre,
avait, la veille, à la tombée de la nuit, abandonné ses positions pour se retirer à quelques
kilomètres, reparut, tout à coup, à l'horizon, à
trois kilomètres de la ville. Cette fois-ci il ne
venait plus du même côté. Il avait contourné
Fontaine, et, en se masquant dans les bois,
s'était avancé jusqu'aux environs de Pouilly, à
deux kilomètres de Dijon.

Tout à coup le canon se fait entendre et, dans
quelques instants, une fusillade des mieux nourries, nous fit comprendre que c'était sérieux et
déjà chaud, et que notre place n'était pas à
Dijon. Je pars donc à la hâte avec mes deux
braves ordonnances, Plégat et Féral, et craignant que les nôtres ne fussent au premier feu,

nous nous dirigeâmes du côté où l'on se battait. Arrivé à la sortie de la ville, j'acquiers la certitude que notre régiment n'était pas, cette fois-ci, sur les points les plus dangereux, se trouvant encore du côté de Talant et de Fontaine. J'en fus tout heureux, étant toujours convaincu qu'ils ne pouvaient se battre avec leurs mauvaises armes, sans être écrasés par l'ennemi.

Je voulais avancer plus loin du côté de Pouilly qui était le centre de l'action et que je voyais devant moi, à quelques centaines de mètres; mais cela ne me fut pas possible; je fus arrêté là par les morts et les blessés. Déjà les balles prussiennes avaient malheureusement fait de nombreuses victimes. On apportait de tous côtés des morts et des blessés. Il aurait fallu plusieurs prêtres, et j'étais encore seul pour le moment. Heureusement que l'ambulance des Capucins n'était qu'à quelques pas. Les blessés y sont apportés, et dans moins d'une heure toutes les salles étaient remplies de ces pauvres malheureux! C'était là, tout naturellement, ma place. Aussi j'y ai passé toute la soirée à donner tous mes soins les plus empressés et les plus affectueusement dévoués à ces pauvres malheureux! J'aurais voulu pouvoir me multiplier pour me rendre plus utile s'il eut été possible!

C'est quelque chose de bien triste et de bien terrible que la guerre! Il faut y être passé et

l'avoir vue de près pour s'en faire une juste
idée! Les escaliers et les salles de l'ambulance
sont inondés de sang! Ce sont les pauvres mobilisés de Saône-et-Loire qui ont le plus souffert
et le plus payé! Le premier qui attire mon
attention et auquel je prodigue mes soins les plus
affectueux, est un beau et fort jeune homme de
trente ans environ. Nous le couchons dans un
lit. Bientôt son sang a traversé matelas et paillasse, et ruissèle sur le plancher. Deux médecins
arrìvent, le découvrent, lui adressent une parole
et passent à un autre : un simple coup d'œil
leur a suffi pour comprendre qu'il n'y a rien à
faire! Sa blessure est mortelle! Une balle a
traversé sa poitrine dans la région du cœur ou
des poumons! A l'expression de sa figure et de
ses yeux, il est facile de voir que la terrible
mort s'avance à grands pas et qu'il n'est que
temps de remplir auprès de lui mon saint ministère de prêtre! Ah! comme la douleur, la souffrance, l'approche de la mort préparent une
âme! Aussi m'est-il facile de gagner le cœur de
ce brave enfant de Saône-et-Loire, et de lui faire
tourner les regards du côté du ciel, et d'apporter dans son âme les douces consolations que
donne toujours notre sainte religion à tous ceux
qui ont encore quelques lueurs de foi! Je lui
administre, à la hâte, les derniers sacrements et
cours vite auprès d'autres mourants dont les

gémissements me fendent l'âme et me brisent le cœur ! Comme la mort est éloquente et persuasive ! Tous, sans se faire prier, sont heureux de me faire le confident de leurs plus intimes secrets et de recevoir, avec mes paroles de consolation, le pardon de leurs péchés et le Dieu de leur première communion ! Plusieurs me confient ce qu'ils ont de plus précieux et ne veulent me laisser éloigner de leur chevet ! Il faut s'arracher de force de leurs embrassements pour aller à d'autres ! Oh ! bien cher ami, je le répète, comme on voudrait pouvoir se multiplier dans de pareilles circonstances ! Comme ces morts sont édifiantes ! Et s'il y a, en temps de guerre, de pénibles et terribles émotions, il y en a bien aussi, certes, de douces pour un cœur de prêtre qui comprend ce que c'est que le salut d'une âme ! Et si la guerre est si terrible, si affreuse par tant de côtés, elle a bien aussi, dans les vues de Dieu, quelque chose de bon et de meilleur peut-être que ne savent le voir ces hommes matériels et à courte vue, qui voudraient se persuader que tout finit à la tombe !

La guerre ne peut être autre chose qu'un fléau de Dieu ! Pour en être convaincu, il suffit de la voir de près avec ses horreurs, avec ses douleurs et ses larmes ; avec ses malades et ses blessés, ses morts et ses mourants !

Mais les fléaux, s'ils sont dans la pensée de

Dieu les agents de sa justice, ne le sont-ils pas encore plus de sa divine miséricorde? Le bon et le juste, en devenant des victimes d'expiation pour eux et pour leurs frères, ne sauvent-ils pas les nations coupables destinées à périr, en faisant peser la balance du côté de leur salut?

Les méchants, les impies eux-mêmes, n'y retrouvent-ils pas ce Dieu qu'ils ont blasphémé et maudit? Car où est le soldat assez abandonné, assez pervers, assez dégradé, pour ne pas tourner son regard vers le ciel et avoir une bonne pensée, un bon sentiment lorsque la douleur l'étreint, que tout lui manque et que la mort, la terrible mort, cette éloquente messagère de Dieu, le met en face de deux éternités, en face de la justice et de la miséricorde divines!

Pour nous, nous sommes convaincus qu'une guerre est une grande mission et une grande moisson d'âmes pour le Ciel et pour Dieu! Et c'est cette pensée surnaturelle qui nous soutient et nous console au milieu de tant de tristesses et de ruines humaines, car nous sommes de ceux qui voient plus que des corps dans ces chers et braves soldats que nous accompagnons sur les champs de bataille! Puisse-t-elle cette même pensée consoler et soutenir tant de parents, tant de mères, tant de frères et d'amis qui, dans une légitime anxiété, nous accompagnent de leurs vœux, de leurs prières et de leurs larmes!

Mais je m'égare et j'oublie que je parle à un

prêtre, à quelqu'un qui est aussi convaincu que moi de tout cela.

J'ai assisté à plusieurs opérations dangereuses, mais jugées nécessaires pour sauver la vie. On endort les blessés qui se laissent scier bras et jambes sans faire le moindre mouvement ; quelques-uns, toutefois, parlent inconscients, comme une personne qui rêverait. C'est dans ce milieu de douleurs et de souffrances, au milieu de débris humains, au milieu de morts et de blessés, que j'ai passé toute ma soirée ; ce n'est que bien tard dans la soirée que j'ai pu me retirer, harrassé de fatigue et le cœur brisé, mais content d'avoir rempli, de mon mieux, un devoir des plus sacerdotaux ! Daigne le bon Dieu m'en tenir compte et continuer à me donner santé, force et courage pour le bien des âmes, des soldats et de la France elle-même !

Mais je m'aperçois que suis déjà bien loin de ma première idée, car ce que je viens de dire ne prouve nullement que les Prussiens soient plus cruels et plus barbares que d'autres. En se vengeant de la journée d'avant-hier, ils étaient dans leur rôle, et nous en aurions fait autant qu'eux, sans compter qu'ils ont été repoussés, et après avoir perdu peut-être plus de monde que nous.

En commençant, mon intention était de vous raconter un fait inouï, un acte de barbarie révoltant dont j'ai été le témoin : il s'agit d'un capitaine de francs-tireurs qui a été, par vengeance, brûlé vif par les Prussiens, dans des circonstances épouvantables. Mais, pour ne pas être trop long aujourd'hui, je réserve ce triste et navrant récit pour demain. J'aurais tant de choses à vous dire! le temps me manque.

Je ne puis cependant terminer sans vous dire que l'ennemi a été repoussé et qu'il n'a pas pu prendre la ville. Cette journée, plus terrible et plus meurtrière de beaucoup que celle du 21, l'a été moins, cependant, relativement à nos chers mobiles! Nous avons perdu peu d'hommes. Je n'en connais, à l'heure qu'il est, que trois : le caporal Sylvain, de Coussergues; le franc-tireur Delmas, des environs de St-Geniez, et un autre dont j'ignore encore le nom.

Il y a eu quelques blessés, entr'autres le jeune Refrégier, de St-Georges-de-Luzençon, auquel j'ai vu amputer une jambe, hier soir. L'opération a été heureuse.

Que tous ces navrants détails soient pour vous et les vôtres seulement, car ils achèveraient de porter la désolation dans l'âme des pauvres parents qui ont des enfants à la guerre s'ils en avaient connaissance. Ils sont bien déjà assez désolés, assez malheureux sans l'être davantage et inutilement.

Tout à vous en Jésus-Christ.

DALQUIÉ.

VII

Dijon, 24 janvier 1871.

Bien cher ami,

Voici le fait révoltant que, hier, je vous ai promis de vous raconter. Il vous indignera, j'en suis sûr d'avance, comme il a indigné tout le monde ici.

Comme je vous l'ai déjà dit, les Prussiens ont reparu, tout à coup, aux environs du château de Pouilly pour tenter de nouveau la prise de Dijon.

Il faut d'abord que vous sachiez que cette colonne se compose, presque exclusivement, de militaires Poméraniens, c'est-à-dire d'hommes réputés, à tort ou à raison, pour être les plus méchants et les plus vindicatifs de l'Empire allemand. Ils portent, paraît-il, dans leur cœur une haine toute particulière aux Français. Les francs-tireurs surtout sont pour eux un objet d'horreur et d'exécration, par la raison que ces derniers combattant ordinairement à face couverte, leur font beaucoup de mal sans être atteints eux-mêmes. Tout le monde sait, en effet, que les francs-tireurs vont seuls, par compagnie indépendante, à peu près sans discipline, et se mettant à l'affût des éclaireurs ennemis, leur tirent dessus, au passage, comme sur des lièvres, tantôt de derrière un rocher, tantôt de derrière une muraille ou de tout autre accident de terrain et de là tuent sans même être aperçus. Cette manière de combattre, que les Poméraniens appellent une lâcheté, les a tellement irrités qu'ils ne leur font jamais grâce et qu'ils se plaisent même à les torturer, lorsqu'ils sont assez heureux pour les saisir. C'est précisément ce qui vient de se passer à Pouilly. Un capitaine franc-tireur étant tombé malheureusement entre leurs mains au plus fort du combat, ils l'ont garrotté. Ensuite, l'attachant à la rampe d'un escalier, lui versent du pétrole sur tout le corps et ont la cruauté d'y mettre le feu, se faisant ainsi une joie féroce de le voir brûler et d'entendre sortir de sa bouche ses cris de douleur et de désespoir !

Lorsque ces misérables, ces barbares, ont abandonné leurs nouvelles positions pour revenir sur leurs pas, nos soldats ont trouvé le pauvre capitaine dans un état impossible à décrire. Comme il est facile de le comprendre, il avait expiré au milieu des plus atroces souffrances. On s'est hâté de l'apporter à l'hospice de Dijon. C'est là, au milieu de l'église, sur le pavé, que j'ai pu le voir de mes propres yeux ! Il n'y a pas d'expression pour rendre ce que j'ai senti et éprouvé dans mon cœur de prêtre et dans mon

âme de Français à la vue d'une pareille horreur !

Figurez-vous une volaille rôtie au moment où
on l'a retirée de la broche pour la servir sur une
table et vous aurez une idée de ce que j'ai vu !
Les pieds, les jambes, les mains étaient crispés !
Les genoux allaient toucher jusqu'au menton !
Les lèvres s'étaient retirées et les dents, serrées
les unes contre les autres, se montraient à découvert, témoignant encore de l'horrible souffrance de la malheureuse victime ! Les poils de
la barbe et les cheveux de la tête avaient entièrement disparu, laissant sur l'épiderme comme
une espèce de duvet ou de mousse jaunâtre !
C'était vraiment un spectacle épouvantable à
voir !

La nouvelle, comme une étincelle électrique,
a bientôt fait le tour de la ville et des troupes
dispersées aux environs. Dans quelques minutes
une foule arrive et envahit l'église pour se rendre compte de cet acte de révoltante barbarie !

L'attitude d'un franc-tireur me frappe surtout et attire plus particulièrement l'attention
des spectateurs atterrés ! Il tourne plusieurs fois
autour du cadavre avec une fiévreuse curiosité
et une émotion que trahissent tous les traits de
sa figure ! Il tourne et retourne le cadavre de
tous côtés ! Tout à coup il pousse un cri à fen-
dre tous les cœurs ! Il a reconnu son plus intime

ami, le capitaine même de sa compagnie! Versant d'abondantes larmes, frappant des pieds le pavé, s'arrachant les cheveux de douleur, il s'écrie d'un ton le plus accentué : les misérables! les barbares! c'est mon meilleur et mon plus intime ami! Je le jure ici! je me vengerai! Et il sort bouillant de colère!

A l'heure qu'il est la triste nouvelle est connue de toutes les troupes françaises! Tout le monde est exaspéré, et chacun crie : Vengeance! vengeance!

Comme vous le voyez, j'avais bien raison, hier, de qualifier de cruels et de barbares ces misérables Prussiens!

Toutefois, faut-il conclure de ce fait particulier et de quelques autres que je pourrais vous citer plus tard, que les Allemands sont en général plus inhumains que les autres peuples? Il faut être juste en tout et envers tous, même à l'égard d'un ennemi vainqueur. De quelques faits particuliers on ne peut légitimement conclure au général. Malheureusement, c'est ainsi que cela se passe, en temps de guerre, chez toutes les nations, même les plus civilisées, comme l'histoire en fait foi. Eu égard, en effet, aux passions humaines, il est impossible que, dans certains moments, par exemple, après un combat, après une bataille qui auront été très meurtriers pour soi et dans lesquels on aura vu tom-

ber mort sous ses yeux un ami, un parent peut-
être, il est impossible, dis-je, qu'il n'y ait pas
des abus et qu'on ne se livre malheureusement,
au mépris de toutes les lois humanitaires de la
guerre, à quelques coupables et regrettables
excès !

Et n'a-t-on pas vu, pendant nos guerres d'A-
frique, des soldats, dans un moment de colère
et d'exaspéralion, s'oublier aussi?

Ce sont des faits assurément bien regrettables,
nous le répétons, et qu'on ne saurait trop condamner et flétrir, mais qui sont inévitables,
étant connues la violence et les excès des passions des hommes.

A côté des actes d'inhumanité dont nous
avons été témoins nous-même, ou qu'on nous a
racontés à la charge des Prussiens, nous avons
trouvé aussi des renseignements qui n'étaient
pas trop défavorable à nos ennemis. Pas mal
de personnes que nous avons vues, dans plusieurs des départements envahis et qui avaient
eu des relations nécessaires avec des officiers
allemands, n'en disaient pas trop de mal. Dans
plusieurs endroits, entre autre à Orléans, où
nous avons couché le soir de la bataille de Coulmiers, on nous a fait même leur éloge. Le chef
de la famille qui nous a donné l'hospitalité, ce
soir-là, nous a dit en entrant chez lui : Soyez
le bienvenu, M. l'Aumônier. Je suis d'autant

plus heureux de vous héberger, que, depuis un mois, je n'ai eu à faire qu'avec des Prussiens.

Les douze officiers que je logeais ne sont partis qu'hier. Vous entendez, d'ici, le canon ; ils se battent, de ce moment, à Coulmiers. Je dois dire, ajouta-t-il, que je n'en ai pas été mécontent et qu'ils ont été, pendant tout le temps qu'ils sont restés chez moi, d'une convenance et d'une politesse parfaites, n'ayant jamais dit une seule parole déplacée à mes jeunes filles que vous voyez là. Vous comprenez, toutefois, facilement qu'on se passerait volontiers de pareils hôtes, toujours trop importuns ! Il suffit de savoir qu'ils sont les ennemis vainqueurs de la France !

N'allez pas croire, bien cher ami, après avoir lu les réflexions précédentes, que je veuille excuser nos barbares ennemis et les donner comme des hommes à mœurs douces ? Loin de là. J'ai voulu, tout simplement, en passant, poser un principe général pour ne rien exagérer.

La franchise et la loyauté ne sont-elles pas deux qualités qui distinguent le Français ?

Du reste, les nombreux faits odieux que j'aurai, dans la suite, à vous raconter, à la charge des Prussiens, vous prouveront assez amplement, je pense, qu'en fait de sentiments d'humanité, ils ne sauraient être comparés aux Français si naturellement bons.

Votre tout dévoué,   DALQUIÉ.

VIII.

Dijon, janvier 1871.

Bien cher ami,

Je vous ai promis, dans une de mes dernières lettres, de vous raconter, en détail, la triste et si pénible corvée que j'ai faite, avec l'aide de mes dévoués ordonnances, dans une des salles du rez-de-chaussée de l'hospice de Dijon. Il faut bien que je tienne ma parole.

Comme j'ai eu la tristesse et la douleur de vous le dire déjà, le surlendemain de la rencontre des Aveyronnais et des Prussiens sur la route de Darrois et Talant, j'ai été à la recherche de nos 27 mobiles tombés à côté de l'imprudent général Bossack-Kauké. Au moyen de charrettes ou tombereaux réquisitionnés à cet effet, nos malheureuses victimes furent transportées à l'hospice de Dijon avec d'autres morts que nous trouvâmes sur notre passage. Ces derniers n'appartenaient pas à notre régiment. Parmi eux, il y avait des soldats de toutes armes, entr'autres des garibaldiens, des artilleurs et même quelques Prussiens qui, plus courageux que les autres, s'étaient avancés dans les vignes de Fontaine, à peu de distance de Dijon. Ils étaient aussi des victimes du 21 janvier. Tous ces cada-

vres furent entassés pêle-mêle les uns sur les
autres, dans la grande salle dont je viens de
parler. Là on devait les dépouiller de leurs habits et, quelques heures après, les faire jeter
tous ensemble dans une fosse commune. J'aimais
trop ces pauvres enfants de l'Aveyron pour le
permettre. Et puis, comment se serait-on assuré
de leur identité, n'ayant sur eux absolument
rien qui put les faire reconnaître? Quel embarras, quelles difficultés, plus tard, pour consti-
tuer un extrait mortuaire devenu nécessaire et
réclamé pour un arrangement de famille, ou le
mariage d'une pauvre veuve! Avec le désordre
qu'il y avait partout on ne pensait à rien, on ne
prévoyait rien et les pauvres morts étaient enterrés sans aucune précaution, sans la moindre
formalité et, la plupart du temps, avant même
qu'on se fût assuré de leur identité et de leur
nom.

Je jette les yeux encore une fois sur cet énorme tas de cadavres et m'armant d'un courage et
d'une énergie dont vous ne m'auriez peut-être
pas cru capable, j'appelle mes deux braves et
fidèles jeunes gens qui ne m'ont jamais, jusqu'ici,
fait défaut dans tant d'autres pénibles circonstances, et, après avoir retroussé nos manches,
nous nous mettons à l'œuvre de dévouement et
de charité. Il s'agissait de rien moins que de
trier, au milieu de ce tas de morts haut de plus

de deux mètres, tous nos chers Aveyronnais, de les fouiller pour les reconnaître et leur faire donner ensuite une sépulture chrétienne et digne de braves soldats qui ont versé leur sang pour la patrie.

Sans doute, leur uniforme particulier nous les faisait bien distinguer comme étant des mobiles Aveyronnais, mais cela ne suffisait pas ; il nous fallait leur nom, leur identité et c'était là la grande difficulté, attendu qu'ayant été déjà fouillés, sur les champs de bataille, par les Prussiens et les Garibaldiens, ces pauvres malheureux n'avaient absolument rien sur eux qui pût les faire connaître personnellement. Que faire ? Nous avons commencé à les dégager les uns après les autres en les tirant qui par la tête, qui par les bras, qui par les jambes, selon qu'ils se présentaient dans cet affreux monceau de cadavres, et à proportion que nous les arrachions, nous les placions, les uns à côté des autres, dans un des côtés de la salle qui n'était pas encombré. Lorsque tous nos 27 se sont trouvés alignés, nous les avons examinés très soigneusement, chacun en particulier, pour les reconnaître ; mais encore une fois comment arriver à constater, d'une manière sûre, leur identité ? Un seul avait son livret ; les autres n'avaient ni lettres, ni autre objet qui put nous dire qui ils étaient. Il me semblait bien en reconnaître quelques-uns,

mais, à cause des ravages de la mort, je n'en
étais pas absolument sûr et je voulais avoir une
entière certitude. Comment y arriver? Je n'ai
vu d'autre moyen pratique que de prendre le
signalement, aussi exact que possible, de chacun
d'entr'eux. C'est ce que j'ai fait, et c'est grâce
à cette pièce, écrite au crayon, que j'ai pu, le
lendemain, reconnaître tout mon lugubre régiment de morts et écrire aux parents. Ce document vous paraîtra fort original et vous fera
peut-être rire. Maintenant que je n'en ai plus
besoin, je vous l'envoie à titre de curiosité.
Vous en penserez ce que vous voudrez. Il n'est
pas moins vrai qu'il aura rendu aux familles un
service inappréciable et des plus importants.
Jamais sans lui on n'aurait pu être sûr de l'identité de ces pauvres enfants qui avaient déjà
pris place au cimetière!

A l'appel il manquait des hommes dans certaines compagnies. Ils n'avaient pas reparu depuis le 21. On en concluait tout naturellement,
qu'ils avaient été tués ou faits prisonniers. Mais
rien de sûr et de positif à cet égard. Je me
présente avec mon morceau de papier portant le
minutieux signalement de chacune des victimes.
Dans quelques minutes tout mon monde est reconnu et je puis recueillir, de la bouche de leurs
amis, leur nom et l'adresse de leurs parents.

Il aurait fallu, bien cher ami, nous voir à la

sortie de cette salle mortuaire, les mains et la figure tout ensanglantées. Vous auriez dit trois bouchers, trois assassins ! Et cependant nous aurions été bien loin de mériter ces odieuses qualifications. Peut-on faire une action plus charitable, plus patriotique, plus sainte et plus méritoire que celle-là ? Je ne le pense pas.

Vivrais-je mille ans, je n'oublierais jamais ces quatre longues heures de mortelle tristesse ! Mais moi, prêtre et aumônier du régiment, ne devais-je pas à ces braves enfants de mon pays, qui m'avaient donné tant de consolations depuis le commencement de la campagne, cette dernière preuve de mon affection et de mon attachement ?

Votre tout dévoué,

DALQUIÉ.

Voici maintenant l'original signalement dont je vous ai parlé et que je viens de retrouver au milieu de mes souvenirs de la guerre. Il est encore tout taché de sang. Il pourra peut-être intéresser quelques mobiles qui ont connu ces pauvres jeunes gens tombés au champ d'honneur :

1° Taille moyenne, cheveux noirs, un peu de moustache seulement, tricot bleu.

2° Assez grand, front découvert, sans barbe, tricot noir, gilet violet avec de petites fleurs.

3° Taille moyenne, moustache et barbichon assez courts, gilet blanchâtre avec raies café.

4° Connu : sergent Roy, de La Capelle-Bleys.

5° Jares, de l a Bastide-l'Evêque.

6° Connu : Montergoux, de Lugan.

7° Connu : Soulié, Théophile, du Pouget (Galgan).

8° Grandes moustaches, bel homme, nez assez grand, figure ronde.

9° Belle figure, moustache et barbichon assez clairsemés, gilet violet à petits carreaux.

10° Bel homme, très blond, moustache et barbichon, figure assez ronde, grosse, gilet bleuâtre ou violet avec des raies descendantes et brodequins.

11° Assez grand, grosse figure, sans barbe, lèvres fortes, gilet violet carrelé, cheveux noirs.

12° Pas très grand, sans barbe, un commencement de moustache, gilet cendreux à petites côtes, cheveux courts derrière.

13° Taille ordinaire, figure assez grande, cheveux assez courts, front découvert et cicatrice sur le front, moustache et barbe très courtes, tricot fermé violet avec des raies blanches en travers, gilet blanc avec raies noires.

14° Cavalier, timbre de lettre poste de Maleville.

15° Entièrement dépouillé, assez petit, longue barbe noire. Je ne crois pas qu'il soit des nôtres.

16° Bel homme, cheveux un peu longs, cravate rouge, col de papier.

17° Figure ovale, moustache noire, un peu de barbichon, assez large, flanelle un peu violette et raies blanches descendantes, un bas blanc et un autre couleur de la brebis.

18° Assez petit, taille moyenne, un commencement de moustache, menton carré.

19° Grande moustache, menton rond, blouse bleue, gilet violet, pipe, boîte d'allumettes. Il ressemble assez à Enjalbert.

20° Figure carrée, presque pas de moustache, raies noires et rouges.

21° Grand, figure ovale, nez gros, cheveux courts, moustache naissante, gilet violet ou café. 40 francs cousus dans la doublure du gilet.

IX

Dijon (Côte-d'Or), janvier.

Je suis bien pressé. Deux lignes seulement
sur les obsèques des 27 braves dont je vous ai
parlé hier. C'est ce soir qu'elles ont eu lieu. Le
digne aumônier de l'hospice a bien voulu les
présider. Après la journée d'hier et la manipu-
lation de tous ces pauvres morts, j'étais trop
ému pour faire moi-même cette triste cérémonie.
J'ai dû me contenter d'accompagner cet imposant convoi. Rien de plus touchant que ces
vingt-sept enfants de l'Aveyron conduits, tous
ensemble, à leur dernière demeure ! Je sentais
le besoin de verser des larmes ! C'eût été un
soulagement pour mon cœur tout endolori ; mais
je ne le pouvais. La douleur était trop grande
et l'émotion trop vive ! Je ne pouvais que prier
pour le repos de l'âme de ces chers amis que
nous ne devions plus voir sur cette terre. Aussi
l'ai-je fait avec toute l'ardeur d'un cœur qui
aime ! Puissent-elles, mes humbles supplications,
arriver jusqu'au trône du Dieu de miséricorde et
avoir servi à ces bonnes âmes si toutefois elles
en avaient besoin.

J'ai écrit aux parents. Ce sera une bien grande
consolation pour eux d'apprendre de moi que

leurs chers enfants n'ont pas été, comme tant d'autres, jetés pêle-mêle dans la fosse commune, sans prières et sans bénédictions, et qu'au contraire leurs obsèques ont été des plus honorables, ayant été présidées par un ministre de Dieu et accompagnées par l'Aumônier du régiment et de nombreux amis en larmes.

Je n'ai pas besoin de vous recommander ces chères âmes. Elles méritent bien qu'on ne les oublie pas dans la prière.

Votre tout dévoué,

DALQUIÉ.

Il n'y a que Dieu qui sache les pas que j'ai faits et la peine que je me suis donnée pendant toute la campagne pour me tenir au courant des malades, des blessés et des morts ! J'étais convaincu que, de retour dans l'Aveyron, après la guerre, on ne manquerait pas de venir me trouver pour me demander des renseignements. Je me disais : tu seras heureux de pouvoir dire à ce père, à cette mère désolés : votre fils est mort bon chrétien, bon soldat. Je l'ai vu tomber sur le champ de bataille ; je l'ai vu mourir dans telle ambulance après avoir été affectueusement soigné par des filles de charité et après avoir reçu, avec les plus touchantes dispositions, tous les secours de la religion. Je ne m'étais pas trompé dans mes prévisions et, grâce aux nombreuses notes que j'avais prises et conservées, j'ai pu, à mon retour dans le pays, calmer bien des inquiétudes et adoucir bien des douleurs !

Les anciens mobiles et leurs parents liront peut-être avec quelque intérêt la lettre suivante, que nous avons reçue plus d'un an après la campagne.

La guerre terminée et ses émotions passées, chacun revint à ses affaires, à ses intérêts : il y eut des partages, des arrangements de famille, des mariages à faire ; mais avant il fallut régulariser des situations, être légalement sûrs de la mort d'un frère, d'un époux qui n'étaient pas rentrés au foyer. On courait à la préfecture pour avoir un extrait mortuaire. Les registres étaient consultés, mais bien souvent on ne trouvait pour tout renseignement que ceci : *disparu à Lantenay, disparu à Dijon*. Comment établir un extrait mortuaire suffisant avec ces simples renseignements, qui rendaient la mort douteuse ?

M. le préfet d'alors ayant appris que j'avais fait un travail particulier là-dessus et que j'avais une longue liste assez complète des mobiles morts, durant la campagne, de maladies ou par les balles, me fit écrire pour me prier de lui envoyer tous mes renseignements. C'est ce que je fis.

Voici la lettre de M. le capitaine-major :

GARDE NATIONALE
mobile
DE L'AVEYRON   Rodez, 5 juin 1872.

Monsieur l'Aumônier,

D'après votre lettre du 2 juin 1872, vous me faites connaître que vous avez la liste complète des jeunes gens qui sont morts de maladie ou qui ont été tués par les balles pendant la campagne meurtrière de 1870-1871 et ceux qui sont restés sur le champ de bataille à Dijon.

J'ai l'honneur de vous prier de m'adresser cette liste par la voie de M. le Maire de Vabres.

Vous comprenez qu'il est de l'intérêt des familles de faire établir exactement l'état-civil de leurs membres morts à la guerre.

Je vous remercie, en mon nom et au nom des familles des mobiles de l'Aveyron, des bons soins que vous avez constamment donnés à nos pauvres mobiles pendant cette rude campagne.

Vous avez adouci par les consolations de la religion les derniers moments de ces pauvres jeunes gens morts des suites de leurs blessures ou de maladies.

Les officiers que j'ai vus ne sauraient trop se louer de votre zèle et de votre bienveillance pour leurs soldats. Je n'en suis pas étonné de la part d'un ministre de notre religion. Mais vous avez poussé plus loin votre zèle et votre prévoyance : vous avez pris note des tués et des blessés, et vous avez par là rendu un grand service aux familles qui pourront être fixées sur le sort de leurs enfants.

J'ai beaucoup de renseignements ; j'en ai pris dans les hôpitaux, les ambulances, mais il m'en manque encore et je vous suis très reconnaissant de ceux que vous voulez bien me donner.

Veuillez agréer, Monsieur l'Aumônier, l'assurance de ma considération distinguée.

Le Capitaine-major de la garde
mobile de l'Aveyron,

ESCUDIÉ.

A M. Dalquié, ex-aumônier des gardes mobiles de l'Aveyron, missionnaire à Vabres, près Saint-Affrique.

X

Talant (Côte-d'Or).

Bien cher ami,

Voici les nouveaux détails que je vous avais promis hier. Je vous disais que les accidents de terrain, qui se trouvaient entre nous et Prenois, ne m'avaient pas permis de bien voir comment s'était faite la capture de nos soixante prisonniers.

D'après les renseignements qu'on vient de me donner, les choses se seraient passées, à peu près, de la manière suivante :

Tirés de l'erreur par la subite et vigoureuse fusillade des Prussiens, nos mobiles effrayés, se sauvèrent en toute hâte, comme ils purent, nous laissant, à nous qui étions mieux placés, le soin de protéger la retraite. Les uns, le plus grand nombre, prirent la gauche et vinrent nous rejoindre sur la grand'route, dans la direction de Dijon. Les autres, croyant agir plus sagement en prenant la droite, se dirigèrent sur Plombière. Cette voie devait les conduire aussi, mais moins directement, sur Dijon. Malheureusement, pour un certain nombre qui se trouvaient plus en retard que les autres, une partie de la colonne prussienne ayant, à leur insu, contourné Prenois, du temps que l'autre se mettait à notre poursuite, elle vint leur couper le chemin, au moment où ils croyaient être hors de danger. Une soixantaine furent pris et comme enveloppés dans un filet. Les pauvres malheureux, après avoir passé une nuit, sans doute bien affreuse, dans une ferme des environs, furent, je vous l'ai déjà dit, dirigés sur la Prusse. J'ignore encore leur nom ; je n'en connais que quelques-uns.

Dans notre retraite vers Dijon, arrivés à une certaine distance, nous nous arrêtâmes quelques instants. Une grande muraille, longeant la route sur un parcours assez considérable, nous permettait de tirer sur l'ennemi sans être nous-mêmes atteints par ses balles, qui se contentaient de passer, épaisses, en sifflant, sur nos têtes. J'avoue que cette musique, d'un nouveau genre, était peu harmonieuse pour nos oreilles et peu faite pour nous faire rire ! C'était quelque chose d'effrayant.

En attendant, les Prussiens nous serraient de près, tout en tournant vers la gauche. Ils furent bientôt sur la route. A partir de ce moment, le mur protecteur ne nous fut plus d'aucune utilité.

N'étant plus garantis par rien et complètement à découvert, les balles tombaient dessus comme la pluie. Nous étions derrière cette muraille plusieurs centaines. Il aurait fallu nous voir déguerpir de par là. Dans la précipitation du sauve qui peut, on s'entravait les uns les autres et plusieurs étaient renversés à terre. Je crus d'abord que c'était l'effet des balles et que ces pauvres enfants, tombaient pour ne plus se relever. Je courais pour leur porter secours, mais je m'apercevais bientôt qu'il n'en était rien, les voyant se ramasser lestement et aller, au galop, rejoindre leurs compagnons.

C'est précisément à cet endroit là que nous avons rencontré le général Bossack, arrivant à la tête d'une compagnie des nôtres qui a été décîmée. Je vous ai déjà raconté sa mort et celle de nos braves.

Nous continuons notre retraite, toujours suivis de près par l'ennemi et sans pouvoir emporter nos morts. Soit fatigue, soit crainte de tomber entre les mains des Prussiens, plusieurs mobiles se débarrassent de leurs armes et bagages. C'était, ce me semble, le mieux qu'ils pouvaient faire ! N'avaient-ils pas traîné, assez longtemps, ces fusils à aiguille, ces fusils tout rouillés qui n'auraient pas tué un homme à 20 pas, alors que ceux des adversaires portaient à 2,000 mètres environ ? Lorsqu'on vous envoie, les premiers, à l'ennemi ne devrait-on pas vous donner des armes sérieuses dont on put se servir utilement pour se défendre ? Aussi, personne ne songea à trouver là de la lâcheté et à les en blâmer !

C'était faire voir à Garibaldi le cas qu'on faisait de ces armes ridicules, qui devaient être remplacées au commencement de la campagne pour être mises au rebut, et qui, par son mauvais vouloir, ne l'avaient pas été.

Nous arrivons, enfin, en face de Dijon, entre Fontaine et Talant. C'est là que nous rencontrons notre général en chef Garibaldi. Il était assis dans une grande voiture découverte, entouré d'une partie de son état-major. Sans avancer, de loin, il lorgne les Prussiens qui, ayant ralenti leur marche, étaient encore à une certaine distance. Je passais à côté de lui avec nos mobiles, lorsque tout à coup, se tournant vers moi, il s'écrie d'une voix sonore : Prêtre, où allez-vous ? C'était la première fois que je voyais, de près, Garibaldi. J'étais loin de m'attendre à cette brusque et singulière interpellation de sa part. Aussi fus-je un peu surpris ; toutefois, sans me laisser intimider, je réponds par la première parole qui se présente à mes lèvres : *Au chemin de l'honneur*. Je compris tout de suite que ce n'était pas trop mal répondu. Figurez-vous : *au chemin de l'honneur*, et nous battions en retraite ! Il est vrai de dire qu'il y en a eu de bien moins honorables que celle-là. A ma réponse, le général ajouta, en faisant signe de la main : Montez donc là-haut. C'était Talant que nous voyions devant nous. Aussitôt, de peur, sans doute, de quelque balle, Garibaldi commande au cocher de tourner vers Dijon.

Quant à nous, nous quittons la route, et, du emps que les mobiles, qui sont à gauche, se dirigent sur Fontaine, ceux qui sommes à droite, nous montons à Talant. Pour raccourcir, nous traversons au milieu des vignes. Nous eûmes tort, car le terrain, détrempé par la pluie ou la fonte de la neige, rendait notre marche, sinon impossible, du moins extrêmement difficile. Nous nous enfoncions, dans la terre, jusqu'à mi-jambe. Heureusement que je n'use pas de chaussures Gambetta, et que, par bonheur, j'ai, à mon service, de solides bottines qui me permettent, dans cette occasion, de m'en tirer sans trop souffrir. Mais il n'en est pas de même des pauvres mobiles qui sont avec moi. Leurs mauvais souliers restent enfoncés dans la terre.

Bientôt, sur notre passage, nous rencontrons deux pauvres artilleurs auxquels il était arrivé un accident qui aurait pu avoir des suites plus funestes. Comme nous, pour être plus tôt à Talant, où devaient être placées les batteries, ils s'étaient imprudemment engagés, avec deux mulets, traînant un canon et une caisse de munitions, dans ces vignes dont la pente était assez prononcée. Les pauvres bêtes avaient versé et elles étaient là les pieds en l'air. Bien que les Prussiens, qui s'étaient aussi détournés de la route pour prendre leurs positions sur la hauteur opposée à Talant, ne fussent pas éloignés de nous, nous ne pouvions pas passer sans donner un coup de main à ces deux braves militaires qui, seuls, auraient été peut-être impuissants à se tirer de ce mauvais pas.

Nous voilà, à force de faire, à Talant. Je vous ai dit que cette petite localité est située, comme Fontaine, de l'autre côté, aux portes de Dijon, sur un mamelon qui domine la plaine. C'est en face du presbytère que nos batteries sont dressées, après qu'on a creusé un fossé et élevé un rempart de terre qui puissent garantir un peu les hommes chargés de faire manœuvrer les pièces de canon.

Tout à fait en face, sur la hauteur dominant la plaine du côté du Nord, l'ennemi a déjà braqué ses canons. De nous à lui, il y a, à vol d'oiseau, un kilomètre environ. A Fontaine, le matériel de l'artillerie est dressé comme chez nous. Vous pouvez vous faire une idée des trois positions, qui forment un triangle à côtés égaux. Nous pouvons parfaitement bien voir, à l'œil nu, opérer les Prussiens. Le canon se fait entendre. L'action est commencée : un combat va se livrer. Grand Dieu ! quels échos ! C'est tristement solennel ! En bas, dans la plaine, tant Français que Prussiens, se déploient en tirailleurs et s'avancent au milieu des vignes et des champs pour porter la mort dans le camp opposé. La fusillade est des mieux nourries et des plus vives! Effrayant! Je suis sur la porte du presbytère, attendant, avec une fiévreuse anxiété, le moment où on aura besoin de moi. Il ne se fait pas attendre longtemps. Un obus arrive. Un pauvre artilleur est pris en pleine poitrine. Je cours; je n'ai que le temps de lever la main pour lui donner l'absolution! Je m'approche davantage, il était mort! On l'emporte dans une maison voisine. Le pauvre malheureux fait mal à voir! Il est comme broyé.

Je reviens à mon poste. C'est la maison la plus en danger; la batterie est à deux pas. C'est le point de mire de l'ennemi. Aussi le bon curé est-il dans tous les états. A l'aide de quelques personnes, de bonne volonté, dans la crainte d'un incendie, il descend, dans sa cave voûtée, tous ses meubles et tout son linge. A en juger par la fusillade, il ne peut qu'y avoir des morts et des blessés de part et d'autre. Heureusement que la nuit arrive! A proportion que le jour s'en va nous voyons, plus lumineux, les boulets qui, comme des éclairs, traversent l'espace.

Les Prussiens se retirent. C'est fini pour ce soir.

Tout cela est bien triste! bien navrant! Que le bon Dieu vienne à notre aide. Priez! priez!

Votre tout dévoué.

DALQUIÉ.

XI

Dijon (Côte-d'Or), janvier 1871.

Bien cher ami,

Vous avez vu comment s'était terminé le combat, hier au soir, à la tombée de la nuit. Bien que nous puissions voir, à l'œil nu, opérer les batteries prussiennes, nous étions cependant encore trop loin pour pouvoir juger exactement des pertes de l'ennemi. Toutefois, nous avions pu remarquer, à un moment donné, au plus fort de l'action, un certain désordre dans ses rangs. Que s'était-il passé ! Un boulet ou un obus parti de notre côté, avait été frapper une de ses pièces de canon et l'avait complètement démolie. Il fallut aussitôt la mettre hors de service et la remplacer par une autre. Ce fut bientôt fait, mais les ténèbres qui commençaient à se répandre épaisses sur le champ de bataille ne permirent pas de la faire manœuvrer long-temps.

L'ennemi abandonne donc ses positions, et se retranche, pour passer la nuit, sur Plombières, Prenois et Darrois que nous occupions nous-mêmes encore le matin.

Il y avait bien là, certes, assez de malheurs, assez de fatigues et d'émotions pour une journée, et je sentais qu'il était déjà temps de se reposer. Je plaignais surtout mes deux bons jeunes gens que je voyais très fatigués. Cependant, je ne voulus pas quitter Talant sans m'être bien rendu compte de nos pertes, de nos morts et de nos blessés, sur ce point.

Lorsque j'eus visité les ambulances de la localité, il était déjà 8 heures. Nous descendîmes pour nous rendre à Fontaine, où se trouvaient, comme je l'ai déjà dit, la plus grande partie de nos mobiles. Depuis le moment où je les avais quittés, vers les 2 heures, j'ignorais s'ils avaient peu ou beaucoup souffert des balles prussiennes, se trouvant dans les mêmes conditions que nous, relativement à leur position vis-à-vis de l'ennemi. Je voulais le savoir avant d'entrer à Dijon. Ce ne me fut pas possible. C'était trop tard pour avoir les renseignements que je désirais. Je n'eus que des données vagues. Cependant, je crus comprendre que nos pertes seraient, en somme, peu considérables. J'ai trouvé plusieurs compagnies des nôtres, campées et consignées dans un immense enclos, formé par une muraille peu élevée et percée à jour, de distance en distance, afin de pouvoir tirer, sans trop de danger pour soi, sur les Prussiens. C'était là que ces pauvre enfants devaient passer leur nuit, après une si triste et si terrible journée ! Aussi n'étaient-ils pas trop contents, et cela se

comprend ! Un bon lit leur eût été si nécessaire et si agréable après tant de fatigues et de
dangers ! Mais il fallait bien se résigner et
faire, comme bien d'autres fois, bon cœur contre
mauvais fortune, allumer du feu pour se chauffer et faire cuire les petites provisions qu'ils
pouvaient encore avoir.

Convaincu que je n'étais plus nécessaire jusqu'au lendemain, je me disposais à chercher un
gîte pour passer, aussi bien que possible, le
reste de la nuit. Nous partîmes donc avec mes
ordonnances pour Dijon. Lorsque nous frap-
pions à la porte des Révérends Pères Jésuites, il
sonnait minuit. La maison était déjà remplie
de soldats et d'officiers qui, comme nous, avaient,
pour la plupart, supporté le poids de la journée.
Aussi, malgré toute la bonne volonté de nous
donner une charitable hospitalité, on eut de la
peine à nous trouver un coin dans l'établissement pour nous recevoir. Nous vîmes le moment où il fallait aller chercher ailleurs, ce qui
n'eût pas pas été fort commode à cette heure
là, étant étrangers et ne connaissant personne.
Cependant, grâce à l'extrême complaisance et
à la charité toute sacerdotale des bons Pères,
nous pûmes avoir, après une demi-heure d'attente, un lit convenable. Nous l'eûmes bientôt
compris, c'était évidemment celui d'un religieux. Il venait de l'évacuer pour nous le céder.

Cette délicatesse ne nous étonna pas de la part des fils de saint Ignace.

Notre réfection, quoique l'estomac fût bien creux, n'eut rien que de frugal. Nous étions trop fatigués, trop pleins d'émotions pénibles, pour pouvoir manger! Nous avions surtout besoin de lit et de sommeil. Aussi notre prière fut-elle courte, comme celle du soldat. Dans quelques instants, nous étions entre les bras de Morphée, pour employer le langage de la mythologie, ou, si vous aimez mieux, de l'ange des combats, ce qui est plus chrétien! Malgré notre excitation, le sommeil fut calme et la nuit des plus douces. Nous dormîmes comme des bienheureux! Lorsque nous nous sommes éveillés, le jour avait depuis déjà longtemps reparu. Il était bien naturel et bien juste que nous prenions quelques heures de repos de plus!

La matinée, bien que remplie des tristes souvenirs de la veille, n'eut cependant rien qui ressemblât à celle qui l'avait précédée. Elle fut relativement calme, quoiqu'elle ne fut pas sans appréhensions et sans craintes pour la soirée; car on se demandait si l'ennemi ne reviendrait pas à la charge avant la fin de la journée!

Mieux que personne, le Très Révérend Père Supérieur de la maison, homme d'une valeur peu commune et, surtout, d'un grand bon sens, avait su comprendre et saisir la vraie situation.

Il ne nous cacha pas sa manière de voir et il le
fit avec une énergie d'expression que je ne
saurais rendre. Il était d'avis que le général
Garibaldi commettait une grande faute en op-
posant de la résistance aux Prussiens. Leur
attaque, disait-il, n'est qu'une habile tactique
de leur part. Ils né veulent pas reprendre
Dijon. Ils n'ont aucun espèce d'intérêt à cela.
Tout le monde sait qu'après l'avoir prise et occupée pendant plusieurs semaines, ils l'ont
abandonnée d'eux-mêmes et sans y être nullement forcés. Pourquoi donc voudraient-ils y
rentrer? Croyez-le, mes amis, s'ils vous ont
attaqués et poursuivis jusqu'aux portes de la
ville, c'est évidemment une ruse qui leur profi-
tera. Leur but, j'en suis convaincu, c'est
d'amuser, pendant un couple de jours, les
50,000 hommes Français qui font partie de
l'armée du général italien, afin qu'ils n'aillent
pas au secours de Bourbaki, ce qui serait, peut-
être, le salut de la France. Au lieu donc de vous
vanter d'un semblant de succès qui équivaut,
pour moi, à une terrible et honteuse défaite,
vous auriez dû vous porter en masse contre le
général prussien Manteuffel pour empêcher sa
jonction avec le général Werder. Vous allez
apprendre, demain, par tous les journaux, que
l'affaire est faite, et que, grâce à l'ineptie et
à l'incapacité de Garibaldi, Werder, avec son

armée, a pu être dégagé à temps, pour le grand bien des Prussiens et l'écrasement complet des Français.

A peine le vieux jésuite avait-il fini de parler que deux coups de canon nous annoncent que l'ennemi est là et qu'il faut revenir au feu, au poste du devoir. Nous partons.

A demain de nouveaux détails; Dieu veuille qu'ils soient moins tristes.

Votre tout dévoué.

DALQUIÉ.

———

Les prévisions du vénérable supérieur n'étaient que trop justes et les événements le prouvèrent malheureusement trop tôt. Quelques jours après, toutes les feuilles publiques de France annonçaient le malheur de la Patrie et l'éclatant triomphe de la Prusse !

On lira avec intérêt les lignes suivantes, extraites de l'ouvrage que M. Theyras vient de faire paraître et que nous ne saurions trop recommander à nos lecteurs. On croirait vraiment que le vénérable Père Jésuite les avait déjà lues lorsqu'il nous parlait, si on ne savait qu'elles n'ont été écrites que longtemps après la guerre :

« A partir du 19 janvier, lit-on dans la *Guerre Franco-Allemande*, le général Garibaldi, qui commandait en chef, se bornait à l'occupation de Dijon et à la région voisine de cette ville. Il est vrai que ses troupes étaient insuffisamment armées et équipées.

Le 18 janvier seulement, arrivaient à Dijon douze pièces de position. Pendant les jours suivants, l'effectif augmentait considérablement et le ministre de la guerre français évaluait, à la fin du mois de janvier, les forces de Garibaldi à cinquante mille hommes et quatre-vingt-dix canons. Bien que ce chiffre soit un peu exagéré, le général n'en avait pas moins à sa disposition des moyens assez considérables à l'aide desquels il pouvait tenter d'inquiéter la marche du général de Manteuffel et le déploiement des Allemands à la sortie des défilés. Telles étaient bien les intentions du gouvernement de la Défense nationale. Le général Pélissier devait garder Dijon et Garibaldi employer ses troupes à des opérations en rase campagne ou dans les montagnes voisines.

En réalité, le général Garibaldi ne se mit en marche avec l'armée des Vosges que le 19 janvier, lorsque les corps prussiens passaient déjà la Saône. Il amena ses troupes, sur trois colonnes, jusqu'à environ sept kilomètres au nord de Dijon. Si ce mouvement avait été continué seulement jusqu'à Is-sur-Tille, il eut, en tout cas, conduit à des engagements avec des fractions de la 4e division et aurait fort bien pu occasionner un temps d'arrêt dans la marche des Allemands. Mais tout cela ne fut qu'une démonstration sans aucun effet. Le général se contenta d'observer d'une hauteur, près de Messigny, quelques mouvements de la 4e division et rentra ensuite avec ses troupes à Dijon aux sons de la *Marseillaise*. Bien que de cette façon, non seulement les routes des montagnes mais aussi les passages de la Saône fussent abandonnés aux Allemands, il n'en est pas moins vrai que, par suite des travaux de fortifications, activement poussés, la force défensive de Dijon avait été pendant ce temps considérablement augmentée.

Ces préparatifs eux-mêmes étaient une garantie que Garibaldi ne bougerait pas ; le général de Manteuffel y trouvait un nouveau motif de ne pas se détourner de son but, qui était de dégager le général de Werder. Il estimait, du reste, que les règles étaient superflues avec un adversaire aussi peu dangereux. Toutefois, comme Garibaldi pouvait essayer de réparer sa faute, en se jetant sur le derrière de l'armée allemande, le général prussien jugea utile, pour le maintenir à Dijon, de faire une démonstration qui, sans avoir une grande importance en elle-même, pouvait lui donner le change.

Aussi, en portant, le 20 au matin, son quartier général de Fontaine-Française à Gray, le général de Manteuffel envoyait-il devant Dijon la brigade poméranienne de Zettler pour « amuser le bonhomme Garibaldi (sic) », tout en lui fournissant un prétexte de rester dans cette ville.

« Garibaldi aurait dû chercher à attirer sur lui le plus de forces possibles, a écrit le colonel de Wartensllen, chef d'état-major de l'armée du Sud, et agir très énergiquement ; mais la suite des faits prouvera combien il comprit peu ce qu'il avait à faire, puisque pendant cette période décisive il se laissa tromper par de faibles forces qui suffirent pour l'arrêter. »

Garibaldi ne fut pas trompé ; il se contenta de tromper la confiance du gouvernement français et de faire avec les Prussiens la République universelle, comme il le disait dans son ordre du jour du 18 janvier : « Le sang, les larmes, la désolation de deux grands peuples trompés » condamnaient la guerre et il inaugurait par son inaction » cette ère nouvelle où la famille humaine devait oublier les pages ensanglantées de l'histoire. »

XII

Dijon, janvier 1871.

Bien cher ami,

Une nouvelle atrocité de la part des Prussiens. Je viens d'apprendre tout à l'heure que deux médecins, contre toutes les lois de la guerre et le droit des gens, viennent d'être assassinés, c'est le mot, par nos barbares ennemis, dans des circonstances particulièrement odieuses ; peu s'en est fallu que je n'eusse le même sort qu'eux. Voici, en quelques lignes, les choses telles qu'elles se sont passées :

Après la triste et terrible affaire d'hier, je suis arrivé à Talant, comme je vous l'ai raconté, au milieu des balles, des morts et des blessés. Aussi j'apportais dans mon cœur une tristesse et un regret mortels ! Nous n'avions pu prendre avec nous les morts et beaucoup de blessés avaient dû rester entre les mains des ennemis. Dans l'amertume de mon âme, je me disais en moi-même : Combien de ces pauvres enfants qui, blessés à mort, resteront encore, avec toute leur connaissance, plusieurs heures, peut-être toute la nuit, avant de rendre le dernier soupir ! Etendus sur la neige, baignés dans leur sang, ils appelleront à leur secours et pas une main amie qui vienne bander leurs plaies et leur apporter une parole d'espérance et de consolation chrétiennes ! Combien qui peut-être auront été achevés par ces barbares ! Combien, sans doute, qui, secourus à temps, auraient été sauvés ! N'y a-t-il pas souvent de ces blessures qui ne sont mortelles que parce qu'il n'y a là personne pour retenir cette vie qui s'en va lentement avec le sang ! Ne suffirait-il pas d'un bon pansement, d'un solide bandage pour arracher à une mort affreuse de malheureuses victimes en proie au désespoir ?

Telles étaient les réflexions que je faisais ! Telles étaient les pensées qui absorbaient mon esprit ! Je ne pouvais me défaire de ces idées, et, dans l'amertume de ma douleur, je me reprochais, malgré tout le danger que j'aurais eu à courir et la conviction d'une mort certaine, je me reprochais vivement de n'être pas resté avec nos morts et nos blessés ! J'étais encore sous l'impression de ces réflexions et de ces sentiments lorsque je vois à quelques pas, en face du presbytère de Talant, un coupé attelé et deux messieurs qui se disposaient à y monter et à partir, Ils avaient tous deux le brassard et la croix d'ambulanciers sur leur chapeau. Bien qu'ils n'appartinssent pas à notre régiment, je compris bientôt que c'étaient deux médecins : Je m'approche et leur demande où ils vont. Au secours, me répondent-ils, des blessés qui peuvent se trouver sur la ligne de retraite qui vient d'être effectuée par nos troupes. — Voudriez-vous me donner une place et me prendre avec vous? je suis des vôtres. — Volontiers Monsieur l'abbé, montez donc. J'étais déjà dans la voiture et nous partions lorsque deux officiers de notre régiment qui se trouvaient par là, témoins de mon imprudente détermination, s'approchent à la hâte en me disent avec une énergie toute militaire : mais vous n'y pensez donc pas, Monsieur l'Aumônier! c'est une véritable folie. Ne voyez-vous pas que, pour arriver à nos blessés, il vous faudra traverser les lignes ennemies et le champ de bataille au milieu d'une grêle de balles et d'obus! N'entendez-vous pas cette fusillade? Elle est des plus corsées! — J'avoue que c'était effrayant! Il faut avoir entendu cette épouvantable musique pour s'en faire une idée! Vous ne pouvez pas, ajoutent-ils, abandonner, au plus fort de l'action, tout le régiment pour quelques hommes que vous ne pourrez pas même secourir. Vous commettriez une imprudence que vous paieriez cher et nous serait funeste à tous! Nous avons encore besoin de vous; croyez-nous, descendez.

Réflexion faite, je compris qu'en effet ma démarche était trop téméraire et que j'obéissais plus tôt au cœur qu'à la raison. Sur ces pressantes instances de nos deux bons officiers, je remets donc pied à terre et nos courageux médecins se dirigent du côté de Daix, au milieu de la mitraille. Les prévisions de nos deux officiers n'étaient que trop bien fondées ! A peine ont-ils traversé la plaine qui s'étend entre Talant, Fontaine et Daix, à travers les feux prussiens et français, se croisant, qu'ils se trouvent en face d'un poste ennemi. Ils sont arrêtés et les pauvres malheureux ont beau montrer leur brassard, leur croix d'ambulance et protester énergiquement contre une pareille illégalité, ils sont saisis et passés au fil de l'épée. C'était un lâche attentat, un véritable assassinat ! Le lendemain la nouvelle s'en répandit partout et apporta l'indignation dans tous les cœurs français. De tout côté on criait : Vengeance ! Vengeance !

Je sortais de l'hospice de Dijon lorsque mes ordonnances vinrent m'annoncer cette affreuse nouvelle qui me frappa plus que tout autre. Si j'étais parti mon sort n'eut pas été douteux ! J'aurais été égorgé comme ces deux pauvres victimes de la charité et du dévouement ! Il est vrai que je serais mort martyr ! Je ne mourrai pas, sans doute, aussi glorieusement !

Quoiqu'il en soit, j'ai pu mesurer, après coup, tout le danger qu'il y avait à tenter cette périlleuse démarche !

DALQUIÉ.

XIII

Epinac (Saône-et-Loire), 24 novembre 1870.

Bien cher ami,

C'est d'Epinac (Saône-et-Loire) que je vous écris aujourd'hui. Nous avons passé quelques jours à Autun. Ce n'est que ce matin que nous en sommes repartis en chemin de fer. Nous allons vers l'ennemi. Nous n'avons pas encore senti la poudre, ni entendu le canon, ni vu les Prussiens. Mais, si je ne me trompe, cela ne tardera pas. Il y a, ce me semble, dans l'atmosphère et sur toutes les figures quelque chose qui n'est pas ordinaire. Serait-ce un pressentiment? et ne serions-nous pas à la veille de quelque terrible affaire? Je ne suis pas le seul à le penser. On est généralement de cet avis dans le régiment. Chacun est à s'interroger et à se demander ce qui se passera demain.

Quoi qu'il en soit, ce qu'il y a de certain, c'est que l'ennemi est dans ces parages et que nous pouvons nous rencontrer et nous trouver face à face d'un moment à l'autre. Beaucoup d'autres troupes françaises sont dirigées de ce côté-là. Ma lettre de demain peut vous donner des nouvelles à sensation, et peut-être plus tragiques que nous ne le voudrions.

Nous étions partis, ce matin, avec la conviction que nous coucherions ici, à Epinac. Or, il n'en sera pas ainsi, car on vient de nous annoncer, tout à l'heure, que nous allons partir dans une heure pour Bligny-les-Mines. C'est une petite étape de plus vers les Prussiens. La distance est encore assez considérable et nous devons la parcourir à pied et pendant la nuit. Il est déjà quatre heures et demie, et vous savez qu'au mois de novembre c'est déjà tard.

J'ai profité des quelques heures que j'ai passées ici pour visiter cette importante localité, remarquable surtout par ses mines de charbon. Un chemin de fer particulier, appartenant à la Compagnie et servant à l'exploitation des mines, relie Epinac avec Bligny. Nous regrettons que cette petite ligne soit, pour le moment, en réparation, et que la vapeur ne puisse pas être mise à notre disposition pour le trajet à faire. Il faudra nous en tirer comme nous pourrons.

Il y a, avec nous, quelques Garibaldiens. Triste engeance que ces gens-là! Il ne faudrait pas les trouver seul à seul pendant la nuit, dans des endroits écartés! Ce sont des hommes à tout faire, la lie de la canaille! On ne s'en ferait pas une idée! Je pourrai, plus tard, vous raconter leurs exploits! Vous verrez à qui s'est adressé la France pour la défendre! C'est vraiment humiliant et on rougit parfois d'être Français!

En attendant, que je vous raconte un petit trait dont j'ai été témoin à notre arrivée et qui vous prouvera le sans-façon et le toupet de ces chemises rouges : Je me trouvais au presbytère, causant, tout naturellement, des choses de la guerre avec le digne curé de la paroisse, un beau vieillard d'une amabilité incomparable et d'une bonté, je dirai excessive, lorsque tout à coup entre un grand diable d'homme, parlant moitié italien et moitié français, et, sans autre préambule, dit au vénérable curé de lui remplir, de bon vin, le gros bidon qu'il lui présente en même temps. Sans se formaliser de ce sans-façon, ce dernier se hâte d'appeler sa domestique et de l'envoyer à la cave avec la recommandation d'apporter du meilleur.

Dans quelques instants la bonne fille était là avec son bidon bien rempli. L'excellent curé se disposait à le remettre entre les mains du Garibaldien, et il le faisait avec un sourire gracieux qui témoignait de son bon cœur, lorsque ce malotru le repousse en lui disant : commencez vous-même, s'il vous plaît, à le déguster. Le bon curé, au lieu de lui répondre et de le traiter comme il le méritait, se contente de se tourner de mon côté et de me dire : Je n'ai pas encore dit la sainte Messe, si vous vouliez, M. l'Aumônier, avoir la bonté de le goûter vous-même. Faisant un demi tour sur mon talon, je réponds avec une énergique indignation : Je m'en garderai bien. M'adressant ensuite à ce malhonnête homme, je lui dis : Et pourquoi cela, s'il vous plaît ? Craindriez-vous, par hasard, que ce vin ne fût empoisonné ? Et bien, si vous n'avez pas confiance en nous, prêtres, nous n'en avons pas davantage en vous. Qui nous a dit qu'il n'y avait pas du poison au fond de ce bidon, lorsque vous l'avez donné à remplir !

Si vous n'avez pas assez de confiance et si ce vin ne vous convient pas, libre à vous, signor, de le jeter dans la rue et d'aller en chercher ailleurs. — Sur ce, notre chemise rouge prend le pas de la porte, emportant son bidon et en maugréant. Il trouva, sans doute, que c'était plus avantageux pour son estomac d'avaler le réconfortant liquide que de le faire boire à la terre. Quoi qu'il en soit, le bon curé ne fut pas fâché d'avoir assisté à cette leçon de politesse et tous les deux nous rîmes, à l'aise, de ce malpropre citoyen de l'Italie. Quelques instants après, me trouvant seul à l'église, il m'arrive une autre petite aventure. Après avoir fait le tour du monument, comme j'allais ressortir, j'aperçois du côté droit, au fond de l'église, dans un endroit obscur, sous l'escalier de la tribune, un homme à mauvaise mine qui, de la main, me faisait signe d'approcher. C'était encore un

Garibaldien. J'étais à ce moment tout seul dans l'église. J'avoue que je n'étais pas bien rassuré, et aussi je ne me hâtais pas trop d'approcher. Voyant que je n'avançais pas vers lui, il tire de dessous son manteau un tout petit paquet, enveloppé dans un vieux journal, et s'avance vers moi. Il vit bientôt que je n'avais guère confiance en lui, et pour me rassurer sur ses intentions, il se hâte de déplier le paquet et de me montrer un magnifique devant d'autel doré, qui faisait le plus bel effet, en me disant : « Voici, Monsieur l'abbé, un objet de grand prix. J'ai été assez heureux, dans un pillage qui a eu lieu dernièrement, de le soustraire à la rapine et à la profanation des voleurs. Je n'en ferais rien, si vous le désirez, je vous le vendrai. » Je fus bientôt au courant du mystère. Je savais que la veille les Garibaldiens avaient commis, à Autun, toutes sortes d'atrocités, qu'ils avaient pillé l'église de St-Jean, tenue par les Pères Oblats de Marie, et que vases sacrés, ornements, et tout ce qui pouvait avoir quelque prix, étaient devenus la proie des infâmes pillards ! Une compagnie des mobiles de l'Aveyron avait même été appelée, la nuit précédente, pour mettre à l'ordre ces bandits de la pire espèce.

Réflexion faite, je vis que je ferais peut-être bien de débarrasser mon individu de cet objet, qu'il aurait, sans doute, fait périr de peur d'être compromis. Combien en voulez-vous, lui demandai-je? — 10 francs — Je vous en donne 5, pas un centime de plus. — Le voilà. — Et nous nous séparons, emportant dans ma poche cette nouvelle pièce à conviction.

Nous allons partir. Que Dieu nous accompagne. Si vous ne recevez pas de quelques jours de lettres de ma part, ce sera un mauvais signe, et vous pourrez commencer à prier pour le repos de mon âme. N'allez pas croire, toutefois, que j'aie peur. Vous seriez dans l'erreur. Je suis, au contraire, tout plein de courage et prêt à en donner à ceux qui en manqueraient.

Votre tout dévoué,

DALQUIÉ.

———

XIV

Bligny-sur-Ouche (Côte-d'Or),
25 novembre 1870.

Bien cher ami,

Nous voilà à Bligny. Comme je l'avais prévu, notre trajet d'Epinac ici, effectué à pied par la voie de la Compagnie, a été quelque chose d'épouvantable! Partis à la tombée de la nuit, nous sommes arrivés fort tard. Nous étions harassés de fatigue, tous nos membres étaient comme broyés. Vous ne vous feriez pas une idée de ce que nous avons souffert!

Comme je vous l'ai dit, pour raccourcir, nous avons pris cette petite ligne en réparation. En cela, nous avons été bien mal inspirés, car une fois engagés dans cette mauvaise voie, il a fallu s'en sortir comme nous avons pu. Avez-vous jamais vu une ligne de chemin de fer en construction, au moment où on y dépose le ballast? Eh bien! vous aurez une idée de notre voyage. Nous avions à choisir : ou bien marcher, tout le temps, sur ces cailloux mal aplanis, qui nous écorchaient les pieds, ou bien, sac au dos et fusil sur l'épaule, sauter d'une traverse à l'autre, pendant une distance d'un bon nombre de kilomètres, ce qui nous brisait tout le corps. Ajoutez à cela que les ténèbres étaient tellement épaisses, qu'il ne s'y voyait rien et qu'il suffisait d'un faux pas pour nous faire rouler par terre avec nos bagages.

Je plaignais ces pauvres enfants qui, à la fin, ne supportaient pas avec trop de patience et de résignation une si rude épreuve! Heureusement que le repos du reste de la nuit nous a un peu refaits de ces grandes fatigues, et que l'étape de ce soir ne sera pas longue !

Nous ne vieillirons pas non plus à Bligny. Le régiment va repartir. J'entends qu'on parle de Pont-de-Pany et de Ste-Marie-sur-Ouche. C'est là, sans doute, que nous passerons la nuit prochaine. Ces deux localités se trouvent en avant, toujours sur la ligne de Dijon. Garibaldi, avec son état-major, est de ce côté-là ; nous allons le rejoindre.

Pont-de-Pany , 26 *novembre*. — Nos trois bataillons ont quitté, hier soir, Bligny, plus tôt que je ne croyais. Du temps que j'étais occupé à placer mes malades dans de bonnes conditions, tout mon monde est parti, et, lorsque je m'en suis aperçu, le régiment était déjà loin. Il ne m'eût pas été possible de l'atteindre à pied, sans compter que, ne connaissant pas le chemin, je ne voulais pas me laisser surprendre par la nuit. Je me suis donc mis en train de chercher un véhicule quelconque, pour me faire transporter

au plus vite dans la direction de Pont-de-Pany ;
mais c'est en vain que j'ai frappé à plusieurs
portes. J'étais vraiment très embarrassé de ma
personne, lorsque, étant entré dans un hôtel,
j'ai appris que trois officiers supérieurs faisant
partie de l'état-major de Garibaldi, avaient
loué ou réquisitionné un magnifique coupé, et
qu'ils allaient partir tout de suite dans la direction que je voulais prendre. L'occasion était des
plus belle et des plus heureuses, mais c'était
des garibaldiens, des commandants, des colonels, et bien sûr des hommes peu sympathiques
à la soutane et aux prêtres. Outre que je n'osais
pas m'approcher et leur proposer de me prendre,
je n'avais pas trop de confiance et il me répugnait singulièrement de me livrer, à la tombée
de la nuit, entre les mains de ces gens-là, que
je ne connaissais pas, et que je considérais
d'avance comme des brigands capables de voler
et d'assassiner. Vous avouerez, bien cher ami,
que ce n'était pas, en effet, bien rassurant. Il
me fallait cependant partir, et la nécessité donne
du courage et quelquefois même de l'audace. Je
me décide à interroger le maître-d'hôtel et à
lui demander conseil. Celui-ci, fort aimable,
m'encourage et veut bien même aller trouver
ces messieurs, pour les prier de me donner une
place. Je les avais un peu trop mal jugés et ils
n'étaient pas aussi féroces que je l'avais cru

d'abord. Aussitôt qu'ils m'ont aperçu avec mon brassard et ma croix d'ambulance, ils s'approchent de moi, me tendent gracieusement la main et me disent qu'ils seront heureux de me prendre avec eux. Inutile de dire que cette offre si gracieuse et si généreuse de leur part, m'ouvre aussitôt le cœur et me rend aussi aimable que possible à leur égard.

Nous montons en voiture et nous voilà en route. Je fus bientôt à mon aise. Le voyage fut gai et agréable. Pendant tout le trajet la conversation fut des plus animées. Nous parlâmes beaucoup et de diverses choses. Il est vrai que nos officiers n'étaient pas à jeun et qu'ils avaient dû chauffer passablement la machine. Il n'y avait rien cependant qui dépassât trop les bornes. Arrivés à un certain moment, la conversation fut amenée, je ne sais trop comment, sur un terrain délicat et brûlant. Je vis le moment où les affaires allaient prendre une mauvaise tournure. Le Pape, les cardinaux, les évêques, les jésuites et les ordres religieux en général venaient d'être mis sur le tapis. Je vis bientôt que j'étais en face de trois révolutionnaires, de trois membres des sociétés secrètes ayant juré haine et guerre à Dieu, à l'Eglise et à la religion. L'un d'eux, le plus exalté, celui qui tenait le haut bout de la discussion, était un prisonnier politique qui, condamné avant que Rome

ne devint la capitale de l'Italie, venait de pur-
ger sa condamnation et n'était sorti que depuis
peu des prisons des Etats pontificaux. On comprendra facilement qu'il ne fût pas très tendre
en faveur de Pie IX et de la cour romaine.
Aussi, dire toutes les calomnies, toutes les ab-
surdités, toutes les extravagances qu'il débita
sur ce chapitre, ce ne serait pas possible. Ce
n'était pas aisé de disputer en pareille matière
avec des gens de cette marque. Ils étaient trop
passionnés pour entendre une raison, et trop
esclaves de leurs préjugés pour céder d'un pouce
sur ce terrain scabreux. Toutefois, enhardi par
la franchise de leur langage, je me suis permis
de ne pas être de leur avis et de les contredire
sur les principaux points de leur misérable ar-
gumentation qui ne tenait pas debout ; mais,
toutefois, je l'ai fait en des termes très mesurés
et sur un ton des plus humbles et des plus
modestes. Il le fallait pour leur faire avaler
quelques bonnes vérités. En agissant autrement,
je me serais heurté à leur orgueil et j'aurais
déchaîné peut-être une tempête. Du reste, je ne
devais pas oublier que j'étais chez eux et que
je leur devais de la reconnaissance pour la bienveillance avec laquelle ils m'avaient accueilli
et donné une si gracieuse hospitalité dans leur
coupé.

Aussi, j'insistai principalement sur ce point

que le clergé était malheureusement calomnié, qu'il n'était pas vu d'assez près ; qu'il était bon, généreux, charitable, dévoué à l'ouvrier et très sympathique au peuple qu'il avait toujours aimé d'un amour sincère ; qu'il n'était pas l'ennemi de la République universelle ; que tous les gouvernements lui étaient bons pourvu qu'ils fussent respectueux des droits de chaque particulier et qu'ils s'efforçassent, dans la mesure du possible, de rendre heureuses les populations. J'ajoutai que si les prêtres étaient bien connus ils n'auraient pas tant d'ennemis, et que, loin de leur faire une guerre acharnée, on les aimerait et on les regarderait comme les meilleurs des amis. Sortant de ces idées générales, je suis entré dans des détails pratiques. Je leur ai cité des faits, des exemples nombreux touchant le dévouement du clergé. Ils n'ont pu s'empêcher de louer la conduite des aumôniers militaires depuis le commencement de la guerre et de rendre justice à leur patriotisme. Ils auraient été même facilement de mon avis relativement au clergé séculier, mais il ne fallait pas toucher au clergé régulier, entr'autres aux jésuites, dont le nom seul les faisait trémousser de colère ! Ce n'était pas pour rien qu'ils s'étaient mis à la suite de leur divinité, le fameux Garibaldi ! Tout le monde sait la haine que ce dernier a toujours professée pour les fils de saint Ignace de Loyola.

La conversation continuait à être animée et je dirais fort intéressante, lorsque nous arrivons à une localité dont j'ai oublié le nom. C'est là qu'on avait laissé un de nos bataillons pour y passer la nuit. Il était déjà tard. Nos hommes s'étaient logés comme ils avaient pu. Nos trois officiers garibaldiens ne voulaient pas pousser plus loin à cause de l'heure avancée. J'ai tout naturellement mis pied à terre comme eux, n'ayant pas, du reste, plus de raison d'être avec un bataillon qu'avec l'autre.

Ces messieurs veulent être aimables à mon égard jusqu'à la fin et refusent obstinément de me laisser prendre part aux frais de voiture. Etait-elle réquisitionnée ou non? Je n'en sais rien. Nous nous séparons après de sympathiques poignées de mains, et je vais chercher chez M. le Maire un billet de logement. Quelle n'est pas ma surprise! Quelques heures après, je me trouve chez le bon curé de la paroisse en face de mes trois officiers italiens qui, comme moi, ont couché au presbytère. Quelle soirée! Si demain ou ce soir j'en ai le temps, je vous raconterai cette incomparable scène de bouffonnerie digne d'un théâtre comique. Ce récit, je n'en doute pas, vous intéressera et vous fera surtout connaître le caractère léger et les mœurs de ces types garibaldiens.

Nous faisons au jour le jour. Que se passera-t-il demain? Dieu le sait.

Votre ami,

DALQUIÉ.

———

XV

Ste-Marie-sur-Ouche, 26 novembre 1870.

Bien cher ami,

Tout en suivant, pas à pas, le régiment, je livre à ce morceau de papier les détails que je vous ai promis dans la lettre de ce matin. Je n'en aurais peut-être pas le temps demain.

Lorsque j'ai quitté, hier soir, les trois officiers garibaldiens, je n'ai pas cru devoir aller directement au presbytère. Ces pauvres curés sont vraiment à plaindre, et je ne sais pas vraiment comment ils peuvent y tenir. Il y a déjà plusieurs mois qu'il ne cesse de passer des troupes dans ces parages. C'est un va et vient continuel : soldats réguliers, mobiles, mobilisés, francs-tireurs, garibaldiens, tout est passé parlà. Quoi qu'on en dise, on est encore convaincu que le prêtre est bon et charitable, et qu'il ne sait rien refuser. Aussi tout ça court au presbytère. C'est là qu'on va chercher pain, vin, légumes, lit, etc. Malheureusement, la bonne volonté ne suffit pas toujours et lorsqu'on a tout donné on n'a plus rien. J'en ai trouvé un qui n'a pas eu même un morceau de pain à me donner. La pâte était encore à la maie. Il en était humilié, ce bon patriarche ! Il voulait à tout prix nous faire attendre quelques heures pour nous en donner, mais ce n'était pas possible, il nous fallait partir !

Jusqu'ici il nous avait été facile partout de nous ravitailler. Dans ces contrées, saturées de soldats, nous aurons, je crois, de la peine à nous procurer le nécessaire. Plusieurs de nos hommes ont, comme moi, manqué de pain aujourd'hui. Heureusement que le plus grand nombre avaient emporté d'Autun quelques provisions.

Je dis donc qu'en arrivant je n'ai pas été au presbytère de peur d'abuser de la bonté du curé en allant lui demander à souper. Je me suis arrangé comme j'ai pu. Il faut savoir se contenter de peu lorsqu'on est aumônier militaire et faire, au besoin, bon cœur contre mauvaise fortune ! C'est ce que j'ai fait ! Il me fallait pourtant un lit ou du moins un abri quelconque pour passer la nuit. La localité n'était pas importante : maisons, granges, écuries, l'église elle-même, tout était rempli de militaires.

Je me décide donc à user de mon billet de logement que le maire m'avait donné pour le presbytère, en arrivant, et je me présente chez le bon curé à une heure qui, en toute autre circonstance, eût été indue ! Je ne m'étais pas trompé, il avait plus que son contingent. Les trois officiers garibaldiens avaient jugé à propos de descendre là, honneur dont se serait, sans

doute, facilement passé le vénérable pasteur.
Toutefois, on ne l'eût pas dit à le voir. Il était
vraiment d'une amabilité incomparable à l'égard
de ses hôtes, assis autour d'une table chargée
de bouteilles. Le clérical hôtelier avait bien
connu leur faible ou plutôt leur fort! Aussi,
étaient-ils gais! Je vous l'assure! Ils riaient,
ils chantaient, ils sifflaient, ils dansaient, ils
gambadaient autour de la chambre, comme des
enfants mal éduqués. Et ce n'était encore que le
commencement. Ils demandent du vin blanc.
Le bon curé, faisant toujours bon cœur contre
mauvaise fortune, leur donne, en abondance,
son excellent vin de bourgogne. Comme ils le
flûtaient bien! Ces bouteilles ne s'arrêtent pas
sur la table!

Lorsque nos farceurs ont assez pompé, ils font
retirer la table, descendent par terre tous les
matelas des lits qui leur sont réservés, les mettent les uns à côté des autres et là, tous les trois,
pendant plus de deux heures, font mille cabrio-
les, mille tours plus ou moins périlleux, sans
compter les coups de canon qui, de temps à
autre, font retentir la salle et éclater de rire
ceux qui les ont produits. Vous m'entendez! il
ne s'agit pas ici de canons prussiens, mais bien
de canons italiens!

Il ne vous faut pas oublier que les trois officiers font partie de l'état-major de Garibaldi et

qu'il y a un colonel et deux commandants.
C'était plus que grotesque! Pour moi, c'était
hideux, révoltant! Aussi, au lieu de rire de
toutes ces bouffonneries, si inconvenantes dans
un presbytère, devant des prêtres, et de si mauvais goût en face de l'ennemi, à la veille peut-être
d'un combat, j'éprouvais une grande tristesse et
je me disais en haussant les épaules de pitié :
Pauvre France! Comme tu es humiliée! comme
tu es descendue bas! Voilà tes défenseurs!

Vous croirez, sans doute, bien cher ami, que
tout cela est inventé à plaisir et que c'est une
charge; détrompez-vous. Je n'exagère rien. C'est
ce que j'ai vu de mes propres yeux, ce que j'ai
entendu de mes deux oreilles! Je regrette seulement de ne pouvoir rendre le tableau dans sa
réalité et dans toute sa nature.

Il me tardait que cette grossière comédie prit
fin. J'étais fatigué et je sentais le besoin d'aller
me reposer et de dormir quelques heures. Le
bon curé le comprit. Il me fallut, bon gré mal
gré, accepter son lit. Il en avait peut-être encore plus de besoin que moi. Il voulait, sans
doute, le saint homme, montrer à ces ennemis
de l'Eglise que le prêtre est hospitalier à l'excès,
même à l'égard de ceux qui ne l'aiment pas.
C'était bien, du reste, fait pour cela.

Je ne voulus pas me retirer sans souhaiter le
bonsoir à ces bouffons personnages. Ils m'avaient

rendu un véritable service et peu m'importait, au reste, leurs bouffonneries! Ils y furent très sensibles et voulurent me faire choquer verre avec eux. Je les remerciais en leur disant : « Vous voyez, signores, la vérité de ce que je vous disais ce soir, en voiture : que d'excellents cœurs sous la soutane! — Si signor! si signor! » répondent-ils en faisant de la tête des signes d'approbation. C'était un double compliment à l'adresse de cet aimable ecclésiastique qui nous donnait une si généreuse hospitalité!

Le lendemain, avant de partir, j'ai visité l'église paroissiale. Je n'ai pu y dire la sainte messe. Déjà depuis longtemps, elle est devenue une espèce de caserne ouverte à tout venant. Elle est dans un si triste état, qu'elle fait mal à voir! Les garibaldiens et les francs-tireurs l'ont indignement profanée. On voit des ordures jusque dans la chaire sacrée, jusque sur les autels; elle est veuve; l'Hôte divin n'y est plus! Ce n'est pas, malheureusement, la première fois que ce navrant spectacle nous est donné! Nous avons vu souvent ailleurs ces horreurs! Quelle douleur pour un cœur de prêtre et de pasteur!

Tout à vous,

DALQUIÉ.

7

XVI

Lantenay, 27 novembre 1870.

Bien cher ami,

Nous commençons à sentir la poudre. Quelque chose se prépare d'extraordinaire pour nous. Je le lis depuis hier soir sur toutes les figures. Nos hommes, sans être effrayés et sans avoir peur, sont cependant sous le coup d'une impression et d'une émotion qu'ils ont de la peine à dissimuler. Dans une petite halte que nous avons faite à Malain, j'ai remarqué, tout à coup, en eux, dans leur attitude, un grand changement. Ils parlent peu et ont l'air tout préoccupés, comme, du reste, des hommes sérieux qui se croient à la veille d'une rencontre avec un terrible ennemi qui, depuis des mois, va de victoires en victoires.

Des soldats chrétiens, comme eux, ne sauraient rester indifférents en face de la mort. Ils savent, après tout qu'ils ont une âme immortelle et, qu'en finale, ce qui leur importe le plus c'est de la mettre à couvert par des sentiments et des dispositions qui, loin de déshonorer le soldat, l'ennoblissent et lui donnent un courage plus viril devant l'ennemi. Aussi pendant tout le chemin, depuis Sainte-Marie-sur-Ouche jusqu'à

Lantenay, où nous sommes arrivés, hier soir, vers 4 heures, je n'ai pas cessé d'être édifié d'une manière étonnante par ces braves jeunes gens! C'est dans ces circonstances que se manifestent la foi et le sentiment religieux d'un jeune homme élevé sur les genoux d'une mère sincèrement pieuse! Sans aucun respect humain, pendant tout ce trajet, ils se sont succédé, les uns après les autres, pour s'entretenir avec leur aumônier! tout en marchant nous faisions nos petites ou plutôt nos grandes affaires! C'était court, mais c'était bon, c'est-à-dire, franc, simple, clair, tout droit au but, en d'autres termes, une vraie confession de militaire, une minute à chacun! Une fausse dévote en aurait peut-être été scandalisée; pour moi, j'en ai été singulièrement touché et édifié! J'étais sûr que je faisais du bon travail et que, du haut du ciel, le Dieu des miséricordes nous voyait avec complaisance et ratifiait pleinement nos pardons!

Le pauvre soldat, en temps de guerre, a bien assez à souffrir, et il a bientôt, lorsqu'il le veut, touché le cœur de Celui qui pardonne! Il faut dire aussi que le temps pressait et que les minutes étaient assez précieuses pour valoir des heures! Nous ne voyions pas encore l'ennemi, mais chacun de nous sentait qu'il n'était pas loin et que, d'un moment à l'autre, il pouvait sortir de par là et tomber à l'improviste sur nous. Tout cela est bien de nature à faire réfléchir et à donner une fiévreuse appréhension au jeune soldat qui n'a pas encore entendu le canon !

Comme je viens de le dire, nous sommes arrivés à Lantenay presque à la tombée de la nuit. A peine nous sommes-nous arrêtés dans cette petite localité, sise dans la vallée mais adossée au fond d'une montagne couverte d'arbres. Le régiment a reçu l'ordre presque tout de suite de se porter sur la hauteur. Un mauvais chemin, peu large, pierreux, enfoncé comme un ravin entre deux bois, y conduisait. C'est par là que nous sommes passés. Dans vingt minutes environ nous avons été en pleins champs, car le défilé aboutit à une vaste plaine qui, des bois de Lantenay, s'étend jusqu'à Dijon. C'est là que nous avons campé, à trois kilomètres d'un petit village appelé Pâques. Chacun se met en train de dresser sa tente pour la nuit. Le chef du régiment recommande de parler à voix basse et de ne pas faire du bruit. Il me fait dire d'éteindre la bougie que j'avais allumée sous ma tente, comme signe de ralliement pour les nombreux jeunes gens qui me cherchaient en vain, au milieu des ténèbres, pour se réconcilier avec Dieu, à l'exemple de leurs compagnons d'armes ! J'avais oublié que ce qui pouvait servir de signal pour mes chers mobiles, pourrait bien aussi être un point de mire pour l'ennemi, que nous savions de ce côté à peu de distance! Comme bien vous pouvez le comprendre, je ne me suis pas fait prier deux fois. Ce qui ne m'a pas empêché toutefois, nonobstant les ténèbres, d'avoir beaucoup de pratiques et de faire une bonne soirée au point de vue spirituel! Ces pauvres enfants auraient voulu passer tous à la fois. Quelques-uns avaient, sans doute, le pressentiment d'une triste journée pour le lendemain. Ils craignaient de ne pas avoir le temps. Se seront-ils trompés? Je ne voudrais pas le dire. L'horizon est bien noir et bien chargé autour de nous !

Au milieu des ténèbres, ce silence interrompu de temps à autre par quelques paroles prononcées à voix basse, à l'oreille d'un ami, avait quelque chose de mystérieux et de tristement solennel qui vous saisissait l'âme malgré vous !

Vers les onze heures, les avant-postes annoncent que les Prussiens sont dans ces parages, à une petite distance. On craint une surprise, et ordre est donné de lever immédiatement les tentes et de quitter cette position dangereuse. Ce fut bientôt fait! Nous descendons à Lantenay et nous dressons de nouveau nos tentes sur le chemin, dans les champs ou dans les vignes qui se trouvent à l'entrée du village. Le jour vient de paraître; c'est de ma petite maison de toile que je vous écrits ces quelques lignes !

Ne nous oubliez pas dans vos prières.

Votre tout dévoué,

DALQUIÉ.

XVI

Talant, 22 janvier 1871.

Bien cher et vénérable curé,

Je vous écris, à la hâte, du théâtre de la guerre et pour ainsi dire du milieu des balles. J'ai la douleur de vous annoncer une bien triste nouvelle qui va jeter la désolation dans une des familles de votre paroisse. Le jeune Fillol, Jean, a été frappé mortellement, sous mes yeux, par une balle ennemie. Il a succombé après 24 heures d'horribles souffrances; je ne puis mieux m'adresser qu'à vous pour faire connaître ce terrible malheur aux pauvres parents de cette victime de la guerre. Vous le ferez avec tous les ménagements voulus, c'est-à-dire, avec cette prudence et ce cœur de prêtre que je vous connais, ne leur racontant des navrants détails que je vais vous donner, que ce qui est de nature à diminuer leur douleur et à leur apporter un peu de consolation et de résignation chrétiennes au milieu de cette terrible épreuve !

Comme vous allez le voir, sa mort a été précieuse devant le Seigneur et des plus édifiantes pour ses frères d'armes et pour nous tous.

Nous étions, depuis quelques jours, cantonnés dans une petite localité appelée Darrois, à quelques kilomètres de Dijon, lorsque, tout à coup, on annonce que les Prussiens sont à une petite distance, se dirigeant sur nous. La nouvelle a bientôt parcouru le village et produit, dans chacun, la fiévreuse émotion que vous pouvez facilement supposer. Nous n'étions pas éloignés de Lentenay et nos mobiles n'avaient pas encore oublié cette terrible journée !

Dans quelques instants tout le monde est sur pied, sac au dos et arme au bras. C'est ici que commence le tragique. Un des mobiles, originaire du côté de Cornus, a, dans le régiment, un de ses frères gravement atteint de la petite vérole noire et presque mourant. Dans l'effarement du moment, il perd la tête. Il veut à tout prix l'emporter avec lui. Que me diraient mes parents, s'écrie-t-il, avec son énergie de Rouergat, si je laissais mon pauvre frère entre les mains des ennemis ! non jamais. — Mais c'est une folie, lui dis-je. Vous n'y pensez pas ; il sera mort avant d'être à Dijon. C'est impossible de le calmer et de lui faire entendre raison. Il faut donc, à la hâte, chercher un véhicule. Je ne puis trouver qu'un tombereau avec un peu de paille. Le mourant y est hissé dessus en quelques secondes, car le temps presse, les balles tombant épaisses au milieu de nous.

Darrois est situé sur une grand'route qui conduit à Dijon. Nous nous mettons en route pour

cette dernière ville. A peine avions-nous fait
cent pas que deux mobiles tombent à côté de
moi. L'un, originaire de Savignac, est blessé à
la cuisse ; l'autre, votre paroissien, est traversé
de part en part par une balle meurtrière ! Il fait
encore quelques pas et tombe baigné dans son
sang qui inonde la route. Un de ses compagnons,
un mobile d'Artigues, m'aide à le relever et à le
placer sur le tombereau à côté du malade, du
temps que l'autre blessé est monté sur le devant
du véhicule, ayant un pied sur chaque brancard.

Dans quelques instants, votre malheureux
paroissien, dont les intestins ont été perforés par
la terrible balle, éprouve des douleurs plus
aiguës, son sang ruisselle de plus en plus abon-
dant. Il ne peut plus se supporter. Il faut arrêter le cheval et, sur ses pressants désirs, le
descendre de nouveau à terre, au milieu des
balles. Quelques minutes après, nous le remon-
tons et voyant que tout espoir est perdu, que le
danger de mort est imminent et qu'il n'y a plus
rien à faire pour arrêter cette vie qui s'en va
avec le sang, je monte à côté de lui sur le
tombereau, pensant peu, je l'avoue, aux balles
qui sifflaient de tous côtés et je me dispose à
préparer son âme au passage de cette triste vie
à une éternité bienheureuse. Cela m'est facile.
Ah ! lorsqu'on porte un engin meurtrier dans
ses entrailles et qu'on sent la mort arriver à

grands pas, comme le respect humain se tait pour laisser parler la foi et l'espérance ! Le pauvre enfant a compris, tout de suite, sa situation. M. l'aumônier, me dit-il, avec ce ton et ce regard surnaturels, avant-coureurs d'une mort chrétienne, je suis perdu, sauvez-moi ! Je veux me confesser. Aussitôt j'approche mon oreille de ses lèvres agitées par la fièvre et, sans tenir compte de la présence du malade qui est à ses côtés, il déverse dans mon âme de prêtre son cœur avec cette foi vive qui caractérise les enfants de notre catholique Rouergue.

Dans mon long ministère de missionnaire, je ne sais si j'ai jamais levé la main sur une âme avec plus de confiance que cette fois ! Ce fut une scène des plus attendrissantes et des plus touchantes que je n'oublierai jamais ! Et je défie le plus grand impie et le plus indifférent sceptique d'assister d'un œil sec et d'un cœur froid à une pareille entrevue, à laquelle les anges du ciel eux-mêmes ne durent pas rester étrangers !

Toutes ces terribles, grandes et émouvantes choses s'étaient passées en quelques minutes, sous les regards attendris du Dieu de miséricorde, et pendant que le véhicule continuait péniblement sa marche.

J'avais rempli mon devoir de charité et de ministre de Dieu auprès de votre cher paroissien. D'autres malheureux pouvaient avoir besoin de moi, car la fusillade continuait toujours et les Prussiens, qui d'abord tiraient sur nous, à 1500 mètres de distance, avaient gagné du terrain et nous suivaient de près. Je dus donc, quoique à regret, abandonner mes trois pauvres jeunes gens, après toutefois avoir donné l'ordre de les apporter à l'hospice de Dijon.

Ce n'est qu'aujourd'hui que j'ai pu les revoir. Le varioleux, comme il fallait s'y attendre, était déjà mort; le blessé de Savignac, n'étant pas mortellement blessé, ce n'est qu'affaire de temps; quant au jenue Filhol, votre malheureux paroissien, il n'était pas encore mort et il a pu me reconnaître, bien que presque à l'agonie. Deux heures après, j'y suis revenu pour lui apporter encore quelques consolations et lui rendre moins pénible le moment du trépas. C'était déjà nuit et la veilleuse était éteinte. Je l'appelle par son nom. Il ne répond pas; alors je passe ma main sur sa figure; elle était presque froide; le pauvre enfant venait d'expirer. Sur ces entrefaites, la bonne sœur, l'ange de charité, arrive apportant de la lumière. Il n'y avait que quelques minutes qu'elle était auprès du mourant qui l'avait édifiée par ses sentiments de foi et de résignation chrétiennes au milieu de ses atroces souffrances !

Si je vous donne, bien cher et vénérable curé, ces détails, c'est que j'ai pensé qu'ils vous inté-

resseraient et que vous y trouveriez de grands
motifs de censolation pour vous et pour la famille. On ne peut pas mieux mourir pour payer
d'un seul coup toutes ses dettes à la souve-
raine justice et aller tout droit au ciel !

Malheureusement, le jeune Fillol n'est pas la
seule victime et, comme je le pressentais hier,
en le quittant après l'avoir confessé et administré, nous avons à déplorer beaucoup d'autre
pertes. Je ne connais pas encore bien, au juste,
le nombre des morts et des blessés, mais je puis
dire déjà qu'il est relativement considérable !

Je vous quitte ; mes moments sont précieux.
Priez et faites prier beaucoup vos paroissiens,
pour que la divine miséricorde reçoive au plus
tôt dans le séjour de la gloire tous ces chers
enfants du pays morts pour la patrie en faisant
leur devoir.

Veuillez agréer, bien cher et vénérable curé,
mes sentiments de respectueuse amitié.

DALQUIÉ.

Nous voulions donner dans ce numéro une lettre dans laquelle nous disons franchement ce que nous pensions de Garibaldi. Nous la réservons pour une autre fois, la remplaçant par un long extrait de l'ouvrage qui vient de paraître à Autun et que nous avons recommandé à nos lecteurs dans notre dernier numéro. Après avoir lu ces lignes, qui sont l'exacte expression de la vérité, on verra que les éloges que certaines personnes ont donné au général italien étaient bien peu mérités.

Il est certain que Garibaldi a, en plusieurs circonstances, sacrifié les mobiles de l'Aveyron, les envoyant à la barbe des Prussiens sans armes, sans canons et mal équipés.

Il est certain que les mobiles de l'Aveyron auraient dû avoir de bons fusils, comme les autres, et qu'ils sont revenus avec leurs fusils à baguette (1), après avoir affronté l'ennemi trois fois.

Il est certain que les mobiles ont été si mal habillés pendant toute la campagne qu'ils faisaient vraiment pitié à voir. Non seulement Garibaldi, qui connaissait leur misère, ne leur

(1) Dans les lettres précédentes, je vous ai parlé de fusils à aiguille. Je me suis mal exprimé. Les fusils à aiguille portent encore loin et peuvent faire du mal à l'ennemi. Ce sont des fusils à baguette qu'ont nos mobiles avec lesquels il est impossible de combattre, ne portant qu'à quelques mètres.

a pas fait donner des habits convenables, mais encore il n'a pas empêché les garibaldiens de s'emparer des vêtements que des personnes charitables leur envoyaient, en ballots, de l'Aveyron.

Lorsque nous arrivions à la gare pour les retirer, ils avaient disparu, les garibaldiens se les étaient appropriés. Ces choses tout le monde les savait dans le régiment, et si quelqu'un pouvait en douter, il n'aurait qu'à lire les extraits suivants :

Extrait de l'ouvrage de M. Theyras, avocat :

Garibaldi en France

« Qui ne se rappelle les mobiles de l'Aveyron ? Partis en été, à une époque où l'on pensait que la guerre serait bientôt terminée, ils avaient reçu un équipement avec lequel il était impossible de faire une campagne d'hiver. Quand ils vinrent à Autun, leurs effets avaient besoin d'être remplacés. Tout au moins leur eût-il fallu de bons souliers, des guêtres, des caleçons, des capotes, pour supporter les rigueurs de 1870. Si la patrie a droit au sang de ses enfants, elle a l'obligation de leur fournir les choses indispensables à la santé. Envoyer des jeunes gens camper dans les neiges, par une température de 15 à 20 degrés au-dessous de zéro, avec de mauvais souliers, des vareuses et des pantalons à travers lesquels on voit le jour, c'est manquer à tous les devoirs de l'humanité.

Le triste état dans lequel ils se trouvaient était un objet de pitié pour tous, excepté pour le quartier général de Garibaldi.

« Certains corps, et les malheureux mobiles de l'Aveyron surtout, faisaient peine à voir, écrit M. Marais. Brusquement enlevés à leurs travaux et à leurs habitudes, condamnés à la vie des troupes en campagne, avant même d'avoir pu soupçonner quelles en étaient les exigences et les nécessités, ces pauvres Aveyronnais, qui formaient le 42e de marche, avaient presque toujours été aux avant-postes de l'armée de la Loire avant de rejoindre l'armée des Vosges. Et pourtant, chose étrange ! ils n'avaient pas encore vu le feu. Mais, en revanche, ils avaient subi bien des fatigues, et leurs misérables vareuses étaient déchirées, trouées, percées aux coudes et aux entournures ; leurs chemises en morceaux, leurs pantalons en loques, leurs souliers tournés, éculés, usés à ce point que le pied de l'homme, remplaçant la semelle absente, était directement en contact avec la neige et avec la terre glacée. Encore fallait-il, en cet état, faire la faction et les rondes, sans autre abri qu'une misérable couverture. »

En vain réclamèrent-ils au quartier général, ils n'obtinrent jamais que des fournitures dérisoires.

Un jour, un de leurs officiers supérieurs se présente avec une réquisition régulière au magasin d'habillement, à un moment où l'on venait d'y recevoir plusieurs ballots de flanelles, de bas, de gilets tricotés, de caleçons. Il prie, il supplie d'avoir pitié de ses pauvres enfants : J'en ai déjà plus de deux cents atteints de la petite vérole, disait-il ; s'ils ne sont pas mieux habillés, l'épidémie va se généraliser. Je ne puis pourtant pas les laisser mourir ainsi. Le commandant d'habillement avait reçu les ordres les plus formels de ne rien lui délivrer. Il fut obligé de refuser. Un quart d'heure après, plusieurs compagnies de chemises rouges faisaient une rafle générale de tous ces effets. Le commandant était furieux : c'est la troisième fois depuis huit jours que ces vauriens viennent vider mon magasin ! C'est écœurant, disait-il.

Le lendemain, l'officier des mobiles revint à la charge ; on avait reçu, le matin même, un magnifique assortiment de chemises, de flanelles, de bas, etc., il ne put rien obtenir encore. Dans la journée, on fit porter à l'éta-major ce que l'on n'avait pas voulu donner aux mobiles de l'Aveyron. Il en était toujours de même : tout ce qui était beau allait au quartier général, et de là en Italie pour une portion ; les garibaldiens se servaient ensuite : on donnait aux autres ce que personne ne voulait.

Les mobiles qui avaient quelque argent achetaient aux garibaldiens les pantalons, les chemises de flanelle, les caleçons, les bas, que ces derniers remplaçaient facilement. Quant aux souliers, il était impossible de s'en procurer, même avec son argent : les cordonniers de la ville étaient réquisitionnés pour le service de messieurs les garibaldiens. Les pauvres étaient réduits à grelotter ; bientôt ils devenaient la proie de la vérole noire.

Rien de plus lamentable à voir que les cantonnements des Aveyronnais au petit séminaire. La gaieté française qui, d'ordinaire, trouve partout sa place en était bannie ; la misère, la désespérance l'avaient tuée. Les pantalons de toutes couleurs, les vareuses et les képis sordides, les mauvais souliers, une méchante couverture parfois jetée sur leurs épaules, donnaient à ces soldats l'aspect de mendiants. Ils allaient ainsi, tristes et résignés, s'attendant au sort de leurs camarades mourant sur une paille fétide, remplie de vermine, victimes de la petite vérole et des privations.

Des feux de bivouac étaient allumés dans la cour carrée, tout autour des cloîtres ; dans les marmites cuisait une maigre soupe, la plupart dn temps sans légumes, où nageaient quelques tranches de viande de rebut ;

du pain gelé complétait cst ordinaire peu restaurant. Encore n'était-ce pas sans peine qu'ils se le procuraient, et ne l'avaient-ils pas tous les jours. Le service des réquisitions ne fonctionnait pas pour eux ; il leur fallait traiter de gré à gré avec des fournisseurs qui passaient après les réquisitionnaires garibaldiens. Quant au vin, au sucre, au café, il n'en pouvait être question. Le sucre se payait de deux à trois francs la livre ; le café, comme toutes les denrées qu'il fallait tirer du dehors, était à des prix inabordables pour des budgets de un franc par jour.

L'incurie était tellement grande que le bois manquait à tout instant, qu'il n'y avait pas de paille pour faire coucher les soldats. On en avait distribué les premiers jours de l'arrivée des troupes : le long usage l'avait réduite en son, les poux faisaient la farine.

Au milieu de ce patatrac général, les mobiles de l'Aveyron étaient les plus éprouvés.

Les grands dortoirs du petit séminaire présentaient un spectacle pitoyable ; des petits tas juxtaposés de paille pulvérisée conservaient comme du sable l'empreinte des corps.

De distance en distance quelque malheureux, atteint de la vérole noire, tremblaient sous sa mince couverture, en attendant une place dans les ambulances remplies de malades ; de temps en temps un mourant grimaçait horriblement dans une dernière convulsion. Un matin, dans un seul dortoir, quatre-vingts soldats ne purent se lever. Leur aumônier, M. l'abbé Dalquié, se multipliait auprès d'eux, leur prodiguant les encouragements, s'efforçant de leur adoucir les angoisses du grand passage ; il assistait impuissant aux souffrances physiques de ces pauvres jeunes gens. Toute la literie

8

du petit séminaire avait été envoyée aux ambulances, il ne restait rien. Quelques-uns de ces effets prodigués aux garibaldiens, un peu de cet or dont ils avaient les poches pleines, une répartition plus équitable des corvées auraient pu prévenir l'explosion de cette épidémie qui fit tant de ravages. »

XVII.

Bien cher ami,

C'est du camp de Salbris que je vous écris aujourd'hui. Hier, nous étions à Mirande, près Bourges. Nous en sommes repartis dans la soirée en chemin de fer. Nous sommes arrivés, ce matin avant le jour, à Salbris, petite ville du département du Loir-et-Cher. Le régiment a débarqué sur la principale place. C'est là que nous devions dresser nos tentes, mais comme il avait plu toute la nuit et qu'il y avait de l'eau et de la boue à s'y enfoncer jusqu'aux chevilles, cela n'a pas été possible. Aussi, les chefs ont-ils été obligés de donner la liberté aux hommes et de laisser à chacun le soin de chercher un logement ou un réduit quelconque pour se mettre à l'abri du mauvais temps et se reposer. Nous étions si fatigués !

Quelques heures après, le temps étant devenu plus beau, les trois bataillons ont été conduits dans un immense champ, sur la lisière d'un bois de sapins, à quelques centaines de mètres de la localité. C'est là que nous avons dressé nos tentes. Ici, il m'arrive une histoire plaisante que je veux vous raconter. La veille, le bruit s'était répandu que des espions prussiens, habillés en prêtres, se mêlaient aux troupes françaises. Ne voilà-t-il pas que, tout à coup, au moment où j'étais occupé, avec mes ordonnances, à préparer des pieux pour nos tentes, je vois venir à moi deux gendarmes qui m'arrêtent et me demandent les papiers, croyant bien sûr avoir mis la main sur un espion prussien et fait une excellente capture. Sans me troubler le moins du monde, je leur dis d'un ton assez énergique : Est-ce, par hasard, braves gendarmes, que j'aurais la mine et la figure d'un prussien ? Ils comprirent bientôt qu'ils s'étaient mépris et il ne me fut pas difficile de les convaincre que je n'étais pas plus prussien qu'eux. Ils ne voulurent pas même interroger sur mon compte les officiers qui se trouvaient à quelques pas, et les pauvres militaires s'en allèrent tout *capots*.

Demain, c'est la fête de la Toussaint, jour anniversaire de ma naissance. Elle s'annonce comme devant être fort belle.

Jour de la Toussaint. — Le temps est magnifique. Le soleil qui, depuis quelques jours, semblait faire la moue a, enfin, reparu, ce matin, brillant et radieux pour donner à la fête de tous les saints cet air de joie et de gaîté qui lui convient si bien.

Il n'y a pas moins de 20,000 hommes de toutes armes dans le camp. Je suis le seul aumônier dans tous ces parages. Avec la permission du général en chef nous avons pu dresser un autel au beau milieu de cette immense plaine et y célébrer le Saint-Sacrifice en présence de notre régiment et des autres troupes, formant, comme je viens de vous le dire, un effectif de 20,000 hommes au moins. Rien de plus grandiose et de plus imposant que cette messe dite en plein air et devant cette immense foule de soldats, qui se distinguent par la diversité de leur uniforme. Des milliers d'armes formant de nombreux faisceaux entourent l'autel, et brillent au loin sous les rayons du soleil. Et puis ce *Credo*, et puis ce *Magnificat* sortant de ces milliers de mâles poitrines! Quels sublimes accents! Je n'ai jamais rien vu ni entendu de plus saisissant, de plus sublimement beau et de plus touchant! Vous ne vous en feriez pas une idée de loin. Il fallait y être! Je conserverai toute ma vie le souvenir et les vives impressions de cette touchante fête toute céleste! Comme les habitants du Ciel devaient jouir en nous contemplant!

Bonne journée pour le bon Dieu! Excellente journée pour nous tous! Car rien n'élève l'âme et ne fait vibrer le cœur de plus douces et de plus saintes émotions qu'une cérémonie de ce genre! Fut-il temple plus magnifique? Le ciel lui servait de voûte!

Nos chers mobiles, témoins d'un pareil spectacle, ne manqueront pas de raconter à leurs parents toutes ces belles choses. Ceux-ci seront heureux en apprenant que leurs enfants, bien qu'éloignés de leurs familles, ne laissent pas de penser au bon Dieu et de manifester publiquement leur foi et leurs sentiments religieux ! Ce sera pour eux une bien douce consolation au milieu de leur tristesse, de leurs chagrins et de leurs douleurs!

Tout cela refait bien un peu des peines et des souffrances physiques et morales qui nous nous assiègent tous les jours !

Mes meilleurs sentiments.

DALQUIÉ.

XVIII

Olivet, près Orléans (Loiret).

Bien cher ami,

Depuis notre départ de l'Aveyron, c'est-à-dire depuis 3 mois environ, j'ai couché rarement dans un lit. Je sais me contenter de ma modeste tente, comme les pauvres mobiles de la leur. A la vérité, il me serait quelquefois facile d'avoir un bon lit, les presbytères étant, tout naturellement, les hôtels des aumôniers militaires en campagne, mais comment pourrais-je dormir tranquille, loin des miens, entre la laine et le duvet, alors que je saurais que mes chers compatriotes reposent sur la terre dure, le plus souvent détrempée par la pluie, sans paille, couchés sur quelques branches arrachées, à la hâte, aux sapins qui nous environnent ? M'étant constitué volontairement le très humble serviteur de ces braves enfants de l'Aveyron, ne leur dois-je pas l'exemple de l'énergie, de la patience et du courage dans le support des peines, des souffrances et des privations de tout genre qui sont notre pain quotidien ? Et puis, si quelqu'un vient à tomber malade pendant la nuit, sous sa tente, ce qui arrive tous les jours, ne dois-je pas être là, tout près, pour lui donner mes

soins les plus empressés, le consoler et l'encourager, de mon mieux, en attendant qu'à l'arrivée du jour je puisse le faire transporter, au
plus tôt, dans l'ambulance la plus voisine ! Du
reste, je dois dire que nos chers mobiles, tant
officiers que simples soldats, me paient bien
amplement en sympathie et en affectueuse reconnaissance, les services que je puis leur rendre. Je n'en ai pas encore trouvé un seul qui
m'ait dit une parole tant soit peu désagréable,
pour me faire de la peine. Ils sont pour moi
comme de véritables enfants à l'égard d'un père
et d'une mère. Ils ne seraient pas plus aimables,
plus affectueux, plus convenables envers une
sœur de charité qu'envers leur aumônier !

Je dois dire que de telles dispositions de leur
part facilitent singulièrement mon ministère de
charité qui, quoique très pénible au point de
vue naturel, m'est rendu doux et agréable à
cause des grandes consolations que j'éprouve.
Aussi j'en profite, sans abuser toutefois, pour
remplir le plus utilement possible, au point de
vue spirituel, mon ministère de prêtre, et c'est
pour cela que j'ai quitté l'Aveyron. Je n'ai tout
simplement qu'à me présenter et personne ne
me résiste. Rien de franc et de loyal comme
le soldat, surtout lorsqu'il est aveyronnais !
Les plus retardés eux-mêmes se laissent facilement faire et si, parfois, j'en trouve quelques-

uns d'un peu plus récalcitrants, ils ne tardent pas à se laisser prendre dans le filet du bon Dieu. Quelques bonnes paroles d'ami et d'encouragement ont bientôt raison d'un commencement de respect humain. Aussi, à l'heure qu'il est, sur 3,600, j'en ai bien déjà confessé 2,000. Comme vous le voyez, bien cher ami, c'est bien consolant pour un cœur de prêtre, et tout cela vaut bien la peine qu'on couche sous une tente, au milieu des bois ou des champs du Loiret, et qu'on souffre un peu, s'il le faut, de la pluie, du froid, de la neige et de tant d'autres misères dont vous pouvez vous faire une idée !

Du reste, je n'ai qu'à rendre grâces à Dieu ; ma santé est excellente. Je ne me suis jamais mieux porté et je n'ai jamais mieux dormi que sous ma tente. J'ai un estomac peut-être unique dans son genre. Il me permet de faire comme les loups, de prendre assez dans une fois pour attendre l'occasion d'y revenir. Vous ne le croiriez pas : eh bien, il m'est arrivé plusieurs fois d'attendre 24 heures sans rien prendre et cela sans souffrir le moins du monde. Cette élasticité qui, jusqu'ici, a été mise à l'épreuve sans trop de nécessité, vu que nous n'avons pas encore manqué souvent de vivres, pourrait bien m'être, plus tard, de quelque utilité, car nous ne savons pas ce qui nous attend.

Notre excellent colonel a bien voulu m'autoriser à prendre deux jeunes gens que j'ai choisis moi-même et qui ne me quittent pas. Ils sont fort dévoués et me sont d'un grand secours pour mes commissions, pour le soin de mes malades et leur conduite dans les ambulances les plus rapprochées. C'est l'un d'eux qui fait la popote pour tous les trois. Du temps que je trace, à la hâte, ces quelques lignes, tout en me promenant devant ma tente, mes deux cuisiniers sont en train de faire la soupe et de préparer le modeste fricot.

Rien de plus pittoresque que tous ces foyers allumés de tous côtés. Nous sommes pour le moment dans le camp d'Olivet (Loiret), entourés de bois de sapins qui nous fournissent abondamment pour nous chauffer. Malheureusement pour les propriétaires, on abuse un peu peut-être de la permission, et ces pauvres bois se souviendront longtemps de la guerre de 1870. On abat, à tort et à travers, arbres petits et grands; on fait des tas de branches et de débris et on y met ensuite le feu. Figurez-vous quel radal lorsque la chaleur a chauffé toutes ces matières résineuses! Ce n'est pas tout; pour avoir des sièges, tout autour de cet immense foyer, on se hâte de scier, à hauteur d'une chaise, un arbre de la grosseur de la cuisse d'un homme, on le renverse de manière à le laisser tenir au tronc par un côté et on va ensuite l'attacher, à même hauteur, à un second arbre qu'on abat, à son tour, de la même manière que le premier, et les travailleurs ne s'arrêtent que lorsqu'au moyen de quatre arbres ainsi abattus et attachés au tronc l'un de l'autre, ils ont formé un immense carré, autour du brasier, où peuvent s'asseoir et se chauffer un grand nombre de personnes. C'est curieux et intéressant à voir. On oublie pour un moment les peines et les soucis. Il y a de la gaîté et de l'entrain. Il pourrait bien se faire que ce ne fut pas de longue durée. Les Prussiens ont quitté hier Orléans. Nous entendons gronder le canon. On doit se battre pas loin de nous, à quelques kilomètres de la ville, tout autant que nous pouvons en juger d'ici.

A chaque jour suffit son mal. La soupe est prête et le fricot aussi. Nous nous mettons à table, point de risque qu'elle se renverse.

Je vous dirai 'un autre jour la frayeur des lièvres, des lapins, des perdreaux et des écureuils en voyant entrer notre régiment dans la forêt. Les pauvres bêtes étaient si effarouchées qu'elles se laissaient prendre avec la main.

Votre tout dévoué en N.-S. J.-Ch.

DALQUIÉ.

XIX

Sombernon (Côte-d'Or), 28 novembre 1870.

Bien cher ami,

Avec ma lettre d'hier, vous avez pu assister
à notre descente précipitée des hauteurs de
Lantenay, à onze heures de la nuit. Vous nous
avez vus dressant nos tentes, au milieu des ténèbres, dans les vignes et dans les champs,
auprès de ce dernier village. Le jour a reparu.
Nous sortons de dessous nos toiles avec des
mines patibulaires. Le sommeil avait été si
agité, si toutefois il était venu visiter nos paupières! Bien dure! bien cruelle nuit!

Chacun songe à faire un peu de feu pour
réchauffer ses membres engourdis par le froid
et à réconforter son estomac de son mieux. Il
est onze heures environ. Toutes les marmites
sont déjà en ébullition, grâce aux pieds de
vignes qui n'ont pu échapper à la loi de la
nécessité! Les gamelles sont prêtes et les divers
groupes de compagnons et d'amis se forment
autour d'elles. Tout à coup, comme un coup
de tonnerre, le canon de l'ennemi se fait entendre au-dessus de nos têtes! Plus de doute,
les Prussiens sont là, à 600 mètres de nous à
peine. Inutile de dire qu'en un clin d'œil les

tentes sont levées. Quelques compagnies essayent de monter et d'aller à la rencontre de l'ennemi ; mais bientôt, arrêtées par une grêle de balles, elles rebroussent chemin pour prendre la direction de Malain et de Sombernon.

J'apprends bientôt que la compagnie qui avait été laissée, la veille au soir, sur la hauteur, du côté de Pâques, a été décimée. Une quinzaine de braves sont restés sur le carreau. Le commandant Charles de Gissac, le capitaine Georges Jalabert d'Huparlac et beaucoup d'autres, grièvement blessés, sont tombés entre les mains des Prussiens ! Ceux de la compagnie qui ont échappé aux balles meurtrières de l'ennemi, me donnent en passant ces tristes nouvelles. Parmi les victimes qui, pour la plupart, me sont encore inconnues, se trouve le jeune Coutou, de Saint-Côme, qui est tombé à côté de son frère au moment où, avec une épingle, il cherchait, le pauvre enfant, à rendre à la poudre l'efficacité que l'humidité lui avait enlevée. A genoux à côté d'un arbre, il avait vu rater trois fois de suite son vieux fusil à aiguille, lorsqu'un éclat d'obus vient l'étendre mort à terre !

Bien que je visse les nôtres quitter à la hâte Lantenay pour prendre la direction de Sombernon, je ne me pressais pas de partir. Ne voyant pas encore les Prussiens, je me figurais qu'ils étaient encore à une certaine distance de moi. C'était une grossière erreur qui faillit m'être funeste ! Pendant que j'étais sur la porte d'une maisonnette de garde-barrière. sur le chemin de fer, à quelques centaines de mètres de Lantenay, occupé à soigner un mobile qui avait reçu une légère blessure à la tête, je vois tout-à-coup, au-dessous de nous, plusieurs Prussiens qui s'avancent à pas de loup dans la tranchée de la voie ferrée pour aller plus haut nous couper le chemin. Heureusement que la tranchée était très profonde à cet endroit et que du temps qu'ils vont chercher un passage pour aboutir à la route nous pouvons gagner du chemin, leur échapper et rejoindre les nôtres. Il commençait à se faire tard et le jour disparaissant, l'ennemi a dû, sans doute, se cantonner à Lantenay et à Malain. Quoi qu'il en soit, nous le perdîmes de vue et nous pumes continuer notre retraite nocturne sur Sombernon sans être poursuivis par lui.

La distance à parcourir n'était pas très considérable ; nous y sommes arrivés vers les dix heures. Bien que ce chef-lieu de canton soit important, nous avons eu beaucoup de peine à nous y loger. La plus grande partie de la colonne s'était transportée là pour y passer la nuit. Aussi tout, jusqu'au plus petit réduit, était comble de soldats.

Je reviendrai sur cette triste journée d'hier, qui a coûté si cher à nos pauvres mobiles. Ce ne sera que dans la journée que j'aurai des détails et des renseignements sûrs relativement à l'affaire de Lantenay. Un bon nombre d'hommes manquent à l'appel. On donne leur nom. Ont-ils été tués ou blessés? Se sont-ils égarés? Il serait difficile de le dire pour le moment.

Votre tout dévoué.

DALQUIÉ.

Voici la lettre que nous écrivait en septembre dernier un homme de cœur, un vrai patriote, M. Theyras, avocat, ancien magistrat à Autun, et auteur de l'intéressant ouvrage intitulé : *Garibaldi en France*, dont nous avons parlé plusieurs fois et que nous recommandons de nouveau et d'une manière particulière aux Aveyronnais qui ont pris part à la terrible guerre de 1870.

Cette lettre qu'on lira avec plaisir dans l'Aveyron, vient corroborer, comme bien d'autres documents, du reste, que nous donnons plus loin, ce que nous avons dit maintes fois, au sujet de nos chers mobiles. C'est, en effet, partout où ils sont passés qu'ils ont produit de bonnes impressions et laissé les meilleurs souvenirs de leur bonté, de leur franchise, de leur honnêteté et de leurs sentiments religieux :

Monsieur l'Abbé,

Je viens de lire les lettres que vous avez publiées dans la *Gazette de l'Aveyron* et il m'a semblé revivre les tristes jours de l'année terrible. Bien que je ne sois guère sensible, les larmes m'ont rempli plus d'une fois les yeux en assistant à cette résurrection d'un lamentable passé.

Je me reportais au mois de décembre 1870,

à cette époque où commençaient pour les mobiles de l'Aveyron les grands sacrifices et les durs labeurs. Un matin où ma pieuse mère s'était rendue à la chapelle de la Visitation pour entendre la messe et prier pour la France, elle y rencontre neuf mobiles dont l'attitude recueillie et édifiante l'émeut profondément. Un coup d'œil jeté sur leur accoutrement, sur leurs figures résignées et douces lui suffit pour lui faire voir leur profonde misère. Elle s'approche d'eux et leur demande s'ils veulent bien lui faire l'honneur d'accepter son déjeuner. L'invitation est accueillie avec joie et, à 11 heures, les neuf Aveyronnais, avec leurs vareuses et leurs pantalons en guenilles, les souliers éculés s'assoient à notre table. D'abord un peu froids, ils s'abandonnent bientôt et nous racontent leur pitoyable odyssée. Chacun d'eux avait acheté des effets aux Garibaldiens : l'un un pantalon, l'autre un gilet tricoté, l'autre des bas ou des souliers qui les garantissaient à grand peine contre les 15 à 20 degrés de froid de cet hiver si rigoureux.

Et puis, quelle nourriture !

Mais vous savez mieux que moi leurs privations et leurs misères, et je ne vous aurais pas parlé de ce petit épisode, si je n'avais à ajouter qu'ils ne tarissaient pas d'éloges sur votre dévouement. Vous leur représentiez le foyer paternel, le clocher du village, et, au milieu de leur dénûment, ils acceptaient avec résignation leurs souffrances, parce que vous les souteniez et les encouragiez.

C'est ainsi que, pour la première fois, j'ai entendu prononcer votre nom. Depuis lors, il m'a souvent été donné de parler de vous avec mes anciens professeurs, auxquels vous avez laissé le meilleur souvenir, celui d'un père, d'un apôtre.

Je vous retrouve dans vos lettres tel qu'ils vous avaient dépeint, et je suis assuré pour elles du plus grand et plus légitime succès. Aussi bien, elles n'intéressent pas que vos anciens mobiles. En ce qui me concerne, j'y ai déjà trouvé les détails sur la mort de Bossack, que j'avais vainement cherchés ailleurs.

Je regrette bien de ne pas les avoir eues à ma disposition avant la publication de mon livre ; j'y aurais puisé fort utilement. Si je puis faire une seconde édition, je me propose de les utiliser.

Je vous serais infiniment obligé de conférer avec vos anciens soldats au sujet du combat d'Autun, et de me faire part des inexactitudes qui auraient pu s'y glisser.

Je m'abonne pour deux ans à votre journal, ainsi que *M. Harold, de Fontenay,* actuellement absent d'Autun ; vous pourrez recouvrer sur nous, par la poste, le montant de l'abonnement.

Je termine, Monsieur, en vous remerciant de tout cœur de votre obligeance et en me mettant à votre pleine et entière disposition pour tout ce qui pourra vous être agréable.

Si vous vouliez annoncer vos lettres dans le *Autunois*, aux mêmes conditions que pour les mobiles de l'Aveyron, peut-être recueilleriez-vous, ici, un certain nombre de souscriptions.

Veuillez agréer, Monsieur l'abbé, l'hommage de mon respect.

Autun, 25 septembre 1888.

G. THEYRAS.

XX

Bligny-sur-Ouche, 29 nov. 1870.

Bien cher ami,

Comme je vous l'ai dit, nous sommes arrivés au milieu de la nuit à Sombernon. Avant de chercher un abri pour moi et pour mes deux ordonnances, il a fallu commencer par placer les malades et les blessés que nous avions pu, Dieu sait avec quelles peines et avec quelles fatigues, traîner depuis Lantenay jusqu'à Sombernon. Les pauvres enfants, bien qu'ils ne fussent pas très gravement blessés, n'en pouvaient plus. Il était temps que nous arrivions. Nous étions tous harassés de fatigue et n'aurions pu aller plus loin.

Il est toujours facile de trouver un logement pour de pauvres blessés. Leur situation commande tout naturellement intérêt. Aussi dans quelques minutes furent-ils dans un bon lit. Mais il n'en fut pas de même de nous ; il fallut longtemps parlementer et raconter toutes nos aventures, tous nos malheurs de la journée pour toucher les cœurs et nous faire ouvrir une porte. Il est vrai, comme je vous le disais hier, que nous arrivions les derniers et que tout était comble de soldats qui, comme nous, avaient supporté le poids du jour.

Nous n'avons pas dormi longtemps. Le clairon a, de bon matin, sonné le départ. Les Prussiens étaient trop rapprochés de nous pour que nous puissions être rassurés. Ils pouvaient, à la première heure, tomber à l'improviste sur nous et nous faire prisonniers, ce à quoi nous ne tenions guère, comme bien vous pouvez le penser.

Nous avons quitté Sombernon vers 8 heures, et le régiment s'est replié sur Bligny par un chemin différent de celui qui nous avait conduit à Lantenay. C'est de cette dernière localité que je vous écris ces lignes.

Je ne puis pas vous donner les nouveaux renseignements que je vous ai promis sur le combat d'avant-hier. Les détails me manquent ou du moins ne sont pas assez sûrs pour que je puisse les donner comme de choses certaines. En pareille circonstance chacun raconte la sienne.

Ce matin, avant de partir de Sombernon, impatient d'avoir des nouvelles de certains hommes qui n'ont pas répondu à l'appel, et en particulier de plusieurs officiers, j'ai envoyé deux de nos mobiles qui, me voyant dans une fiévreuse inquiétude au sujet de tous ces absents, se sont offerts pour aller à leur recherche du côté de Lantenay. C'était une démarche courageuse qui témoignait d'une grande bonté de cœur et de nobles sentiments de la part de ces deux jeunes Aveyronnais : Henri Turq et Plégat ; mais elle était évidemment plus qu'imprudente. A peine avaient-ils fait quelques kilomètres du côté de la ligne ennemie, qu'ils sont arrêtés mais heureusement par des soldats français qui se trouvaient aux avant-postes. Ces derniers leur crient : où allez-vous donc ? — A la recherche de quelques-uns de nos camarades qui n'ont pas reparu depuis l'action d'hier au soir, répondent nos deux braves mobiles. — Mais vous n'y pensez pas ! Mais vous êtes fous ? Vous voulez donc vous jeter entre les mains de l'ennemi. Foutez-moi vite le camp d'ici et allez rejoindre votre régiment. — Les pauvres enfants, qui n'avaient pas tout d'abord calculé tout le danger d'une pareille démarche, ne se font pas répéter deux fois la même chose et rebroussent chemin sans mot dire. Ce n'est que ce matin que j'ai pu les revoir. Je suis donc encore dans l'incertitude au sujet du sort de beaucoup des nôtres.

Après avoir passé la nuit à Bligny, nous repartons ce matin pour Autun.

Votre tout dévoué,

DALQUIÉ.

XXI

Arnay-le-Duc, 30 nov. 1870.

Bien cher ami,

Nous avons couché à Bligny. Nous en sommes repartis ce matin et nous voilà sur la route d'Autun, où nous rentrerons ce soir.

Les conversations sont animées. Tout naturellement on continue à parler de la triste affaire de Lantenay. Chacun raconte à ses amis, à ses camarades ses péripéties, ce qu'il a vu, ce qu'il a entendu, ce qu'il a fait ! C'est un tel qu'on a vu tomber mort à ses côtés, c'est un autre qui a été blessé et est resté entre les mains de l'ennemi. Les émotions de cette malheureuse journée sont encore vives. Dans les diverses narrations qu'on fait on peut exagérer un peu, comme aime à le faire ordinairement le soldat dans ces circonstances. Sans pouvoir être bien sûr de l'exacte vérité, je puis cependant, après les données que j'ai depuis quelques heures, vous transmettre quelques détails que je ne connaissais pas hier.

Une douzaine des nôtres sont restés sur le carreau. Neuf ont été déposés dans le cimetière de Lantenay et les trois autres dans celui de Pâques. Je connais les noms à peu près de tous. Ils ont été recueillis par les habitants de ces

localités. Les blessés sont plus nombreux. M. le
commandant Charles de Gissac, se trouvant la
nuit à la tête de la compagnie qui a le plus
souffert, s'est conduit en brave, donnant à ses
soldats, le matin, au moment de l'attaque,
l'exemple d'un grand courage en face des Prussiens. Il a été blessé à la tête, mais sa blessure,
quoique grave, ne sera pas, nous l'espérons,
mortelle. On a pu le transporter à Dijon, d'où
il est parti presque immédiatement pour l'Aveyron, où il sera soigné dans sa famille. M. Georges Jalabert d'Huparlac est tombé plus grième-
ment blessé. Il n'a pas pu être emporté par
ses hommes, qui se sont vus forcés, malgré
leur bonne volonté, de le laisser sur le champ
de bataille. Les Prussiens, touchés sans doute à
la vue de ce jeune et bel officier étendu sur le
sol, l'ont respecté. Il a été recueilli dans une
des maisons les plus rapprochées, mais il n'y
est resté que quelques heures. Il a été, de là,
transporté à Dijon, où Mgr l'Evêque lui a donné
une généreuse hospitalité dans son palais. Je
n'ai pas besoin de dire qu'il sera l'objet des
soins les plus délicats. Ses parents peuvent donc
être sans soucis sous ce rapport. Le courageux
officier a failli rester sur le carreau. Heureusement qu'il a eu bientôt du secours, et grâce
aux bons soins qui lui seront prodigués à l'évêché, on pense qu'il s'en tirera.

Sa mère, Madame Jalabert, avait-elle le pressentiment qu'il serait blessé? Quelques heures avant notre départ de Rodez elle voulut me voir pour me recommander son fils d'une manière particulière. Son émotion était grande en voyant partir son cher Georges pour la guerre! Au milieu de sa tristesse, ce qui la préoccupait le plus, c'était l'âme de son fils. Nous étions en ce moment à côté de la place d'Armes. Après lui avoir parlé en mère chrétienne, elle lui fit promettre devant moi de venir se confesser sous peu. Le jeune homme le lui promit avec ce ton de franchise qui lui est naturel et qui est ordinairement la preuve d'un bon cœur. La promesse en effet était sincère.

Quelques jours après, nous étions à Loris, près de Montargis, dans le Loiret, lorsque je vois entrer chez moi un grand et magnifique officier, qui faisait plaisir à voir. C'était M. Georges Jalabert qui, sans rougir, venait en brave accomplir la promesse sacrée faite à sa chère mère, au moment de son départ de l'Aveyron. Mme Jalabert fut heureuse, sans toutefois être étonnée, d'apprendre de moi, et, sans doute, aussi de lui, cette nouvelle. Ces quelques lignes honorent trop la mère et le fils, pour que cette petite indiscrétion de ma part soit désapprouvée par eux, dans le cas où elle parviendrait à leur connaissance!

Un bon soldat ne sait jamais rougir d'une bonne action! En lisant ces détails, vous serez convaincu, une fois de plus, que ceux qui se confessent ne sont pas plus poltrons que les autres, et que, dans l'occasion, ils savent faire leur devoir devant l'ennemi, et cela sans craindre ses balles!

Dans une autre circonstance, je vous ai parlé des sentiments religieux et de la piété de M. de Gissac, qui a donné tant de preuves de son courage depuis le commencement de la campagne! Ça vaut bien, devant les Prussiens, ces petits impies qui n'ont de bravoure qu'en parole et loin des balles et des obus!

Heureusement que nous n'avons guère de gens de cette espèce dans notre régiment de mobiles!

Nous allons partir pour Autun. Les Prussiens, paraît-il ne sont pas loin, se dirigeant de ce côté. Viendront-ils jusqu'à Autun? Je ne saurais le dire. A bientôt d'autres détails. Je suis pressé.

Votre tout dévoué en N.-S.

DALQUIÉ.

XXII

Dijon, 24 décembre 1870.

Bien cher confrère.

Je viens de parcourir le champ de bataille avec mes deux ambulanciers. Au milieu des vignes de Fontaine, j'ai trouvé d'abord un de nos mobiles étendu mort ; nous l'avons fouillé, tourné et retourné, mais il nous a été impossible de pouvoir le reconnaître. Il n'avait sur lui absolument rien qui pût nous mettre sur la voie de son nom et de son identité. Un seul morceau de papier, portant quelques mots écrits au crayon et illisibles, voilà tout ce que nous avons pu recueillir snr sa personne. Nous avons pris son signalement et fait apporter son corps dans l'église la plus voisine. Après y avoir passé la nuit, il sera conduit au cimetière par le clergé de la paroisse.

A quelques pas de là, j'ai failli être victime d'un imprudent ou d'un assassin. Voici l'histoiré : Au moment où, toujours accompagné de mes deux ordonnances, nous nous faisions part des impressions de la veille avec un capitaine de la ligne, qui, comme nous, parcourait le champ de bataille, une balle, venant du côté de Talant, passe en sifflant entre lui et moi.

Nous étions à un mètre à peine de distance; vous pouvez comprendre l'effet qu'elle produit sur nous. J'ai eu la figure frisée, c'est le mot, et cela s'est fait si vite, que je n'ai pas eu le temps d'avoir peur. Le capitaine, comprenant, tout de suite le danger que nous avions couru, entre en fureur et ne se possède plus; il n'a pas assez d'expressions pour qualifier le lâche où l'imprudent qui a envoyé la balle. Nous regardons aussitôt de tous côtés autour de nous, mais impossible de savoir d'où elle venait et par qui avait été lâchée la détente. Nous avons beau braquer nos yeux en tous sens, au loin, dans la plaine, nous n'apercevons personne armé d'un fusil; pas un seul soldat qui soit dans un rayon d'un kilomètre. La balle était donc partie de loin. Du reste, le sifflement qu'elle avait produit en rasant nos oreilles en était une preuve évidente, car chacun sait que les balles, en sortant du canon d'un fusil, fendent l'air avec une telle rapidité qu'elles ne s'entendent pas passer; ce n'est que lorsqu'elles ont perdu presque toute leur force que leur passage se signale, d'une manière sensible, par la commotion de l'air.

L'arrivée de cette balle au milieu de nous, alors que l'ennemi s'était retiré depuis longtemps, et que le calme régnait partout autour de nous et dans les environs, était tout un

mystère que nous aurions voulu pouvoir éclair-
cir entièrement ! Fallait-il en accuser la maladresse ou l'imprudence de quelque étourdi ?
Ne serait-ce pas le fait d'une criminelle mal-
veillance de la part de quelque chemise rouge,
d'un Garibaldien ? N'aurait-on pas voulu viser,
à dessein, le capitaine ou l'aumônier des mobiles de l'Aveyron ? Lorsqu'on a vu de près ces
êtres dégradés et qu'on connaît ces pires ennemis de la France, on peut faire toutes les
hypothèses.

Quoiqu'il en soit, nous en étions quittes,
pour cette fois, avec la conviction que nous
avions couru un grand danger, et l'émotion que
ce danger avait produite en nous après coup.

Nous nous hâtons de quitter cet endroit,
pour avancer plus avant du côté où l'ennemi
avait, la veille, dressé ses batteries. Bientôt
nous rencontrons sur nos pas un autre mort.
Cette fois-ci, ce n'est plus un aveyronnais, ni
un français : c'est un prussien, un bel homme
de 25 ans environ. La position qu'il occupait,
la petite distance qui le séparait de nos troupes durant l'action, prouvaient assez qu'il
était un brave. Je compris bientôt qu'il appar-
tenait à la religion catholique. Le scapulaire et
le chapelet que j'ai trouvés sur lui en consti-
tuaient une preuve plus qu'évidente. Cela me
fit plaisir, et vous le comprendrez facilement.

C'était, il est vrai, un soldat ennemi, et, à ce
point de vue, il ne pouvait sans doute avoir
droit à nos sympathies de Français ! Mais
aussi il était catholique et peut-être bon chrétien,
et, à ces titres, nous devions oublier, pour un
moment, en face de la mort, toutes nos rancu-
nes et toutes nos haines d'ennemis, pour ne
voir en lui qu'un véritable frère en N.-S.
J.-C. Nous nous disions en nous-mêmes : le
pauvre malheureux n'est pas plus coupable que
nous, et, peut-être, à l'heure qu'il est, sa mère
prie et pleure comme les nôtres ! Il a subi les
conséquences des terribles lois de la guerre. Il
a tiré sur nous parce qu'on l'y a forcé, comme
nous avons tiré sur lui pour les mêmes raisons !

J'avais vu d'autres Prussiens de près. Je savais par conséquent qu'ils étaient parfaitement
bien équipés, armés jusqu'aux dents et ne
manquant de rien. Je pus le constater une fois
de plus. Quelle différence entre leurs chaussures,
leurs vêtements et ceux de nos soldats ! Quel
contraste entre leurs belles et puissantes armes
et les nôtres ! On comprend qu'on puisse faire
une campagne avec confiance dans de pareilles
conditions de bien-être matériel ! Son beau fusil
et son révolver m'auraient fait envie, mais,
après réflexion, je compris qu'ils seraient mieux
placés entre les mains d'un de nos soldats que

dans celles de leur aumônier. Je les laisse donc pour mes deux jeunes gens.

Je tenais toutefois à avoir un objet ayant appartenu à nos ennemis, comme souvenir, quoique bien triste, de notre terrible guerre contre eux. Aussi ayant vu à côté du cadavre un petit moulin à café, je m'en suis emparé pour le faire suivre avec moi dans l'Aveyron.

Après avoir passé le chapelet au cou de cette pauvre victime de la guerre, nous avons continué notre exploration à travers les vignes et les champs, laissant aux prêtres du voisinage le soin de donner à ce catholique une sépulture chrétienne.

Nous arrivons enfin dans une métairie, que la veille encore, l'ennemi occupait. Elle était remplie de blessés Prussiens, parmi lesquels se trouvaient deux de nos mobiles que nous avons fait transporter dans une des ambulances de Dijon. Ce n'était pas trop tôt. Les pauvres enfants, grièvement blessés et sans nuls soins, ne pouvaient tarder à succomber.

Je vous raconterai demain, avec des détails qui vous intéresseront, ma visite dans cette métairie.

Il y avait là du bien à faire, car parmi ces blessés Prussiens qui étaient sous la garde d'un médecin allemand se trouvaient plusieurs catholiques. Ces derniers ont été tout heureux de voir un prêtre et de recevoir de sa main la sainte absolution, qui les a consolés et fortifiés au milieu de la souffrance et du malheur.

Mes meilleurs sentiments en N.-S. J.-C.

DALQUIÉ.

Nous avons reçu la lettre suivante :

Monsieur l'Aumônier,

J'ai lu avec un intérêt tout particulier les touchantes lettres que vous avez reproduites dans la *Gazette de l'Aveyron;* et vous en comprendrez la raison. C'est à moi que vous avez écrit pendant la guerre, à l'occasion de la mort de mon cher et unique fils. Je vous dois une grande reconnaissance. Sans cette bonne lettre de consolation, je serais, sans doute, mort ou devenu fou de chagrin.

Il n'y a que Dieu qui puisse comprendre le prix du service que vous m'avez rendu et aussi il n'y a que lui qui puisse vous en récompenser comme vous le méritez.

Je conserve cette lettre comme une précieuse relique. Je la lis et la relis de temps en temps, en l'arrosant de mes larmes. Je vous en envoie une copie. Vous me ferez plaisir de la reproduire dans votre journal. Elle pourra peut-être édifier quelqu'un de vos lecteurs; dans tous les cas, ce sera une nouvelle consolation pour moi.

Veuillez agréer, Monsieur l'Aumônier, mon éternelle reconnaissance.   G.

Nous donnons ci-dessous la lettre en question :

XXIII

Dijon, 23 janvier 1871.

Bien cher Monsieur,

Il vient de se livrer, aux portes de Dijon, un

combat auquel ont dû prendre part les pauvres mobiles de l'Aveyron. Bien que l'avantage soit resté cette fois-ci du côté des Français, notre régiment a eu néanmoins beaucoup à souffrir, s'étant trouvé aux avant-postes, lorsque les Prussiens sont tout à coup sortis des bois de Darrois.

Nous avons eu beaucoup de blessés et un nombre malheureusement trop considérable de morts, et j'ai la douleur de vous annoncer une bien triste nouvelle ! Votre cher fils est une des victimes que j'ai relevées sur le champ de bataille.

Je comprends d'ici toute l'étendue de votre malheur et je prends une bien large part à votre incomparable affliction ! Lorsqu'on n'a qu'un enfant sur lequel se sont concentrées toutes les affections de la famille, il est certes bien naturel et bien légitime de donner cours à ses larmes ; mais aussi étant bon chrétien, comme vous l'êtes, vous ne vous laisserez pas abattre par la douleur et après avoir payé son tribut à la nature, vous lèverez, j'en suis bien sûr, vos regards vers le Ciel et saurez trouver, vous et votre digne compagne, dans votre foi et dans votre religion, les douces consolations que donnent les espérances d'une vie meilleure ! La noble mission d'un père et d'une mère n'est-elle pas de sauver leurs enfants ? Eh bien vous,

vous l'avez remplie cette mission, car je ne doute pas que votre cher fils ne soit déjà au séjour de la gloire !

Maintenant je puis vous donner quelques détails qui vous intéresseront et seront, je n'en doute pas, comme un doux baume versé sur la plaie sanglante de votre cœur.

Avant notre départ de Rodez, vers la fin du mois d'août, j'avais pu faire connaissance avec ce cher enfant et recevoir, dans l'intimité du cœur, toutes ses confidences. C'était une belle âme ! Il me fut facile de comprendre qu'il avait le pressentiment de sa fin prochaine, pensée qui ne le quitta jamais pendant la campagne et le tint constamment dans cet état de conscience où l'on doit être lorsqu'il faut comparaître devant le tribunal suprême. C'était là une bien grande grâce au point de vue de la foi ! On voyait que Dieu veillait sur lui d'une manière particulière parce qu'il voulait le moissonner pour le Ciel, à la fleur de son âge, après l'avoir purifié par le baptême de sang. Après s'être confessé à Rodez et à Autun, où il fit la sainte communion le jour de Noël, je le vis encore quelques jours avant sa mort. Tous ces renseignements sont bien, ce me semble, de nature à consoler des parents chrétiens et à leur apporter, au milieu de leur douleur, une sainte résignation.

Lorsque j'ai pu relever votre cher fils pour le

faire apporter à l'hospice de Dijon, avec d'autres de ses malheureux compagnons d'armes, il avait été fouillé par les Prussiens, ou peut-être aussi par les Garibaldiens, peu respectueux de la mort. Aussi je n'ai trouvé sur lui qu'une pièce en or de 40 francs, cousue dans sa capote, et échappée comme par hasard à des recherches sacrilèges, somme que je tiens à votre disposition, à moins que vous ne préfériez qu'elle ne soit employée en messes pour le repos de l'âme de ce cher défunt!

Je ne dois pas non plus oublier de vous dire que j'ai donné à votre fils une sépulture chrétienne et digne d'un soldat qui a bravement versé son sang pour sa patrie et pour son Dieu!

Veuillez agréer, bien cher Monsieur et désolé père, mes plus sincères condoléances.

DALQUIÉ.

XXIV

Olivet (Loiret), novembre 1870.

Bien chers parents,

Nous voilà à Olivet, aux portes d'Orléans. C'est avant-hier que nous avons quitté Salbris, et ce n'était pas trop tôt. Ce pays marécageux et humide n'est pas sain, et ne pouvait qu'être dangereux pour nos troupes. Aussi, à la petite vérole noire était venue se joindre la fièvre typhoïde. Déjà un certain nombre de nos mobiles en étaient atteints. D'un autre côté, la localité n'étant pas très considérable, il n'y avait pas assez d'ambulances pour recevoir tous nos malades. Il fallait les expédier dans d'autres villes plus ou moins éloignées. Ce qui n'était pas, comme vous le comprenez facilement, sans de graves inconvénients et de grands dangers pour ces pauvres malheureux jeunes gens.

Partis à pied de Salbris, nous sommes arrivés de bonne heure à la Mothe-Beuvron. Cette étape n'est pas longue et la route est belle. Aussi le chemin s'est-il fait sans trop de fatigue. Après avoir passé la nuit sous notre tente, nous nous sommes dirigés, toujours à pied, sur La Ferté, chef-lieu de canton du Loiret. Il y a là une forêt remarquable, appartenant à l'em-

pereur Napoléon. Le château, le parc, sont dignes, cela va sans dire, de Sa Majesté. C'eût
été à voir, mais j'ai autre chose à faire. Ce
n'est pas un voyage d'agrément et de touriste
que j'ai entrepris. Aussi les plus beaux monu-
ments, les curiosités les plus renommées, passent
pour moi presque inaperçues. Tout cela m'intéresse peu. J'ai d'autres préoccupations. Ma
paroisse ambulante de 3,600 hommes me donne
assez de travail pour occuper tous mes moments.
Je laisse partout où nous passons quelques morts
et des malades.

Nous avons quitté La Ferté après une halte
assez longue. Le temps était mauvais, la pluie
tombait abondante. Il fallait parcourir à pied
la distance de cette dernière localité à Olivet.

Au moment du départ, j'ai été assez heureux
pour rencontrer, par hasard, un brave homme
qui m'a gracieusement offert une place dans sa
modeste voiture découverte. Bien que je n'aime
guère à quitter mon régiment, j'ai cru prudent
d'accepter cette offre. C'était un bon paysan,
aimant à parler. Aussi avons-nous beaucoup
causé des choses de la guerre. Il voulait tout
savoir.

En somme, malgré le mauvais temps, la route
a été agréable et nous sommes arrivés à Olivet
plus tôt que je ne pensais. Il n'y a, du reste,
que quelques heures de distance.

Les jours sont courts en novembre, surtout avec la pluie. Parti dans la soirée, je ne pouvais pas espérer d'arriver de bonne heure. Aussi était-il déjà nuit lorsque nous avons rencontré les premières maisons d'Olivet. Cette importante localité est située à trois kilomètres environ d'Orléans.

Je ne pouvais pas me séparer de mon excellent conducteur sans le remercier. Lui offrir de l'argent, il ne l'aurait pas accepté. Nous entrons dans un hôtel et nous nous restaurons de notre mieux, en attendant que le régiment arrive. Il y avait dans cet hôtel deux de nos officiers, qui, comme moi, avaient profité sans doute d'une occasion pour arriver en voiture. Ils avaient arrêté une chambre et un lit pour la nuit, et me conseillaient d'en faire autant. Mais comme c'était la première fois que je quittais mes hommes et que, d'un autre côté, nous étions à quelques kilomètres de l'ennemi, il me répugnait de coucher hors de ma chère tente. La veille, les Prussiens avaient abandonné Orléans et se battaient ce jour-là à Coulmiers. On prétendait avoir entendu le canon dans la journée. Je me disais en moi-même : Qui sait où s'arrêtera le régiment et où camperont nos mobiles. Et puis, s'il y a dans la nuit une alerte et que nos troupes soient obligées de lever leurs tentes et de se transporter ailleurs, où iras-tu demain les pêcher. Sans compter qu'avec l'épidémie qui nous accompagne partout, je pouvais être nécessaire à plusieurs de ces pauvres enfants. Réflexion faite, je prends le parti, après avoir remercié mon conducteur, de revenir à la rencontre de mon régiment. Il ne faisait pas bon. La pluie continuait à tomber ; on s'enfonçait dans la boue, et, par surcroît, la nuit était des plus noires. J'avais de la peine à me conduire sur la grand'route. Lorsque j'eus fait deux kilomètres environ, je rencontre quelques tentes dressées sur le bord de la route. Les champs qui la bordaient étaient si imbibés d'eau qu'on s'y enfonçait jusqu'à la cheville. C'était là cependant que le plus grand nombre de nos soldats avaient dressé leur tente. Les pauvres malheureux n'ayant pas trouvé de la paille, avaient dû se contenter de quelques branches de sapin pour couvrir la terre, et n'être pas directement en contact avec elle.

Lorsque après une rude course faite sac au dos, fusil à l'épaule, par un temps pluvieux, le soldat est harassé de fatigue et qu'il sent le besoin de repos et de sommeil, il n'est pas délicat et se contente de peu. Aussi ces pauvres enfants dormaient-ils déjà profondément.

Le difficile, c'était pour me caser moi-même. J'avais, en les quittant, chargé mes deux ambulanciers de me faire porter ma tente sur une

des charrettes de réquisition, et de la dresser
en arrivant à Olivet. Je pensais bien qu'ils
n'y avaient pas manqué, mais comment aller
reconnaître une tente au milieu de tant d'autres
et avec les ténèbres de la nuit? Ce n'était pas
possible! J'eus beau chercher et interroger plusieurs mobiles qu'il me fallut éveiller pour
cela, pas de tente. J'apprends enfin que mes
deux jeunes gens, voyant le terrain si fangeux
et pensant aussi sans doute que, vu le mauvais
temps, je coucherais à Olivet, avaient jugé à
propos de ne dresser ni leurs tentes, ni la
mienne. Ils avaient été assez heureux, en arrivant des premiers, pour trouver un abri dans
une écurie, où ils étaient assurément bien
mieux que sur la terre mouillée. Que devenir?
Il ne faut jamais se décourager. On me dit
qu'à quelques centaines de pas, il y a une ferme; il faisait trop noir pour la voir. Je m'avance
dans la direction indiquée et je me trouve bientôt, en effet, sur la porte d'une grande écurie
où j'aperçois de la lumière. J'y entre, tout content d'avoir fait cette bonne trouvaille. Il y
avait là quelques mobiles qui, ayant allumé
un bon feu au beau milieu, étaient occupés à se
chauffer, tout en faisant leur popote. A peine
étais-je entré qu'un officier arrive. Comme moi,
il était à la recherche d'un gîte pour passer la
nuit. Nous causons quelque temps ensemble,

mais, lorsqu'on est fatigué et qu'on sent les paupières se fermer malgré soi de sommeil, on trouve peu de goût et d'intérêt à prolonger la conversation !

Aussi, faute de mieux, étions-nous résolus, après nous être enveloppés dans notre manteau et roulés dans nos couvertures de campement, de nous étendre sur le sol en attendant le jour ; c'était un peu raide, mais c'était à prendre ou à laisser. En finale, nous disions-nous, nous serons encore mieux ici que dehors en plein air. Quelques heures avant, à l'arrivée des mobiles, il y avait bien au fond de cette vaste écurie un grand tas de gerbes d'avoine, non dépiquées, mais ces derniers s'étaient jetés sur elles avec un empressement et une avidité facile à supposer, et les avaient emportées. Le propriétaire avait eu beau se plaindre vivement et se mettre en colère, il n'en était pas resté une paille. Dans de pareilles circonstances, c'était bien le moins qu'ils pussent faire ; les pauvres enfants avaient bien assez souffert ! Malheureusement, il n'y en avait pas eu pour tous, et le plus grand nombre dut s'en passer et se contenter de quelques débris d'arbres. Tout ce qui restait dans l'écurie, c'était un tas de balles (*poulses*) d'avoine. Réflexion faite, je dis à mon officier : Il me semble que nous ne serions pas si mal, là dedans ! Il fut de mon avis. Aussitôt dit aussitôt fait. Nous nous plions bien dans notre grand manteau, et, après nous être creusé un lit dans le tas, nous nous y allongeons de manière à ne laisser voir que le bout du nez. Jamais lit plus souple, plus mou !

Le sommeil ne se fit pas attendre. La nuit, trop courte, fut des plus calmes et des plus heureuses ! Le brave officier ronflait dur, et ne s'éveillait de temps en temps que pour me dire : Dites, Monsieur l'Aumônier, fallait-il être bête, pour ne pas s'apercevoir plus tôt de ce bon lit, où nous dormons comme des rois sur le duvet. Le jour avait déjà paru depuis assez longtemps lorsque nous nous éveillâmes. Il nous en coûtait de sortir de cette couche qui nous avait procuré un si agréable repos ! Il le fallut bien, pourtant, car déjà, autour de nous, chacun avait repris sa vie de camp ; de tous côtés les feux étaient allumés, et les marmites allaient leur train.

Tous ces petits détails vous intéresseront, un peu tristement peut-être, mais n'allez pas croire que nous soyons plus malheureux que nous le sommes. S'il y a quelques mauvais moments à passer, quelques peines à supporter, quelques incidents fâcheux de temps à autre, il y a bien certes aussi, comme je vous le disais dernièrement, des joies et des consolations. Pour mon compte, je puis vous assurer, en toute franchise, vous le croirez ou vous ne le croirez pas, que je n'ai jamais été plus heureux. Je me porte fort bien, et les mille consolations que je trouve en remplissant mon ministère de charité auprès de mes chers mobiles, m'ont bientôt fait oublier complètement toutes les peines physiques et morales que j'éprouve parfois. A chaque jour suffit son mal; ne vous faites pas de mauvais sang; soyez heureux et contents puisque je le suis moi-même. Priez seulement pour que Dieu ait pitié de la France et qu'il nous donne la victoire.

Votre cher fils, qui vous embrasse bien affectueusement.

DALQUIÉ.

XXV

Autun, 22 novembre 1870.

Bien chers parents,

Ne soyez pas en peine sur mon compte. Je me porte parfaitement bien. Depuis mon départ de l'Aveyron, je n'ai pas eu une minute de maladie. Le bon Dieu sait bien, du reste, qu'il me faut, dans la position où je me trouve, de la santé, des forces et de la vie pour pouvoir exercer efficacement mon ministère de charité à l'égard de mes malades qui sont si nombreux ! Les pauvres enfants tombent comme des mouches à l'arrivée des frimas. Bien portants le soir, le lendemain je les trouve étendus le plus souvent sur la paille, ne pouvant se lever et faire un pas. C'est la petite vérole noire qui fait le plus de ravages dans notre régiment ! C'est effrayant ! Non seulement l'hospice de la ville, mais encore toutes les nombreuses ambulances, improvisées dans ces circonstances sont remplies de varioleux qui font peur à voir tant ils sont défigurés. Il y a une mortalité relativement très considérable, malgré tous les soins que leur prodiguent de bonnes sœurs de charité. Depuis plusieurs semaines il en meurt des nôtres trois ou quatre par jour. Ce qui me console, m'en-

courage et me soutient au milieu de mes fatigues de jour et de nuit, au milieu de mes souffrances physiques et morales, c'est la pensée,
c'est la conviction que j'envoie tous ces chers
enfants dans un monde meilleur, dans la patrie
céleste. Ils font des mort si saintes, si édifiantes, que bien souvent les personnes mêmes les
plus endurcies qui en sont témoins en sont touchées jusqu'aux larmes et se convertissent. J'ai
vu plusieurs de ces cas qui m'ont singulièrement édifié moi-même. Aussi partout on s'attache à eux et ils deviennent l'objet des soins
les plus tendres et les plus affectueux de la part
des bonnes sœurs infirmières. Si en temps de
guerre tout n'est pas rose pour un aumônier
militaire, comme vous le voyez, bien chers parents, il n'est pas cependant sans de grandes
consolations au milieu de ces peines de tout
genre. Ces joies, toutes spirituelles, ne contri-
buent pas peu à adoucir les douleurs physiques et morales inhérentes à la vie des camps
en temps de guerre.

Depuis notre arrivée à Autun, nous sommes
cantonnés au petit et au grand séminaire. Ces
deux établissements sont immenses. D'autres
troupes y sont logées avec nous. Les deux fils
de Garibaldi, Riccioti et Menotti, occupent une
chambre à côté de moi. Je les rencontre plusieurs fois le jour. Ils font leur chemin et je

fais le mien. Ils me paraissent pourtant convenables.

Il va sans dire que les élèves n'y sont plus. Ils ont été renvoyés dans leur famille jusqu'à ce que la guerre soit entièrement finie. Ah ! s'ils revenaient de ce moment-ci quel changement n'y trouveraient-ils pas ! Naguère la joie et la gaîté la plus franche y régnaient. Les belles cours y retentissaient des chants et des amusements bruyants de ces jeunes générations, l'espoir de l'Eglise et de la Patrie ! Les vastes et magnifiques terrasses étaient témoins de leurs innocents ébats et de leur mille projets de bonheur pour l'avenir ! Maintenant tout y respire la tristesse et la désolation. Les maladies, la douleur et la mort y règnent ! Le plus remarquable peut-être de France, soit par sa position topographique, soit par l'élégance de sa forme et tout l'ensemble de sa construction, ce petit Séminaire est devenu depuis plusieurs mois une espèce de caserne où les diverses troupes se succèdent. Ses plus belles salles sont changées en de vraies écuries où l'on voit une épaisse couche de paille brisée comme du son. A peine y avez-vous mis le pied que vous êtes tout couvert d'une hideuse vermine qu'on aperçoit de loin à l'œil nu, courir sur vos habits. Ces grenadiers-là ne respectent personne, pas même les aumôniers militaires. J'en sais quelque chose, moi qui suis toujours par là à la recherche de mes nouveaux malades. Une fois qu'ils ont pris possession de votre personne il n'est pas, si vous savez, toujours facile de les déloger et de s'en débarrasser. Ce sont de véritables carnivores. Ils vous dévorent sans pitié tout vivants.

Il n'y a que les Garibaldiens qui ne les connaissent pas. Ils sont trop nobles, ces Messieurs, pour hanter ces lieux de la misère. A eux il leur faut de bons lits où ils puissent s'enfoncer dans la laine, la plume et le duvet. N'est-ce pas indigne et plus que révoltant de voir les pauvres enfants de la France réduits à la plus affreuse misère, manquer de tout, même des habits les plus essentiels, alors que des étrangers, des voleurs, la lie de la canaille, les pires ennemis de notre patrie, ne manquent de rien et regorgent de tout ? Lorsque je les vois passer à côté de nos mobiles, je suis indigné. Ces derniers sont si déguenillés qu'ils font vraiment pitié à voir. Il n'y a jamais rien pour ces pauvres malheureux dans les diverses distributions d'habillements. Les Garibaldiens se font toujours la part du lion, et ce qui reste est le plus souvent, paraît-il, envoyé à leur famille en Italie. Voilà ce qu'il faut voir en pleine France. Et on supporte ces hommes-là et on les appelle les amis, les sauveurs de la France ! Comme c'est humiliant pour un peuple honnête qui

personnifie si bien l'honneur et la noblesse !
C'est à ne pas y croire !

En attendant, nos chers Aveyronnais souf-
frent de mille privations, et c'est sans doute
là la principale cause de toutes ces maladies
qui règnent dans le régiment et qui font tant
de victimes. Leurs vareuses et leurs pantalons
sont tout déchirés et tombent en lambeaux,
étant faits d'étoffes brûlées. Quelquefois, si
on n'était indigné, on rirait vraiment de leur
accoutrement. Vous en voyez passer qui, sans
le savoir, arborent par derrière le drapeau
blanc, bien qu'ils ne soient pas toujours royalis-
tes. Sans la capote qui étant un peu plus solide couvre le tout, les règles de la décence auraient à souffrir.

Et tout cela existe au su et au vu du fameux
Garibaldi, dont on prône tant les exploits. Et
puis on dira qu'il aime le soldat ! Comme si le
véritable amour ne se manifestait pas toujours
par les actes et le dévouement.

C'est une honte pour la France ! C'est une
abomination à nulle autre pareille, et qu'il faudra payer cher un jour.

Encore un mot du Petit séminaire. J'y reviendrai, du reste, et j'y trouverai bien des choses intéressantes à vous raconter.

Nous lui devons tant de gratitude ! C'est là

11

que nos mobiles sont consignés et passent le jour et la nuit, à l'exception de ceux qui, à tour de rôle, sont d'avant-garde ou de reconnaissance.

Ce sont ces murs bénis qui nous ont abrités contre le mauvais temps pendant les jours les plus rigoureux de ce terrible hiver! Figurez-vous 2,000 Aveyronnais renfermés dans cet établissement, sans compter d'autres troupes, et vous aurez une idée de cet immense local. Les plus grandes salles sont à notre disposition. Nos mobiles sont là divisés par compagnies et distribués dans les diverses pièces, dans de vastes dortoirs, dans les réfectoires, dans les salles de récréation, etc. Tout autour de ces appartements se trouve une couche de paille plus ou moins fraîche. Les hommes s'y couchent les uns à côté des autres, de manière à former deux lignes, l'une à droite et l'autre à gauche. C'est là généralement que nous faisons nos affaires spirituelles. Je vous raconterai un peu plus tard comment nous nous y prenons. Vous serez intéressé et édifié. J'en suis sûr d'avance.

Le vénérable et digne supérieur de la maison, un homme d'un grand mérite, rehaussé par une modestie et une humilité de saint, ne quitte guère sa chambre. Il y est retenu par une indisposition. Ses confrères dans l'enseignement n'ont pas voulu le quitter et sont restés pour la plupart dans l'établissement. Témoins

attristés de tant de dégâts inévitables qui se
font tous les jours dans la maison, ils se réu-
nissent souvent chez lui. C'est là que j'ai eu
le plaisir de les voir plusieurs fois, et de m'entretenir avec eux. Ils entourent leur père de
mille soins affectueux. C'est une vraie famille
où il n'y a qu'un cœur et qu'une âme. J'en ai
été singulièrement édifié.

Ils sont tous si bons, si prévenants, si aimables à mon égard, que j'en suis vraiment humilié et confus. Je voudrais pouvoir leur rendre
toutes les bontés dont ils me comblent; mais
je suis si occupé, si absorbé par le soin de
mes nombreux malades et l'exercice de mon
ministère d'aumônier, que je n'ai pas un moment. Je ne les vois guère qu'en passant et il
me serait si doux d'aller causer quelques moments avec eux dans leur chambre! Ils sont à
mes petits soins. N'étant pas libre au moment
de leurs repas communs, ils me font soigner à
part. Ils veulent bien m'excuser et me pardonner mon sans-façon de militaire.

Leur attention et leur bonté ne se bornent
pas à l'aumônier, elles s'étendent jusqu'à ses
mobiles. Je ne vous dirai pas l'affection et
l'intérêt qu'ils leur portent. Ils ont su découvrir
sous leurs mauvais haillons ce bon cœur et
ces sentiments religieux qu'ils n'avaient pas
trouvés jusqu'ici dans le soldat. Ils ne taris-

sent pas d'éloge à leur égard et sont heureux de leur rendre tous les services qui sont en leur pouvoir. Leur franchise et leur honnêteté les frappent surtout.

Comme vous le voyez, bien chers parents, nous ne sommes pas aussi malheureux que vous vous le figurez peut-être quelquefois. Partout où nous passons nous sommes bien vus et on nous reçoit avec plaisir, même là où il y a peu de religion ! Tant il est vrai que la piété est utile à tout et qu'on s'attache facilement à ceux qui, sans respect humain, savent se dire et se montrer chrétiens et catholiques.

N'oubliez pas les pauvres soldats de la guerre dans vos ferventes prières.

Votre tout dévoué fils et frère,

DALQUIÉ.

XXVI

Dijon, 25 décembre 1870.

Bien cher Confrère,

Je continue le récit de hier au soir. Comme je vous l'ai dit, nous sommes arrivés, après avoir traversé le champ de bataille, dans une grande ferme située à trois kilomètres au-delà de Fontaine. A ma grande surprise, en ouvrant la porte d'un vaste appartement du premier étage, je me trouve tout à coup en face d'une trentaine de Prussiens blessés. Ils étaient couchés pêle-mêle, par terre, les uns à côté des autres. Un peu de paille leur servait de lit. A l'extrémité de la pièce était assis sur une mauvaise chaise un jeune médecin allemand qu'on avait laissé pour donner les premiers soins à ces malheureux tombés sur le champ de bataille. Le personnel attaché à l'ambulance ennemie n'avait pu, sans doute, les emmener avec eux à cause du triste état où ils étaient. Vous croirez peut-être qu'ils m'ont vu de mauvais œil et fait un accueil peu sympathique ? Détrompez-vous. Au contraire, chacun a voulu me témoigner, à sa manière, sa joie et son contentement de me voir. Les uns par des paroles, les autres par des gestes, ceux-ci par un sourire gracieux auquel la douleur et la souffrance ajoutaient quelque chose de particulièrement touchant, ceux-là par un signe de croix accompagné de plusieurs inclinations de tête qui voulaient dire : Je suis des vôtres ; je suis catholique.

Je compris parfaitement ce langage divers qui avait bien pour moi son éloquence. Aussi je n'eus pas à faire de grands efforts pour rendre à ces pauvres enfants de la Prusse, en sympathie, en bonté et en charité, les sentiments qu'ils me témoignaient comme prêtre, comme ministre de Dieu ! C'était si naturel en pareille circonstance ! Tout, là, était fait pour toucher un cœur ! Ce qui me frappait le plus c'est ce témoignage rendu à la charité et au dévouement du prêtre par des hommes appartenant à des cultes différents. Je me disais : Tant il est vrai que le prêtre catholique, malgré qu'il soit souvent l'objet de la haine de beaucoup, est pourtant encore, partout où la douleur et le malheur font taire les passions humaines, considéré comme l'homme de la paix, comme l'homme de la consolation , comme le vrai représentant sur la terre du Dieu des miséricordes auprès des souffrants et des malheureux !

Tout naturellement je devais les premiers égards au jeune médecin auquel avait été confié tous ces pauvres blessés. Je m'approche de lui. Il me rend gracieusement mon salut. Je fus heureux de voir qu'il connaissait parfaitement

bien notre langue, car il me répondit en bon
français. La conversation s'engagea et dura
assez longtemps. Bientôt je vis que je pouvais,
en toute liberté, parler avec lui religion, bien
que j'ignorasse s'il était protestant ou catholique. Je vois, lui dis-je, que parmi vos blessés
il y a des catholiques ; ils désireraient peut-être,
dans la position où ils se trouvent, profiter de
ma présence ici pour se réconcilier avec Dieu.
Ils ne comprennent pas sans doute le français
pas plus que moi l'allemand. Voudriez-vous,
Monsieur le docteur, me servir d'interprète auprès d'eux. Vous me feriez plaisir. — Parfaitement, Monsieur l'Abbé ; je suis à votre disposition. — Eh bien, dites-leur en langue de votre
pays, que je vais leur donner la sainte absolution, leur remettre tous leurs péchés, que pour
cela il n'est pas nécessaire de se confesser dès
lors qu'il y a impossibilité réciproque de se comprendre, qu'il leur suffit, pour le moment, de
demander sincèremeut pardon à Dieu de toutes
leurs fautes. Aussitôt dit aussitôt fait. Le
jeune médecin, se tournant du côté des blessés,
leur adresse quelques paroles que je ne comprends pas il est vrai, mais qui sont bien assurément l'expression de ma pensée, car je vois à
l'instant un certain nombre d'entre eux, tous les
catholiques, tracer avec foi et respect sur leur
front le signe sacré de la rédemption, incliner

profondément leur tête, et, comme marque de repentir, se frapper en même temps leur poitrine. C'était le moment! Je lève la main et prononce la formule sacramentelle. M'adressant de nouveau à mon complaisant interprète, j'ajoute : Les voilà maintenant réconciliés avec Dieu! Dites-leur que je leur donne pour pénitence un *Pater* et un *Ave Maria*. Enfin, après leur avoir adressé, toujours par la voie du jeune docteur, quelques paroles de consolation chrétienne, je prends congé d'eux en leur promettant, toutefois, de revenir les voir.

Ne croyez-vous pas, bien cher ami, que ma conduite, en cette circonstance, a été aussi théologique que possible? Du reste, en cela, je n'ai consulté que le bon sens! Quoi qu'il en soit, je suis bien sûr que le pardon est descendu du Ciel grand et bien complet sur les âmes de tous ces pauvres soldats étrangers victimes de nos balles! Leurs dispositions ne me paraissaient pas douteuses!

En sortant de là, je suis conduit dans une autre maison où se trouvait encore un prussien; mais celui-ci est plus grièvement blessé. C'est aussi un catholique qui me manifeste, à sa manière, le désir de se confesser. Ici je n'avais pas d'interprète. Je me suis souvenu tout à coup que j'avais dans mon portefeuille un bout de papier qui pourrait bien me rendre service pour le moment. J'avais dernièrement fait connaissance, dans une ambulance de Dijon, avec un officier prussien catholique que j'avais confessé en français. Il avait eu la complaisance de me traduire en allemand les principales questions qu'on peut faire prudemment à un soldat en confession. Je portais cette pièce continuellement sur moi pour m'en servir à l'occasion. C'était bien ici le cas. Nous n'étions que nous deux dans la chambre. C'était facile. Je me mets à lire mon questionnaire, sans doute avec une prononciation bien défectueuse, mais peu m'importait. Il me suffisait d'être compris et je l'étais, car, selon la question faite, il me répondait en allemand *oui* ou *non*. Je comprenais assez ces deux mots. C'était tout ce qu'il me fallait. Comme vous, le voyez, bien cher confrère, le bon Dieu a ses élus partout, même en Prusse, parmi ces terribles ennemis de la France ! Je vous ai parlé, maintes fois, comme Français, de leur barbarie et de leur cruauté dans certaines circonstances, vous ne trouverez pas mauvais, comme prêtre, comme ministre de Jésus-Christ, que je vous aie raconté les traits édifiants qui sont à l'avantage de quelques-uns d'entre eux. Rien du reste de plus conforme à la franchise, à la loyauté et à l'esprit de justice du Français.

Lorsque j'ai eu rempli mon ministère de charité auprès de tous ces pauvres blessés, c'était déjà tard. Malheureusement, au lieu de rentrer à Dijon par le chemin le plus direct, je me suis laissé entraîner par le cœur. J'ai marché à travers champs en contournant Fontaine du côté du nord pour aller rejoindre la route de Pouilly qui conduit à Dijon. C'était dans cette plaine qu'on s'était battu la veille, et où les Français et les Prussiens avaient laissé beaucoup de monde. Le chemin fut plus long que je n'avais cru. La nuit me surprit. Comme l'ennemi s'était retiré de ce côté-là, il y avait partout, dans ces parages, des postes français. On craignait quelque trahison. Il avait même été question, dans la journée, de quelque espion habillé en prêtre. Aussi la consigne était-elle sévère. A peine avions-nous été assez heureux pour traverser un poste que nous en trouvions un autre. C'était toujours : Qui vive ! Qui vive. Nous montrions nos papiers. Cela ne suffisait pas. On nous conduisait à un nouveau poste, où il fallait encore se faire connaître, et ainsi de suite jusqu'à ce que nous sommes enfin arrivés à l'entrée de la ville. Jamais, depuis le commencement de la campagne, je ne m'étais trouvé dans d'aussi grandes difficultés. J'ai vu le moment où il nous était impossible d'arriver. Cette leçon me servira. Une autre fois je serai plus prudent.

Votre tout dévoué en N.-S. J.-Ch.,

DALQUIÉ.

XXVII

Prenois, 18 novembre 1870.

Bien cher ami,

J'ai reçu votre longue et intéressante lettre à Prenois. Merci des nombreuses nouvelles que vous voulez bien me donner de l'Aveyron. Vous avez eu de la chance ; c'est bien rare que les lettres nous arrivent aussi directement et aussi vite. Avec le désordre qu'il y a partout et l'encombrement des bureaux postaux, nous ne pouvons compter sur la régularité du service. Ce serait beaucoup qu'elles nous arrivassent tôt ou tard, mais, malheureusement, la plupart restent en bataille, surtout celles qui contiennent de l'argent sans être chargées. Les parents des mobiles ne sauraient donc prendre trop de précautions, dans les divers envois qu'ils font à leurs enfants. Dans de pareilles circonstances, le chargement est nécessaire. Si une lettre chargée n'échappe pas toujours à la cupidité, que penser de celles qui ne le sont pas ? Un homme exercé comprend tout de suite, au simple toucher, si une enveloppe renferme des valeurs ; s'il est indélicat, il succombe à la tentation, et il n'est plus question du contenant et du contenu.

Prenois est une petite localité située à une dizaine de kilomètres environ de Dijon. C'est
dans ces parages que se trouvaient les Prussiens, le 26 novembre, lorsque nous sommes
arrivés à Lantenay. Nous sommes logés plusieurs
dans une maison qui a eu l'honneur d'en héberger un certain nombre. La propriétaire est
une dame qui, après avoir habité longtemps
Paris et fait fortune, est venue enfin se fixer
dans ce beau pays. C'est une véritable virago.
Vous en jugerez par ce qu'elle nous a raconté en
arrivant. Faisant bon cœur contre mauvaise
fortune, elle avait livré, avec toute l'amabilité
possible en pareil cas, son petit château aux
ennemis de la France. On est bien forcé d'être
aimable, lorsqu'on ne peut pas faire autrement !
Bien entendu qu'il fut pour les officiers. A leur
arrivée, ils s'y installèrent comme dans un chez
soi. La propriétaire ne s'attendant pas à de
pareils hôtes, n'avait pas songé à retirer et à
cacher les objets de luxe qui ornaient ses beaux
appartements. Aussi une belle montre en or,
d'un très grand prix, suspendue à la cheminée
d'un salon, ne tarda pas à devenir la proie d'un
des officiers. Notre parisienne s'en aperçoit bientôt, et, furieuse de colère, elle ne fait pas à
deux. Sans autre préambule, elle s'élance, comme une furie, sur le malhonnête prussien ; une
lutte terrible s'engage, et la victoire reste du

côté de la femme, qui ne lâche son adversaire
que lorsqu'elle lui a arraché l'objet volé. Celui-
ci, la figure toute ensanglantée, et, honteux de
ses blessures peu honorables, n'ose se montrer
après un si brillant exploit. Le malheur pour
lui, c'est que l'énergique femme ne se contenta
pas de sa première victoire. Après l'avoir accablé
d'insultes et lui avoir labouré la figure avec
ses ongles, elle va encore porter ses plain-
tes au chef de la colonne. Celui-ci, voulant
donner un exemple de discipline à l'armée, le
traite avec toute la rigueur de la cour martiale.
C'est cette forte discipline, plus encore que le
courage, qui fait la force des troupes alleman-
des. Que n'y a-t-il en France, de ce moment-ci,
quelques milliers d'hommes résolus comme cette
femme courageuse ! Nous serions bientôt sauvés.

Je sors tout à l'heure de chez le bon curé de
Prenois. Je voudrais avoir le temps de vous
faire son histoire depuis la campagne. Quel
homme si admirable ! Son dévouement a été mis
à l'épreuve de mille manières, et, toujours, il
a été sublime. Après l'avoir menacé plusieurs
fois de le fusiller, les Prussiens eux-mêmes n'ont
pu s'empêcher de lui faire justice, et de rendre
un public hommage à son courage et à son dévouement incomparables. De ce moment, il a
chez lui, au presbytère qui s'est transformé en
vraie ambulance, un officier garibaldien qui lui

doit la vie. Il l'a relevé lui-même de sur le champ de bataille, au milieu d'une grêle de balles. Après lui avoir donné son lit, il le soigne de ses propres mains. Grâce aux soins les plus dévoués qu'il lui a prodigués, jour et nuit, le pauvre malheureux, resté longtemps entre la vie et la mort, est maintenant en bonne voie de guérison.

Ah! comme le vrai dévouement, celui qui vient d'en haut, va droit au cœur et touche même les âmes les plus dégradées et les plus insensibles !

Voilà un étranger, un homme qui sorti, quoique officier, de la lie du peuple, des bas-fonds de la société, un homme qui ne croyant peut-être ni à Dieu ni à diable, a jusqu'ici, comme tant d'autres des Garibaldiens, fait la guerre à la religion, à l'Eglise, exécré le prêtre qu'il abhorre de toute la puissance de son âme, et tout à coup vous le voyez complètement transformé et devenir doux comme un agneau. Sa haine et son mépris se changent en amour et en admiration en présence de ce même prêtre, dont la seule vue, naguère, enflammait sa colère ! Aujourd'hui quel cœur si reconnaissant ! Comme il est heureux de baiser la main de celui qu'il avait haï parce qu'il ne le connaissait pas, et qu'il aime maintenant parce qu'il a appris à le connaître en le voyant lui-même à l'œuvre sublime de dévouement et de charité chrétienne !

Tous ces beaux exemples font du bien et encouragent ceux qui en sont témoins ! On en est heureux ! Il y a tant d'autres tristesses qui navrent le cœur !

Laissez-moi, avant de finir, vous raconter une excursion, un petit voyage que je viens de faire. Comme je vous l'ai dit dans une de mes précédentes lettres, repoussés par l'ennemi, nous avons été obligés de quitter Lantenay à la hâte, presque à la tombée de la nuit, et sans pouvoir bien me rendre compte par moi-même de tout ce qui s'était passé dans cette journée désastreuse pour notre régiment. Comme je devais m'y attendre, beaucoup de lettres me sont arrivées de l'Aveyron depuis cette triste affaire.

En apprenant la nouvelle d'une manière plus ou moins vague, certains parents, ne recevant pas de lettres de leurs enfants, ont, tout naturellement, été dans une affreuse anxiété. Il y a déjà 22 jours depuis ce combat, auquel ont pris part, quoique mal armés, nos Aveyronnais. On ne peut pas, évidemment, à l'heure qu'il est, l'ignorer dans l'Aveyron. Parmi les lettres que j'ai reçues, il y en a une, entr'autres, qui est vraiment navrante ; c'est une des plus chrétiennes et des plus honorables familles de nos montagnes qui me l'écrit. Depuis Lantenay, l'aîné de cette famille, excellent jeune homme s'il en fut, n'a plus donné signe de vie. Personne ne sait ce qu'il est devenu. Lui qui écrivait si souvent à ses parents ! Figurez-vous la douleur de cette mère vraiment chrétienne. Une chose surtout la préoccupe. Sa douleur serait bien adoucie, son malheur bien diminué, si au moins elle pouvait avoir la certitude que son cher fils s'est confessé depuis qu'il a quitté le foyer paternel ! Pour elle tout le reste n'est rien. Quelle foi ! C'est bien la femme forte de l'Evangile !

Tout porte à croire que le pauvre jeune homme a succombé dans cette malheureuse affaire. Ah ! comme je voudrais pouvoir adoucir cette douleur de mère, en lui donnant une réponse conforme à ses désirs ! Mais comment faire ! Comment avoir une certitude complète ! Je sais bien que j'ai confessé, la veille du combat, toute la nuit, un très grand nombre de mes soldats, mais comment les connaître au milieu des ténèbres de la nuit ! Ce n'était pas possible ! Tout ce que je puis dire, c'est que ses compagnons d'armes l'avaient en grande estime et qu'ils ne tarissent pas d'éloges sur son compte. Il n'est donc pas possible qu'un jeune homme appartenant à une famille aussi patriarcale, aussi chrétienne, et qui édifiait tous les autres par sa piété et sa vertu, ne soit pas un de ces deux mille mobiles que j'ai déjà confessés depuis notre départ de Rodez, soit à Autun, soit partout où nous sommes passés.

Je reviens à mon excursion. Me trouvant, dis-je, à Prenois, entre Dijon et Lantenay, mais beaucoup plus près de cette dernière localité que de la première, j'ai voulu profiter de l'occasion qui peut-être ne se rencontrera pas de nouveau, pour aller prendre moi-même des renseignements auprès du vénérable curé et des habitants de Lantenay. Je pensais qu'ils pourraient peut-être me donner des détails intéressants que je ne connaissais pas et me renseigner sur bien des choses que les parents des victimes me demandaient. Je tenais, du reste, singulièrement, à visiter en personne le champ de bataille et surtout les hauteurs du village où nous avions campé la nuit et que je n'avais pu apprécier à cause des ténèbres. C'était là aussi que quelques-unes de nos compagnies avaient été abîmées. Tous ces souvenirs encore si frais dans ma mémoire, me rendaient tous ces lieux intéressants, bien qu'ils le fussent certes bien tristement.

Après avoir pris quelques renseignements auprès des habitants de Prenois sur la distance à parcourir, et que je ne connaissais pas, nous sommes partis avec mes deux ordonnances. C'était, toutefois, quelque peu imprudent et dangereux. L'ennemi pouvait tout à coup sortir des bois environnants. Mais nous ne fîmes pas toutes ces réflexions et le cœur l'emporta.

En passant à Paques, j'ai eu la certitude que trois ou quatre des nôtres avaient été enterrés dans le cimetière de cette petite annexe. J'ai pu même, au moyen du registre mortuaire, avoir le nom de deux d'entre eux. Ces renseignements pris, nous avons continué notre course vers le but de notre petit voyage.

Je n'ai pu traverser ces champs qui dominent Lantenay sans une vive émotion ! Je pouvais après coup me rendre raison des positions occupées et du danger que nous avions couru.

Nous nous disions : c'est ici que ces pauvres enfants, ces chers amis, sont tombés ! Cette terre, ce chemin que nous foulons aux pieds, ont été arrosés de leur sang ! Saluons-les en passant ! Récitons un *De profundis* pour le repos de leur âme ! Que le Dieu juste et miséricordieux leur tienne un grand compte de leur sang et du sacrifice de leur vie !

En faisant ces tristes réflexions, nous arrivons enfin à l'entrée du chemin engorgé qui conduit au village. Nous voilà à Lantenay. Le pasteur de la paroisse est malheureusement absent ce jour-là. Nous le regrettons, car mieux que tout autre il aurait pu nous donner des détails, des renseignements précieux pour nous et pour les familles des victimes !

Nous avons dû nous adresser à d'autres. Parmi les personnes que nous avons consultées et interrogées minutieusement, M. le Maire et le fossoyeur ont été ceux qui ont pu nous renseigner le mieux. C'est ainsi que nous avons su d'une manière sûre que huit de nos mobiles avaient été enterrés dans le cimetière paroissial. Sans avoir eu des renseignements complets au point de vue de l'identité de ces huit malheureuses victimes, nous avons eu certaines données précieuses pour nous et pour les pauvres parents !

Après avoir prié quelques instants sur les tombes encore fraîches de ces pauvres frères, nous avons regagné tristement le plateau pour rejoindre notre régiment.

Je m'en serais voulu si je n'avais fait cette visite qui me tenait à cœur. Je serai plus content. Prions pour ces pauvres morts.

Votre tout dévoué,

DALQUIÉ.

XXVIII

Salbris, 4 novembre 1870.

Bien chers parents,

Vous me dites dans votre dernière lettre que je ne vous écris pas assez souvent et que vous seriez heureux d'avoir tous les jours, le détail de notre vie de camp. Je comprends votre curiosité. Certes, elle est bien légitime de votre part. Je voudrais pouvoir vous écrire plusieurs fois le jour et en vous tenant au courant de toutes nos péripéties, de nos peines, de nos souffrances, de nos malades, de nos dangers ; vous faire assister, comme en personne, à notre triste campagne, mais ce n'est pas possible. Les nombreuses lettres qui m'arrivent journellement de l'Aveyron demandent toutes une réponse. Ces pauvres parents sont dans une continuelle inquiétude au sujet de leurs enfants. Ils me demandent des nouvelles, des renseignements que je ne puis leur refuser sans une espèce de cruauté. Ils sont si contents d'avoir quelques lignes de ma part leur annonçant que leurs chers enfants vont bien, surtout lorsque ces derniers passent un peu trop de temps sans leur écrire, ou que leurs missives se perdent en route.

Ajoutez à ce travail de correspondance le soin

de mes nombreux malades, leur conduite et leur placement dans les ambulances, ou dans les maisons particulières, vous comprendrez facilement que tous mes instants doivent être pris. Et encore je ne parle pas de l'accomplissement de tant d'autres devoirs de mon ministère d'aumônier. Je n'ai pas entrepris cette rude campagne uniquement pour rendre service aux malades et aux morts. Je me dois aussi à ceux qui se portent bien. Ils ont besoin de moi. Ils sont chrétiens, et à ce titre ils ont des devoirs importants à remplir, et plus particulièrement dans les circonstances où nous nous trouvons ! Qui sait si d'un jour à l'autre ils n'auront pas à affronter les balles et la mitraille de l'ennemi terrible, qui a déjà parcouru, triomphant, une bonne partie de notre France !

Je ne dois pas l'oublier, c'est pour leur faire bien remplir ces devoirs de chrétiens et de soldats que je les ai suivis. Certes, je dois le dire, je n'ai pas à me plaindre sous ce rapport-là. J'ai les résultats les plus consolants pour un prêtre. C'est une grande joie pour mon cœur au milieu de mes fatigues.

Si je ne vous écris pas plus souvent, cela tient aussi à une autre raison. Je me décharge de ce soin sur les nombreux mobiles de la paroisse. Je les vois souvent et je sais qu'ils écrivent toutes les semaines, et plus fréquemment peut-être à leurs parents. Alors même que je ne le leur recommanderais pas, je suis bien sûr qu'ils ne manquent pas, chaque fois, de donner de mes nouvelles aux leurs. Elles doivent infailliblement arriver à votre connaissance.

A propos de nos chers mobiles de Viviez, vous pouvez rassurer leurs parents. Ils sont tous sains de corps et de cœur. Fidèles aux promesses faites entre les bras de leurs mères en larmes, ils ont tous remplis leur devoir religieux. Ils me paraissent aussi contents qu'on peut l'être dans de pareilles circonstances, et je ne doute pas qu'ils ne fassent bravement aussi leur devoir de bon soldats dans l'occasion. Tout naturellement je les traite en compatriotes, et ils ont une part particulière à mes affections et à mon dévouement. Du reste, ils sont tous bien aimables à mon égard. Veuillez dire tout cela à leurs bons parents, qui en seront heureux.

Charles Descrozailles, notre cousin de Paris, fait partie de la mobile de l'Aveyron. Bien qu'il ait laissé à la capitale tout ce qu'il a de plus cher, il ne se fait pas trop de mauvais sang. Je le vois tous les jours et je m'aperçois qu'il ne se soigne pas trop mal avec ses amis et connaissances de Montbazens. Il se connaît qu'il a tenu longtemps restaurant à Paris. Pour cette raison, il a peu besoin de moi. Aussi, bien qu'il soit mon cher cousin, je m'occupe peut-être moins de lui que des étrangers, par le motif que parmi ceux-ci il y en a beaucoup qui sont bien plus malheureux !

Nous n'avons pas encore vu les Prussiens. On dit qu'ils ne sont pas loin. Nous sommes tous les jours sur le qui vive. Nous ne sommes pas très éloignés d'Orléans, et vous savez, comme nous, sans doute, qu'ils sont déjà depuis long-temps dans cette ville.

En attendant que l'ennemi approche, laissez-moi maintenant vous raconter un incident qui peut-être vous intéressera plus que moi. Vous en rirez et vous vous moquerez sans doute de moi ; peu m'importe ! Vous avez bien assez pleuré, il n'y aura pas grand mal à vous dé-rider et à rire un peu une fois en passant !

Voici l'histoire dans toute sa simplicité. C'est un bien mauvais quart d'heure que j'ai passé, et je vous assure que j'aurais, à ce moment, préféré me trouver en face des Prussiens.

Dimanche matin, comme à l'ordinaire nous étions campés ; nos tentes étaient dressées dans l'éclaircie d'un bois, dans un champ, à deux ou trois kilomètres de Salbris. Après avoir disposé mon autel portatif en plein air au milieu du camp, je fais annoncer la messe au son du tam-bour. Je m'habille et commence sans retard le saint sacrifice. J'arrive à l'Evangile. Ciel ! quel terrible oubli ! Je m'aperçois que je n'ai rien de ce qu'il faut pour la messe, ni pain, ni vin, ni calice. Que devenir? que faire? Redescendre de l'autel et déposer les ornements sacerdotaux, c'était trop humiliant! Cependant tout le régiment, officiers et soldats sont sur pied, et il fait un froid glacial! Heureusement, mon clerc, jeune homme intelligent et dévoué, a bientôt compris la cause de mon anxiété. Sans sonner la trompette, il part, il court, il vole. L'eglise de Salbris était à vingt minutes. Grâce à un agile coursier qu'il rencontra par un hasard on aurait dit providentiel, il a bientôt franchi la distance. Je dis bientôt, bien que les minutes me parussent, dans cette circonstance, de longues heures !

En attendant, et vous le comprendrez sans peine, mon Evangile marche moins vite que le chemin de fer. Il y avait longtemps que je n'avais été aussi grave. Il fallut bien cependant arriver à la fin. Une idée lumineuse me vint tout à coup : sans perdre mon calme ordinaire, je me tourne lentement du côté de ma nombreuse assistance, et je lui adresse quelques paroles d'édification dont elle se serait, sans doute, facilement passée, à cause du froid et d'un petit vent glacial qui vous fendait la figure. Le sujet que j'avais choisi, tout en lisant à pas lents mon Evangile, n'allait pas cependant trop mal pour mon sympathique auditoire, et je dois dire que je fus même écouté avec une religieuse attention.

Ce qui me faisait plaisir et m'encourageait, c'est la conviction que ces braves militaires n'avaient rien compris de mon oubli.

Heureusement qu'un quart d'heure à peine s'était-il écoulé, que mon clerc était là avec tout ce qu'il fallait pour le saint sacrifice. Je m'en aperçus bientôt, et je vous prie de croire que je me hâtai de souhaiter la vie éternelle à tous ces braves gens, déjà transis de froid. Je continue ma messe, non pas au galop, sans doute, mais pourtant avec toute la vitesse, vous pouvez le croire, que comporte une aussi sainte action. En voilà une qui compte! Quel triste quart d'heure! Vous ne vous en feriez pas une idée. Heureusement que l'incident a tourné mieux que je ne pouvais m'y attendre. Mes hommes y auront gagné quelques bonnes paroles qui ne leur auront pas fait du mal. Que Dieu soit loué! l'anxiété s'est bientôt changée en joie!

Tout à vous, mes bien chers parents, de cœur et d'âme.

DALQUIÉ.

XXIX

Olivet (Loiret), novembre 1870.

Bien chers parents,

Dans ma dernière lettre je vous ai raconté les péripéties de notre voyage de Salbris à Olivet. Laissez-moi vous parler aujourd'hui de notre entrée dans le bois de sapin qui avoisine la ferme où nous avons passé une si poétique nuit. Les bois ne sont pas rares dans le Loiret, surtout dans cette partie moins cultivée qui porte le nom de Sologne. Ce sont de vastes forêts qui s'étendent au loin. Là, les oiseaux et les autres animaux qui font ordinairement l'objet de la chasse y sont nombreux, parce qu'ils peuvent s'y multiplier à l'aise, loin du bruit des mortels, qui fréquentent peu ces lieux bien que fort agréables cependant à la belle saison.

Dans la journée ordre est donné de lever les tentes et d'aller les dresser à côté, dans le bois le plus voisin. Nous y arrivons au nombre de plus de 3,000. Les pauvres hôtes de ces lieux étaient loin de s'attendre à une pareille visite et à entendre semblable tapage. Aussi sont-ils tellement surpris et si abasourdis qu'ils en perdent complètement la tête. C'est une vraie panique. Poussés par l'instinct de la conserva-

tion, ils veulent se sauver en prenant la fuite;
mais, dans l'affolement de la frayeur, ils ne
savent où ils vont. Ils volent, ils courent,
ils viennent, ils reviennent et finissent enfin
par se laisser prendre, et tombent ainsi vivants
entre nos mains. Figurez-vous ces deux ou trois
mille jeunes gens se lançant tout à coup à la
poursuite de ces pauvres bêtes habituées à l'iso-
lement et au silence profond de ces solitudes !
Vous aurez la plus belle chasse à courre.
Perdrix, écureuil, lièvre, lapin, renard, toute
la gent ailée, velue, mise en mouvement, est
bientôt aux abois et ne tarde pas à devenir la
proie de ces malencontreux chasseurs. Voulant
échapper aux uns, ils tombent entre les mains
des autres. C'était curieux et intéressant à voir.
Ce qu'il y avait de plus amusant, c'étaient la
prestesse et la ruse de l'écureuil. Il saute de
branche en branche, d'arbres en arbres, et puis
tout à coup se cache, tournant tout autour du
tronc protecteur pour éviter les projectiles
qu'on lui lance de tous côtés. N'ayant pas assez bien mesuré la distance d'un arbre à l'autre, il tombe parfois à terre. On se jette aussitôt
sur la pauvre petite bête, mais c'est en vain. En
un clin d'œil il a grimpé et gagné de nouveau
les sommets. Cela va bien pour lui tant qu'on
se contente de la chasse à courre. Il a bientôt
déjoué tous les calculs de ses ennemis, mais il

arrive un moment où chacun s'arme de son fusil et alors toutes ses petites ruses deviennent inutiles. Atteint par une balle meurtrière, il faut tomber pour ne plus se relever.

Grâce à cette subite surprise, la chasse a été facile et abondante, et c'est ainsi que le soir plusieurs groupes de mobiles se payaient le luxe de manger lièvres, lapins, perdreaux, écureuils, etc. Malheureusement, cet amusement fort agréable et surtout divertissant, dégénéra bientôt, il fallait s'y attendre, en abus et en désordre. Les coups de fusils devenaient fréquents pendant la journée, ce qui devait être plus qu'imprudent, vu la petite distance qui nous séparait de l'ennemi. Aussi le chef du régiment s'en émut bientôt et donna des ordres sévères à cet égard. Dès lors on n'entendît plus rien et les paisibles et inoffensifs habitants de la forêt purent être rassurés et reprendre leur calme et leurs habitudes ordinaires.

Je reçois à l'instant une lettre du général en chef qui m'appelle à venir assister un malheureux soldat qui, hier au soir, est passé par la Cour martiale et a été condamné à mort. Il doit être fusillé demain ou après-demain. Je dois, après l'avoir préparé, l'accompagner au lieu du supplice et lui bander les yeux. Cette corvée, je n'ai pas besoin de vous le dire, sera bien triste et bien pénible pour moi. Je voudrais ·bien pouvoir la décliner. A demain d'autres détails.

Votre bien aimé fils,

DALQUIÉ.

XXX

Olivet (Loiret), novembre 1870.

Bien chers parents,

Comme vous l'avez remarqué, j'ai terminé brusquement ma dernière lettre, passant tout à coup du gai au sérieux, du plaisant au tragique. J'ai été si surpris par la visite inattendue de cet officier d'état-major, que je n'ai pu que vous annoncer en deux mots le but de sa mission. Le jeune homme en question n'appartient pas, cela va sans dire, et j'en suis heureux, à notre régiment de mobiles ! Si je suis bien renseigné, il est originaire du département des Alpes-Maritimes et faisait partie des troupes régulières. Dans un moment de colère ou d'ivresse, il s'est porté à des voies de fait contre un des officiers supérieurs. La cour martiale a été impitoyable. Elle l'a traité avec la dernière rigueur étant, paraît-il, coutumier du fait. Du reste, avec le sans-gêne et l'indiscipline qui règnent dans certains corps de troupes de notre armée, il fallait bien un exemple ! Rien de plus efficace pour faire rentrer dans l'ordre les soldats indisciplinés. Aussi, c'est en présence de nombreux témoins et surtout des compagnons d'armes que se font ces terribles exécutions. On en comprend facilement la raison. On veut frapper un coup qui serve de leçon à d'autres. C'est avec une émotion et une tristesse d'âme difficiles à traduire qu'on assiste à de pareilles scènes ! C'est déjà la seconde fois que je suis appelé à rendre ce triste service et à remplir ce pénible ministère.

Je n'ai eu encore qu'une courte entrevue avec le malheureux condamné. Il m'a bien reçu, et j'espère en tirer le meilleur parti possible au point de vue des intérêts de son âme et de son éternité.

Il est dans une surexcitation facile à comprendre. Comme il en coûte de mourir, surtout dans ces conditions !! Il s'efforce de se faire illusion et se berce dans l'espoir qu'on lui fera grâce de la vie. Il se voue à tous les saints, témoigne un grand repentir de sa faute et verse d'abondantes larmes ! Je n'ai pu que l'encourager et lui promettre de faire des démarches actives, en sa faveur, auprès des autorités militaires. Mais c'est si difficile dans un pareil cas, que je m'efforce de lui inspirer une confiance que je n'ai pas moi-même. C'est bien certes dans ces terribles circonstances qu'un prêtre doit retrouver tout son cœur de père et toute son énergie d'apôtre en face d'un infortuné dont les heures et les minutes sont déjà comptées, et qui s'avance tout vivant vers la tombe ! Comme la résignation chrétienne est difficile, surtout pour des âmes et des cœurs vulgaires, qui n'ont guère connu que les jouissances matérielles, se préoccupant peu de ce qui peut nous attendre par-delà les horizons de ce bas monde !

J'apprends qu'il n'y a absolument aucun espoir d'arracher le pauvre malheureux à la peine capitale. L'exécution ne peut pas se faire longtemps attendre ; il n'y a donc pas de temps à perdre.

L'heure fatale est fixée pour demain. Les moments sont précieux. Je ne dois pas le lui laisser ignorer à ce pauvre malheureux, qui va faire des folies en l'apprenant. Je me propose de passer la nuit avec lui et de l'utiliser de mon mieux pour préparer son âme à ce terrible dénouement d'où doit dépendre son éternité !

Je crains surtout le moment de l'exécution. Quoique calme, je suis trop sensible pour ne pas éprouver des émotions qui, pour être concentrées, n'en sont pas moins senties et dangereuses. Les souvenirs du passé sont encore trop frais pour ne pas redouter cette nouvelle corvée. Aussi je voudrais bien, s'il était possible, m'en décharger sur un autre prêtre de la paroisse.

En attendant, l'ennemi n'est pas éloigné. On entend le bruit du canon. Evidemment, on se bat sérieusement. C'est à Coulmiers qu'a lieu le fort de l'action. Nous allons, paraît-il, d'ici à Orléans. Les Prussiens l'ont occupé longtemps; ce n'est que ces jours-ci qu'ils en sont sortis.

Nous aurons donc le plaisir dé voir, sous peu, la ville de Jeanne d'Arc. C'est là que l'illustre héroïne, après avoir gardé le troupeau de son père, à Domremi, remporta une éclatante victoire sur les Anglais et sauva la France.

Sa colossale et magnifique statue orne l'une des plus belles places. Puissions-nous, en la voyant, sentir naître dans nos cœurs un peu de ce patriotisme et de ce mâle courage qui la conduisirent de victoire en victoire, de triomphe en triomphe. Nous aurions bien besoin de ce moment-ci d'une nouvelle Jeanne d'Arc envoyée par Dieu pour nous débarrasser de notre puissant et redoutable ennemi !

Mes meilleurs sentiments d'affection filiale.

DALQUIÉ.

———

XXXI

Olivet. novembre 1870.

Bien chers parents,

Dans votre dernière lettre vous me demandiez si je puis dire la sainte Messe tous les jours en campagne. Malheureusement non, et je sens que quelque chose me manque lorsque je n'ai pu avoir ce bonheur. A l'heure qu'il est, nous avons tant de besoin de prières et surtout du saint Sacrifice, que je voudrais pouvoir le célébrer chaque jour ; mais ce n'est pas possible à cause de nos marches et contremarches et particulièrement du mauvais temps, qui ne me permet pas toujours de dresser mon petit autel en pleine campagne. Toutefois, quant au dimanche, c'est bien rare que nous n'ayons pas nos petits offices : messe et vêpres. Et puisque vous me mettez sur ce terrain, laissez-moi vous donner, à ce sujet, quelques détails qui peut-être vous intéresseront.

Comme je viens de le dire, c'est le plus souvent en plein air que nous dressons notre autel portatif et que je dis la sainte Messe. Rien de plus poétique et en même temps de plus touchant que ces cérémonies champêtres. Les bois de sapins où nous sommes campés se prêtent admirablement bien, du reste, à la célébration de ces pieux et saints offices. Là se trouvent des allées larges et longues à perte de vue, couvertes d'un vert gazon, bordées d'arbres magnifiques, dont les branches touffues forment une voûte élancée qui garantit contre la pluie et le soleil. C'est quelque chose de grandiose et de majestueux, qui élève l'âme et le cœur vers le ciel.

Un seul mot suffit, nos mobiles y sont habitués : dans quelqus instants, deux ou trois chars de branches de sapin, de quatre à cinq mètres de hauteur, sont coupées et ensuite plantées, les unes à côté des autres, au milieu de l'allée, de manière à former un chœur en demie circonférence, comme celui de nos églises. C'est là, au centre de ce chœur de verdure, que l'autel est dressé par des mains habiles, avec une simplicité qui ne manque pas d'un certain luxe. C'est réellement beau ! Déjà tout est prêt. Je me dispose à célébrer le saint Sacrifice. Le tambour bat. Chacun comprend son langage ; en quelques instants, la plus grande partie du régiment est là, debout, comme pour monter une garde d'honneur au Dieu de nos autels.

Beaucoup, pour mieux jouir du spectacle, ont grimpé sur les arbres environnants, qui se sont changés en grappes humaines. C'est quelque chose de vraiment pittoresque. La messe est chantée, et avec entrain. Les chantres ne manquent pas certes. Il y en a tant dans le régiment qui chantaient au lutrin de leur paroisse ! Ils sont tout heureux de faire entendre de nouveau leur belle voix et de chanter les louanges de Dieu ! Ils font à qui mieux mieux et bientôt les échos se font entendre aux quatre coins de la forêt.

Rien de plus imposant et de plus saisissant que ces milliers de voix sortant de ces mâles poitrines de nos montagnes et de nos vallons ! On dirait que les anges du ciel, cachés dans l'épaisseur de la forêt, se plaisent à redire ces accents de foi, d'espérance et d'amour !

Le soir, à Vêpres, même entrain. Les psaumes sont entonnés sur ces tons irréguliers si connus dans l'Aveyron, et qui, tout en donnant plus de solennité aux fêtes, expriment si bien les divers sentiments de l'âme sincèrement chrétienne aux pieds de son Dieu.

Comme vous le voyez, nos chers mobiles n'oublient pas tout-à-fait les recommandations de leurs bonnes mères, et comme au foyer paternel, et mieux peut-être, ils font la prière et remplissent tous leurs devoirs de chrétiens. Ce sont là mes plus grandes consolations.

Votre tout dévoué,

DALQUIÉ.

XXXII

La lettre suivante est adressée à un profes-seur du petit Séminaire d'Autun qui avait de-mandé des renseignements précis sur le combat d'Autun :

Millau, 18 février 1887.

Monsieur l'abbé et cher confrère,

Vous voudrez bien m'excuser si je n'ai pas ré-pondu plus tôt à votre lettre qui m'a trouvé absent de Millau.

Les souvenirs d'une guerre comme celle de 1870 sont de ceux qui ne s'effacent pas, surtout lorsqu'on a été aumônier militaire.

J'ai assisté, bien que de loin, avec tristesse et douleur, à votre expulsion de ce beau et splendide petit-séminaire d'Autun, qui nous avait abrité pendant les grands froids et donné une si généreuse et si sympathique hospitalité durant une vingtaine de jours. Comme je vous ai plaint ! Comme j'ai maudit cette canaille, ces voleurs, qui ont pris si malhonnêtement votre place !

Je n'oublierai jamais, Monsieur l'Abbé, les bontés que le personnel du Petit-Séminaire a eu pour moi et pour nos chers mobiles ! Dans mes courses apostoliques, j'ai l'occasion d'en

rencontrer partout. Ils m'ont tous conservé un
bon souvenir. Aujourd'hui, pères de famille
pour la plupart, ils sont heureux de me revoir
et de me présenter leurs enfants. Il va sans dire
que c'est un vrai bonheur pour moi de les revoir
et de m'entretenir avec eux des choses de la
guerre. Ils me rappellent souvent des faits, des
incidents fort intéressants que j'avais déjà oubliés.

Maintenant, relativement à l'objet de votre
lettre, je regrette de ne pouvoir pas vous renseigner aussi bien que vous le désireriez. Depuis cette époque, il y a déjà dix-sept ans, et
ma mémoire ne me sert pas assez bien pour pouvoir préciser les choses. Toutefois, si je me le
rappelle bien, lorsque les Prussiens ont commencé l'attaque, à la maison de campagne du
Grand-Séminaire, j'étais à l'ambulance de la
Charité. Au premier coup de canon, nous nous
sommes hâtés de descendre avec le docteur
Loupias et plusieurs autres mobiles, qui étaient
au Séminaire de Théologie.

C'était dans l'après-midi, vers les 2 h. Je me
souviens que lorsque nous avons été à quelques
minutes du Petit-Séminaire, sur la grand'route,
en face de St-Martin, nous avons été salués par
un obus, lancé par les Prussiens, que nous
voyions à une petite distance, toujours du même
côté. C'est alors que nous avons sauté, avec le

docteur, dans une prairie qui se trouvait en contre-bas, à droite. Je me rappelle qu'il y avait, à cet endroit, de l'eau jusqu'à la cheville, ce qui ne nous a pas empêchés, à un moment donné, en entendant siffler un obus, de nous jeter à terre, à plat ventre, ayant entendu dire que c'était prudent d'agir ainsi dans la circonstance.

C'est à quelques centaines de mètres de là, et toujours à droite de la grand'route, que nous avons rencontrés, déployés en tirailleurs, les mobiles de l'Aveyron. Beaucoup des nôtres étaient couchés derrière une haie peu épaisse, qui fermait, sur une grande longueur, la prairie où nous étions. C'est de là qu'ils tiraient.

Continuant mon chemin à travers les balles, je me suis arrêté bientôt à l'entrée d'un bois en pente, qui se trouve à droite de cette petite paroisse qu'on voit en face du cimetière d'Autun, mais à une certaine distance, puisque je n'étais qu'à 200 mètres environ des premiers combattants. De l'endroit où j'étais, je dominais un peu la plaine, et je voyais parfaitement bien l'action et tout ce qui se passait jusqu'à la maison de campagne du Séminaire, où se trouvaient les batteries prussiennes. Le combat ne me parut pas très sérieux, et la preuve, c'est qu'il y a eu peu de morts et de blessés. Nous n'avons eu que trois mobiles de tués et quelques blessés, bien que nous fussions très rapprochés de l'ennemi, à quelques pas seulement.

Ceux qui eurent le plus à souffrir ce furent les pauvres artilleurs de la Charente, qui se trouvaient sur l'esplanade du petit-séminaire ou dans les environs. Un nombre relativement considérable sont restés sur le carreau. On les a apportés dans une salle du petit-séminaire où je les ai vus et où vous avez dû les voir aussi sans doute.

L'action ne fut pas de longue durée ; à quatre heures, les Prussiens avaient abandonné leurs positions et s'étaient retirés. A la tombée de la nuit j'ai quitté le champ de bataille comme tout le monde ; seulement, au lieu de revenir à Autun par le même chemin, nous avons été passer à cette paroisse dont je parlais tout à l'heure, et nous sommes rentrés par le sentier qui longe le cimetière et le petit-séminaire.

Voilà, à peu près, ce que j'ai à dire de cette journée dont les garibaldiens revendiquent l'honneur, bien mal à tort, puisqu'ils s'y sont surtout distingués par leur lâcheté.

Les Prussiens étaient-ils en nombre ? N'ont-ils pas voulu entrer à Autun ? C'est ce que j'ignore.

Dans tous les cas, je ne crois pas que ce soit les chemises rouges qui les en ont empêchés, se trouvant, tout le temps, à une distance fort respectueuse de ces derniers.

Je dois voir, ces jours-ci, un des officiers de notre régiment. S'il me donne quelques renseignements intéressants qui puissent vous servir, je me ferai un plaisir de vous les envoyer de suite.

Veuillez être assez bon, M. l'abbé, pour me rappeler aux bons souvenirs de vos aimables et excellents confrères et agréer avec eux mes meilleurs sentiments de vive et sincère reconnaissance.

L'abbé DALQUIÉ,

Missionnaire, ex-Aumônier des mobiles de l'Aveyron.

XXXIII

On nous écrit d'Autun la lettre suivante :

Monsieur l'Abbé,

Je suis avec le plus grand intérêt la publication de vos lettres ; j'y trouve des détails inédits précieux qui m'auraient été très utiles pour mieux préciser le rôle des mobiles dans les combats sous Dijon.

Vous avez été bien inspiré de reproduire la lettre adressée à M. l'abbé Clément. C'est grâce à elle qu'il m'a été possible de fixer d'une manière précise la situation des mobiles de l'Aveyron le 1er décembre 1870.

Je les avais bien vus, et des témoins m'avaient bien signalé la présence de troupes en avant du village de Couhard et dans la prairie l'Evêque le jour du combat, mais j'ignorais avec eux qu'elles étaient ces troupes. Vos renseignements m'ont donc permis de compléter le plan du combat, dont je possédais tous les autres éléments, et de laisser à nos petits neveux un tableau absolument exact de l'ensemble de cette affaire qui jusqu'alors avait été complètement défigurée et sur laquelle les témoins eux-mêmes du combat n'avaient que des données partielles. Cette lettre, je l'avais perdue et je suis heureux d'avoir de nouveau, entre les mains, ce document important.

Je vous envoie, avec mes remercîments, l'assurance de mon respect.

THEYRAS, *avocat*.

XXXIV

Camp de Salbris, 3 nov. 1870.

Bien chers parents,

Nous sommes encore à Salbris. Nos tentes sont dressées au milieu d'un champ, c'est là que nous passons nos nuits et je vous assure que je ne m'y trouve pas si mal. C'est si vrai, que jusqu'ici j'y ai couché aussi souvent que nos soldats, alors, cependant, que j'aurais pu avoir facilement un bon lit en ville, n'étant pas consigné, vous le pensez-bien, comme les mobiles.

Que voulez-vous que je vous dise ? Je me plais et je me trouve tout heureux dans cette petite maison de toile, tout à côté de nos bons soldats.

Je ne comprends pas, du reste, autrement la vie d'un aumônier militaire en campagne. C'est là ce qui vous gagne les cœurs et vous les rend sympathiques. Lorsque le soldat vous voit de près, partageant, tous les jours, avec lui les fatigues, les peines et les souffrances, il apprend à vous connaître et par là même à vous aimer. Dès lors, il est facile de l'aborder et de lui faire du bien. Bien plus, il est heureux de vous rencontrer et d'aller même au-devant de vous avec ce sourire aimable et cette franchise de militaire qui vous attirent et vous attachent. Il arrive un moment même où il s'est fait un tel travail dans ces âmes et dans ces cœurs, que vous en faites ce que vous voulez dans l'intérêt du bien. Ils ne savent plus vous résister. Comme s'ils avaient peur, en le faisant, de vous causer de la peine ! Vous ne le croiriez peut-être pas, eh bien, il m'est arrivé maintes fois, en passant devant un café ou une auberge, de les entendre chanter des chansons légères. J'y entrais toujours, je m'approchais d'eux, et d'un ton paternel qui ne sentait, il est vrai, nullement le reproche, je leur disais : Vous chantez là, mes chers amis, un cantique qui n'a pas l'air d'être des plus catholiques. Je crois que vous ne feriez pas mal d'en choisir un autre dans votre réperoire.

J'ai toujours été écouté et je n'en ai pas trouvé un seul qui se soit permis un mot déplacé à mon adresse. Je voudrais avoir le temps de vous raconter en détail toutes ces petites histoires qui me sont arrivées dans mes relations intimes avec ces bons jeunes gens depuis notre départ de l'Aveyron ; vous en seriez, je n'en doute pas, singulièrement touchés et édifiés comme je le suis moi-même. C'est vraiment charmant ! et cela seul me rendrait mon pénible ministère des plus consolants et des plus agréables.

Laissez-moi, puisque j'y suis, vous raconter, en toute simplicité, ce qui m'est arrivé un de ces soirs :

Comme je vous l'ai dit, nos tentes sont dressées en pleine campagne. Depuis quelques jours,
je remarque que certaines d'entre elles prennent
des proportions très demesurées en longueur.
Les connaissances, les amis, les compagnons et
généralement tous ceux qui appartiennent à la
même paroisse, à la même commune se réunis-
sent ensemble. Chacun apporte son morceau de
toile et, au moyen de boutons on les ajoute
les unes aux autres de manière à avoir une
tente pouvant contenir une douzaine d'hommes
et plus. Figurez-vous sous cette tente une
dizaine de jeunes gens de vingt à vingt-cinq
ans, du même pays, de la même localité. Vous
les voyez et les entendez déjà ! Chacun dit la
sienne, raconte son histoire, vraie ou inventée
à plaisir, pour égayer et faire rire les autres. Il
va sans dire que ce n'est pas toujours bien édifiant et de la première convenance. Ces conversations ne peuvent être évidemment que fort
légères, pour ne pas dire autre chose. Aussi,
bien que je sois toujours disposé à une grande
indulgence en faveur de jeunes gens de cet âge
et réunis dans de pareilles conditions, je vous
avouerai franchement que c'est là une des choses
qui font le plus de peine, surtout lorsque je
pense que nous sommes peut-être à la veille de
quelque terrible bataille. Je sais bien, il est
vrai, qu'il y a là dans cette conduite plus de

légèreté que de malice ! Ils sont partis de l'Aveyron avec la conviction que cette campagne ne
serait pas sérieuse et qu'ils n'auraient pas sans
doute à se battre avec les Prussiens. C'est ce
qui explique ce laisser-aller dans les conversations, le soir, avant que le sommeil arrive. C'est
bien, du reste, ce qui se passe en temps ordinaire dans les chambrées des casernes. Lorsqu'ils auront senti la poudre, entendu le canon
et tâté des balles prussiennes, ils pourraient bien
peut-être avoir un peu plus de réserve dans leur
langage.

Pendant que tout le monde est sous la tente,
le soir, je me permets de circuler par là, un
peu partout, pour voir ce qui se passe et
avoir ainsi la vraie physionomie du camp
pendant la nuit. Un de ces soirs, je passais tout
doucement à côté d'une de ces longues tentes.
Ils y étaient bien là, dessous, une quinzaine
de dégourdis. Ils parlaient et riaient beaucoup.
Chacun, tour-à-tour, comme je viens de le dire,
racontait la sienne en des termes peu mesurés.
C'était presque dégoûtant. Je ne puis y tenir.
Je m'approche, et de la main je frappe deux ou
trois coups sur la tente. Aussitôt une voix répond en patois : Quel est donc ce b... de c... !
— Vous feriez bien mieux, pauvres enfants, répondis-je alors, de faire un peu de prière et de
penser au bon Dieu. Vous ne savez pas encore

ce qui vous attend, et vous ne songez pas qu'au moment où vous parlez de la sorte vos pauvres mères, vos frères et sœurs pleurent, se désolent à votre sujet et prient pour vous !! — Pas un seul mot, le plus profond silence ! Je me retire lentement, mais, curieux d'entendre les réflexions qu'ils vont tout naturellement faire après mon départ, je m'arrête à trois pas pour écouter.

— C'est Monsieur l'Aumônier, dit à demi-voix l'un d'entre eux. Il a bien raison, répondent quelques autres, en ajoutant : nous sommes des misérables. Et puis plus rien. Satisfait d'avoir donné cette petite leçon à ces jeunes étourdis, je me retire pour aller me reposer moi-même.

Le lendemain matin, ces pauvres enfants étaient tous confus et sentaient le besoin de me faire des excuses à cause de ces deux épithètes qu'ils m'avaient lancées, sans me connaître, lorsque je frappais sur la tente. Comme vous le comprenez très bien, il n'y avait pas lieu. Aussi furent-ils reçus par moi avec la plus grande bonté, me gardant bien de leur faire le moindre reproche. Ma démarche et mes paroles avaient été comprises et mon but était rempli. Cela me suffisait ; je ne voulais pas autre chose. Je savais bien, du reste, que les mots de b. et de c. n'étaient pas adressés à moi dans leur intention. C'était deux termes de camaraderie, je dirai même un espèce de compliment de mise dans le style militaire.

Cette petite aventure eut bientôt fait du chemin et dans quelques minutes elle était connue dans tout le camp. A partir de ce moment, mes hommes furent très réservés dans leur langage. Je pus continuer à circuler, tous les soirs, autour des tentes sans que mes oreilles fussent choquées. C'était un excellent résultat qui m'encouragea, tout en me faisant estimer davantage mes chers Aveyronnais.

DALQUIÉ.

———

XXXV

Salbris, 4 novembre 1870.

Bien chers parents,

Puisque vous voulez tout savoir et que la moindre chose de ce qui nous concerne vous intéresse, je vais vous raconter un petit accident qui m'est arrivé ces jours-ci. Heureusement qu'il n'a pas eu les tristes conséquences qu'il pouvait avoir. Voici ce dont il s'agit : Avant-hier, vers les deux heures du soir, deux mobiles se présentaient devant ma tente pour se confesser, mais, pas d'aumônier. On me demande, on me cherche partout, on ne me trouve pas. A force de faire, on va me découvrir par hasard, sous la tente d'un mobile, tout seul et profondément endormi. On m'appelle plusieurs fois, on me secoue ; enfin je m'éveille, me lève et me dirige tout étonné de moi-même vers ma tente, comme si je revenais de l'autre monde. Il est vrai que peu s'en fallait, vous allez le voir.

Que s'était-il passé après mon petit dîner rustique ? Comment expliquer ma présence dans une tente qui n'était pas la mienne, et ce sommeil inaccoutumé, et ces idées qui dansaient dans ma tête comme des folles, et que j'avais toute la peine du monde à associer, pour me rendre compte non pas de ce qui s'était passé, car je l'ignorais complètement, mais de mon état présent. Tout avait été en moi absolument inconscient depuis le dîner jusqu'au moment où j'ai été éveillé. Je n'avais pas la moindre idée, le moindre souvenir de mes actes.

Après avoir entendu la confession de mes deux bons mobiles, je veux, comme à l'ordinaire, leur faire une petite morale, en rapport avec les besoins de leur âme, mais mes idées continuant à voltiger, ne veulent pas s'associer, et malgré tous mes efforts pour ne pas dire des incohérences, je m'aperçois que je déraille parfois, mais non pas cependant d'une manière assez sensible pour que le pénitent le comprenne.

Avec cela pas la moindre souffrance, pas la moindre douleur, pas le moindre malaise, même dans ma personne. Ce n'était qu'une évaporation d'idées, de pensées, en un mot, un état impossible à définir.

Mon ministère rempli, je sors de ma tente, et encore un peu titubant, je vais faire une petite promenade en compagnie de mes ordonnances. L'air un peu vif me fit du bien, et dans quelques instants je me retrouvais dans mon assiette ordinaire.

Encore une fois, comment expliquer ces divers phénomènes qui venaient de se produire en moi ? Aurai-je à mon dîner bu du vin frelaté ?

M'aurait-il fait mal? Mais je n'en avais goûté d'aucune sorte depuis la veille! Réflexion faite, j'eus bientôt la clef de l'énigme. La voici : c'était tout simplement un commencement d'empoisonnement par les champignons. Ce ne pouvait pas être autre chose. Je me suis tout de suite rappelé que j'avais mangé à mon dernier repas des oronges qu'un mobile avait cueillis dans le bois, tout à côté du camp, et qu'il m'avait donnés dans la meilleure foi du monde. Magnifiques en apparence, ces champignons n'étaient pas des bons, comme j'ai pu m'en convaincre après coup, en étudiant leurs pareils qui n'avaient pas encore été préparés.

Que s'était-il passé? Je me l'explique facilement maintenant. J'ai mangé de ces oronges qui, du reste, n'avaient aucun mauvais goût; ils étaient même bons. Le poison, une fois dans l'estomac, n'a pas tardé à agir, plus ou moins activement, sur le système nerveux; le cerveau s'est altéré peu à peu; un engourdissement s'en est suivi, et le besoin de sommeil s'étant naturellement fait sentir, je suis entré machinalement, inconscient, dans la première tente venue. Un commencement d'asphyxie a dû se produire pendant le sommeil, sous l'action du poison, et si on ne m'avait pas éveillé au moment où on l'a fait, il eut été peut-être trop tard quelques heures après. Voilà ce qui a dû probablement se passer. Dans tous les cas, j'en ai été quitte à bon marché ; cela ne m'empêchera pas une autre fois, d'être un peu plus prudent lorsqu'il s'agira de champignons.

Depuis ma dernière lettre il ne s'est rien passé de remarquable et qui mérite d'être raconté. Nous sommes toujours sur le qui-vive, ne sachant pas où nous dresserons nos tentes demain. Les Prussiens peuvent d'un moment à l'autre sortir de par là et nous tomber dessus. Nous ne sommes pas bien loin d'Orléans qui, comme vous le savez, est depuis longtemps occupée par l'ennemi. Nous avons toujours beaucoup de malades, la petite vérole continue ses ravages. Les mobiles originaires de la paroisse se portent parfaitement bien. Bien qu'ils soient nombreux, je n'en ai encore trouvé aucun de malade.

A côté de nous il y a d'autres troupes. J'ai été témoin, hier, d'un fait qui m'a indigné : c'est un acte que je qualifierai de sauvagerie. Il est assez d'usage que lorsqu'un soldat, pour une raison ou pour une autre, déplaît aux autres, il est passé à la couverture. Cet amusement, qui amuse peu, je puis vous l'assurer, le malheureux, est toléré par les autorités supérieures. Pour moi, c'est révoltant, et je ne comprends pas qu'un pareil usage puisse entrer dans nos mœurs françaises. Voici comment on opère : Le prétendu coupable est saisi ; on le couche sur une grande couverture dans laquelle se trouvent divers objets, comme bidons, gamelles, souliers, etc. Cela fait, une dizaine de soldats prennent cette couverture par les quatre côtés et lancent en l'air, à une hauteur effrayante, la pauvre victime qui retombe sur la couverture, le plus souvent la tête première. On répète l'opération jusqu'à ce que le pauvre malheureux n'en peut plus. C'était pour la première fois, hier, que j'étais témoin d'une pareille barbarie, j'en ai été indigné ! J'aurais bien souffert davantage si cela s'était passé chez nous.

Votre bien cher,

DALQUIÉ.

XXXVI

Autun (Saône-et-Loire).

Bien cher ami,

Nous sommes toujours à Autun. Le grand et petit Séminaire nous servent de casernes. Bien que nos mobiles y soient couchés sur la paille, ils sont cependant mieux que sous la tente.

Hier j'ai été témoin d'un terrible accident dont un des nôtres a été victime et qui m'a bien attristé. Plusieurs de nos soldats s'amusaient à l'extrémité du corridor de l'établissement. L'un d'eux, croyant que son fusil n'est pas chargé, veut tout en plaisantant coucher en joue un de ses camarades. C'était une erreur ! La détente part, et le pauvre malheureux tombe foudroyé à côté de son frère. Sa cervelle va se placarder sur le mur opposé. On ne relève qu'un cadavre. L'imprudent jeune homme avait donc oublié que son arme était chargée. Impossible de dépeindre cette terrible scène. Le frère de la victime et le malheureux qui a laché imprudemment la détente tombent évanouis et ne recouvrent les sens que pour s'arracher les cheveux de douleur et de désespoir. Le cadavre est soustrait, au plus tôt, à la vue des deux pauvres infortunés qui fondent en larmes.

L'autorité militaire prévenue arrive sans retard. Le jeune imprudent est conduit en prison au milieu de l'émotion générale. On ne pense pas toutefois qu'il passe par la cour martiale et qu'il soit condamné. Il en sera quitte sans doute pour une huitaine de jours de retention.

La victime est originaire de Thérondels, canton du Mur-de-Barrez. Il s'appelle Cros. Ses obsèques ont eu lieu aujourd'hui. Cette mort si tragique avait produit dans le régiment une vive sensation. Aussi le convoi était-il plus nombreux et plus sympathique qu'à l'ordinaire.

Depuis que nous sommes partis de l'Aveyron, j'ai eu le temps et l'occasion de m'habituer à toutes ces émotions. C'est bien rare qu'il se passe de jours sans que nous ayons quelque accident. C'est inévitable avec tant de monde.

Ces jours derniers, une compagnie de nos mobiles était logée à la maison de campagne du grand Séminaire. Comme ailleurs, nos jeunes gens y étaient couchés sur la paille. Tout le monde venait de se lever et chacun se disposait à faire bouillir la marmite. Un seul était encore étendu sur le lit commun et paraissait dormir d'un profond sommeil. Malheureusement il n'était que trop profond. Je m'approche, je le remue, mais il ne donne aucun signe de vie : c'était le sommeil de la mort ! Il avait sans doute succombé à une attaque d'apoplexie foudroyante.

Ses deux voisins n'ayant absolument rien entendu pendant la nuit, avaient cru, en se levant, à un simple sommeil. Il s'était du reste couché bien portant et, la veille, rien en lui ne pouvait faire prévoir une mort si prochaine.

Ce sont là des nouvelles bien terribles pour les pauvres parents! C'est toujours avec la douleur dans l'âme et la tristesse dans le cœur que je les leur annonce! Il le faut bien pourtant. C'est encore une consolation pour ces mères désolées d'avoir quelques lignes de la part de l'aumônier du régiment, qui témoignent de la bonne conduite et des sentiments religieux de leurs chers enfants.

Votre tout dévoué,

DALQUIÉ.

XXXVII

Autun, décembre 1870.

Bien cher ami,

La mort continue à faire de grands ravages. Dans notre régiment nous devons avoir pour le moment au moins quatre cents malades. Le plus grand nombre sont atteints de la petite vérole noire. Aussi suis-je sur pied du matin au soir. Je me couche rarement. Je prends un peu de repos par ci par là comme je puis. En moyenne, à Autun seulement, j'enterre tous les jours quatre ou cinq de nos pauvres Aveyronnais. Ce qu'il y a de plus malheureux, c'est que toutes les ambulances de la ville regorgent de malades et ne peuvent plus en recevoir d'autres. Pour y en envoyer de nouveaux, il faut attendre que la mort fasse des vides ou que les convalescents puissent être dirigés sur le Midi. Que faire, en attendant, de tous ces nombreux malades que je trouve tous les jours couchés sur la paille et auxquels il faudrait, à la hâte, procurer un bon lit, des soins et un service régulier? Ces jours derniers, en présence de plusieurs malades que je ne savais où caser, j'étais bien embarrassé et bien désolé. Heureusement le bon Dieu m'a donné une bonne idée que j'ai exploitée de mon mieux dans l'intérêt de nos chers mobiles. Comme je vous l'ai déjà dit, nous sommes casernés, depuis quelque temps, dans les deux séminaires. Dans le petit, il y a un immense dortoir où se trouvent quatre-vingts lits environ. Il est vrai que ces lits ne sont garnis, pour le moment, que d'une simple paillasse, les matelas, les draps et les couvertures ayant été prêtés aux diverses ambulances de la ville. N'importe ; je me suis dit : tes malades, en attendant qu'il y ait de la place ailleurs, seront encore bien mieux là à l'abri, sur ces lits, que sur la paille humide du rez-de-chaussée. Aussitôt, je vais trouver le vénérable supérieur de l'établissement dont la charité et le dévouement m'étaient si connus et je le prie de me permettre d'établir une ambulance provisoire dans le dortoir en question. Le bon supérieur, qui connaissait la triste situation de nos soldats et mon embarras, ne demandait pas mieux que de pouvoir nous rendre service ; aussi, fut-il tout heureux de mettre à ma disposition cette grande pièce. Seulement il fut bien désolé de ne pouvoir pas compléter les lits, en nous donnant des draps et des couvertures, mais ce n'était pas possible. Tout avait été utilisé, comme je viens de le dire, pour d'autres ambulances.

Sans perdre du temps, je fais placer, à la

hâte, un grand poële au beau milieu de cette nouvelle ambulance. Dans quelques heures, deux grosses marmites pouvaient fournir en abondance l'une de la tisane et l'autre du bon bouillon. L'homme qu'il me fallait pour cela, je l'ai eu bientôt sous la main sans sortir de l'établissement : c'est un de nos mobiles, jeune homme très dévoué, employé avant la guerre au collège de Graves en qualité de cuisinier. Le colonel l'a dispensé de tout service. Il s'acquitte avec un touchant dévouement de sa nouvelle charge. Le soir même, plus de trente lits étaient occupés par des malades, et dans quelques jours je pouvais y en compter quatre-vingts. C'est ce qu'on appelle l'ambulance de l'aumônier des mobiles de l'Aveyron. Vous avouerez qu'elle est bien, en effet, un peu mienne. Je ne sais pas vraiment ce que j'aurais fait, sans cette salle, de tous ces pauvres malades. Je suis bien convaincu qu'un grand nombre d'entre eux seraient morts et grâce aux soins que je leur fais donner moi-même, ils s'en tireront parfaitement bien et iront revoir leur pays. Il n'est mort encore dans cette ambulance improvisée que deux hommes qui étaient arrivés trop malades pour pouvoir guérir. Il est si important pour enrayer ces terribles maladies de les prendre dès le principe ! Une foule de nos jeunes gens meurent parce qu'ils ne sont pas soignés assez tôt. Aussi, depuis que j'ai mon ambulance, je l'ouvre à tous ceux que je vois indisposés, bien qu'il n'y ait encore rien de bien dangereux. La plupart du temps, un, deux, trois, quatre jours de repos et de soins suffisent pour rendre à la vie ordinaire ces pauvres jeunes gens. Un bon nombre, toutefois, ont des maladies qui se déclarent dès le commencement comme devant être très graves. Je les fais visiter deux fois par jour par les médecins et aussitôt qu'il y a de la place à l'hospice ou dans les autres ambulances tenues par des religieuses, j'y fais transporter ceux dont l'état de santé réclame des services et des soins que je ne puis leur donner moi-même. Ils sont bientôt remplacés par d'autres.

Je n'ai pas besoin de vous dire que, dans de pareilles conditions, tous mes moments sont pris et que j'aurai besoin de me multiplier pour faire face à tout. Heureusement que je trouve parmi les valides du régiment des hommes de dévouement qui me rendent les plus grands services dans ces tristes situations.

Figurez-vous quatre-vingts malades étendus sur une simple paillasse, couverts de quelques couvertures de campement qu'on a mises à ma disposition et vous aurez la physionomie de notre pauvre ambulance et un tableau vivant d'une partie de nos misères et de nos souffrances. Nous regrettons bien de n'avoir pas tout ce

qui nous serait nécessaire pour soigner convenablement nos pauvres enfants de l'Aveyron.
Du reste, ils ne sont pas exigeants, savent se
contenter de peu et se montrer reconnaissants
pour ce que nous faisons pour eux. Nous ne
pouvons guère leur procurer, avec une température bienfaisante et les remèdes ordonnés par
les médecins, que de la tisane, du bon bouillon
et la viande qui est distribuée à chacun d'eux
tous les jours. A cela il faut ajouter quelques
douceurs, quelques petites provisions que je
fais apporter du dehors pour ceux qui en ont
le plus de besoin. Quatre-vingts malades à soigner, jour et nuit, ce n'est pas un petit travail,
je vous prie de le croire. Jusqu'à quand durera
cette triste situation ? Il ne serait pas facile de
le dire. Dieu le sait ! Nous ne pouvons que nous
résigner chrétiennement à sa sainte volonté et
attendre le moment où il plaise à sa divine miséricorde de venir à notre secours et de nous
délivrer de ces terribles fléaux qui font parmi
nous tant de victimes.

A l'extrémité de cet immense dortoir se trouve
un cabinet avec un bon lit donnant, par le
moyen d'un vasistas, sur l'ambulance. C'était de
à que s'exerçait pendant la nuit la surveillance
des élèves. Tout naturellement, cette petite
chambrette m'a été réservée ; mais n'ayant
pas le temps de m'en servir pour moi, je viens

de la céder à un varioleux auquel je m'intéresse d'une manière toute particulière, parce
qu'il m'a été recommandé par son cher oncle, le
Père Lafon, mon confrère de Vabres.

Quelques heures de sommeil de temps en
temps, pris où que ce soit, me suffisent. J'ai
trouvé avec mes ambulanciers un lit, pas très
mou, comme vous allez le voir, mais très commode pour être bientôt levé et tout prêt à
soigner nos malades. Voici en quoi il consiste.
Nous plaçons horizontalement devant un bon
feu une petite poutrelle d'une certaine longueur
à un mètre et demi du foyer. Après avoir étendu
nos couvertures de campement sur le plancher,
nous nous couchons là dessus de manière à avoir
les pieds vers le feu et la tête sur la poutrelle
qui nous sert ainsi de traversin. N'est-ce pas
ingénieux ? Quoi qu'il en soit, je vous assure
que je dors parfaitement bien là jusqu'à ce que
quelque malade demande, d'une voix fiévreuse,
un service. J'en suis quitte pour avoir les os
endoloris pendant quelques minutes et voilà
tout.

Votre tout dévoué,

DALQUIÉ.

XXXVIII

Autun (Saône-et-Loire), décembre 1870.

Bien cher ami,

Dans ma dernière lettre je vous parlais d'une ambulance provisoire que j'ai établie dans une immense salle du Petit-Séminaire. Comme vous l'avez vu, la visite et le soin de tant de malades ne peuvent qu'absorber tous les moments de ma journée. Il me faut cependant trouver du temps pour m'occuper sérieusement de mon ministère auprès de ceux qui ne sont pas malades, et ils sont au nombre de trois mille trois cents environ. Pour ce travail, je m'aide surtout de la nuit. A ce propos, laissez-moi vous raconter, en toute simplicité, comment je m'y prends pour confesser mes jeunes gens : Consignés, depuis quelques jours, comme je vous l'ai dit, dans le grand et petit séminaires, ils n'en sortent que pour faire, chacun à son tour, les corvées ordinaires. Distribués, compagnie par compagnie, dans les divers dortoirs et les autres grandes pièces de ces deux établissements, je suis sûr de les trouver tous là, après l'appel du soir, couchés sur la paille, les uns à côté des autres. A l'heure voulue j'arrive, j'entre, j'agite ma petite clochette et, après avoir adressé quel-

ques paroles d'ami, de père à tous ces braves
enfants, qui n'ont pas encore oublié les pressantes recommandations de leurs tendres mères
au moment du départ du pays, je me dirige
vers un des angles de l'appartement. Là, je
dresse à la hâte mon confessionnal, qui est des
plus simples. Vous allez en juger : Je plante
deux grosses pointes dans le mur, une de chaque côté de l'angle. Je les relie par une petite
corde sur laquelle j'étends une couverture de
campement qui servira de rideau et, après avoir
mis là derrière, une chaise ou tout simplement
un sac de militaire, je m'assieds, je passe ma
petite étole d'aumônier, et j'ai la consolation de
voir à mes genoux, les uns après les autres, tout
le personnel de la compagnie. Tout cela se fait
sans nul respect humain et avec une franchise,
une simplicité, un saint respect qui vous tou-
chent et vous édifient singulièrement. S'il se
trouve parfois quelque récalcitrant, ceux qui
sont déjà passés ont bientôt triomphé de son
manque de courage et je l'ai bientôt à mes pieds.
De derrière ma couverture, j'assiste, malgré
moi, à ces petits assauts qui se livrent dans la
salle et finissent toujours par un triomphe à
l'honneur des assaillants. Il faudrait entendre
ces derniers ! Rien de plus original et de plus
pittoresque que ces expressions, ces réflexions

15

patoises qui ne manquent pas, du reste, d'une
certaine éloquence! Ce sont des scènes vraiment touchantes! Vous ne vous en feriez pas
une idée : c'est charmant! c'est admirable!
Aussi, malgré mes fatigues de la journée, les
heures passent vite dans ce confessionnal improvisé, sur ce sac de militaire. Je reste là
jusqu'à ce que le dernier de la compagnie soit
arrivé. Alors je pars content et tout heureux
d'avoir fait une bonne soirée, en remplissant
mon ministère de prêtre d'une manière fort
profitable pour nos chers soldats Aveyronnais.
Ils sont si rayonnants de joie lorsqu'ils sortent
de dessous cette couverture de campement qu'on
dirait qu'ils y ont trouvé un grand trésor! Et,
certes, ils ont bien raison, car quel plus précieux trésor aux yeux de la foi que celui-là!
Malheureusement, tous les soldats dont se compose l'armée française n'ont pas assez de religion pour apprécier les choses de cette manière
si surnaturelle. Et n'est-ce pas peut-être là la
cause que nous marchons de défaites en défaites! Je remercie, dans tous les cas, le bon Dieu
de bénir et de féconder mon ministère comme il
le fait, malgré toute mon indignité.

Je ne dois pas perdre du temps! Je ne me
fais pas illusion. Une fois que nous aurons
quitté les deux établissements où nous sommes
consignés depuis huit jours, il ne me sera plus.

aussi facile d'avoir, sous la main, mes chers mobiles pour leur faire tout le bien que je dois au point de vue spirituel. Qui sait où nous irons en partant d'Autun ? Ne serons-nous pas errants à travers la France, tantôt ici, tantôt là ?

Assurément, je ne rencontrerai jamais une occasion aussi favorable. Du reste, l'affaire de Lantenay, où un certain nombre des nôtres sont restés, est encore là avec ses tristes souvenirs pour nous avertir de nous tenir prêts en cas de nouveaux malheurs. Ces souvenirs ont une éloquence toute particulière. Il ne m'est pas besoin de longs discours pour convaincre et persuader. Il me suffit d'un mot en entrant dans les salles. Je vois une compagnie tous les soirs. C'est convenu qu'on ne résiste pas. Je n'ai plus besoin de dresser moi-même mon confessionnal. A peine a-t-on entendu la sonnette que déjà tout est prêt dans le petit coin de la pièce. Je n'ai qu'à me placer et à me tenir à mon poste jusqu'à la fin !

Puisque j'y suis, laissez-moi vous raconter un trait, pris entre mille, qui vous édifiera : Dernièrement, je rencontrais un de nos mobiles que je n'avais pas encore vu. Tout naturellement je lui ai porté l'antienne, comme je le fais ordinairement. Contrairement à mes prévisions, je n'ai pas trouvé de l'écho dans son cœur. J'ai bientôt compris que j'avais à faire à un jeune

homme qui ayant, depuis quelque temps, quitté
le foyer paternel, avait passé une ou plusieurs
années dans une ville. Il venait, en effet, de
Paris, et vous savez qu'ordinairement un jeune
homme laisse là tout ce qu'il a pris de bon de
sa famille, pour en rapporter le plus souvent
tout ce qu'il y trouve de mauvais, entre autres
choses, certains airs d'impiété plus ou moins
sincères. Celui-ci prétendait, depuis qu'il avait
vu la capitale de la France, qu'il n'y avait
point d'enfer et que, par conséquent, il n'était
pas nécessaire de se confesser. Je dois dire, du
reste, qu'en dehors de cette négation de l'existence de l'enfer, il n'y avait rien dans son langage qui fût inconvenant. Voyant que mon jeune
homme n'était pas encore assez mûr pour faire
la démarche que je lui demandais dans les
intérêts de son âme, je me suis contenté de lui
répondre, en me séparant de lui : Mon ami,
laissez-moi vous dire que vous n'êtes pas aussi
impie que vous voulez bien le prétendre, et je
suis bien convaincu que vous n'avez pas encore
tout à fait oublié le beau jour de votre première
communion. J'en ai bien rencontré d'autres dans
le cours de ma vie qui, comme vous, disaient
qu'il n'y avait pas d'enfer et qui, au fond,
croyaient parfaitement bien à son existence,
comme ils l'ont prouvé plus tard. Aussi je ne
désespère pas de vous voir changer d'avis d'un

moment à l'autre. Deux jours après, on venait à la hâte m'appeler pour un malade qui me demandait à grands cris. J'arrive et je trouve un jeune homme étendu sur la paille, malade à mourir d'une fluxion de poitrine. C'était précisément le mobile en question. Ah! comme il avait retrouvé sa foi! Mon père, me dit-il en me voyant, je vous disais un de ces jours-ci qu'il n'y avait point d'enfer. Je ne vous parlais pas franchement, c'était un prétexte pour ne pas me confesser! J'ai toujours cru à cette terrible vérité; je suis bien malade, veuillez me confesser.

Jamais je n'ai été ni plus touché, ni plus édifié.

Je n'en finirais pas si je voulais vous raconter les traits édifiants dont je suis tous les jours le témoin ému.

Mes meilleurs sentiments d'affectueuse amitié.

DALQUIÉ.

XXXIX

Autun, 27 décembre 1870.

Bien chère sœur,

Je suis bien en retard avec toi. Tu voudras bien me pardonner en pensant que j'ai mille et une raisons pour motiver mon retard. Ces raisons, il serait trop long de te les donner. Tu préféreras, j'en suis sûr, que je te raconte en détails la belle fête de Noël que nous venons de célébrer en grande pompe et avec une touchante édification. Rien de plus beau! Rien de plus consolant pour un cœur de prêtre! Les bons professeurs du Petit-Séminaire qui ont bien voulu y assister ne pouvaient pas en revenir. Nous versions tous des larmes de joie et de bonheur! J'en ai encore le cœur tout plein de douces et saintes émotions que je n'oublierai jamais. Figure-toi un millier de jeunes gens de 20 à 25 ans, réunis dans une vaste chapelle, quittant tous, au moment de la communion, leur place pour aller se ranger au banquet eucharistique, et tu auras une idée de cette imposante cérémonie et des sentiments que nous avons éprouvés! Non seulement la nef, mais encore deux tribunes superposées, étaient littéralement combles. Du fond du chœur le coup-d'œil était splendide. Il faisait bon voir cette belle jeunesse aveyronnaise avec leurs figures épanouies de joie. Comme ils étaient heureux de se retrouver à la table de l'Enfant Jésus ! Ah ! comme leurs bons parents auraient joui de les voir ! Ils avaient oublié, pour quelques instants, ces chers enfants, les tristesses, les peines, les souffrances de la terrible guerre, pour être tout entiers à leur Dieu et à son amour !

Tu me demanderas, sans doute, comment j'ai pu confesser tant de monde. Depuis deux ou trois jours je les préparais à cette grande fête. Et puis, avec les soldats, court et bon. Ça va tout droit au but, et dans quelques heures vous avez expédié tout un régiment et fait dans de bonnes conditions sa revue spirituelle. C'est un plaisir !

La journée du 24 a été cependant bien rude. Je l'ai passée tout entière dans ma guérite. Je n'en suis sorti que le soir à onze heures et demie, c'est-à-dire au moment où la messe de minuit allait commencer. La cloche restée muette depuis le licenciement des élèves, ne devait pas encore faire entendre sa réjouissante voix pour cette belle fête. Elle aurait, sans doute, peu flatté, à cette heure-là, les oreilles impies des deux fils de Garibaldi qui se trouvaient précisément logés dans l'établissement. Je dus donc avoir recours à ma petite sonnette qui ne

me quitte guère. Il me fallut passer et repasser
plusieurs fois dans toutes les salles pour éveiller
ces pauvres enfants qui, étant plongés dans un
profond sommeil, n'entendaient rien et restaient
couchés pour la plupart. Une compagnie surtout
me donna de la peine. Ayant, dans la journée,
parcouru une distance considérable, elle était
rentrée accablée de fatigue. On aurait dit qu'ils
n'étaient plus de ce monde. J'avais beau agiter
ma clochette, les appeler, les secouer, ils ne
donnaient pas signe de vie, ou s'ils se soulevaient
un peu sur leur séant, ils ne pouvaient ouvrir
les yeux et retombaient comme malgré eux en-
dormis sur leur couche de paille. Il y avait
vraiment de la cruauté à les éveiller, et si je
n'avais pas connu leurs sentiments et le vif désir
qu'ils m'avaient témoigné le jour précédent
d'assister à la messe de minuit et d'y faire la
sainte communion comme ils le faisaient tous
les ans, chez eux, je n'aurais vraiment pas eu
le courage de leur faire cette violence dont ils
m'ont, du reste, remercié après coup. Ils auraient été si contrariés d'avoir laissé passer
cette fête de Noël sans s'approcher de la sainte
Table ! C'eût été pour le plus grand nombre la
première fois depuis la première communion. Et
comment auraient-ils voulu se priver du bonheur
d'annoncer à leurs chères mères, qui le leur
avaient tant recommandé, d'avoir fait Noël !

Une fois que le mouvement a été donné, les uns ont éveillé les autres et, à minuit, tout mon monde se trouvait, à genoux, au pied des saints autels, dans le recueillement de la prière. Bien d'autres mobiles regrettaient de ne pouvoir pas remplir leur devoir comme leurs compagnons ; mais ils n'avaient pas eu le temps de passer et de recevoir la sainte absolution. Je les plaignais. Aussi, pour en contenter un certain nombre, je me suis mis de nouveau dans un confessionnal du fond de l'église, pendant qu'un des prêtres de la maison commençait le Saint-Sacrifice. Je n'en ressortis qu'au moment de la Communion pour assister à cette incomparable cérémonie, qui se fit avec une piété et un ordre parfaits. Quelle bonne heure de joie après tant de fatigues ! C'était une de ces belles moissons qui font oublier complètement les travaux, les peines, les souffrances de toute une longue année !

Vers deux heures, tous ces braves enfants quittaient la chapelle pour regagner leur dure couche. Une pensée assurément les consolait et les fortifiait : c'était que l'Enfant-Dieu qu'ils portaient dans leur cœur avait, lui aussi, à son entrée dans le monde, couché sur de la paille.

J'aurais bien voulu pouvoir leur faire prendre part à ce *réveillon* traditionnel, qui réunit, chez nous, après la messe de minuit, tous les membres de la famille autour d'une modeste table. Je m'en voulais de ne pouvoir pas leur procurer cette douce surprise, mais ce n'était pas possible ; ils étaient évidemment trop nombreux.

En voyant défiler devant moi tous ces chers Aveyronnais si déguenillés, avec des pantalons et des vareuses s'en allant en lambeaux, je me disais, la tristesse dans le cœur : c'est bien là la pauvreté, le dénuement de l'étable de Bethléem. J'ajoutais : heureusement que le Dieu de la crèche leur en tiendra plus de compte que Garibaldi et la France elle-même.

Avant d'aller me reposer, je dus revenir au confessionnal, où m'attendaient tous ceux qui n'avaient pas eu le temps de se présenter avant le moment de la communion. Ils étaient encore nombreux et ils désiraient communier dans la matinée.

La grand'messe eut lieu à dix heures. Inutile de dire que tous les communiants de minuit se firent un devoir d'y assister. Elle fut chantée par les mobiles eux-mêmes. Ce fut un vrai bonheur pour eux de retrouver leur plus belle voix du dimanche, qui avait si souvent fait résonner les voûtes de la modeste église de leur village. Je n'avais jamais entendu un *Credo* chanté par une masse compacte de mille jeunes gens à la fleur de l'âge et à la poitrine solide. C'était quelque chose de ravissant qui élevait l'âme et dilatait le cœur. On se fût cru facilement sous les voûtes de la céleste Jérusalem. C'était sublimement beau ! Quelle messe ! Toute ma vie j'en conserverai le souvenir !

La journée n'était pas encore complète. Les jeunes gens de notre catholique Rouergue ne croiraient pas avoir fait leur devoir s'ils n'assistaient aux vêpres le jour de Noël. Aussi, à deux heures, les voyait-on occuper les mêmes places que la nuit, à l'église du Petit-Séminaire, et chanter, à la grande édification de tout le monde, les psaumes du dimanche sur des tons irréguliers, en rapport avec la solennité du jour. Dans les pays que nous avons traversés jusqu'ici, les jeunes gens savent peu, sans doute, par cœur les beaux cantiques de David. Aussi, les professeurs de l'établissement, présents à nos vêpres, étaient-ils tout étonnés de voir nos mobiles les chanter de toute la force de leurs poumons et cela sans un livre à la main. Comment, me disaient-ils, tout le monde, dans l'Aveyron, sait donc les psaumes par cœur ? Et cela les édifiait !

Nos pauvres enfants, depuis leur départ du pays, n'avaient eu d'autres prédications que les miennes et celle du canon qui, il est vrai, a bien son éloquence ; aussi ce fut avec plaisir qu'après le *Magnificat* ils virent l'un des professeurs quitter sa place pour leur adresser quelques paroles d'édification et d'encouragement. Le sujet était tout choisi. Quoi de plus touchant, de plus instructif et de plus consolant que le mystère de la fête de Noël. Aussi le pieux professeur trouva-t-il facilement le chemin des cœurs. Nous fûmes enchantés de ses bonnes paroles qui respiraient un parfum tout particulier de piété et de vertu.

Comme tu le vois, bien chère sœur, notre fête de Noël a été complète. Rien n'y a manqué de ce qui pouvait la rendre belle et surtout profitable pour mes bons soldats. Ils ne manqueront pas, bien sûr, d'en donner tous les détails à leurs bons parents qui en jubileront.

Si j'avais le temps, je te parlerais de la messe de minuit au grand séminaire, car tous nos mobiles ne sont pas, ici, au petit; un de nos bataillons est logé dans ce vaste établissement. Ces jours derniers j'avais pu en confesser un bon nombre. Ils ont eu, eux aussi, leur messe de minuit et une belle communion. Les renseignements que m'a donnés, ce matin, M. l'abbé Ancessi, notre compatriote, directeur de la maison, sont des plus consolants. Dieu en soit béni.

Je pense que tu seras contente de moi aujourd'hui, et amplement dédommagée du retard que j'ai mis à te répondre. Je ne doute pas que tu ne lises ave cun vif intérêt ces détails. Le récit de nos combats t'aurait fait moins de plaisir. Les femmes, vous n'aimez guère ces terribles choses.

J'ai reçu les tricots de flanelle que tu as eu la bonté de m'envoyer. Je t'en remercie bien. Mille choses aimables à tous les tiens.

Ne nous oubliez pas dans vos ferventes prières.

Ton tout dévoué frère,

DALQUIÉ.

———

Quelques jours après Noël, on lisait dans le numéro du 28 janvier de l'*Aquitaine* de Bordeaux, au *Bulletin religieux de la guerre* :

Nous recevons l'intéressante lettre suivante :

« Autun, 15 janvier 1871.

Monsieur le Rédacteur,

Chaque semaine, dans votre excellente feuille, vous aimez à nous rappeler des traits et des paroles qui nous dévoilent la piété de nos braves, consolent les cœurs catholiques et nous font espérer que bientôt, Dieu, sollicité par tant de prières, se prononcera d'une manière éclatante en faveur de la France. Permettez-moi de vous citer un de ces faits où s'est montrée, dans toute sa simplicité et sa ferveur, la foi des mobiles de l'Aveyron.

Ces jeunes gens font partie de l'armée des Vosges et ont séjourné à Autun un mois. Ils ont été logés, les uns au Grand, les autres au Petit Séminaire. Leur bravoure et leur piété leur ont rapidement conquis l'estime universelle. Profondément imbus des principes chrétiens qu'ils ont puisés dans une éducation vraiment catholique, nourris de la sève des vérités divines, fortifiés par la grâce des sacrements et les pratiques religieuses, ils sont l'image fidèle du juste et ressemblent, comme lui, à cet arbre planté sur le bord des eaux, qui donne tant de fruits dans son temps, et dont les feuilles ne tombent jamais. Aussi, sur des âmes si fortement trempées, le respect humain n'a point de prise. Non seulement ils assistaient aux offices divins le dimanche, mais encore on les voyait, tous les jours, en grand nombre, le matin à la messe, le soir devant le St-Sacrement.

Ils nous ont particulièrement édifiés et consolés le jour de Noël. Au Petit Séminaire, depuis le 6 novembre, on n'avait pas eu de fête religieuse. La grande chapelle était bien triste, son orgue se taisait, plus de chants de joie, plus d'harmonie, mais seulement des prières à voix basse et des soldats se préparant au combat, et des prêtres offrant la divine

Victime. Ils n'étaient pas là, nos élèves, pour réjouir de leurs accords son enceinte trop étroite, embaumer ses vieux murs du parfum de leur piété et de leur amour ! Jésus pourtant voulait y naître encore. Il ne craint pas la pauvreté, la nudité et les larmes, lui qui a choisi pour berceau l'étable de Bethléem, mais, à Bethléem, il voulut des anges pour chanter gloire à Dieu..., il voulut des âmes pures, des cœurs fidèles autour de la crèche où il reposait.

Au Petit Séminaire, il y en aura encore, cette année, malgré le deuil et l'abandon. Les bons Aveyronnais se sont préparés, à l'approche de Noël ; ils demandent une messe de minuit.

Aussitôt la grande chapelle reprend sa parure de fête, l'orgue retrouve ses accords, et des voix trop heureuses de chanter Jésus annoncent la grande joie : Un Sauveur nous est né. A minuit, réveillés au milieu de leur sommeil par l'ange de Dieu, leur digne aumônier, ils accourent à la chapelle, se pressent dans les bancs des élèves, sur les tribunes, partout où ils peuvent trouver une place. Ils n'ont pu mettre des habits de fête ; leurs pauvres vareuses sont usées, déchirées même, qu'importe ? Ils ont la robe nuptiale ; ils peuvent entrer dans la salle du festin et prendre part au banquet de l'Agneau. Leurs cœurs sont purs, leurs fronts épanouis. On commence la sainte messe. Quel recueillement profond. Toutes ces âmes prient et vont en haut, vers Dieu, bien au-dessus des pensées et des affections de la terre.

Avec quelle foi vive tous ces fronts s'inclinent quand une voix émue chante : *Et homo factus est*, quand Jésus prend naissance entre les mains du prêtre et descend sur l'autel. Enfin, le moment solennel est venu ; ils vont communier. Deux prêtres se partagent le bonheur de distribuer à ces âmes si belles le Verbe fait chair.

Ce fut vraiment un bien touchant spectacle ! 800 jeunes soldats, au milieu de tous les dangers de la vie des camps, aussi fervents qu'au jour d'une première communion, recevant leur Sauveur, mais avec amour comme des enfants privilégiés ! Pour eux, c'était une chose toute naturelle que cette pieuse habitude, tant de foi s'est conservée vivante dans cet heureux diocèse de Rodez !

Mais nous, qui, cependant, sommes accoutumés à voir des jeunes gens en grand nombre se presser à la Table sainte avec toute la ferveur des belles années de l'adolescence, nous étions profondément attendris : les mains qui distribuaient le pain de vie tremblaient d'émotion, les chants expiraient sur nos lèvres, les accords mouraient sous les doigts de l'artiste, tout le monde avaient les larmes aux yeux ! Nos pieux jeunes gens adorent Jésus au fond du cœur ;

puis, de leur voix mâles et fortes, entonnent le *Magnificat*, que tous chantent de mémoire.

Les malades n'avaient pu se rendre à la chapelle; à huit heures, un modeste autel est élevé rapidement dans le dortoir où reposaient ces malheureux. Tous entendent la messe avec la plus grande dévotion, et reçoivent le Dieu qui guérit et console.

A dix heures, encore une messe chantée, et au milieu d'une telle affluence qu'il fallait s'ingénier pour trouver des places à tous ces braves mobiles.

Le soir, même empressement aux vêpres. Les Aveyronnais savent les psaumes du roi David; ils les chantent sur des tons plus doux, plus suppliants que ceux que nous connaissons. C'est vraiment le chant d'une âme chrétienne qui, du fond de l'exil, soupire après les joies de la patrie. Un des professeurs les remercia d'avoir procuré au séminaire le bonheur d'une fête chrétienne, et en termes vivement sentis leur développa ce texte que leurs cœurs comprenaient si bien : *Benignitas et humanitas apparuit salvatoris nostri Dei.* Puis tous chantent le *Tantum ergo* et reçoivent la bénédiction du Saint-Sacrement.

Le lendemain, jour de St-Etienne, ils vinrent encore à la messe pour la plupart, et cent

16

d'entr'eux qui, la veille, n'avaient pu communier, s'approchèrent de l'autel, reçurent leur Dieu avec la même foi que leurs camarades, et renouvelèrent nos émotions de la messe de minuit. Au Grand Séminaire, même ferveur, même empressement aux offices et à la Table sainte. Dès lors, chaque dimanche, nous eûmes une messe chantée, des vêpres solennelles, où les mobiles eux-mêmes chantaient les psaumes du Roi-Prophète. Ils nous ont quittés le lundi après l'Epiphanie. Puisse Dieu les conduire, et par eux sauver la France.

De tels soldats, en effet, ne craignent pas la mort; ils savent que le Ciel en est la récompense. Au milieu des souffrances et des privations de tout genre, deux fois au moins ils ont rencontré l'ennemi et deux fois, bien que mal armés, ils lui ont appris que les mobiles de l'Aveyron n'étaient pas des lâches. A Lantenay, ils ont protégé la retraite de l'armée et retardé la marche de l'envahisseur. A Autun, ils ont donné une fusillade vive et bien nourrie, et l'ennemi, comme s'il eut senti qu'il avait devant lui des jeunes gens chrétiens et braves, s'est retiré impuissant. D'autres s'en glorifieraient, eux, aussi modestes que vaillants, s'accusent de ne s'être pas encore battus avec toute l'énergie de vrais soldats français et attendent le jour où ils pourront, avec des armes perfectionnées, montrer, sur le champ de bataille, tout ce qu'ils voudraient faire.

Ils sont braves et pieux, mais aussi ils ont à leur tête des officiers qui leur donnent l'exemple et du courage dans la mêlée et de la piété dans nos églises. Ils ont parmi eux un vénérable aumônier, un homme de Dieu d'un zèle infatigable, d'un dévouement à toute épreuve. Ils le vénèrent comme un saint et l'aiment comme un père ; et lui, il ne les appelle que ses chers enfants, les suit partout, même sur les champs de bataille, leur consacre ses jours, ses nuits, ses forces, sa vie, avec l'humilité et la simplicité d'un apôtre. Jamais, nous qui l'avons vu à l'œuvre, nous n'oublierons ses vertus ni la foi de ses mobiles.

Un Professeur du Petit-Séminaire. »

XL

Autun, 31 décembre 1870.

Bien cher Monsieur,

Je me hâte de répondre à votre lettre que je n'ai reçue que ce matin.

Les renseignements qu'on vous a donnés sur votre fils ne sont pas exacts. Je suis tout heureux de vous l'annoncer. Le mobile qui vous a écrit a exagéré de beaucoup, sans vouloir le faire, l'état de sa santé. Votre fils, il est vrai, a quitté, il y a déjà quelques jours, sa compagnie, et se trouve, pour le moment, dans l'ambulance provisoire que nous venons d'établir au Petit-Séminaire d'Autun, mais sa maladie n'est pas grave. Ce n'est qu'une simple indisposition qui ne sera pas de longue durée. Quelques jours de repos et de soins le rendront, je l'espère, bien portant à la compagnie.

Je le vois plusieurs fois le jour, et son état, je le répète, n'a absolument rien qui puisse vous alarmer.

Ce qui vous a effrayé, c'est qu'on vous a probablement dit que votre cher fils avait été administré.

Encore ici un mot d'explication qui vous prouvera que vous êtes complètement dans l'erreur et que vous avez été, par conséquent, mal renseigné.

Notre cher malade a eu, sans doute, le bonheur de recevoir la visite de son Dieu, mais tout simplement en communion et non en viatique. Voici dans quelles circonstances :

La veille de Noël, à la messe de minuit, au petit ou au grand séminaires, 1500 de nos mobiles ont eu la joie de faire leur devoir. Cette communion a été des plus belles et des plus édifiantes.

Pouvions-nous, dans cette circonstance, oublier les quatre-vingts malades qui se trouvaient à côté dans notre ambulance provisoire? Certes, non ! Il fallait bien qu'ils prissent part comme eux à cette touchante fête de Noël qui apporte au cœur du chrétien et surtout des souffrants tant de joies et de consolations !

Aussi le matin, à la première heure, avons-nous cru ne pouvoir rien faire de mieux que de dresser, au fond de cette grande salle de 80 lits, un modeste autel et d'y célébrer le Saint-Sacrifice en présence de tous ces malades dont la plupart sont en convalescence. C'est ce qui a été fait au grand contentement de tous. Mais ce n'était pas assez pour leur piété d'entendre la sainte messe un jour de Noël, ils ont voulu, comme leurs compagnons bien portants, recevoir leur Dieu. Le temps étant froid, nous avons jugé qu'ils pouvaient tous rester couchés, même ceux qui, à la rigueur, auraient pu se lever sans inconvénient, et faire la communion au lit.

Vous voyez donc bien, cher Monsieur, que votre fils n'a pas du tout été administré et qu'il a tout simplement fait une communion de dévotion, comme il la faisait tous les ans, à pareille époque, de la main de son bon curé.

Cette cérémonie extraordinaire a eu un cachet tout particulier d'édification et vous auriez été comme moi ému jusqu'aux larmes si vous en aviez été témoin. C'était un spectacle bien touchant que de voir tous ces malades à demi dressés sur leur lit, attendant, dans l'attitude du plus grand respect, le passage du Dieu de l'Eucharistie. Le moment venu, le célébrant, prenant le saint-ciboire, fait le tour de la vaste salle et distribue la sainte communion à tous ces chers enfants.

Ces quelques explications que je vous donne, à la hâte, vous édifieront et vous consoleront, je n'en doute pas, tout en vous rassurant entièrement sur votre cher fils.

Mes nombreuses occupations ne me permettront pas de vous écrire aussi souvent que vous le désireriez. Je ne le ferais que dans le cas où la maladie prendrait un caractère de gravité qu'on ne peut pas prévoir. Aussi ce sera le cas de dire pas de nouvelle, bonne nouvelle.

En attendant, vous pouvez vous épargner les fatigues et les frais d'un voyage de plusieurs centaines de kilomètres, alors surtout qu'il n'est ni nécessaire, ni utile. Voilà toute la vérité.

Les mobiles de votre connaissance, dont vous demandez aussi des nouvelles, vont tous très bien. Vous pouvez le dire de ma part à leurs bons parents, qui en seront heureux.

Veuillez agréer, bien cher Monsieur, mes meilleurs sentiments.

DALQUIÉ.

XLI

Autun, 1ᵉʳ janvier 1871.

Bien cher ami,

Relativement aux Garibaldiens dont vous me parliez dans votre dernière lettre, il ne faut pas croire un mot des éloges que leur donnent les mauvaises feuilles pour les besoins de leur cause. Je les vois de près tous les jours, et plus je les vois, et plus je suis convaincu que ce sont les pires ennemis de la France. En général, c'est tout ce qu'on peut voir de plus canaille, de plus voleur et de plus lâche. C'est aux fruits qu'on connaît l'arbre. Si je voulais vous raconter tout ce que je sais, toutes les canailleries, toutes les turpitudes, tous les crimes dont j'ai été témoin ou que j'ai appris par d'autres sur leur compte, il me faudrait toute une rame de papier. Aussi, partout où ils passent ils indignent les populations, qui préféreraient mille fois avoir affaire avec les Prussiens qu'avec eux. Ils réquisitionnent à tort et à travers sans aucune nécessité, entrent dans les maisons, volent, pillent, insultent, menacent et maltraitent même les particuliers qui essaient de résister. Si la police et la gendarmerie veulent s'opposer à leurs pillages, ils les menacent de leurs armes et s'en servent au besoin. Que dire de tant d'autres actes coupables dont je ne puis vous parler ici par respect pour la morale !

Ces prétendus amis et sauveurs de la France, après avoir pillé, volé, ne croient rien faire de plus patriotique que d'accuser de trahison les soldats, les officiers, les généraux de l'armée régulière qui se battent avec courage, et les honnêtes gens qui, du matin au soir, font preuve de dévouement dans l'intérêt de la patrie, sacrifiant pour elle leur argent et leurs enfants.

Les prêtres sont surtout l'objet des insultes, de la haine et de la rage des Garibaldiens et de leur digne chef. Ils voudraient les voir tous pendus jusqu'au dernier. C'est sur eux, bien entendu, qu'ils font tomber les plus grandes responsabilités. Ils les accusent d'avoir appelé les Prussiens en France et de leur fournir, de concert avec le Pape, de l'argent pour nous faire battre, et de tant d'autres choses aussi odieuses les unes que les autres. Ce n'est pas assez ; ils emploient toute leur éloquence à faire passer leur haine pour le prêtre dans le cœur du soldat français, mais c'est en vain, ils perdent leur temps. Non seulement nos soldats ne partagent pas leurs idées et leur haine, mais, au contraire, leur indigne conduite, leurs vexations et leur lâcheté comparées au patriotisme et au dévouement du prêtre dont ils sont tous les jours les témoins, ne font que leur rendre ce dernier plus digne d'estime, de respect et d'affection. Du reste, ils connaissent trop ces bandits, ces malfaiteurs qu'ils voient tous les jours à l'œuvre de destruction et de dégradation morale pour qu'ils puissent se laisser séduire par eux.

Dernièrement encore, vers minuit, pendant qu'ils dormaient tranquillement au Petit-Séminaire, nos mobiles sont éveillés en sursaut par le clairon d'alarme. Ils se lèvent à la hâte ; dans quelques instants ils sont sur pied, sac au dos, arme au bras et l'émotion dans le cœur. De quoi s'agit-il donc ? Les Prussiens sont sans doute là, aux portes d'Autun ! Pas du tout ! Ce sont ces aimables, ces honnêtes Garibaldiens qui, sans être inquiétés par leurs chefs, sont en train de piller, à la faveur de la nuit, l'église de Saint-Jean et la résidence des Oblats qui se trouve contiguë. C'est pour rappeler ces audacieux pillards, ces sacrilèges chenapans aux règles de la justice et les faire rentrer dans l'ordre que nos mobiles ont été obligés de se lever au milieu de la nuit. La besogne, paraît-il, a été facile : ces gens-là sont trop lâches pour opposer une résistance sérieuse en face d'hommes honnêtes, braves et tout prêts à faire tout leur devoir.

Je n'étais pas présent à ces scènes révoltantes de désordre et je n'ai pas été témoin de leurs

abominables sacrilèges ; mais voici des détails
que je tiens de personnes dignes de foi. Tout
à coup, à une heure avancée de la nuit, on
aperçoit dans l'église de Saint-Jean un luxe de
lumières extraordinaire, des chants se font entendre, une foule inaccoutumée y est réunie !
On se demande, étonné, quelle cérémonie, quelle
fête à cette heure indue peuvent avoir attiré-là
une telle assistance ! Le mystère est bientôt
découvert. On entre : quelle horreur ! Un garibaldien, revêtu d'une aube blanche, est sur la
chaire de vérité, vomissant les plus horribles
blasphèmes contre Dieu et sa religion ! A peine
a-t-il fini, qu'une procession infâme s'organise.
Affublés de divers ornements ecclésiastiques,
tous ces misérables se mettent sur deux rangs,
et défilent au milieu des hurlements, des imprécations et des blasphèmes les plus épouvantables. Chasubles, chapes, dalmatiques, missels
ouverts, encensoirs, cierges allumés, ciboire,
tout l'appareil du culte catholique est là !

Cette monstrueuse procession sort et se rend
dans les jardins des Pères Oblats. Une belle
statue de la Vierge s'y trouve; elle est décapitée,
et sur le tronc on entasse des ordures. Avec
les ornements sacrés on fait un feu de joie au
milieu du jardin qu'on ne quitte qu'après l'avoir
saccagé.

C'est sur ces entrefaites que les mobiles de

l'Aveyron sont arrivés du Petit-Séminaire pour porter secours aux bons religieux et protéger avec eux leur église et leur habitation contre ces infâmes scélérats qui osent se dire les amis de la France.

Il va sans dire qu'à l'arrivée de nos soldats cette canaille s'est dispersée, qui d'un côté qui de l'autre, emportant sans doute avec eux tout ce qu'ils avaient trouvé de plus précieux, entre autres choses les vases sacrés.

Vous pensez sans doute qu'on va faire une enquête minutieuse et sérieuse sur ces faits d'une excessive gravité, sur ces actes si révoltants? Eh bien, détrompez-vous! Il n'en sera rien. On n'en fera absolument aucun cas, et tous ces voleurs, tous ces hideux pillards pourront en toute sûreté se promener en plein midi dans toute la ville et se vanter impunément de ces infamies comme d'un haut fait d'arme. Aux yeux de Garibaldi et de ses partisans, ce ne sont là que des peccadilles auxquelles on ne doit pas faire attention. Canaille! Scélérats!

Je ne fais aujourd'hui, bien cher ami, que soulever un des coins du rideau. Que sera-ce lorsque je l'aurai soulevé tout entier et que vous verrez à nu toutes les turpitudes, toutes les lâchetés de ces hommes de rien, que vous comprendrez entre les mains de qui on prétend avoir placé le salut de la France!

Quant à moi, jusqu'ici, je n'ai eu guère personnellement à m'en plaindre. Vivant continuellement au milieu de mes soldats, ils n'osent pas trop me faire des misères. C'est qu'ils voient derrière moi de ces bons gaillards qui ont la poitrine carrée et les poignets solides. Aussi se contentent-ils de me lancer parfois, en passant, quelque injure accompagnée d'un de ces regards de fauve qui traduit toute leur malice et toute leur haine pour le prêtre. Depuis déjà un mois et demi que je les vois de près, je n'ai eu maille à partir qu'avec deux. Il faut leur montrer les dents et leur faire voir qu'on ne les craint pas. Aussitôt ils s'en vont en maugréant et ne reviennent pas à la charge. En un mot, ils font comme les lâches. Toutefois, ils sont dangereux et il ne faudrait pas les rencontrer seul dans des endroits écartés, car, s'ils étaient plusieurs, ils vous feraient un mauvais parti.

Aussi nos mobiles les abhorrent-ils et on ne les voit jamais frayer avec eux. Ils sont trop honnêtes pour cela, et puis ils n'ignorent pas qu'à plusieurs reprises ils se sont emparés, dans diverses gares, des ballots d'habillement qu'on leur envoyait de l'Aveyron à eux-mêmes.

C'est à la hâte que j'ai tracé ces quelques lignes. Vous lirez mon griffonnage comme vous pourrez.

Votre tout dévoué,

DALQUIÉ.

XLII

Autun, 18 décembre 1870.

Bien cher ami,

Vous me demandez quelques renseignements sur le pillage de l'évêché d'Autun et la tentative d'assassinat sur la personne de Monseigneur de Marguerit par les garibaldiens. Je puis vous donner, sur ces odieux attentats, des détails puisés à bonne source puisque je les tiens de la bouche même du vénérable évêque.

Ces jours derniers, Sa Grandeur a bien voulu me faire l'honneur de m'inviter à sa table en compagnie de M. Picard, supérieur du Grand-Séminaire, de M. l'Archiprêtre, et d'un professeur du Petit-Séminaire. Après avoir fait le plus bel éloge de nos mobiles, elle nous a raconté, en toute simplicité, les faits tels qu'ils s'étaient passés, le 15 novembre, à l'évêché. Voici, en résumé, sa narration :

Il faut d'abord savoir que Garibaldi a quitté déjà depuis quelque temps les environs de Dôle, où il était *trop près des Prussiens*, pour venir avec son état-major et la plus grande partie de ses troupes se fixer à Autun. C'est là qu'il a établi son quartier général. Que peut-on attendre d'hommes qui sont la lie du peuple, des

voleurs, des assassins et dont les chefs eux-
mêmes sont à peu près tous sortis des prisons?
Le vol, le pillage, le crime, en un mot, toutes
les hontes, toutes les infamies, organisées sur
la plus vaste échelle et exécutées avec une audace inouïe! Nous allons les voir à l'œuvre ces
défenseurs, ces sauveurs de la France. Ennemis
jurés de Dieu et de la religion, ils ne peuvent
voir un prêtre, un religieux, une religieuse sans
grincer des dents de haine et de colère. Aussi,
à peine sont-ils arrivés à Autun, qu'ils n'ont
rien de plus empressé que de montrer leur hos-
tilité à l'égard des établissements et des communautés dirigés par des ecclésiastiques ou des
religieux, et d'y apporter le désordre. Pouvant,
à la rigueur, se loger ailleurs, ils vont même
à des heures indues, pendant la nuit, frapper
à la porte du grand et du petit séminaires, des
couvents, de l'évêché lui-même. Pensionnaires,
séminaristes, professeurs, religieux, il faut que
tous se levent et cédent la place à ces bandits
pour aller chercher un nouveau gîte pour la
nuit. Si la porte ne s'ouvre pas tout de suite,
on l'enfonce sans plus de façon que cela et ils
s'installent en maîtres souverains dans l'établissement.

Que dire des églises? Elles sont toutes trans-
formées en casernes, ou plutôt en repaires de
voleurs ou d'assassins. En passant, j'ai voulu

entrer dans la métropole ; j'en suis ressorti aussitôt, indigné, écœuré ! J'en ai encore mal au cœur ! C'est l'abomination de la désolation dont parle le prophète ! Jour et nuit ouverte aux quatre vents, elle est triste comme une épouse qui a perdu son époux fidèle ! Le Saint des Saints n'y est plus ; le divin sacrifice y est remplacé par des orgies sans nom, des profanations et des sacrilèges abominables ! Plus de prières, plus de cérémonies ! On n'y entend que chants obscènes, qu'horribles blasphèmes contre le Dieu de nos autels ! Çà et là, le long des murs et des pilliers de l'antique cathédrale brûlent de nombreux feux, alimentés par les chaises, les bancs, les confessionnaux ; sur ces feux on voit des marmites en ébullition, et, de toutes les ouvertures, s'échappe une noire et épaisse fumée. On dirait le séjour des démons ! Quel spectacle ! quelle horreur !

Voyons maintenant ce qui se passe à l'Evêché : c'est évidemment le point de mire de cette affreuse canaille. Il n'en pouvait pas être autrement, étant donnée la conviction que là se trouvaient des richesses, de l'argent, de l'or et des objets précieux de toute espèce. Pour avoir un prétexte de s'y précipiter en masse, et ensuite d'y piller à volonté, on a commencé par faire courir le bruit que des caisses d'armes et de

17

munitions destinées aux Prussiens avaient été cachées dans les caves et sous les combles. Il n'en fallait pas autant pour des gens toujours prêts à piller, n'étant venus en France que pour cela.

Vers les 11 heures du soir, une cinquantaine d'hommes de la pire espèce, appartenant à la *Guérilla de Marseille*, aux *Francs-tireurs de Caprera* et aux *Vengeurs de la Mort*, tous chauds partisans de Garibaldi, se dirigent en silence, à la faveur de la nuit, vers l'escalier du Palais épiscopal. Armés de leurs épées et de leurs sabres, ils essayent d'enfoncer la porte; elle résiste à leurs efforts. Un carreau d'une fenêtre qui est à leur portée est brisé. La fenêtre est ouverte. C'est par là que la bande entre dans le vestibule et de là, dans l'intérieur de l'édifice.

Une bougie à la main, le sabre de l'autre, ils s'avancent en criant: le Prussien! le Prussien! où est le Prussien? nous cherchons un Prussien qui s'est introduit ici! Sous ce prétexte on va partout, on visite toutes les pièces. Du temps que les uns fouillent les appartements où peuvent se trouver quelques provisions, les autres font la visite des garnitures de cheminées, des bureaux, des armoires, des tiroirs, et main-basse est faite, cela va sans dire, sur tout ce qui peut avoir quelque valeur.

Les appartements de Mgr l'Evêque font sur-

tout l'objet de leurs perquisitions. A peine le
domestique de Sa Grandeur en a-t-il ouvert la
porte que tous ces pillards s'y précipitent en
tumulte, sans aucun respect pour le saint vieillard, qui, éveillé en sursaut, n'a pas le temps
de se lever. On peut facilement se faire une idée
de la frayeur du vénérable prélat en se trouvant tout à coup au milieu de cette troupe
infernale! Couché sur son lit, dont on a écarté
les rideaux, à demi mort de frayeur, il est témoin de toutes leurs orgies criminelles. Pas un
meuble, pas un coin et un recoin qui ne soient
visités. Ces brigands passent leurs sabres et
leurs épées sous le lit, en demandant toujours
le Prussien. En attendant, la montre de Sa
Grandeur, une chaîne, un cachet en or, une
croix pectorale, un porte-monnaie contenant
une certaine somme, des burettes en cristal et
beaucoup d'autres objets précieux deviennent
la proie de ces infâmes défenseurs de la France.

Une autre visite est à faire avant de sortir.
Ces gens avinés ne l'oublieront pas. C'est celle
de la cave. C'est là que doivent se trouver les
prétendues armes et les trésors enfouis devant
profiter aux Prussiens. Après avoir pillé les
appartements supérieurs, ils descendent donc
dans les sous-sols, et là, se livrent aux plus
minutieuses perquisitions. Ils fouillent partout;
ils creusent dans la terre; mais d'armes, de

munitions, d'argent, d'or, de trésors point. Toutes leurs recherches se réduisent, pour les caves, à quelques bouteilles de vin qu'ils emportent avec eux, cela n'a pas besoin de dire.

Il est trois heures du matin. Après avoir bu comme d'ignobles ivrognes, ils chantent, font la farandole et se retirent enfin, non, toutefois, sans s'être battus comme des voyous qu'ils sont.

L'évêché était pillé, mais Monseigneur en était quitte pour quelques pertes matérielles et une de ces frayeurs qui font époque dans la vie et se passent de commentaire !

Après s'être ressenti, tout naturellement, pendant quelques jours, de cette terrible secousse, Sa Grandeur se retrouve aujourd'hui dans son état ordinaire. Elle a été d'une bonté et d'une amabilité incomparables à mon égard. C'est, du reste, l'une des plus belles figures d'évêque qu'on puisse voir. Cette visite nocturne semble lui avoir donné un reflet particulier de douceur qui lui attire encore de plus grandes sympathies de la part des fidèles. Les nombreux renseignements qu'il m'a demandés sur nos Aveyronnais, et les traits édifiants que je lui ai racontés à leur sujet, l'ont beaucoup intéressé. Sa dernière parole que j'ai soulignée, parce qu'elle nous fait honneur, a été : Ah ! bien cher ami, si tous nos soldats étaient bons chrétiens et avaient bonne volonté comme les vôtres, les Prussiens auraient bientôt fini de gagner des victoires en France !

Vous saurez maintenant ce qu'il faut penser des Garibaldiens.

Tout à vous,

DALQUIÉ.

————————

XLIII

Autun, 29 décembre 1870.

Bien cher ami,

Malgré ma bonne volonté, je n'ai pas pu trouver, aujourd'hui, quelques minutes pour vous donner les détails que vous me demandez. Je n'ai que le temps de vous accuser réception de votre lettre et du ballot d'effets d'habillement que des dames charitables ont bien voulu nous envoyer de l'Aveyron. Nos pauvres mobiles font pitié à voir : leurs pantalons et leurs vareuses, faits de laine pourrie ou brûlée, tombent en lambeaux, et il fait un froid des plus intenses. C'est donc assez vous dire que le ballot a été le bienvenu parmi nous. J'en ai fait moi-même la distribution, aussi paternellement que j'ai pu, à nos chers Aveyronnais, qui sont très reconnaissants. En attendant que je le fasse directement moi-même, vous voudrez bien être assez bon pour faire agréer à ces dames l'expression de notre plus sincère et plus vive reconnaissance.

Votre tout dévoué,

DALQUIÉ.

Comme on a pu le remarquer, mes deux dernières lettres ne sont pas très flatteuses pour les Garibaldiens. Pour qu'on ne puisse pas m'accuser d'exagération à leur égard, je vais citer des faits que j'extrais de l'ouvrage de M. Theyras. Cet ouvrage, dont j'ai parlé plusieurs fois, n'a pas moins de 752 pages. Il faudrait le lire en entier pour avoir une juste idée des Garibaldiens et de Garibaldi. Son auteur est un avocat distingué d'Autun qui, se trouvant sur place, a pu prendre des renseignements exacts. Ses appréciations sont basées sur des milliers de faits, puisés à bonne source, et, par là même, indiscutables.

Voici quelques-uns de ces faits que je prends çà et là au hasard dans le livre :

« Un officier d'état-major, le nommé Caron, tenait également les propos les plus ignobles contre le clergé. Aussi s'empressa-t-on de le décorer. Son appréciation des faits criminels, commis à l'évêché par les sicaires Garibaldiens, dépeint bien l'infâmie de ces bandits, qui, non contents de voler et de maltraiter leurs victimes, les insultaient encore : « Quand on pense, disait-il le lendemain de l'attentat, que le chef du clergé d'Autun, l'évêque, a osé se voler lui-même et répandre ensuite le bruit que ce sont les soldats qui l'ont volé, afin de nous faire partir, cela nous montre jusqu'à quel point de dégradation et d'avilissement sont tombés les habitants d'Autun, dont la plupart sont abrutis par les prêtres. »

» Dans l'armée de Garibaldi, ce n'était que désordre, débauche et ivresse, tout y représentait les excès des brigands et des bacchantes plutôt que la discipline militaire et l'aspect d'un camp. Cantonnés, par rage anti-religieuse, dans les maisons d'éducation, dans les couvents, dans les églises, les soldats s'y livraient impunément à tous les débordements. L'aspect de ces casernes improvisées, celui des hommes, étaient lamentables ; pas de tenue, pas de discipline, pas d'officiers, rien qu'une cohue ignorante, insolente, désordonnée, capable de tout, sauf de se mesurer avec les Prussiens. Depuis le Grand Séminaire, on tirait en guise de cible sur les toits du Petit Séminaire ! Tant que les balles n'atteignirent que les Français, on laissa faire ; enfin, un Italien fut tué et Lobbia intervint : ce n'était pas trop tôt.

« Des désordres de plus en plus graves, disait-il dans son ordre du 19 décembre, se produisent dans l'intérieur et aux abords des casernes, désordres qui n'auraient pas lieu ou qui seraient singulièrement atténués si la surveillance des officiers sur les troupes était plus continue. Défense absolue de tirer des coups de fusil dans le voisinage des casernes..... »

» Cet état de choses ne fit qu'empirer et un certain nombre d'accidents eurent ainsi lieu dans les diverses localités occupées par les troupes garibaldiennes.......

» La vente des effets militaires était pour eux une autre source de revenu. A chaque instant on leur distribuait des habillements, gilets, caleçons, flanelles, ceintures, etc., qu'ils s'empressaient de vendre.

» La vente des armes était réservée pour les grandes circonstances, mais elle n'était pas rare. Combien d'Autunois ont eu et ont encore en leur possession quelques-unes des jolies carabines Spencer à 8 coups, dont les Garibaldiens étaient armés ?...

» Au milieu de ces soldats corrompus par la licence, entouré d'un cortège considérable d'officiers et de courtisans également dépravés, Garibaldi, plus méprisé de jour en jour et plus impotent, pouvait se glorifier d'avoir transformé une ville honnête en un bagne où les forçats étaient les maîtres.

» La République passe avant la France..... La Patrie s'efface devant la République » écrivait le capitaine d'état-major Ordinaire. « Nous ne sommes pas venus pour combattre les Prussiens, mais pour fonder la République universelle, disaient les soldats et les officiers. » Et Garibaldi corroborait ces déclarations par ses actes, par ses paroles, par ses écrits.....

» A six heures, nous voyons passer le curé de Curgy entre quatre hommes et un caporal qui le conduisent en prison. Le malheureux, paraît-il, indigné des excès et des violences des soldats logés dans son village, aurait dit hautement que les Prussiens se conduiraient mieux. Toute vérité n'est pas bonne à dire. » . . . . .

» Un garçon meunier montait la rue aux Cordiers sur sa voiture, suivi d'un gros dogue qui s'appelle *Garibaldi*. Ici, ici, Garibaldi ! criait-il au toutou qui, séduit par un os à ronger, restait trop en arrière. Ce nom irrespectueux et insolite pour un animal de la race canine frappe désagréablement les oreilles d'un lieutenant de macaroni qui passait; il intime au garçon l'ordre de descendre de voiture en l'accablant d'injures et en lui disant qu'il va le faire f.... en prison. L'autre, furieux, retrousse ses manches et saute en face du macaroni, le menaçant du poing et en faisant le moulinet avec le manche de son fouet.....

« Allons donc ! c'était pour rire, répond notre officier, vous êtes un bon garçon et donnons-nous une poignée de main. »

« Ce soir, l'économe du Grand Séminaire passait dans la rue aux Cordiers quand des volontaires Marseillais l'ont entouré, insulté et saisi à la gorge. Le substitut D. qui se trouvait là a voulu prendre sa défense, mais à un coup de sifflet il a été assailli, bousculé à son tour. »

» Hier au soir, ils ont pillé St-Jean et défoncé dans la cour une pièce et une feuillette de vin appartenant au curé. Ils ont également volé un ciboire et quatre ornements d'église, pris la vaisselle du curé qu'ils ont vendue dans les maisons du voisinage, brisant les assiettes à terre si on refusait de les acheter. A minuit, un bataillon des mobiles de l'Aveyron, caserné au Petit Séminaire, est parti au pas de course pour cerner St-Jean. »

« On reste confondu devant l'audace incroyable de ces démagogues égalitaires, de ces partisans de la liberté, à qui il faut à tout prix des wagons-salons, des trains spacieux, qui se moquent des ministres et dont la tyrannie dépasse celle des pachas les plus abrutis. « Colonel Bordonne veut un train, télégraphiait le chef de gare d'Autun. En cas de refus, menace de faire arrêter par la force les trains à Etang. »

XLIV

Beaujeu, 25 février 1871.

Bien cher ami,

Vous me disiez dans votre dernière lettre que dans l'Aveyron on est étonné, scandalisé même, des éloges que certains mobiles donnent à Garibaldi. Vous me demandez en même temps ce que je pense moi-même de cet homme. Je vais vous le dire en deux mots :

Garibaldi est, selon moi, un extravagant, un fou, un scélérat, une canaille et le pire ennemi de la France. Plus tard, je vous donnerai de nombreux faits qui vous prouveront amplement ce que j'avance. Il est évident, pour quiconque le voit de près avec ses troupes *de choix*, qu'il est venu chez nous non pour nous délivrer des Prussiens, dont il est l'ami, mais bien pour y établir la République universelle, c'est-à-dire le désordre, l'anarchie en permanence. Il ne le cache plus. La haine, du reste, qu'il porte aux prêtres et la guerre qu'il fait incessamment à la religion disent assez quel est le but qu'il poursuit et ce qu'il s'est proposé en mettant le pied sur le sol français.

Après cela, comment expliquer, me direz-vous, les lettres de nos mobiles qui en font un homme dévoué au soldat et un général incomparable ? L'ignorance explique bien des choses. Nos mobiles ne connaissent pas assez Garibaldi pour pouvoir le juger et l'apprécier à sa juste valeur. Combien parmi eux qui ne le connaissent pas du tout, qui ne l'ont jamais vu même, et qui rentreront chez eux sans avoir eu ce triste honneur ! Bien qu'il soit notre général en chef, nous avons peu de relations avec lui et ceux d'entre nous qui l'avons vu, c'est par hasard et en passant. Aussi, comme vous, je suis étonné et parfois humilié et indigné d'entendre ces pauvres enfants faire, inconscients, l'éloge d'un homme qui est digne de tous les mépris. Ne devraient-ils pas, au contraire, le poursuivre de leur haine et l'accabler de leurs malédictions ? Car, enfin, peuvent-ils ignorer que trois fois il les a sacrifiés en les envoyant, sans armes, sans munitions, les premiers au feu, sous la barbe des Prussiens ? S'ils sont depuis plusieurs mois et, par un temps épouvantable, pour ainsi dire sans habits, faisant vraiment pitié à voir, ne savent ils pas qu'ils le doivent à Garibaldi, à leur général en chef ? Voit-on les garibaldiens dans un état pareil de misère ? Et lorsque des étrangers, des brigands ne manquent de rien, convient-il que de bons soldats français manquent de tout ?

Comment, encore une fois, expliquer cette

étrange sympathie de la part de quelques-uns des nôtres? Voici les raisons qu'on peut en donner. Elles sont multiples.

D'abord, comme je viens de le dire, ils sont victimes de leur ignorance. Ne connaissant pas le général italien, ne le voyant jamais à l'œuvre, ils ne peuvent pas évidemment l'apprécier par eux-mêmes. Leurs jugements sur son compte n'ont donc d'autres bases que les jugements des autres; or, il faut savoir que Garibaldi a ses partisans, ses amis politiques, qui, dans un but facile à deviner, ne laissent passer aucune occasion de le faire mousser aux yeux des simples qui ne le voient pas ou qui ne les voient que de loin. C'est ainsi qu'ils lui attribuent un courage, un dévouement, une habileté qu'il est bien loin d'avoir. D'après eux, c'est le vrai type du général; il est bon pour le soldat et lui témoigne les plus vives sympathies; depuis qu'ils font partie de son corps d'armée, ils ne couchent plus sous la tente, mais bien sous des toits où ils sont à l'abri des intempéries de la saison; que ce n'est plus comme dès le commencement de la campagne, lorsque nous étions dans l'armée de la Loire, sous un autre général en chef; qu'à cette époque ils étaient obligés de camper en plein air, sous une mauvaise tente; que Garibaldi est le sauveur de la France, et que, sans lui, nous serions infailliblement perdus. Ils ajoutent : c'est grâce à Garibaldi qu'une grande bataille a été gagnée à Dijon, et que l'ennemi n'a pu entrer dans la ville. L'armistice étant arrivé sur ces entrefaites, il a été facile aux complaisants amis du général italien de convaincre nos trop crédules soldats que nous lui devrions la fin de la guerre, et, par conséquent, le retour tant désiré dans le pays. A force d'entendre sortir ce langage de la bouche de quelques-uns de nos officiers, rares, il est vrai, et surtout de celle des habitants chez lesquels ils logeaient, tous intéressés à voir au plus tôt le départ des troupes, nos mobiles se sont laissés tromper, et ils ont cru tout cela comme de bonnes vérités, faisant tomber toutes les responsabilités sur les Garibaldiens qu'il détestent cordialement.

Ce qui a achevé de faire entrer ces fausses idées dans leur tête, ce sont les relations amicales qu'ils ont eues après l'armistice avec les habitants du Beaujolais, l'un des plus riches pays de France. C'est dans cette belle contrée que nous passons les derniers jours de notre campagne. Ces bons propriétaires, qui s'attendaient d'un jour à l'autre à avoir la visite des Prussiens, apprenant que la guerre est finie et que, par conséquent, ils n'ont plus rien à craindre, sont dans la jubilation et nous reçoivent avec une cordialité, une amabilité indicibles. Nos jeunes gens sont traités chez eux comme des enfants. Les vins vieux cachés sous terre depuis plusieurs mois sont rentrés dans les caves et versés avec une prodigalité excessive. Ce sont tous les jours, dans les familles, de véritables fêtes, où rien n'est épargné. Il n'est pas rare de voir ces riches propriétaires allant dans la soirée se promener en véhicules avec quatre ou cinq de nos mobiles. Il me tarde déjà que cet état de choses prenne fin, car ce bien-être matériel venant tout à coup après les fatigues, les privations de la guerre, a déjà amené la fièvre typhoïde dans le régiment. Dans quelques jours, une quinzaine de nos jeunes gens ont succombé. Heureusement que nous touchons à la fin et que nous allons rentrer dans nos foyers.

Il faudrait entendre ces bons habitants du Beaujolais qui croient devoir à Garibaldi le bonheur de n'avoir pas la visite de l'ennemi, faire son éloge. A leurs yeux, c'est le plus illustre homme du monde ! Il est si facile de se faire illusion lorsque l'intérêt parle ! Je vous demande l'effet que ces éloges ne doivent pas produire sur nos jeunes gens qui sont si bien hébergés dans ces familles.

Voilà quelques-unes des raisons qui expliquent le jugement de nos mobiles relativement au général en chef de l'armée des Vosges. Comme on le voit, ils ont été séduits par les apparences. En effet, lorsqu'on veut réfléchir un instant, on voit tout de suite qu'il n'y a rien de sérieux dans tout cela.

Si dès le commencement de la campagne, en septembre, octobre et novembre, nous avons couché sous nos tentes, c'est parce qu'alors le temps le permettait, et si plus tard dans l'armée des Vosges nous n'avons plus campé dehors, c'est parce que le froid intense, la neige ne le permettaient plus. Garibaldi n'a été pour rien dans cette prétendue amélioration ; c'est ainsi qu'on a agi partout, lorsque cela n'était pas possible, et cela se comprend.

Quant au combat de Dijon, loin d'être pour Garibaldi une gloire, c'est une véritable humiliation, et peut-être un crime de trahison ! Toutes les personnes sérieuses s'accordent à dire que les Prussiens, dans cette circonstance, ont joué une comédie qui leur a coûté quelques hommes sans doute, mais qui leur a été des plus profitable puisqu'en amusant ainsi à dessein auprès de Dijon cinquante mille hommes destinés à aller au secours de Bourbaki, ils ont achevé d'écraser la France. Tout le monde est d'avis aujourd'hui que ces cinquante mille soldats en empêchant la jonction des Prussiens, auraient sauvé inévitablement Bourbaki et par conséquent la situation. Quelle responsabilité pour un général !

Ajoutons en terminant que Garibaldi est un de ces hommes vains qui cherchent la popu-

larité, voulant arriver à son but qui est de ré-
volutionner, il doit en prendre les moyens. Pour
cela, il veut se faire des partisans par la flatte-
rie et l'adulation.

Le temps me presse. Je ne fais qu'esquisser
à la hâte le sujet. J'y reviendrai.

Votre tout dévoué.

DALQUIÉ.

XLV

Appréciations sur Garibaldi

Nous avons dit, dans notre dernière lettre, ce que nous pensions de Garibaldi, général en chef de l'armée des Vosges. Nous allons voir aujourd'hui ce qu'en pensent des hommes sérieux qui ont écrit l'histoire de la guerre de 1870. Les nombreux faits que nous allons citer, en mettant entièrement à nu le général italien, nous donneront sa véritable physionomie.

Après en avoir pris connaissance, nos lecteurs et en particulier nos mobiles, tireront, nous en sommes sûr d'avance, cette conclusion : Garibaldi a été *un lâche*, *un traître*, un général ignorant et incapable, un homme néfaste pour la France à tous points de vue, en un mot, une véritable honte pour notre pays, dont il a été le pire ennemi.

Suivons-le, avec M. Theyras, l'auteur de l'ouvrage intitulé : *Garibaldi en France*, à travers les départements de la Côte-d'Or et de la Saône-et-Loire, témoins de ses exploits. J'ouvre ce livre au hasard, je tombe à la page 95 et j'y lis :

« Au milieu de ses soldats corrompus par la licence, entouré d'un cortège considérable d'officiers et de courtisans également dépravés, gens

incapables d'obéir quand l'esprit du commandement eût été meilleur, Garibaldi, plus méprisé
de jour en jour et plus impotent, pouvait se
glorifier d'avoir transformé une ville honnête
(Autun) en un bagne, où les forçats étaient les
maîtres. Retiré dans ses appartements, enfoui
sous des couvertures, semblable à ces animaux
paresseux des montagnes des Alpes, qui demeu-
rent couchés et engourdis par le froid pendant
de longs mois, il languissait tout le jour,
oisif, indolent, l'intelligence obscurcie, presque
éteinte, et ne sortait de sa stupeur, ne retrou-
vait une étincelle de vie que pour applaudir à
ces abominations, pour vomir une insulte contre
la religion et les meilleurs citoyens.

« Tous les officiers de la mobile sont désolés
d'être sous les ordres de Garibaldi, et ceux que
nous avons dans la maison m'ont dit, ce soir,
que quand ils ont reçu, à Besançon, ordre de
partir pour aller faire partie du corps d'armée
garibaldien, ils ont tous protesté, demandant à
être commandés par un général français, sans
quoi ils donneraient leur démission.....

« On ne leur avait pas prodigué, comme aux
garibaldiens, les riches vêtements, les hautes
soldes et les bonnes armes. Quelques-uns d'entr'eux étaient en sabots ; leurs vareuses d'ama-
dou ne valaient pas des blouses ; leurs fusils à
piston ne partaient souvent pas. « On ne pouvait

pas les mettre en face des Prussiens » et cependant, au jour du danger, ils étaient en première ligne, et non pas sous bois, avec les Aveyronnais aussi déguenillés qu'eux, parce que ceux à qui les bonnes armes avaient été confiées par M. Bordone, avaient jugé à propos de mettre leurs précieuses et coûteuses personnes à l'abri des balles prussiennes et d'aller faire la fantasia sur les avenues du Creuzot.....

« Le vote des mobiles contre Garibalbi, lors des élections de 1871 à l'Assemblée nationale, a manifesté, à cette époque, leur opinion sur ce trop célèbre condottiere et sur ses compagnons. »

« Au 2 décembre 1870, il n'y avait qu'une voix au sujet des Garibaldiens, à quelque situation, à quelque opinion qu'on appartînt : Voix de blâme, d'indignation, de dégoût, de la part de ceux qui avaient vu par eux-mêmes ou connu par les récits des témoins, cette journée d'une ignominie incomparable et d'une délivrance toute fortuite, où le courage et le dévouement des uns ne firent que mettre davantage en relief la lâcheté et l'incurie des autres.

« On disait, d'un autre côté, « que Garibaldi n'avait jamais eu l'intention de défendre Autun. Son expédition sur Dijon n'avait été qu'une vaine démonstration destinée à donner le change au pays; elle devait désormais lui servir de prétexte pour ne plus rien faire. Venu en France afin de saper l'idée d'autorité, de faire l'œuvre des Loges, donner l'impulsion à la Révolution sociale, ayant une réputation politique et militaire à sauvegarder, le fameux chef de bandes tenait à conserver intactes pour le moment du besoin, des troupes que, dans sa pensée, il réservait exclusivement pour la lutte contre les ennemis intérieurs de la République.....

« Garibaldi ne voulait donc pas risquer sa fragile renommée dans un combat sérieux, où la victoire ne pouvait être que le fruit de la science militaire et du dévouement et non celui d'intrigues et de conspirations ténébreuses. Du moment qu'il s'était cru menacé par des forces considérables, il avait envoyé les Garibaldiens en arrière, tout en laissant en avant les mobiles pour couvrir sa retraite et sauver les apparences. Le hasard seul avait préservé Autun. »

« Quant à Garibaldi, monté à Couhard en voiture, avec tous ses bagages, sous escorte de la compagnie génoise, il était un peu éloigné pour faire sentir son ascendant. On savait, du reste, à quoi s'en tenir sur ce général paralytique, qui, selon le colonel garibaldien Gauckler, « avait perdu toute initiative et cherchait des prétextes pour ne pas agir. Ses facultés affaissées, son intelligence obscurcie, le rendaient incapable de faire la guerre aux Prussiens. »

« Il y avait aussi là des sectaires farouches pour lesquels Garibaldi était comme un pape, comme un grand vicaire de Satan sur la terre. Successeur de Mazzini, grand-maître de la franc-maçonnerie italienne, et, peut-être, chef suprême de la maçonnerie cosmopolite, le vieux condottiere avait droit de leur part à ce dévouement complet, aveugle, que la secte ténébreuse exige de ses adeptes. Du moment qu'elle avait intérêt à ce que Garibaldi passât pour un grand homme, il en devait être ainsi, fût-il momifié depuis des siècles. Selon leur pouvoir, ces affiliés s'efforçaient d'exalter leur général, qui était en même temps leur chef maçonnique. »

« Certains républicains craignant, comme M. Gauckler, que l'incapacité de Garibaldi ne portât tort à la République, tâchaient de faire retomber sur son entourage les responsabilités encourues, tout en continuant à prôner le héros des deux mondes.

« Les complices, les convaincus, les amis, complétaient ce concert et le dirigeaient.

« Toute cette clientèle considérable se confondait en un immense *hosanna*; le bruit qu'elle faisait, le pouvoir qu'elle détenait, étourdissaient, éblouissaient les simples.....

« Telle est la genèse de cette gigantesque réclame que la voix publique a si véridiquement dénommée la légende garibaldienne et qui consiste essentiellement en ceci : *Transformer* Garibaldi et les garibaldiens en autant de demi-dieux et rabaisser les Français qui avaient le malheur d'être avec eux, les ravaler au-dessous des incapables, des lâches et des traîtres. »

« Tout porte à croire, continue M. Theyras, qu'en abandonnant cette ligne de défense pour se reporter précipitamment sur Autun, il espérait que les Allemands, se sentant menacés sur leur gauche par Cremer, ne le poursuivraient pas et qu'il échapperait (le lâche) sans risquer de nouveau sa réputation militaire dans les hasards des champs de bataille. Autrement, on ne s'expliquerait pas pourquoi il se serait replié sur Autun sans combattre, alors qu'il n'avait devant lui que deux brigades badoises..... »

« Il est évident que les conjonctures lui fournissaient l'occasion de tenter le sort des armes » s'il avait eu le moindre courage. Il pouvait disposer d'assez de troupes pour gagner une bataille dans cette circonstance.

« Garibaldi préféra rentrer à Autun. Cette stratégie, peu compliquée, qui consiste à fuir à toutes jambes devant l'ennemi et à ne s'arrêter que là où on suppose qu'il ne viendra pas, évite les désastres et permet de dire ensuite, comme Bordone, que l'armée des Vosges est la seule qui n'ait pas été battue. »

« Les pauvres mobiles, laissés en arrière pour soutenir la retraite, revinrent les derniers. Affamés, harassés, profondément écœurés de ce qu'ils avaient vu et des insultes des Garibaldiens, ils n'avaient plus même la force de se plaindre. Accroupis dans les rues, sur les escaliers, isolés ou par petits groupes, silencieux, inertes, sans vivres, sans casernement, ils auraient passé en grand nombre la nuit à la belle étoile, si les habitants, émus de compassion, ne les eussent fait entrer chez eux..... »

« Témoins de cette fuite échevelée, les Prussiens se décidèrent, malgré leur petit nombre, à poursuivre Garibaldi à Autun. »

« L'attaque d'Autun est donc bien une conséquence de la débâcle de Dijon. Les Prussiens, malgré leur prudence bien connue, ne craignirent pas de s'aventurer à une grande distance de leur base d'opération, parce qu'ils venaient d'expérimenter la valeur militaire de Garibaldi. » C'est-à-dire sa lâcheté.

Garibaldi sentit le besoin de se laver de cette accusation et pour cela il fit lâchement tomber le tort sur les mobiles en général. En voici la preuve :

« Le 29 novembre, à dix heures du matin, on placarda sur les murs d'Arnay-le-Duc une affiche à peu près conçue en ces termes :

« Le général Garibaldi annonce que l'armée
des Vosges est en pleine débandade, que la batterie d'artillerie française est complètement dé-
sorganisée et que les mobiles ont fui lâchement.
Il convoque tous les chefs de corps présents à
Arnay-le-Duc, au quartier général, pour recevoir des ordres à l'effet de réorganiser l'armée..... »

Les soldats garibaldiens, cela va sans dire,
rejettaient aussi sur les mobiles la responsabilité
de la défaite et les traitaient de lâches.

Chose plus grave, le capitaine Ordinaire, qui
avait la spécialité d'insulter les Français dans
les journaux de Lyon, se fit l'écho de ces attaques odieuses dans plusieurs correspondances
adressées à la presse révolutionnaire. A tel point
que « le corps des officiers de mobiles s'émut de
ces accusations ignobles et adressa une plainte
énergique au général. »

« Les mobiles, en même temps, prenaient une
attitude menaçante. « Mal habillés, insuffisamment nourris, mal armés, déplorablement commandés par un général impotent et un état-
major de Franconi, ils avaient, disaient-ils,
toujours été placés en première ligne et avaient
soutenu la retraite de l'armée, tandis que les
garibaldiens, abondamment pourvus de tout,
munis d'excellents fusils à répétition, toujours
les premiers dans les boulangeries, les bouche-

ries, les confiseries et les cafés, étaient placés
en arrière-garde les jours de combat, et, soit
par maladresse, soit de propos délibéré, leur
tiraient des coups de fusil dans le dos et les
accusaient ensuite de lâcheté. Cela ne pouvait
durer : il en fallait finir. Il n'y avait qu'à
l'armée des Vosges où les Français étaient insul-
tés et traités de lâches. »

Et à l'appui de leurs dires, ils faisaient
observer qu'ils étaient revenus à Autun avec
leurs armes et leurs bagages après les *écrevisses
rouges* qui, pour se sauver plus vite, jetaient
leur fourniment le long de la route. »

» Pour calmer l'effervescence des esprits,
Menotti Garibaldi dut écrire la lettre suivante,
adressée au commandant Hiriart, du bataillon
des mobiles des Basses-Pyrénées :

« Monsieur, j'ai lu avec indignation une
correspondance du journal qui attaque odieuse-
ment tous les mobiles et particulièrement ceux
des Basses-Pyrénées que vous commandez ; j'ai
appris en même temps que le corps d'officiers
s'était justement ému de ces calomnies et que
raison allait en être demandée à l'auteur.....

» Veuillez être assez bon, commandant,
pour dire à votre brave corps d'officiers que je
les prie instamment de se mettre au-dessus des
calomnies et du calomniateur, et de se venger
de lui par le plus profond mépris........

» Du reste, dites-bien à vos officiers qu'ils ont toutes mes sympathies et que je compte sur eux.

» MENOTTI. »

» Les attaques continuant de plus belle, Menotti écrivit une seconde lettre très flatteuse pour les mobiles, mais, pas plus que l'autre, elle n'arrêta pas la calomnie, et la prétendue lâcheté des mobiles continua à défrayer les conversations garibaldiennes et les correspondances des feuilles républicaines.

» Cette expédition si mal concertée, plus mal conduite encore, produisit le plus mauvais effet sur le moral de l'armée... L'affaire du 1er décembre confirma son jugement sur Garibaldi et son entourage et démontra que, sous le rapport militaire, les garibaldiens valaient encore moins que leurs chefs. »

« Même après les affaires de Dijon, Garibaldi pouvait encore intervenir efficacement sur les derrières de Manteuffel, retarder sa marche de quelques jours, sauver l'armée de l'Est. Mais, comme l'ajoute avec trop de vérité la section historique du grand état-major prussien : « On ne pouvait pas sérieusement compter sur une coopération de l'armée du général Garibaldi, qui, maintenue à Dijon par quelques bataillons prussiens, s'était, jusqu'à ce jour tenue dans une complète inaction. »

A deux reprises différentes, le Gouvernement qui avait renforcé son armée, dont l'effectif atteignait alors 50,000 hommes et 90 pièces de canon, l'invita à se porter sur Dôle et sur Monchard, tandis qu'on le faisait appuyer par 15,000 mobilisés à Lons-le-Saulnier, et qu'une brigade du 26e corps devait se porter de Châtel-lerault sur Beaune. Garibaldi ne bougea pas, et toutes les forces dont il disposait restèrent inutiles entre ses mains ; la France était privée, par son fait, de toute une armée.

Sous la froideur du récit officiel allemand qui relate cette triste page de notre histoire, perce l'ironie méprisante à l'égard de Garibaldi et de son chef d'état-major : « Le ministère de la guerre avait continué à apporter tous ses soins à renforcer les troupes du général Gari-baldi... Malgré cela, le général crut devoir se borner uniquement à conserver Dijon. A l'arrivée des nouvelles que le général de Manteuffel se dirigeait avec des forces considérables sur la ligne de communication de l'armée de l'Est, Garibaldi fut invité à organiser une entreprise énergique sur Dôle et Monchard. Il se contenta d'envoyer 700 francs-tireurs sur Dôle, où leur présence ne se fit remarquer en aucune façon.

Pour coopérer aux entreprises de Garibaldi,

le ministère de la guerre avait désigné, le 26 janvier, 15,000 mobilisés que le général Crouzat recevait l'ordre de diriger, avec toute l'artillerie de campagne disponible, de Lyon sur Lons-le-Saulnier. Dans le même but, une brigade du 26ᵉ corps qui était en voie de formation, devait être envoyée par chemin de fer de Châtellerault à Beaune. Le 27 janvier, Garibaldi recevait encore une fois l'ordre de ne laisser à Dijon qu'environ 8 à 10,000 hommes et de porter immédiatement le gros de son armée en avant de Dôle. Au lieu de cela, il envoyait une partie de la 3ᵉ brigade à St-Jean-de-Losne, rassemblait jusqu'au 29 janvier le reste de cette brigade et la 1ʳᵉ à Bourg, en se servant des voies ferrées, et occupait les points principaux du versant de la Côte-d'Or...

. L'inaction de Garibaldi avait permis au général Kettler de rester avec sa brigade au sud de Marsannay. Les patrouilles envoyées dans la direction de Dijon trouvaient chaque fois l'ennemi tranquille. *Garibaldi ne voulait donc pas se battre.....* »

La preuve que les Prussiens n'avaient aucune envie de s'emparer de Dijon et qu'ils ne cherchaient qu'à amuser Garibaldi, c'est que « le général de Manteuffel avait recommandé au général Kettler de s'avancer sur Dijon par le sud et le sud-est; il avait d'ailleurs émis l'opinion qu'il n'était pas absolument nécessaire de s'emparer de Dijon ; que si cette entreprise exigeait de trop grands sacrifices, il suffirait de s'efforcer d'isoler l'adversaire jusqu'après le dénouement des affaires dans le Jura.

« Or, dans la journée du 31 janvier, Garibaldi ayant appris du général Hann de Weyhern que le département de la Côte-d'Or n'était pas compris dans l'armistice, que, par suite, il allait être attaqué le lendemain, s'empressait de se replier dans Saône-et-Loire, infligeant à cinquante mille français, munis d'une artillerie considérable, la honte de se sauver nuitamment, sans essuyer le sort des armes, devant quinze mille Prussiens !

Cette retraite s'opéra dans les conditions les plus mauvaises. Commencée à l'improviste dans la soirée du 31, elle s'exécuta durant la nuit et la journée suivante, tout d'une traite, par deux routes, jusqu'à Autun et Chagny. On ne peut se faire une idée du sauve-qui-peut, du pêle-mêle, du désordre qui régnait dans les rangs de cette malheureuse armée.

« Un autre que Garibaldi, écrit le général Ambert, les eût facilement arrêtés pendant quelques jours, en attendant l'armistice de cette région. Dijon eut échappé peut-être à une longue et douloureuse occupation. En tout cas, l'honneur eut été sauf. Garibaldi s'était souvenu des trois mots de César au Sénat romain. Il pouvait prendre pour devise : « *Veni, vidi...,* *fugi* ». La conduite de Garibaldi à Dijon autorisa toutes les suppositions. Le mot de trahison fut prononcé.

On connaissait sa haine pour la France et les Français, et l'accusation, quelque injuste qu'elle puisse être, semblait se justifier. Un officier supérieur de la marine écrivait le 2 juillet : « Il est bon que la lumière se fasse sur tous ces malandrins, et qu'ils soient bien et dûment couverts de l'infamie qu'ils ont si richement méritée. Il y a, sur le sieur Costellogi, capitaine garibaldien, ami de Bordone, deux ou trois points sur lesquels il serait bon d'appeler l'attention. Quelles étaient, par exemple, les raisons qui pouvaient faire voyager ce personnage dans nos environs, au moment où les Prussiens étaient partout, avec une somme de 90,000 fr. sur lui ? Qu'il y ait eu des traîtres et des espions dans l'armée de Garibaldi, nul n'en doit douter. Ces hommes n'étaient pas plus Français que Prussiens et le mobile de leurs actions ne pouvait être que l'intérêt personnel. Venus de tous pays, ennemis du travail, de l'ordre, de la vie régulière, portant des noms d'emprunt pour se soustraire aux recherches de la justice, ces aventuriers ne pouvaient que nuire à la cause nationale. »

« Triste preuve de l'œuvre de démoralisation

profonde accomplie en France par les sociétés secrètes, qu'il se soit trouvé des Français pour défendre ces bandits, propager leur ridicule légende, et les transformer en héros, dans les pays mêmes témoins indignés de leur abominable conduite. ».................................

« Les vingt-cinq artilleurs de la Charente-Inférieure, tombés pour la plupart victimes de l'imprévoyance garibaldienne, convainquent Garibaldi d'inertie, d'incurie, d'incapacité parce que si dès le matin du 1er décembre ce général s'était occupé de leur préparer, de leur assigner des positions tenables, au lieu de les laisser surprendre entassés les uns sur les autres, la plus grande partie d'entre eux ne seraient pas morts.... »

» Aucunes troupes, aucunes reconnaissances n'ont.été envoyées sur la route d'Arnay, antérieurement à l'arrivée de l'ennemi sur la commune de Saint-Pantaléon. Les dispositions suivantes en font foi :

« Lorsque j'ai reçu l'ordre de me porter en avant d'Autun, sur la route d'Arnay-le-Duc, a déposé, devant la Cour d'assises de la Seine, M. Williaume, commandant le 42e de mobiles de l'Aveyron, on m'a dit : « Vous n'avez rien à craindre, la position en avant est gardée par la guerilla d'Orient. » Je me suis avancé avec

19

confiance et lorsque je suis arrivé à une certaine distance, j'ai reçu l'ordre de m'arrêter. J'ai voulu prendre connaissance des positions, savoir si elles étaient occupées; je me suis beaucoup exposé, car je suis allé peut-être à cinquante mètres des Prussiens, qui couronnaient déjà les hauteurs. J'ai demandé alors à un paysan s'il n'y avait personne en avant, et il.m'a dit : Non, nous n'avons rien vu; j'ai ajouté : Le couvent qui est là, est-il occupé? — Il n'y a personne. — Mais il doit y avoir des troupes ? — Il répondit : Non, il n'y a personne. Au moment où il disait cela, un chef d'escadron, dont j'ignore le nom, est venu me dire de faire demi-tour et de me reporter à droite. J'ai fait demi-tour; il y avait à peine cinq minutes que je marchais, lorsque le canon prussien nous a tiré dessus. »

. Le capitaine Marie, du 7ᵉ chasseurs à cheval, a déposé dans le même sens : « ..... Le chef d'état-major me donna l'ordre de faire une reconnaissance sur la route..... On me dit que je n'avais rien à craindre jusqu'au couvent, attendu qu'il était occupé par la guerilla d'Orient. Mais j'avais à peine fait deux cents mètres en dehors de la ville, que trois coups de canon, partant du chemin de fer, vinrent passer sur ma tête..... »

» Ainsi donc, comme on l'a déjà dit, il n'a

rien moins fallu que le canon pour convaincre Garibaldi de l'arrivée de l'ennemi sous les murs d'Autun.....

» Il suit de ce qui précède que, pendant les quatre heures qui ont précédé le combat, Garibaldi, M. Bordone et les officiers d'état-major n'ont pas daigné inspecter la ligne de bataille, ne se sont pas occupés d'organiser la résistance, et, par conséquent, sont seuls auteurs de tout ce qui est arrivé...

» La surprise d'Autun et ses conséquences restent tout entières à la charge de Garibaldi. « Cette vérité resplendit comme le soleil, aveugle qui ne la voit pas. »

» A partir de midi, la plus grande partie de l'armée remplissait les cafés, les restaurants, les auberges, les maisons particulières, les rues, les places, dans la plus complète ignorance de ce qui se préparait; les soldats encombraient les cafés et paraissaient ne pas se douter de l'approche des Prussiens.

» En avant, à droite, à gauche, pas de reconnaissances, pas de grand'gardes, pas d'avant-postes, pas de vedettes, pas d'éclaireurs, pas de factionnaires, rien, rien. Dans l'intérieur de la place, pas un régiment sous les armes. Rien ne donnait à penser qu'on allait se battre.

» Et les Prussiens étaient à deux heures de marche, à Arnay. Une dépêche de Chagny l'avait annoncé à Bordone, chef d'état-major. Une autre du maire d'Epinal l'avait confirmé. Onze messagers différents furent envoyés à l'état-major lui annonçant la marche des Prussiens sur Autun. Comment expliquer une pareille inertie de la part de l'état-major et de Garibaldi?.....

» Tandis qu'avec un entêtement coupable, Garibaldi se refuse de se mettre en état de résister à l'attaque des Prussiens, le général Keller se dirigeait sur Autun, à la tête de la 3ᵉ brigade badoise.......

» En un instant toutes les issues opposées à l'ennemi sont encombrées de garibaldiens, de franc-tireurs, se poussant, se bousculant, en proie à une panique qui s'accroît d'elle-même. Les plus lâches jettent leurs fusils pour courir plus vite...... Ils demandent la route de Lyon, celle qui ne passe pas par Châlons. Beaucoup d'entre eux « dérobent à main armée et de vive force, quantité de chevaux et de voitures pour se sauver plus vite. » La cohue est telle dans les quartiers hauts que la circulation est interceptée.... Un obus qui éclate par ci par là, active cette fuite..... et moins d'un quart d'heure après la première détonation, les routes du Creuzot, d'Etang, de Luzy, la montagne et la plaine, sont envahies par des bandes où le rouge domine, qui tournent le dos aux Prussiens et vont au hasard où le souci de leur conservation les conduit. »

« Reçois dépêches de tous côtés, télégraphiait de Lyon le général Bressolles au ministre de la guerre, m'annonçant fuyards en désordre de Garibaldi... Ils viennent encore inonder la ville, y porter le désordre et l'indiscipline. Les chefs m'écrivent qu'ils viennent se réorganiser, c'est-à-dire vider encore les magasins de l'Etat. Je serais bien d'avis de ne leur rien donner ou de traduire en cour martiale tous les chefs..... »

« Huit mille Garibaldiens au moins ont donc instantanément tourné le dos à l'ennemi. Au point de vue de la défense d'Autun, ce fait était d'autant plus grave que ces fuyards, parfaitement équipés, munis de chassepots, de Remingtons, ou d'excellents fusils à répétition, emportaient avec eux le meilleur armement et auraient dû être placés en première ligne. Leur départ faisait retomber tout le poids de la résistance sur les mobiles et les mobilisés, presque tous armés de mauvais fusils à piston. »

« Quant aux avenues du Creusot qui, le 1er décembre, avaient été effectivement couvertes de Garibaldiens en fuite, elles n'étaient plus couvertes, le 2, dans la matinée, que par leurs fusils jetés dans les bois et le long des routes et dont on rapporta une quantité considérable à Autun. »

« Tout en fuyant, les Garibaldiens se livrent à leur pillage accoutumé. Selon l'expression pittoresque d'un paysan, ils font la guerre aux poules et prennent d'assaut les poulaillers, les caves et les garde-manger.... »

« Ce serait le moment de poursuivre l'ennemi et de l'attaquer à St-Pierre et Rivières. Mais la droite n'a pas de chef et tout mouvement d'ensemble est impossible ; on attend des ordres qui ne viennent pas. »

« Garibaldi est toujours à Couhard à trois hilomètres en arrière, sur la hauteur, avec des bagages et deux obusiers.... M. Bordone et le commandant de la 3ᵉ brigade restent un certain temps dans les greniers du petit-séminaire.... Du haut des combles de l'établissement, Menotti Garibaldi et le chef d'état-major eurent connaissance de ce mouvement dès qu'il commença... »

« Au premier coup de canon, la féerie cesse, les déguisements tombent, la réalité se montre dans toute sa nudité. Ce n'est plus une apparence d'armée : c'est une cohue, une pétaudière. Ce n'est pas un combat, c'est un cahos, une babel en mouvement où les balles seulent disposent, ordonnent, commandent, font office de général..... »

« La surprise de l'après-midi n'a pas rendu Garibaldi plus circonspect. Le soir, quand les Prussiens ont été repoussés, ils ont campé à la

porte d'Autun, dans les vallées environnantes.
S'ils avaient eu l'audace d'entrer pendant la
nuit, ils auraient facilement réussi. Car nos
troupes n'avaient pris aucune précaution pour
les en empêcher. On aurait dû être constamment sous les armes et tomber sur les Prussiens
qui avaient eu l'audace de coucher à nos portes. »

« Huit mille Garibaldiens, les mieux armés,
les mieux équipés, avaient donc tourné le dos à
l'ennemi.... Si ces huit mille fuyards eussent
imité la conduite des huit mille mobiles et mobilisés, le général Keller ne serait pas rentré à
Dijon. Ils auraient été 26,000 hommes contre
5,000 Prussiens. »

« Tel est ce combat républicainement fameux, représenté par les historiographes révolutionnaires comme une autre bataille d'Auster-
litz. »

Poursuivons : « Le 1er décembre, Garibaldi
dispose de seize mille hommes et de trois batteries d'artillerie ; il peut compter sur le concours
de Cremer, qui est à Bligny avec dix mille
hommes et douze pièces de canon. Une colonne
de cinq mille Allemands marche sur Autun ; une
seconde colonne ennemie de six mille hommes est
établie à Arnay-le-Duc, sous les ordres du Prince
Guillaume de Bade. Dès le 30 novembre, Garibaldi est informé par le préfet Luce-Villiard du
mouvement offensif des Prussiens.

» Il néglige de prévenir Cremer et de s'entendre avec lui ; il ne fait garder aucune des avenues d'Autun ; il ignore l'importance de la colonne ennemie ; il concentre ses troupes dans une ville ouverte, leur donne toute liberté, deux heures avant l'arrivée des Allemands, et refuse de croire aux nombreux avis qui affluent de toutes parts, au sujet de leur marche.

» Au premier coup de canon, il envoie ou laisse aller en arrière tous les corps bien équipés, bien armés. Ceux qui ont des fusils à piston sont en première ligne. Aucune direction d'ailleurs ne leur est donnée. Presque tous les commandants de brigades sont absents. Le général, les chefs et sous-chefs d'état-major observent chacun de leur côté. Leurs observations ne se traduisent par rien de pratique. La batterie de montagne a une portée trop faible, elle pourrait être rapprochée ; on ne s'en sert pas..... »

» On a beau chercher : dans ce triste combat, il n'y a rien, rien, absolument rien que des hommes de bonne volonté livrés à eux-mêmes, abandonnés à leur inexpérience par un général indigne de ce nom. Plus on réfléchit à ce fait de guerre, plus on examine les circonstances qui l'ont précédé, accompagné ou suivi, plus on en analyse les péripéties, plus on étudie la situation, les forces, les chances respectives des deux armées, plus on pèse le pour et le contre et plus on se trouve réduit à cette alternative, enfermée dans ce dilemme : incapacité grossière ou trahison. »

« .... Malgré l'imminence du danger, Garibaldi ne prit aucune mesure pour parer aux éventualités redoutées. Aucune patrouille, aucune reconnaissance, aucunes troupes ne furent envoyées en avant, afin de surveiller les mouvements de l'ennemi, de l'inquiéter et d'éviter une nouvelle surprise. On ne fit rien qui annonçât l'intention de prolonger la résistance. Les quelques précautions dont on usa n'indiquaient que la volonté de battre en retraite.... »

» On en était là, attendant à chaque instant la reprise de la canonnade, en proie à une anxiété légitime, lorsque des habitants des communes voisines vinrent annoncer, dans la matinée du 2 décembre, que les Prussiens s'étaient retirés. Cette heureuse nouvelle mettait fin aux angoisses. Dans certain milieu elle produisit un changement à vue complet. Instantanément on y passa de l'humilité à l'arrogance, de la prudence au courage. Les officiers qui avaient revêtu des habits civils s'empressèrent d'endosser à nouveau l'uniforme; ceux qui s'étaient couchés pendant le combat prirent des attitudes héroïques. Plus on avait eu peur, plus on était audacieux; il y eut alors une émulation de bravoure, proportionnée aux défaillances de la veille. Peu à peu les rues se repeuplèrent de ces brillants uniformes, de ces éclatantes chemises rouges, vierges de la fumée du combat. L'arrogance garibaldienne s'augmenta de ce qui aurait dû la détruire. C'était à qui raconterait ses exploits et inventerait un épisode nouveau... »

» Quoi qu'il en soit, on s'empressa d'accaparer au profit de Garibaldi et de son entourage la bonne volonté des mobiles et des mobilisés. Tout d'abord, on parla d'eux. Bientôt il n'en fut plus question. Quelques jours après, il était établi que Garibaldi et les garibaldiens avaient tout fait. »

» On remarquera, ajoute M. Theyras, que les Aveyronnais, qui ont joué un rôle important dans le combat et ont perdu plusieurs hommes, ne sont pas nommés à l'ordre du jour du 2 décembre; ils étaient mal vus à l'état-major à cause de leurs opinions religieuses et leur citation à l'ordre du jour eut montré que les mobiles et les mobilisés avaient seuls défendu Autun. On leur substitua la compagnie génoise qui escortait à Couhard le (lâche) général Garibaldi. »

Nous recommandons les lignes précédentes à la méditation de ceux de nos mobiles qui ont été assez simples et assez naïfs pour croire à la sympathie de Garibaldi à leur égard et pour vanter son courage et son patriotisme pour la France, en rentrant dans l'Aveyron.

Continuons toujours : « Lorsque les Prussiens arrivèrent derrière la Drée, ils n'en pouvaient plus ; les sentinelles s'endormaient vers les pièces, les précautions les plus élémentaires étaient négligées. De l'avis unanime de tous ceux qui les ont vus, il n'y avait rien de plus facile que de les prendre. On ne les inquiéta pas. Garibaldi leur laissa toute latitude de se reposer, de se ravitailler, de réquisitionner à leur volonté les chevaux, les voitures, le fourrage, l'avoine et les vivres, absolument comme s'ils eussent été chez eux. »

» Cependant, de tous les côtés, les avis arrivaient au quartier général au sujet de cette retraite et chacun demandait que l'on profitât de cette occasion inespérée d'infliger aux envahisseurs un échec qui aurait eu alors un grand retentissement. »

» Un de nos amis, M. Leloup, ingénieur, directeur des nombreuses usines à schiste qui se trouvent dans le voisinage d'Autun , vint s'offrir pour conduire nos troupes par un chemin détourné, de manière à envelopper les Prussiens.... Garibaldi refusa. »

Pour bien apprécier Garibaldi et son digne état-major, il faudrait lire tout au long les

nombreuses pages que M. Theyras consacre à
la fameuse affaire du lieutenant-colonel Chenet.
Ce brave officier, commandant la guerilla de
Marseille, était un homme de valeur. Il avait,
en maintes occasions, fait ses preuves de courage, de dévouemeut et de patriotisme. Aussi
était-il adoré de ses soldats, sur lesquels il avait
une telle influence qu'ils ne savaient jamais lui
résister. Malheureusement, il avait un tort,
comme tous les honnêtes gens qui faisaient
partie de l'armée des Vosges, celui de ne pas
admirer, de ne pas louer un général qui, par
son ignorance de l'art militaire, par ses inep-
ties, par sa lâcheté et par sa haine du nom
francais, était digne de tous les mépris. Disons
aussi que ce brave officier était si écœuré des
faits et gestes des Garibaldiens et de leur chef,
que dans plusieurs circonstances, il s'était cru
obligé de les dénoncer en haut lieu, au ministre
de la guerre.

Un jour il convoque les officiers de la guerilla, rappelle leur résolution de se soustraire
à l'autorité garibaldienne et les engage à envoyer une députation auprès du gouvernement
pour exposer leurs griefs et solliciter le ravi-
taillement de la troupe. La députation, com-
posée de deux capitaines et de deux lieutenants, partit immédiatement pour Tours, où elle
adressa au ministre de la guerre, à l'appui de

sa demande, conformément à ses instructions,
la lettre suivante qui résume la situation militaire de l'armée des Vosges et la valeur de
Garibaldi :

« Tours, le 5 décembre 1870. — Monsieur le
Ministre de la Guerre. — Dans toutes les circonstances les plus difficiles nous avons constamment remarqué la négligence sinon la mauvaise et l'inqualifiable direction de l'armée des
Vosges. Les cas se présentent à tout bout de
champ et les faits se suivent trop fréquemment
pour les énumérer tous. Il nous suffira d'en
citer quelques-uns, avec preuve à l'appui, pour
donner une simple idée des récriminations fondées que presque tous les chefs de corps, sous
les ordres du général Garibaldi, adressent au
ministre de la guerre. Nous ne reviendrons pas
sur des faits capitaux, tels que manque complet
de vivres, pain, viande, etc., etc..., indispensables pour les premiers besoins du soldat, et
qui cependant sont des cas journaliers, avérés,
à la connaissance du ministère. Ces vivres, chaque corps se les procurait comme il pouvait et
par ses seuls moyens, d'où naissaient des in-
fractions très préjudiciables à la discipline de
l'armée, qui occasionnaient inévitablement le
relachement des chefs vis-à-vis du soldat privé
de nourriture et devant la chercher lui-même.

« L'indiscipline et, dirais-je encore, le manque de respect dû dans un corps par le soldat à son supérieur, commençaient à s'y glisser et à prendre des proportions regrettables. La négligence, et, par suite, l'encouragement tacite que les officiers garibaldiens accordaient à leurs troupes dans tous ces désordres, devenaient pour tous les autres corps français, qui étaient en contact avec eux, un exemple des plus funestes qui commençait à prendre de fortes racines et, sans la prévoyance des chefs qui ont de suite tiré leurs corps de ce milieu gangrené, la France aurait eu à regretter des désordres terribles.

« Les ordres du quartier général n'en venaient que pour être aussitôt contremandés et faire subir aux troupes des marches et contre-marches forcées, sans aucune raison d'être ; au moment des combats, aucune règle, aucun ensemble, aucune mesure, n'étaient ni commandés, ni pris ; tout était abandonné, au commencement de l'action, au chef de corps, et au milieu des opérations, les mesures prises étaient contremandées par les chefs supérieurs. Il est un fait plus avéré, que pas un ordre, pas un rapport du jour, pas la moindre petite note écrite, soit par le général de division commandant le corps d'armée, soit par le général de brigade, n'a été remise à aucun chef de corps depuis le début de notre entrée en campagne. Ces faits, cités en général, ont tous leurs preuves à l'appui et nous sommes tout prêts à venir les déposer au premier appel que l'on nous adresserait. Les affaires de Remilly-en-Montagne, Commarin, Sombernon, Pasques, Ancey, Arnay-le-Duc, Autun, etc., etc., sont tout autant de faits à l'appui de ce que nous avançons.

« A côté de cela, nos hommes sont sans souliers, sans capotes, ayant presque tous leurs bagages et leur campement perdus, ou pris par ces marches et contre-marches et ces surprises précipitées de l'ennemi, souvent sans vivres, sans pain, et aujourd'hui sans munitions aucunes. C'est en considération de l'ensemble de tous ces faits que nous venons prier M. le Ministre de la guerre de faire droit à la demande que nous avons eu l'honneur de lui transmettre hier, dimanche, 4 décembre.

Et dans cet espoir, nous avons l'honneur d'être, Monsieur le Ministre, vos dévoués serviteurs. — Signé : Keiler, Mick, capitaines; Bousquet, Deschamps, lieutenants; de Pleuc, sous-lieutenant. »

Il n'en fallait pas davantage. On résolut la perte de M. Chenet et, dès lors, on chercha un prétexte pour arriver à ce but.

Tandis que la députation se rendait auprès de la délégation de Tours pour porter ses justes réclamations, la guérilla d'Orient se dirigea sur Roanne, qu'elle atteignait le 3 décembre, vers neuf heures du matin.

Prévenu de cette démarche, l'état-major garibaldien se hâta de lancer un mandat d'amener contre le colonel : « Les autorités civiles et militaires arrêteront, partout où il se trouvera, le lieutenant-colonel Chenet, commandant la guérilla française d'Orient, qui a fui lâchement en entraînant à sa suite les troupes qu'il commandait. — Signé : Bordone. »

En conséquence de cet ordre, le capitaine de gendarmerie de Roanne, escorté de deux gendarmes arrêtait publiquement le chef de la guérilla d'Orient, le 3 décembre à dix heures du matin.

Cette dépêche fut communiquée au colonel dans un café où il venait d'entrer. Son indignation égala sa surprise. Où, en effet, avait-il fui lâchement ? Etait-ce à Pasques, où il avait efficacement protégé la retraite ? Etait-ce à Remilly, d'où il était parti sur l'ordre de Garibaldi ? Etait-ce à Arnay, qu'il avait quitté avec un laisser-passer du quartier général ? Etait-ce à Autun, d'où il était sorti quatre heures avant l'attaque, conformément à l'ordre de son chef d'état-major ? Etait-ce enfin à Montcenis ? Il ne devait connaître qu'en cour martiale, et encore d'une manière incidente, le chef d'accusation élevé contre lui.

Cette procédure avait pour but de paralyser sa défense et de sauvegarder plus efficacement

la réputation militaire de l'état-major garibaldien.

La nouvelle de cette arrestation, ordonnée
par Garibaldi, fut bientôt connue de tous. Officiers et soldats se rendirent immédiatement auprès de leur chef. L'indignation était générale,
les hommes étaient exaspérés ; le colonel lui-
même dut intervenir pour les empêcher de le
délivrer des mains des gendarmes.

De leur côté, les officiers voulurent protester
et, séance tenante, le capitaine adjudant-major
de Saulcy dicta une protestation qui fut adressée au général Bressolles, commandant la 8ᵉ
division militaire à Lyon.

Mais tout fut inutile, et ni les protestations
énergiques des soldats et des officiers, ni son
innocence, ni le courage, ni la bravoure dont il
avait fait preuve tant de fois, ne purent toucher
des hommes, des ennemis qui avaient juré sa
mort dans l'intérêt de leur réputation. Garibaldi et son état-major voyant que la responsabilité de l'affaire d'Autun pesait de tout son
poids sur eux, voulaient à tout prix s'en débarrasser pour la faire retomber tout entière sur
lui qu'ils détestaient, nous avons dit pourquoi.
Il fut donc traduit en cour martiale. Devant un
tribunal composé non de juges, mais d'ennemis
et d'accusateurs, le malheureux accusé ne pou-

vait évidemment trouver grâce. Aussi, à la majorité, est-il condamné à la peine de mort et à la dégradation militaire.

L'étonnement et la consternation sont peints sur les visages de la nombreuse assistance!

Cet arrêt, rendu illégalement, sans compétence, en violation de toutes les lois, de toutes les règles de la justice et de la simple raison, est une monstruosité judiciaire qui, selon les expressions de M. Bourrée, « ne peut se comparer qu'au crime de Lyon, à l'assassinat du commandant Arnaud », et dit assez ce qu'il faut penser du fameux Garibaldi et de son état-major.

Craignant sans doute qu'il ne soit fait appel à un autre tribunal et que l'iniquité flagrante du premier jugement ne soit, à sa grande honte, connue de toute la France, Garibaldi commue la peine de mort en dégradation et en travaux forcés à perpétuité. Mais l'illégalité et l'injustice étaient trop évidentes, pour que l'opinion publique ne s'en émût pas en France. Aussi, faisant justice aux cris d'indignation de tous les honnêtes gens, la Cour de Cassation casse le premier jugement et renvoie Chenet devant le conseil de guerre de Lyon. Le colonel est reconnu innocent et acquitté à l'unanimité, à la honte de Garibaldi et de son état-major et à la grande satisfaction de tous les vrais Français.

On lira avec un vif intérêt les détails suivants

sur la cérémonie de la dégradation et sur l'acquittement du colonel Chenet. Ce sera un stigmate de mépris de plus sur le front de ces hommes dont on a voulu faire l'apothéose, comme étant les amis et les sauveurs de la France. On verra plus clairement encore que ce n'était pas Chenet qui méritait d'être envoyé au bagne et à la mort, mais bien ses accusateurs.

La condamnation à mort était à peine prononcée que les ordres pour l'exécution furent immédiatement donnés.

« Peut-être étaient-ils préparés d'avance, a dit le colonel, commissaire du gouvernement près le conseil de guerre de Lyon. A voir la précision des mesures prises, les détails minutieux qui y sont observés, la désignation du lieu funèbre qui devait être le théâtre de l'action, le cimetière où la fosse qui devait couvrir la victime était peut-être déjà béante, on sent combien cette exécution était attendue et désirée. Le cercueil était fait ; on avait hâte d'y renfermer sous le sceau de la mort le secret de tant d'infamies !

Heureusement pour la victime et pour l'honneur de la justice française, le dévouement des soldats de la guerilla était à la hauteur de la haine garibaldienne. Après avoir entendu prononcer l'infâme condamnation de leur chef, après avoir assisté « à une violation aussi cri-

minelle de toutes les lois du pays » ils se retirè-
rent silencieux mais résolus à s'opposer à la
consommation du crime. Il fut décidé que le
bataillon tout entier se rendrait sans armes auprès de Garibaldi, le lendemain à la première
heure, pour demander grâce. Avant de se séparer, ces braves gens jurèrent de sauver leur
chef par la force si leur requête était rejetée.

A sept heures du matin, par une obscurité
profonde, tout les guérilleros quittèrent sans
bruit la caserne des Oblats et se dirigèrent vers
le quartier-général. Ils avaient chargé leurs
armes qu'ils avaient laissées en lieu sûr. Aucun
officier n'était avec eux. En route, ils rencon-
trèrent un capitaine qui leur défend d'aller plus
loin.

« Mon capitaine, répond l'adjudant Dauver-
gne, je ne puis retenir les hommes; ils ont fait
serment de sauver le colonel, ni vous ni moi
nous ne serions capables de les en empêcher, et
comme je partage les sentiments de la troupe,
je la suis. » Le capitaine n'insista pas. A sept
heures et demie, Garibaldi, sortant en voiture,
est tout à coup entouré dans la pénombre d'une
matinée de décembre par une troupe remplissant la rue et criant : « Grâce pour notre colonel ! »

Surpris par cette démarche, que sa promenade avait peut-être pour but d'empêcher,

voyant leur attitude déterminée, prévenu de
leurs dispositions, ayant pris antérieurement
une détermination, le général répondit : « Oui,
mes amis, je lui ferai grâce. » Puis, s'adressant
au cocher : Partez, lui dit-il, et il s'éloigna au
grand trot de son attelage, tandis que les soldats poussaient le cri de : « Vive la France ! »

Dans leur enthousiasme ils ne s'imaginaient
guère de quelle façon cette grâce qu'ils venaient
d'arracher par leur énergie devait être inter-
prétée et réalisée.

Cependant, le colonel, écroué à la prison,
attendait le moment de son exécution. En face
de la mort, il se conduisit en homme habitué à
la voir de près. Non seulement il n'éprouva
aucune faiblesse, mais encore il puisa dans l'innocence l'énergie de la braver. Il voulait mourir
en soldat, en chrétien, et faire voir « aux
bandits garibaldiens de quoi est capable un
honnête homme. » Son calme, son intrépidité,
la noblesse de ses sentiments émurent profondément le prêtre qui l'assistait en cette circonstance solennelle.

A huit heures moins le quart, le geôlier vint
annoncer au condamné que l'exécution aurait
lieu à onze heures ; l'état-major ne tenant pas
compte de la promesse faite par Garibaldi, pro-
longeait à plaisir l'agonie de la victime. Le colonel n'apprit qu'à onze heures la nouvelle si-

tuation qui lui était faite : l'exécution de la peine de mort était suspendue, mais il devait être dégradé à deux heures, sur la place du Champ-de-Mars, en présence de la garnison. Cette décision le jeta dans une violente indignation ; il se calma bientôt, toutefois, et sut élever son courage à la hauteur des circonstances : « il ne voulait pas donner à ces bandes l'agréable spectacle d'une faiblesse. Ils seraient trop heureux de voir l'abattement d'un officier de l'armée française. »

Déçus dans leurs odieux calculs par l'intervention de la guerilla, les Garibaldiens avaient imaginé une peine morale aussi terrible que la mort pour cet homme de cœur. Ingénieux à torturer leur victime, leur haine se mettait une seconde fois au-dessus des lois.

Le 14 décembre, à deux heures de l'après-midi, la place du Champ-de-Mars offrait un aspect extraordinaire : Huit mille hommes de tous costumes, de toutes armes, rangés en bataille, formaient un rectangle, au milieu duquel la guerilla était encadrée, divisée en deux portions, se faisant face à environ vingt mètres de distance. Dans la crainte d'une révolte, on l'avait indignement trompée, en lui assurant qu'elle était convoquée pour assister à la mise en liberté de son chef. On avait eu soin, d'ailleurs, de lui faire décharger ses armes.

Curieuse d'assister à la dégradation d'un co
lonel et pressentant quelque infamie, la population se presse derrière les troupes. La terrasse, la place, les fenêtres sont garnies de
spectateurs bravant la froidure pour contem-
pler la mise en scène; beaucoup apprécient sé-
vèrement l'arrêt de la cour martiale. Soudain
les conversations cessent ; un roulement de
tambour annonce l'arrivée du condamné. Il est
en voiture, entouré d'un piquet de gendarmes ;
une compagnie de francs-tireurs l'escorte. Le
lugubre cortège atteint le milieu de la place, où
se tiennent les exécuteurs des hautes œuvres
garibaldiennes, sous le commandement du lieutenant-colonel Bossy, promu à ce grade pour
remplir l'office de bourreau. Le greffier lit à
haute voix la sentence de la cour martiale et
ajoute :

« Le général en chef de l'armée des Vosges,
considérant que pour un homme d'honneur la
dégradation est pire que la mort, suspend
l'exécution de la peine de mort et ordonne qu'en
conformité de ce qui est dit dans la deuxième
partie de la sentence prononcée par le conseil
de guerre dans sa séance du 13 courant, le lieutenant-colonel Chenet soit dégradé aujourd'hui
14, à une heure du soir, sur la place d'armes
d'Autun, en présence des troupes de la garnison, et en suite des formalités prescrites par

l'article 155 du règlement de service de guerre. Après la dégradation, le nommé Chenet sera transféré à la prison d'Autun, où il restera à la disposition de l'autorité militaire, jusqu'au prononcé du jugement du Gouvernement de la Défense nationale de Bordeaux. Le commandant de place d'Autun est chargé de faire exécuter la présente décision.

» *Signé* : GARIBALDI. »

Après cette lecture, le lieutenant-colonel Bossy lit à son tour le formulaire de la dégradation qui finit par ces mots : « Vous êtes indigne de servir dans l'armée française et nous vous dégradons. »

Le colonel Chenet était effectivement indigne de servir dans l'armée garibaldienne. Il était trop brave et trop honnête.

Un sergent, accompagné de quatre soldats, s'approche alors du condamné, lui arrache les insignes de son grade et les jette à terre. Le colonel Chenet ramasse ses galons, puis, plaçant la main droite sur sa poitrine, il dit d'une voix ferme et calme : « Il y a encore là du cœur et de l'honneur pour en faire mettre d'autres. »

« On apporte ensuite une vieille épée achetée chez un brocanteur pour la cérémonie. Le sergent ayant vainement essayé de la briser, la jette toute tordue aux pieds du condamné : « On voit bien que ce n'est pas la mienne, ser-

gent, dit-il encore ; l'épée du colonel Chenet
se brise, elle ne ploie pas. »

Le défilé commence. Entouré de quatre soldats commandés par le sergent justicier, le
colonel se met en marche d'un pas assuré ; il
fait le tour de la place, la tête haute, l'air
digne, regardant les hommes dans les yeux,
comme un chef inspectant sa troupe. Cette attitude, non moins que son innocence, lui con-
ciliaient les cœurs. Les officiers français le sa-
luent du sabre, les soldats soulèvent leurs képis ;
aux fenêtres, des dames agitent leurs mouchoirs,
les hommes lèvent leurs chapeaux : il est comme entouré d'une atmosphère de sympathique
pitié. »

En passant devant la guerilla, il la salue
d'un geste noble. C'en est trop, l'émotion des
guerilleros est à son comble, beaucoup versent
des larmes, tous présentent spontanément les
armes à leur chef ; l'un d'eux s'écrie : Vive
le colonel ! C'est le clairon de Pave, qui, à Pasques, s'est tenu constamment à ses côtés. La
gendarmerie arrête immédiatement cet homme
de cœur.

La triste cérémonie est à sa fin ; la marche
de la honte s'était presque terminée en marche
triomphale. Elle avait fourni au colonel l'occasion de montrer que « fort et calme devant
l'ennemi, il était également brave pour suppor-

ter les humiliations imméritées. » Elle avait été pour beaucoup un moyen de protester contre le scandale d'une condamnation dont on soupçonnait les mobiles criminels. La stupeur peinte sur les visages, la sympathie témoignée au condamné, étaient le commencement de la réhabilitation.....

Après cet odieux simulacre de dégradation, le condamné fut ramené en prison. Brisé par les émotions, il tomba par trois fois en syncope ; un geôlier, créature de M. Bordone, eut l'inhumanité de chasser brutalement Mme Chenet du chevet de son mari! Trois jours s'écoulèrent ainsi pour ce malheureux dans l'attente de la mort, dont l'acte de Garibaldi avait seulement suspendu l'exécution.

Enfin, le 17, à deux heures du matin, il est réveillé par le geôlier, et conduit par la gendarmerie au chemin de fer sans qu'on veuille lui dire à quel genre de supplice il est destiné. A Lyon, à Marseille, où l'on s'arrête, il essaie vainement d'obtenir quelques renseignements.... Ce n'est qu'à la dernière station, avant Toulon, que le maréchal-des-logis, tout ému, lui répond enfin : « Hélas! je vous conduis au bagne! »...

Mais le directeur du bagne ne reconnaissant pas à Garibaldi le droit d'envoyer aux galères un citoyen français, refusa de recevoir le condamné. L'autorité militaire ne voulut pas non plus se charger du colonel qui fut conduit à la prison civile. Il y était à peine installé, qu'il y recevait la visite du procureur de la République, accompagné du chef d'escadron Mouroux, chef d'état-major de la division. La nouvelle de sa condamnation avait jeté la consternation à la division; le chef d'escadron Mouroux était allé en toute hâte chercher le chef du parquet, et il venait offrir ses services et ses encouragements à son ancien ami.

La presse, se faisant l'écho de tous les hommes de cœur, protestait en faveur de l'innocence du colonel, et demandait à grand cri que le jugement fût révisé. Garibaldi voulait à tout prix empêcher cette révision, qui devait être sa propre condamnation aux yeux de toute la France. Mais tous ses agissements furent inutiles. Grâce à l'intervention de M. Thiers, le 2 février, la Cour de cassation cassait l'arrêt de la cour martiale et renvoyait le prévenu devant le conseil de guerre de Lyon.....

Le 30 mars 1871, à midi, le conseil de guerre de Lyon se réunissait donc au lieu ordinaire de ses séances. Il était présidé par un vétéran de l'armée française, le général Février, dont le visage portait encore la trace d'une récente blessure, reçue au service du pays. MM. Roland de Ravel, colonel d'artillerie, Behorgue, colonel du 66e de ligne, Delaporte et Rouher, colo-

nels de cavalerie, de Bruckner et Giblat, lieu-
tenants-colonels, assistaient le président. M.
Guillamin, lieutenant-colonel du 16ᵉ d'infan-
terie, occupait le siège du ministère public.

Le président ouvre la séance; il ordonne
d'introduire l'accusé. Le colonel entre aussitôt.
Il porte de nouveau ses insignes que la parodie
garibaldienne lui avait arrachés; il est libre,
débarrassé de la surveillance des gendarmes,
assisté de Mᵉ Dulac, avocat au barreau de Lyon..
Le président procède à l'interrogatoire de l'accusé.

Les témoins à charge et à décharge entendus, le président dit au colonel Chenet : Pouvez-
vous jeter quelque lumière sur cette ténébreuse
discussion ? Le colonel se lève, se place très près
de M. Bordone, le fixe, jette sur lui un regard
de mépris, et dit en ricanant : Mon général,
devant l'affirmation d'un honnête homme comme Gandoulf et la négation d'un Bordone, il
n'y a pas à hésiter. Il faut bien que ce drôle
justifie la part qu'il a prise dans mon assassinat.

Le colonel allait continuer de sa voix vi-
brante, mais le président, d'un geste affectueux,
l'invite au silence.

Le commissaire du gouvernement prenant la
parole, flétrit avec autorité et indignation l'o-
dieuse et criminelle violation des lois commise
à l'égard de l'accusé.

Ça été un spectacle profondément triste, dit-il, de voir en France, au milieu de notre pauvre France si meurtrie, si éprouvée, de voir un citoyen Français, accouru avec le plus pur patriotisme défendre sa patrie menacée, traîné devant un tribunal composé en partie d'étrangers, connaissant à peine la langue française et faisant arbitrairement l'application de lois qu'ils ne connaissaient pas, condamner à la peine de mort cet homme dont jusqu'alors la vie avait été à l'abri de tout soupçon. Tout, dans cette sentence inique, dénote l'envie, le besoin de se débarrasser d'un témoin gênant ; il fallait donc le faire disparaître et saisir un semblant d'occasion aussitôt qu'il se présenterait....

Les preuves qu'il fournit à l'appui de cette affirmation sont irréfutables...

M⁰ Dulac, défenseur de l'accusé, ajoute quelques observations et termine en disant qu'à l'état-major même de cette singulière armée, Bordone seul gouvernait ; que Garibaldi et ses fils n'étaient rien ; que les officiers français surtout étaient victimes de ce despotisme militaire ; que des officiers étaient séquestrés des mois entiers, puis cassés, sans connaître la cause de toutes ces rigueurs...

Il ajoute qu'il faut que non seulement Chenet sorte de cette enceinte le front haut, mais qu'il faut encore que les accusateurs de cet honnête et brave soldat soient confondus et livrés au mépris public.

Il est sept heures du soir. Le conseil se retire pour délibérer. Il reparaît quelques instants après, et devant la garde sous les armes, le général Février, debout, entouré de sept colonels, en présence d'un auditoire pressé et attentif, prononce le jugement dont voici la teneur :

« Au nom du peuple Français, aujourd'hui 30 mars 1871, le premier conseil de guerre permanent de la 8ᵉ division militaire, séant à Lyon ; ouï le commissaire du gouvernement dans son réquisitoire et ses conclusions, l'accusé dans sa défense, a déclaré, à l'unanimité, le lieutenant-colonel Chenet non coupable d'avoir abandonné son poste en présence de l'ennemi. En conséquence, ledit conseil, faisant application de l'article 186 du code de justice militaire, acquitte le lieutenant-colonel de l'accusation dirigée contre lui, et le président ordonne qu'il sera mis en liberté, etc... »

« Les applaudissement frénétiques de l'assistance accueillent cette sentence de réhabilitation. La foule qui stationne au dehors pousse un hourra général ; elle acclame le colonel à la sortie. Le général Frappoli perce la foule et se jette dans les bras de l'acquitté. Bordone, Delpech, disparaissent ; ils s'éloignent, poursuivis par ces clameurs vengeresses de leur iniquité.

» Un tribunal compétent, désintéressé, impartial, avait prononcé : Justice était faite. »

Nous pourrions continuer encore, car, Dieu merci, les faits contre Garibaldi ne manquent pas dans l'ouvrage de M. Theyras et dans celui du général Ambert, mais pour ne pas être trop long, et convaincu, du reste, que tout ce que nous en avons dit suffit amplement pour convaincre tout le monde et en particulier nos anciens mobiles, que le général Garibaldi était un homme de peu de valeur, un homme néfaste pour la France, nous allons continuer la publication de nos lettres, que nous avions suspendue, pour donner, au moyen de nombreuses citations de faits graves et authentiques, la vraie physionomie du fameux général italien.

DALQUIÉ.

XLVI

Autun, 5 décembre 1870.

Bien cher ami,

Nous voilà revenus un peu de nos émotions du 1er décembre. Je vous ai raconté, à la hâte, ce qui s'est passé ce jour-là à Autun. Comme je vous l'ai dit, les Prussiens sont arrivés aux portes de la ville sans que personne s'en soit aperçu ; preuve de la prudence et de la vigilance de Garibaldi et de son digne état-major. Vers une heure de l'après-midi, le canon annonce tout à coup la présence de l'ennemi à Saint-Martin, c'est-à-dire à un kilomètre à peine. Cette surprise, de la part des Prussiens, qui auraient pu s'emparer d'Autun avec la plus grande facilité, bien que les maisons et les rues fussent remplies de soldats, vous dit mieux que je ne pourrais le faire par quels hommes nous sommes conduits et ce que notre pauvre France peut espérer d'eux.

Vous me demanderez où étaient donc en ce moment les troupes de Garibaldi, ces aventuriers qui, d'après certains journaux, devaient nous conduire de victoire en victoire, de triomphe en triomphe ? Ils étaient, selon leur bonne habitude, occupés à faire la belle jambe, à se parader dans les rues ou sur les places publiques de la cité. Ces chemises rouges aiment surtout les cigares exquis, la bière et le café. Les balles et les obus ne sont pas faits pour eux, pour des hommes aussi efféminés! Ils sont du matin au soir à la recherche des plaisirs plus ou moins honnêtes, gaspillant leur temps à ne rien faire de sérieux, à caresser leurs moustaches et à se pommader comme des demoiselles. Cela n'empêchera pas qu'ils n'aient fait des prodiges de valeur et qu'ils ne s'attribuent la gloire d'avoir repoussé l'ennemi et sauvé la ville. A les entendre, aujourd'hui, il n'y a qu'eux qui aient montré du courage! Tous les autres sont des lâches. C'est sur les mobiles surtout qu'ils font tomber toutes les responsabilités de l'attaque imprévue des Prussiens. Mais nous savons à quoi nous en tenir de toutes ces vantardises hypocrites. Nous avons été des premiers sur le champ de bataille et la position que nous occupions nous permettait de voir parfaitement bien les combattants des deux camps. L'action se déroulait sous nos yeux, et il nous était facile de voir et d'apprécier la part que chaque corps de troupe y prenait. Les premiers qui ont donné, ce sont les braves artilleurs de la Charente. Se trouvant campés à côté du Petit-Séminaire, au premier coup de canon de l'ennemi ils n'ont eu que quelques pas à faire pour avoir une position tout indiquée pour leurs batteries, sur l'esplanade de cet établissement, en face même de celles des Prussiens. Malheureusement, se trouvant entièrement à découvert et trop rapprochés les uns des autres, ils ont eu beaucoup à souffrir. Plusieurs d'entre eux sont restés sur le carreau et il n'en aurait peut-être pas échappé un seul sans un réservoir auprès duquel les divers canons étaient disposés : la plupart des obus tombant dans l'eau y restaient sans éclater. On vient d'en faire la pêche. Quels ravages si tous avaient éclaté ! C'est bien déjà assez. Je viens de voir une douzaine de ces malheureux artilleurs étendus morts, alignés les uns à côté des autres, dans une des salles du Petit-Séminaire ! Ils se sont conduits en braves ! Malgré le danger, ils ont conservé leur position jusqu'à la fin ; aussi sont-ils l'objet de sympathies et d'éloges particuliers !

Quant aux Garibaldiens, je n'en ai vu aucun, s'il faut encore excepter deux officiers à cheval qui se tenaient à une distance fort respectueuse de l'ennemi. J'ai appris le lendemain qu'en face des Prussiens ils avaient trouvé plus commode de faire le chemin de l'école. Les longs détours qu'ils ont fait au nord de la ville et qui les éloignaient singulièrement du champ de bataille ne peuvent s'expliquer que par leur lâcheté.

C'était une véritable fuite en face de l'ennemi.

Nos mobiles se sont bien conduits. C'est par le chemin le plus court qu'ils se sont portés vers les Prussiens. Les balles tombaient déjà épaisses lorsqu'ils ont pris leur position en face et à trois ou quatre centaines de mètres de St-Martin, où se trouvaient nos adversaires. Quelques-unes de nos compagnies ont même traversé la route du Creuzot et se sont avancées jusqu'à quelques pas des soldats prussiens. Ce n'est que lorsque nous avons été bien convaincu de leur retraite que nous avons quitté notre position pour rentrer à Autun. Il était déjà tard et la nuit qui commençait à tomber ne permettait plus de combattre.

Les Prussiens étaient-ils nombreux ? Les accidents de terrain nous empêchaient d'en bien juger. Toutefois, d'après les renseignements qu'on nous a donné depuis, la colonne n'aurait pas été considérable, et c'est sans doute ce qui explique pourquoi ils n'ont pas même essayé d'entrer dans la ville, qu'ils croyaient sans doute bien mieux défendue qu'elle n'était en réalité.

D'après ces détails et tous ceux que je vous ai donnés dans ma dernière lettre, il est facile de voir que ce combat n'a pas été très sérieux, et que la portée qu'on veut bien lui donner, dans les feuilles publiques, est exagérée de beaucoup.

Les Garibaldiens voudraient bien faire prendre le change là dessus, mais ce sera en vain. Cette journée attache sur leur front un stigmate de honte qu'ils n'effaceront jamais. Dans cette circonstance, Garibaldi et les siens se sont fait connaître tels qu'ils sont, c'est-à-dire avec l'ignorance, la stupidité et la lâcheté qui les caractérisent.

Je voudrais avoir le temps de vous donner de longs détails, mais je suis trop pressé pour le moment. J'y reviendrai si je puis.

Tout à vous.

DALQUIÉ.

XLVII

Bourg-en-Bresse, 3 février 1871.

Madame,

J'ai reçu votre lettre à Dijon. Malgré toute ma bonne volonté, il m'a été impossible d'y répondre tout de suite comme vous m'en priez avec instance. Avant de le faire, j'ai voulu prendre des renseignements auprès des compagnons d'armes de votre cher fils. Le désordre qui suit naturellement un combat ne permet pas toujours de le faire avec succès. Les uns passent d'un côté, les autres d'un autre. Il est difficile de se renseigner et d'avoir des nouvelles sûres sur certains hommes qui manquent à l'appel. Se sont-ils égarés, ont-ils été faits prisonniers, sont-ils tombés morts ou blessés sur le champ de bataille, les a-t-on recueillis dans quelque maison voisine ? On l'ignore. Alors on se livre à des suppositions qui, passant de bouche en bouche dans la compagnie, finissent par être données ensuite comme des réalités. C'est ainsi que je viens d'être agréablement surpris par l'apparition soudaine d'un brave enfant qui avait disparu, et dont on m'avait annoncé la mort comme chose absolument certaine.

Je comprends, madame, mieux que personne,

votre anxiété et vos angoisses dans les circonstances présentes ! Il ne faudrait pas être mère ! Dieu veuille que les nouvelles qui vous sont parvenues indirectement par les lettres des mobiles du pays ne soient que des bruits !

Ce qu'il y a de certain, je ne dois pas vous le cacher, c'est que votre fils n'a pas reparu depuis les affaires de Dijon. J'ai interrogé à plusieurs reprises les hommes de sa compagnie, et en particulier ses connaissances et amis, et je n'ai pu avoir d'eux que des renseignements tout à fait vagues, qui ne permettent pas d'avoir la moindre certitude sur le sort de ce cher enfant. On l'a vu quelques instants avant le combat, mais personne qui puisse dire ce qu'il est devenu. On donne des nouvelles précises sur plusieurs autres mobiles. Ils sont tombés morts. On les a vus et relevés ; mais, quant au vôtre, rien de positif. Depuis votre lettre, je me suis donné beaucoup de peine pour arriver à quelque chose de sûr, et toutes mes recherches et toutes mes démarches sont restées infructueuses jusqu'ici.

Ce qu'il y a de certain encore, c'est que votre fils ne se trouvait pas parmi les mobiles morts, qui, le lendemain de la bataille, ont été ramassés et transportés dans une grande salle de l'hospice de Dijon, et auxquels nous avons donné une sépulture honorable, ne voulant pas qu'ils fussent confondus dans la fosse commune avec les autres. Avant de les ensevelir, ils ont été examinés avec le plus grand soin par moi et par des hommes des diverses compagnies. Tous ont été reconnus. Le vôtre n'y était pas.

Bien que j'eusse vu plusieurs fois votre fils depuis le commencement de la campagne, soit à Autun, soit ailleurs, je ne le connaissais pas assez pour le distinguer au milieu de trois ou quatre mille mobiles. Aussi, je suis à me demander maintenant si ce ne serait pas malheureusement ce jeune homme que, le lendemain du combat, j'ai trouvé étendu mort au milieu des vignes de Dijon, en delà de Fontaine. Avec mes deux ordonnances nous l'avons tourné et retourné pour chercher à le reconnaître, mais cela nous a été impossible. Ayant été sans doute fouillé par les Prussiens, il n'avait sur lui absolument rien qui pût nous mettre sur le chemin de son identité. Lettres, livret, porte-monnaie, fusil, tout avait disparu. Tout ce que nous savions, c'est que nous étions en face d'un de nos mobiles. Son uniforme ne pouvait nous laisser aucun doute à ce sujet. C'était un jeune homme grand, bien fait, dont la figure naturelle annonçait qu'il n'avait pas longtemps souffert et que l'agonie avait dû être bien courte. Il était blessé au côté gauche, dans la région du cœur. Nous l'avons fait transporter dans la petite église de Daix, qui se trouve à côté de Fontaine-les-Dijon. Le lendemain il a reçu, avec quelques autres de ses compagnons d'armes, la sépulture chrétienne dans le cimetière paroissial. Avec son signalement, que nous avons pris aussi exact que possible, nous pourrons peut-être parvenir à le connaître et à établir son identité. Dans le cas où ce serait votre fils, je vous l'écrirai tout de suite. Voilà tous les renseignements que je puis vous donner pour le moment.

Je ne doute pas, Madame, que vous ne soyez une bonne mère chrétienne, et que vous n'ayez beaucoup prié pour votre cher fils depuis son départ de l'Aveyron. Votre navrante lettre témoigne assez de vos bons sentiments. Je n'en veux point d'autres preuves. On voit que ce qui vous préoccupe surtout, c'est l'âme de votre bien-aimé fils, sur le sort duquel vous êtes dans un doute cruel. Aussi je suis heureux, Madame, ne pouvant pas vous dire qu'il est en vie, de vous faire part d'un détail qui, j'en suis bien sûr d'avance, vous fera plaisir et vous consolera au milieu de vos douleurs, dans le cas où vous auriez bientôt la certitude que votre fils n'est plus de ce monde.

Je viens d'apprendre par un de nos mobiles qui a toute ma confiance et sur la parole duquel on peut entièrement compter, que votre fils était un des dix jeunes gens que j'ai confessé dans l'église de Darrois, l'avant-veille de la bataille de Dijon, et qui m'avaient parus si édifiants. C'est bien consolant pour une mère pieuse comme vous ! La mort l'aura trouvé prêt et la récompense de ses sacrifices et de ses souffrances ne se sera pas fait attendre !

Du reste, je ne dois pas oublier de vous dire, avant de clore cette lettre, et j'aurais dû peut-être commencer par là, je ne dois pas oublier de vous dire que les Prussiens nous ont fait soixante prisonniers environ, parmi lesquels un jeune médecin. C'était peu de temps avant le combat. Votre fils serait-il de ce nombre? On ne saurait le dire encore. Il est permis de l'espérer tout en se résignant d'avance à la volonté de Dieu, auquel je laisse le soin de vous consoler.

Veuillez agréer, Madame, mes sincères condoléances.

DALQUIÉ.

XLVIII

Ceyzeriat (Ain), février 1871.

- Bien cher ami,

Comme vous le savez déjà, nous avons quitté la Côte-d'Or. Nous sommes à Bourg, dans le département de l'Ain, depuis quelques jours. Un de nos trois bataillons est cantonné à Ceyzeriat, chef-lieu de canton, à huit kilomètres environ de la capitale de la Bresse. C'est de là que je vous écris ces quelques lignes.

Bien que l'état sanitaire de notre régiment se soit notablement amélioré depuis quelque temps, nous avons cependant encore des malades. Je suis arrivé ici, hier au soir, pour assister aux derniers moments d'un des nôtres. C'est le frère de M. Fayt, curé de Saint-Roch ; un excellent jeune homme s'il en fut. C'est dans ces moments qu'on sait apprécier les bienfaits d'une éducation vraiment chrétienne ! Comme ces morts sont édifiantes et précieuses devant le Seigneur ! Nous venons de lui rendre les derniers devoirs, en l'accompagnant de nos prières et de nos regrets à sa dernière demeure.

La guerre est maintenant finie. La petite vérole et les autres maladies qui, jusqu'ici, avaient fait tant de ravages parmi nos chers

Aveyronnais, ont à peu près disparu. Ce n'était pas trop tôt. Après les grandes fatigues et les terribles émotions de la guerre, je puis enfin respirer un peu et prendre quelques instants de repos. Aussi, vais-je profiter des moments de loisir que j'ai, ce soir, pour vous donner quelques détails sur certains faits intéressants, que j'ai dû passer sous silence à défaut de temps. Il y aurait tant de choses édifiantes à raconter ! En voici une en particulier ; elle remonte au mois de janvier. C'est l'histoire d'un képi. Il y a du plaisant et du tragique. Peut-être vous ne voudrez pas y croire. Je puis cependant vous en garantir la vérité de point en point. Vous verrez à quoi tient la grâce quelquefois.

Voici ce dont il s'agit : J'avais dans mon régiment un charmant jeune homme appartenant à une excellente famille. On me l'avait recommandé d'une manière particulière. Une de ses sœurs religieuse, un ange de piété, m'avait écrit à plusieurs reprises pour me prier de m'intéresser à lui, de lui donner de bons conseils, et, au besoin, de l'engager à remplir ses devoirs religieux. Le cher enfant avait d'excellents principes ; mais malheureusement son séjour dans une grande ville, où il était employé dans une administration, lui avait fait perdre un peu de vue, comme cela arrive à tant d'autres, la fréquentation des sacrements. Sa bonne sœur le savait; c'était un motif de plus pour elle de multiplier ses lettres et ses prières. Elle attendait, avec une impatience bien légitime chez une personne consacrée à Dieu, la nouvelle de sa démarche auprès de moi. Il ne m'était pas facile de la lui donner. J'avais vu plusieurs fois le jeune homme; je lui avais même porté l'antienne. Il était toujours fort aimable à mon égard, m'accueillant avec de bonnes paroles, mais, en finale, tout se résumait en promesses pour un autre jour. C'était la quatrième ou cinquième fois que je l'avais entrepris sans succès. Déjà presque tout le régiment avait rempli ses devoirs de chrétien; nous avions eu une splendide communion le jour de Noël à Autun. Le combat de Lantenay avait fait parmi nous de nombreuses victimes et nous nous attendions à d'autres rencontres prochaines avec le terrible ennemi. C'était le moment pour moi, ce me semble, de mettre en pratique le *compelle intrare* de Notre-Seigneur Jésus-Christ. D'autant plus que, la dernière fois que je l'avais vu, je lui avais promis qu'à la prochaine rencontre je ne me contenterais pas de promesses et qu'il faudrait y faire tout de bon.

Une bonne occasion ne tarda pas à se présenter. J'allais dans l'après-midi voir un de mes malades à la campagne, lorsque je rencontre par hasard mon jeune mobile dans un chemin écarté où nous ne pouvions avoir d'autres témoins que le bon Dieu et nos anges gardiens. Il comprit bientôt que le combat serait sérieux et qu'il aurait de la peine à s'en tirer cette fois-ci avec des promesses. Toutefois, j'aurais peut-être encore échoué sans le stratagème dont je me suis servi. Vous allez rire et bien sûr me condamner, mais j'espère que vous ne tarderez pas à m'absoudre. En tout il faut considérer la fin. Je m'approche de lui en souriant et, tout en plaisantant, je m'empare de son képi. Je savais à qui j'avais à faire, et j'étais bien sûr d'avance qu'il ne me résisterait point. Il n'y avait que le premier pas qu'il lui coûtât, et j'étais convaincu qu'une fois fait, il serait enchanté et tout heureux de sa démarche. Vous savez, lui dis-je, ce que je vous ai promis la dernière fois que je vous ai vu. Je tiens ma parole. Votre excellente sœur, tous vos bons parents prient et pleurent sans doute en ce moment à votre sujet ! Ils attendent maintenant, après le combat de Lantenay, une lettre de ma part leur annonçant une bonne ou triste nouvelle : que je puisse leur dire au moins que vous vous avez fait votre devoir. Vous êtes à peu près le seul du régiment à ne l'avoir pas fait à l'heure qu'il est : ne leur devez-vous pas cette consolation ?... Dans tous les cas, je garde mon képi. Si vous voulez avoir un peu de salle de police,

vous pouvez partir. C'était une plaisanterie
sans doute, mais cette plaisanterie devait avoir
pour résultat le salut de cette âme ! Vous allez
le voir. Tant il est vrai que la grâce, je le répète, tient à bien peu de chose !

Le jeune homme ne voulant pas partir sans
son képi, se décide enfin à faire ce qu'il avait
fait tant de fois avant de quitter la maison
paternelle. La victoire était gagnée. Je le pré-
parai pendant quelques instants, et ensuite,
tout en nous promenant, nous fîmes les affaires
de son âme. Je ne dirai pas tout ce qu'il y eut
d'édifiant et de consolant pour mon cœur dans
cet entretien divin. Quelle touchante franchise !
Quel regard surnaturel ! Je voyais là bien clairement l'effet des prières et des larmes de ces
anges du foyer paternel ! J'aurais pu lever la
main pour absoudre cette âme, car les dispositions n'étaient pas douteuses. Je crus, toutefois, mieux faire encore d'attendre au soir.
L'heure et le lieu du rendez-vous furent donnés.
Le cher enfant, en brave soldat, n'y manqua
pas. Ce fut parfait. Il me quitta tout resplendis-
sant de joie et de bonheur !

Je devais le retrouver quelques jours après
dans les plaines de Dijon, mais, hélas ! dans
quelles conditions ? Il était étendu mort sur le
sol ! Une balle prussienne en avait fait une
victime de la guerre ! Je le reconnus tout de

suite ! Sa figure n'avait rien des ravages d'une mort naturelle ! Lorsqu'il a été frappé il devait sans doute prier, car ses lèvres semblaient prier encore !

Vous dire ma surprise et mon émotion, ce ne serait pas possible ! Tombant à genoux à côté de ce corps inanimé, je récite le *De profundis* pour le repos de son âme, tout en me disant : Le pauvre enfant est déjà au Ciel, où il a reçu la récompense méritée !

Quelle heureuse inspiration, bien cher ami ! Le *Compelle intrare* fut-il jamais plus à propos ?

Voilà mon histoire du képi. N'est-elle pas aussi édifiante qu'intéressante ?

Ces détails, je les ai donnés à la famille ! Cette bonne petite sœur a dû verser bien des larmes en les lisant, mais elle n'a pas tardé sans doute à se consoler en pensant qu'elle avait un frère au Ciel !

DALQUIÉ.

XLIX

Autun, 7 décembre 1870.

Bien cher Monsieur,

J'ai reçu hier, votre lettre. Je l'ai lue avec un vif intérêt. Les temps sont si tristes et les événements si malheureux que les jours paraissent longs comme des semaines et les semaines comme des mois. Il nous semble qu'il y a déjà des années que nous avons quitté l'Aveyron. Aussi les nouvelles du pays sont-elles les bien venues. La moindre chose, le plus petit détail concernant ceux que nous connaissons, ceux qui nous sont chers, nous intéresse. Tant il est vrai que les distances rapprochent les cœurs et rendent plus patriotes.

Vous me demandez des explications sur un certain Saint-Thomas qui aurait été broyé par un obus au Petit-Séminaire d'Autun. Si vous aviez étudié la théologie, vous auriez compris tout de suite. Vous êtes bien excusable. Voici le fait en quelques mots. Il ne manque pas, du reste, d'un certain intérêt. Le soir du combat d'Autun, les Prussiens ayant pris pour point de mire le Petit-Séminaire, sous les fenêtres duquel étaient dressées nos batteries, un obus ennemi vint tomber sur le plancher d'une des salles de cet établissement. Il rebondit avec tant de force qu'il traverse une cloison et va dans la bibliothèque éclater sur un grand livre de Saint-Thomas qu'il réduit en poussière. Nous avons pu considérer ce phénomène étonnant, le soir, en revenant du combat. C'était curieux à voir! Rien de plus terrible que ces engins de guerre. Ils produisent des effets épouvantables. Contrairement à ce qu'on vous a écrit, il n'y a ni accident de personnes, ni incendie. En voyant les dégâts matériels nous en avons été étonnés. C'est une espèce de miracle. Si par malheur on ne s'était pas trouvé là tout de suite, ce magnifique établissement devenait la proie des flammes en quelques minutes.

Puisque nous sommes à parler d'obus, laissez-moi vous raconter un autre fait qui a failli avoir des conséquences terribles pour un de nos mobiles en particulier. Il y a des gens qui sont si imprudents! Vous allez en avoir une nouvelle preuve. A peine les Prussiens ont-ils eu quitté leurs positions, que nos soldats se sont hâtés d'aller explorer le champ de bataille. Ils ont trouvé, entre autres choses, plusieurs obus qui n'avaient pas éclaté. Les démonter et en extraire le contenu a été l'affaire d'un moment. L'un des nôtres ne s'est pas contenté de cette première opération. Ne comprenant pas le danger de s'amuser avec de pareilles armes, il a la naïveté de prendre une allumette et de l'introduire allumée dans l'intérieur de l'obus. Quelle imprudence ! Bien qu'il ne fût pas chargé, il restait sur les parois une certaine quantité de poudre. Avec la promptitude de l'éclair, elle prend feu et l'obus éclate en mille morceaux avec une détonation à répandre la panique aux alentours. Le malheureux imprudent tombe comme mort, baigné dans son sang. On le relève aussitôt et on est heureux de constater que la blessure, quoique bien grave, ne sera pas mortelle. On s'estime encore heureux de ne laisser qu'une fesse à la bataille lorsqu'on pouvait rester sur le carreau. Il a été porté dans une ambulance et en sera quitte pour quelques semaines de lit. Cette leçon vaut bien sans doute un fromage ! Il y a tout lieu de croire qu'il s'en souviendra longtemps !

Vous avez été soldat. Vous avez fait aussi des campagnes et plus glorieuses sans doute que la nôtre ! Ces petits détails vous intéresseront plus que tout autre. C'est pour cela que je vous les donne.

Mes meilleurs sentiments.

DALQUIÉ.

L

Chagny (Saône-et-L.), 1er février 1871.

Bien cher ami,

Hier au soir, nous étions encore à Dijon. Ce matin, nous voilà à Chagny (Saône-et-Loire). Que s'est-il donc passé, me direz-vous? Pourquoi ce départ nocturne si précipité? Je renonce à vous raconter en détail cette retraite de l'armée de Garibaldi et ce que nous avons souffert dans ce voyage. Ce ne serait pas possible. Il n'y a que ceux qui se sont trouvés de la partie qui puissent en avoir une véritable idée. Je me contente de vous en donner un résumé. Vous supposerez le reste.

Déjà, la nouvelle de l'armistice était venue apporter la joie dans le cœur de nos soldats lorsque tout à coup, le 31 janvier, à la tombée de la nuit, on annonce que le département de la Côte-d'Or n'est pas compris dans l'armistice et que l'ennemi est à nos trousses. Jugez de l'effet de cette nouvelle sur Garibaldi et sur son état-major! Notre *courageux* général, suivi de ses lieutenants, donne le signal du sauve-qui-peut. Dans moins de demi-heure, il ne restait pas un soldat valide à Dijon et dans les environs. Faites-vous une idée, si vous le pouvez, d'une armée de cinquante mille hommes se dirigeant à toutes jambes, dans le plus affreux désordre, pêle-mêle, pendant une nuit obscure, vers la Saône-et Loire, par les deux grandes routes qui conduisent l'une à Autun et l'autre à Chagny. C'est quelque chose d'indescriptible. Il faut avoir vu ; il faut y avoir assisté !

Je m'attendais à partir dans quelques jours à cause de l'armistice, j'avais passé ma journée entière à visiter toutes les ambulances de Dijon qui sont au nombre de plus de cinquante. Je voulais, avant mon départ, voir tous mes malades, tous mes blessés et m'assurer par moi-même de l'état où chacun se trouvait pour en donner des nouvelles aux parents. J'avais couru, pour arriver à mon but, toute la sainte journée. Jamais peut-être, depuis le commencement de la campagne, je n'avais été aussi fatigué. Je ne pouvais plus me tenir sur mes jambes. Mes ordonnances, qui m'avaient accompagné dans l'accomplissement de ce ministère de charité à travers les rues de la ville, se trouvaient dans les mêmes conditions que moi. Ils n'en pouvaient plus, les pauvres enfants. Ajoutez à cela que nous n'avions presque rien pris de toute la journée et vous aurez une idée de notre situation. Nous avions enfin terminé notre pénible tâche et nous nous disposions à rentrer chez les bons pères jésuites qui avaient bien voulu nous donner l'hospitalité. C'était cinq heures du soir.

Le jour commençait déjà à se retirer pour faire place à la nuit. Nous traversions la place de Saint-Bénigne lorsque nous apprenons la nouvelle du départ si précipité. Déjà tout le monde était parti. Nous ne rencontrons que quelques retardataires qui, comme nous sans doute, ne s'attendaient pas à une pareille débacle. Ils marchaient d'un pas accéléré, répondant à peine à nos questions. Ils ignoraient encore la cause de ce dénouement inattendu.

Nous comprîmes bientôt qu'il y avait quelque chose de sérieux et que nous n'avions pas du temps à perdre. Il ne fallait pas songer à aller se restaurer et à prendre un repos qui nous eût été cependant si nécessaire après une pareille journée de fatigues. De cet endroit, nous n'étions pas loin de la maison des Pères Jésuites, où nous avions laissé nos sacs de voyage. Ce fut l'affaire de cinq minutes. Comme les autres, nous suivions les nobles traces de notre fameux général en chef Garibaldi. Nous étions, toutefois, à peu près les derniers, ne sachant pas encore vers quel lieu, vers quelle ville nous dirigions nos pas. Nous avions déjà fait un kilomètre sans rencontrer aucun des nôtres. Nous voilà à un embranchement : deux grandes routes s'ouvrent devant nous. Est-ce à droite, est-ce à gauche que notre régiment est passé ? Impossible de le savoir. Notre embarras fut grand. Malheureusement nous prîmes la voie qu'il ne fallait pas. Beaucoup de troupes étaient passées par là. C'était la route qui conduisait à Autun. Nous apprenons bientôt que c'est une fausse direction. C'était de l'autre côté qu'étaient passés nos mobiles. Nous rebroussons chemin à la hâte et, malgré notre fatigue et les ténèbres de la nuit, nous marchons d'un pas rapide. La crainte de ne pas retrouver les nôtres nous donne de l'énergie et des jambes. Nous ne pouvions pas cependant espérer de rattraper le régiment avant la première halte. Cette erreur nous avait mis trop en retard ! Ce qui nous importait surtout, c'était d'être bien sûrs que nous étions sur les traces de nos Aveyronnais et que nous les rencontrerions un peu plus tôt ou un peu plus tard. Du reste, je ne tardai pas à bénir le bon Dieu d'avoir permis que nous fussions les derniers. Ce fut vraiment providentiel. Voici pourquoi : Plusieurs de nos compagnies avaient fatigué pendant toute la journée. Au lieu d'aller se restaurer et prendre un repos si légitime, ces pauvres malheureux se virent obligés, à la tombée de la nuit, de partir à la hâte sans avoir même le temps de se procurer des provisions pour un voyage de 40 kilomètres, fait à pied, fusil à l'épaule, sac au dos et pendant une nuit obscure. Aussi, à peine avaient-ils fait une partie de la route qu'ils n'en pouvaient plus ; harassés de fatigue , morts de faim, les pieds entamés, ils prenaient le parti de se coucher sur les tas de pierre encore couverts de neige qui se trouvaient sur le bord de la route. Heureusement , arrivant le dernier et les trouvant dans cette triste situation , je leur faisais une véritable violence pour les faire mettre de nouveau en marche. J'avais beau m'efforcer de leur faire comprendre le danger auquel ils s'exposaient en restant ainsi couchés sur ces tas de pierre où le lendemain plusieurs auraient sans doute été trouvés morts ; ils me répondaient qu'ils ne pouvaient plus marcher, et que mourir pour mourir, autant ils aimaient mourir là ! Mais j'étais impitoyable et pas un seul n'est resté derrière. L'un d'entre eux était si fatigué, que nous avons été obligé de lui porter le sac un peu chacun jusqu'à la première localité. Arrivé là , j'ai pu le faire placer dans une maison particulière. Je suis bien sûr que plusieurs de ces pauvres enfants, saisis par le froid de la nuit, auraient trouvé la mort ou du moins le germe d'une maladie ou d'une grave infirmité pour l'avenir.

Je ne sais pas au juste la distance qu'il y a de Dijon à Nuits et de Nuits à Beaune. Ce que je sais, c'est que nous ne sommes arrivés que fort tard dans cette dernière ville.

Tout autant que je puis en juger, la distance

que nous avons parcourue doit être de 40 kilomètres environ. Nous étions si fatigués avant de partir de Dijon ! Que penser après cette épouvantable course de 40 kilomètres faites presque à tâtons, au milieu d'une obscure et cruelle nuit ! Après avoir passé Nuits, j'étais si accablé de fatigue, que j'ai prié un bon artilleur qui passait à côté de moi avec une pièce de canon, traînée par un mulet, de me laisser asseoir sur ce canon, ce qu'il a fait avec beaucoup d'amabilité ; j'en ai profité pendant une demie heure, mais, me sentant bientôt saisi par le froid, j'ai compris qu'il valait mieux souffrir des pieds et de la fatigue que de s'exposer à attraper une fluxion de poitrine ; j'ai donc jugé plus prudent d'abandonner mon canon et de me remettre en marche. Je fus du reste bien inspiré, car quelques instants de plus que j'y fusse resté, j'aurais pu être victime d'un accident arrivé au pauvre artilleur.

Comme vous le savez, Nuits et ses environs, ont été le théâtre de plusieurs rencontres avec l'ennemi. Les Français ou peut-être les Prussiens avaient, pour se mieux défendre et combattre avec moins de danger, fait des fossés sur les routes. Entre Nuits et Beaune, il s'en est rencontré un qui n'avait pas encore été comblé. Bien qu'il fût un peu sur un côté de la route, soit que le conducteur fut surpris par le som-

meil, soit que les ténèbres de la nuit ne per-
mîssent pas de l'apercevoir, le pauvre mulet
a été s'y précipiter avec sa pièce de canon. Le
fossé n'étant pas très profond, l'accident n'a pas
eu toute la gravité qu'il aurait pu avoir. On a
pu facilement dégager le tout. Quoiqu'il en soit,
je me suis estimé heureux d'avoir eu recours de
nouveau à mes jambes. Un membre est bientôt
laissé à la bataille !

Nous sommes arrivés enfin, à Beaune, ce
n'était pas trop tôt. Hélas ! Quelle si dure et si
terrible nuit ! Nous sommes entrés dans un
modeste hôtel. Il était déjà envahi, comme tous
les autres de la ville. Il devait être sans doute
deux ou trois heures après minuit.

Il eut été bien temps, depuis 15 heures et
après les fatigues d'un si long et si pénible
voyage, de prendre quelque réfection. Mais
j'étais trop fatigué, trop anéanti pour boire et
manger en ce moment. Je sentais que j'avais
plus besoin de repos et de sommeil que d'autre
chose. Aussi, du temps que les autres mangent
et boivent dans la cuisine, je me jette, sans
autre préambule, en travers sur un mauvais lit
qui s'y trouvait. J'ai pu, malgré tout le potin
qui s'y faisait, dormir quelques heures. Cela
m'a fait du bien et, vers sept heures, après
avoir pris une petite réfection, je me suis retrouvé à peu près dans mon assiette ordinaire,

disposé à faire une nouvelle course. Le départ ne s'est pas fait attendre longtemps. Dans la matinée, des trains étaient mis à notre disposition et nous partions pour Chagny. Arrivés là, nous étions dans la Saône-et-Loire, département compris dans l'armistice. Les Prussiens n'étaient plus à craindre.

Avant de partir de Beaune, j'ai trouvé dans une des salles de la gare un jeune garibaldien blessé, couché sur de la paille. Le chef de gare en étant embarrassé, m'a prié de vouloir bien le prendre avec nous. Après l'avoir soigné et avoir bandé sa plaie, je l'ai fait porter dans un wagon de première classe où je suis monté avec lui. Je m'attendais à trouver un petit monstre. J'ai été bientôt détrompé. C'était un petit jeune homme de 16 ans, qui était entré en qualité de volontaire dans le corps de Garibaldi. Lorsque je l'ai eu soigné et qu'il a eu pris un peu de café, il a été charmant, aimable, poli, doux comme un agneau. Il n'y avait en lui rien de ces chemises rouges que j'avais rencontrées si souvent depuis la campagne et que je voyais toujours avec répugnance. Nous n'étions que nous deux dans le compartiment. Il me fut facile de lui parler à cœur ouvert et de lui dire un mot de religion. J'ai trouvé tout de suite de l'écho dans son cœur. Sa franchise m'a plu. J'ai compris qu'il avait reçu une éducation chrétienne et que je pouvais agir avec lui comme je l'avais fait avec nos chers mobiles. La confession ne lui faisait pas peur, quoiqu'il l'eût abandonnée depuis quelque temps. Quoi qu'il en soit, lorsque nous fûmes arrivés à Chagny, j'avais soigné non seulement les blessures de son corps mais encore celles de son âme. Devant nous arrêter dans cette dernière localité, je l'ai confié à un employé du train qui s'est chargé de le faire transporter à l'hospice de Lyon.

Garibaldi se trouvait dans le même train que nous. Il était dans le compartiment attenant au nôtre. Lorsqu'il est descendu je l'ai coudoyé. C'était la première fois que je le voyais d'aussi près. Je vous avoue que je n'avais jamais envié cet honneur et que je ne l'ai guère recherché. J'ai d'autres choses à faire que de faire les beaux yeux à ce singulier personnage. Il n'a rien, du reste, de bien désagréable dans son extérieur. C'est un vieillard aux cheveux blancs, un peu voûté et drôlement accoutré. Il faut savoir que c'est un général.

Mes meilleurs sentiments.

DALQUIÉ.

———

A dix-sept ans de date, je lisais dans l'ouvrage si remarquable de M. Theyras, dont j'ai parlé plusieurs fois, le passage suivant, qui vient corroborer les détails de ma lettre. On le lira avec intérêt :

« Cette retraite, dit l'auteur de *Garibaldi en France*, s'opéra dans les conditions les plus mauvaises ; commencée à l'improviste, dans la soirée du 31 janvier, elle s'exécuta durant la nuit et la journée suivante tout d'une traite, par deux routes, jusqu'à Autun et Chagny ! On ne peut se faire une idée du sauve-qui-peut, du pêle-mêle, du désordre qui régnait dans les rangs de cette malheureuse armée. Au milieu des ténèbres les plus épaisses, les hommes se coudoient, marchent à tâtons en troupeaux de moutons. Si l'un d'eux vient à butter contre un tas de pierres et à tomber, toute la file en arrière s'aplatit comme un château de cartes ; les fusils qui partent, les jurements, les gémissements de ceux qui cherchent à se relever augmentent la confusion. Les cavaliers, les batteries, les chariots, les fourgons s'ouvrent à grand peine un sillon dans cette masse humaine qui, refoulée, s'accumule, s'amoncelle sur les accotements de la route, tombe dans les fossés pleins d'eau, au milieu d'un feu croisé d'imprécations retentissantes, échangées dans toutes les langues. Parfois, l'éclair d'une détonation illumine, au loin, les encombrements de la route. Quelques-uns croient à une attaque des Prussiens. Une panique s'ensuit. C'est un affolement d'aveugles marchant au hasard : on se croirait dans la Babel infernale. Les localités traversées sont encombrées de soldats de toutes armes ; on ne peut rien s'y procurer, même au poids de l'or, et l'on reprend péniblement sa marche, s'abandonnant au flot humain qui se précipite et vous porte en avant. Le remous produit par les trainards, par les plus pressés qui se hâtent, par les cavaliers, par les voitures, mélangent tous les corps dans une inextricable bigarrure. Telle compagnie se compose d'un lieutenant et de sept hommes ! C'est dans cet état que l'armée, exténuée, arriva péniblement le lendemain à Autun, à Chagny. Si le département de Saône-et-Loire n'avait pas été compris dans l'armistice, les Prussiens auraient eu beau jeu au milieu de cette débandade. »

Nous avons amplement prouvé, ce nous semble, que Garibaldi était l'ennemi juré de la France, et qu'en venant se mettre à la tête d'un corps d'armée français il n'avait pas pour but de combattre les Prussiens, dont il était l'ami, mais bien de porter chez nous la révolution à la faveur de la guerre. Si quelqu'un pouvait encore en douter, il n'aurait qu'à lire attentivement l'article suivant que nous extrayons d'un journal de Saône-et-Loire, l'*Autunois*, numéro du 4 décembre 1889. Voici ce qu'il y est dit :

« Un livre auquel il n'a pas été répondu, parce que c'était impossible, a fait justice de la légende garibaldienne (au sujet du combat d'Autun et d'autres faits d'armes des chemises rouges). La lettre suivante, dont l'auteur de *Garibaldi en France* a eu connaissance après la publication de son ouvrage, résume et confirme tout ce qu'il a écrit » :

« Caprera, 7 septembre 1870.

« A mes amis,

« Hier je vous disais : guerre à outrance à Bonaparte. Je vous dis aujourd'hui : il faut secourir la République française par tous les moyens possibles.

« Invalide moi-même, je me suis offert au gouvernement provisoire de Paris, et j'espère qu'il ne me sera pas impossible de remplir un devoir. Oui, mes concitoyens, nous devons regarder comme un devoir sacré de secourir nos frères de France.

« *Notre mission ne consistera certainement pas à combattre les frères de l'Allemagne, qui, étant le bras de la Providence, ont renversé dans la poussière le germe de la tyrannie qui pesait sur le monde*, mais nous irons soutenir l'unique système qui puisse assurer la paix et la prospérité entre les nations.

« Je le répète : soutenir par toutes les voies possibles la République française, qui sera toujours l'une des meilleures colonnes de la régénération humaine.

« G. GARIBALDI. »

« Cette lettre caractéristique, ajoute le même journal, dissipe les derniers nuages qui, pour certains esprits, obscurcissaient encore la vérité.

Désormais il n'y a plus de doutes ni de dénégations possibles. Si, disposant de 16,000 hommes et de trois batteries d'artillerie, le franc-maçon italien s'est laissé surprendre, a laissé échapper 5,000 Badois de Keller et ses dix-huit pièces de canon, c'est que « sa mission ne consistait certainement pas à combattre les frères d'Allemagne ».

Pour entrer en scène, il attendait la fin de la guerre avec l'Allemagne, l'heure de la guerre civile : le 1er décembre 1870 il faisait donc partir ses troupes afin de les réserver à l'égorgement des Français. « Quand nous en aurons fini avec les Prussiens de l'extérieur, écrivait M. Bordonne le 1er janvier 1871, nous songerons à ceux de l'intérieur. »

Cette mission que Garibaldi avait reçue de Bismarck et dont le comte d'Arnim avait été, comme l'on sait, l'intermédiaire auprès de lui, les sectaires italiens s'en réclament aujourd'hui comme d'un titre de gloire, comme une preuve de leur ancienne amitié, de leur dévouement constant envers la Prusse.

Le député italien Cucchi a publié, il y a quelques jours, une lettre dans laquelle il rappelle les négociations qui ont eu lieu en 1870 entre les révolutionnaires italiens et le gouvernement prussien.

Cette lettre a été reproduite par les journaux allemands, qui l'ont présentée comme la meilleure preuve de l'amitié sincère de l'Allemagne pour l'Italie.

A ce propos, la *Gazette de France* publie des renseignements intéressants. Dès le lendemain de la victoire de Sadowa, M. de Bismarck commença à préparer la guerre contre la France ; mais craignant que Victor Emmanuel n'intervînt, il chercha à se servir des révolutionnaires italiens pour paralyser l'action du roi d'Italie. Au besoin, il aurait fomenté la guerre civile.

Le chancelier se mit en relations avec Mazzini dès l'année 1867.........................

M. Charles Blind, qui depuis 1848 vit à Londres, est plus explicite. M. Blind était placé pour être bien informé, car il avait accès dans tous les cercles républicains qui s'étaient constitués vers la fin de l'Empire à l'étranger.

Il raconte dans un de ses écrits, publiés récemment, que c'est lui qui, en 1870, fut chargé par M. de Bismarck d'encourager les révolutionnaires italiens et de leur promettre des armes et de l'argent au nom du gouvernement prussien.

M. Blind déclare nettement que, si Victor Emmanuel avait pris le parti de la France, il aurait été renversé par les révolutionnaires. Tout était déjà prêt pour la guerre civile en Italie. Le gouvernement prussien réservait ce moyen comme dernier atout.

Ce que Mazzini devait faire en Italie, Garibaldi avait l'ordre de l'accomplir en France ; tous deux étaient les lieutenants de M. de Bismarck. Et voilà pourquoi Victor Emmanuel ne put tenir la promesse d'alliance qu'il avait faite à Napoléon III.

Voilà pourquoi, d'autre part, le général badois de Keller s'en est retourné très tranquillement d'Autun à Dijon ; pourquoi Cremer n'a pas été secouru par Garibaldi à la bataille de Nuits ; pourquoi enfin le général de Manteuffel, abandonnant toutes les règles de la stratégie, est passé près de Dijon, sous le nez de l'armée garibaldienne inactive, et est allé impunément écraser Bourbaki.

A toutes ses armées déjà si fortes, M. de Bismarck avait ajouté deux armées de francs-maçons qui opéraient pour son compte : l'une en Italie et l'autre en France !

Pauvres victimes du 1er décembre 1870,

nobles frères d'armes d'autant plus regrettés, que
la mort de plusieurs d'entre vous eut pu être
évitée, de vos os ne surgira-t-il pas enfin un
vengeur pour chasser tous les bateleurs francs-
maçons qui paradent annuellement sur vos dé-
pouilles et troublent votre repos par leurs ridicules discours, surtout pour effacer de notre
mémoire le nom odieux du traître infâme qui
vous a livrés à la mort pour servir la franc-
maçonnerie, Guillaume et Bismarck !

Exoriare aliquis ex ossibus ultor. »

LI

Viviez, le 30 janvier 1871.

Mon bien cher et dévoué paroissien,

Je profite de l'occasion que m'offre un bon voisin pour t'écrire. J'aurais dû le faire plutôt et répondre à une lettre que tu m'as fait le plaisir de m'écrire, mais je m'en suis déchargé sur ton frère, qui me donne de temps en temps de tes nouvelles. C'est toujours avec plaisir et le plus vif intérêt que nous lisons tes lettres. Tu ne dis pas tout à tes parents, et cela se comprend. C'est par les mobiles de la paroisse que j'ai appris que dernièrement tu l'avais risqué belle, une balle ayant traversé ton manteau ou ta roupe. Que le bon Dieu te conserve pour le bien de ces pauvres enfants! Je le remercie de tout mon cœur de t'avoir préservé jusqu'ici malgré les mille dangers que tu as courus.

Le nommé Calvet, de Faugères, paroisse de Galgan, a son fils parmi les mobiles dont tu es l'aumônier. Il a été dit qu'il avait été blessé dans les dernières affaires de Dijon. Il est impatient, tout naturellement, de savoir qu'elle est la nature de sa blessure, et si elle est grave et si elle met sa vie en danger.

Tu voudras donc bien être assez bon pour le

tirer de cette anxiété en lui donnant sans retard des nouvelles de son cher fils.

Si j'avais plus de temps avant le départ du courrier, je te féliciterais d'être sous les ordres de Garibaldi, qui doit sans doute recommander fortement à ses soldats de venir se confesser avant d'aller au feu.

Adieu, et crois-moi tout ton dévoué ami,

JOSSERAND,
Curé de Viviez.

LII

La lettre suivante a été adressée à M. l'abbé Josserand, ancien curé de Viviez :

« Dijon, 24 janvier 1871.

Bien cher et vénérable Curé,

Vous me demandez des nouvelles au sujet du jeune Calvet, de Faugère, paroisse de Galgan, dont les parents sont, me dites-vous, dans la plus grande inquiétude, n'ayant rien reçu de lui depuis assez longtemps. Voici des renseignements sûrs que je puis vous donner. Le pauvre jeune homme a été grièvement blessé dans la journée du 21, à quelques kilomètres de Dijon, au milieu des vignes de Fontaine. Les Prussiens ayant conservé leurs positions pendant toute la soirée du 21 et étant reparus, le lendemain, non loin de là, ce n'est que hier seulement que j'ai pu aller à la recherche de ceux qui manquaient à l'appel. C'est dans une ferme, occupée la veille par l'ennemi, que j'ai trouvé le jeune Calvet dans un état pitoyable et à demi-mort ! Le pauvre enfant était couché dans un mauvais réduit, privé de tout soin et de tout secours. Loin de soigner sa blessure, les Prussiens lui avaient refusé même un verre d'eau pour étancher sa soif et, ce qu'il y a de plus affreux, c'est que, de temps en temps, il entendait ces barbares se dire entr'eux avec des gestes significatifs : Il faut l'achever ! Il faut l'achever !

Dire ce que le malheureux blessé a dû souffrir, au point de vue physique et moral, pendant ces deux jours de mortelles angoisses, ce ne serait pas possible ! Il faudrait avoir été à sa place ! Comme vous le comprenez, ce n'était pas trop tôt que j'arrivasse. Aussi, en me voyant, lui sembla-t-il voir un ange du Ciel. Le cher enfant était tellement épuisé par la perte du sang, la souffrance et la privation de toute boisson au milieu d'une fièvre brûlante, qu'il allait succomber.

Je me suis hâté de lui donner les premiers soins que réclamait son triste état et de le faire ensuite transporter à Dijon. Il est maintenant entre bonnes mains, dans une maison particulière où il est l'objet des soins les plus empressés et les plus délicats ; rien ne lui manque. Il a tout à souhait ! On espère que sa blessure, quoique bien grave ne sera pas mortelle, et qu'il sera bientôt hors de danger. Vous pouvez donc dire aux parents, en leur annonçant la fâcheuse nouvelle, de ne pas trop se faire du mauvais sang, que leur fils est aussi bien et aussi affectueusement soigné qu'il le serait chez eux, et que, sans tarder, il recevront, je l'espère, des nouvelles tout à fait rassurantes du cher malade.

Ces détails sont surtout pour vous. Faites con- naître à la famille l'état du jeune homme avec tous les ménagements et toute la prudence né- cessaires !

Comme vous le voyez, bien cher et vénérable curé, ce n'est pas quelque chose de bien gai et de bien agréable que notre épouvantable guerre avec les Prussiens ! Jusqu'à ce jour, les balles ennemies m'ont respecté. Dieu voit sans doute que je suis encore de quelque utilité à ces pau- vres soldats, et ce qu'il garde est bien gardé ! Dans tous les cas, jusqu'ici je n'ai pas eu peur, et cependant je vous prie de croire, qu'il en a sifflé des balles à mes oreilles, en deux circons- tances surtout ! Je me figure qu'on ne me tuera pas et, sur ce, je vais toujours sans penser au danger.

Veuillez être assez bon pour dire aux miens que je vais bien et qu'ils ne se tracassent pas à mon sujet. On ne saurait être mieux qu'entre les mains de la Providence qui veille à tout. Un bon souvenir dans vos ferventes prières pour moi et pour nos chers mobiles, et en particulier pour les morts et les malades qui sont si nom- breux !

Veuillez agréer, bien cher et vénérable curé, mes meilleurs sentiments d'affectueuse amitié.

DALQUIÉ.

Dix ans après la campagne, le jeune homme en question, aujourd'hui père de famille, faisait 130 kilomètres pour venir voir, à Millau, son ancien aumônier. Il entre chez moi : — Bonjour, Monsieur l'Abbé, ne me reconnaissez-vous pas ? — Je sais bien, lui répondis-je, que je vous ai vu d'autres fois, mais je vois tant de monde dans mes missions, que je ne pourrais pas vous dire, pour le moment, qui vous êtes. Vous devez être, sans doute un ancien mobile de l'Aveyron, un de mes chers enfants de la guerre. — Précisément ; vous y êtes. Je suis Calvet, de Faugère. Vous ne vous rappelez pas que vous m'avez sauvé la vie à Dijon ? Sans vous, je serais très certainement mort. Ne vous souvenez-vous pas que vous m'avez trouvé blessé et aux portes de la mort dans une ferme, à côté de Fontaine ? Et il me raconte avec des détails fort intéressants que j'avais déjà perdus de vue, la tragique et émouvante histoire qu'on vient de lire ci-dessus.

Inutile de dire que le seul nom de Calvet me remit tout de suite en mémoire tout ce qui s'était passé dans cette triste circonstance. Ce fut une entrevue des plus intimes et des plus agréables ! Nous étions si heureux l'un et l'autre, après dix ans, de nous revoir, de nous embrasser et de nous entretenir longuement des choses et des souvenirs de notre malheureuse campagne !

LIII

Voici la lettre que M. le curé de Fontaine nous a écrite le 12 août 1871, quatre mois après la campagne. Elle corrobore parfaitement ce que nous avons dit et ce que nous dirons encore de la conduite et du courage de nos anciens mobiles. On la lira avec plaisir :

Fontaine-les-Dijon, le 12 août 1871.

Mon bon et vénéré Père,

Ils sont déjà bien loin ces temps rigoureux où, avec vos jeunes et braves mobiles de l'Aveyron, vous faisiez ici un rude apprentissage de vie, comme qui dirait un purgatoire anticipé ; où vous aviez tant de peine à trouver un pauvre accueil dans le pays de saint Bernard, même au presbytère de Fontaine.

Il est vrai que le temps était dur, l'hiver exaspéré, l'ennemi proche ; et notre village, ruiné par deux mois de pillage prussien, était occupé par quatre fois plus de troupes françaises que nous n'en pouvions héberger.

La mansuétude, la patience et la charité vraiment chrétiennes dont vos soldats et vous avez donné tant de preuves ici, nous auraient sans aucun doute déjà fait oublier toutes ces misères. Pour moi, j'en éprouve encore une profonde douleur, comme un regret mortel, et je ne puis me consoler, quand je parais devant saint Bernard, d'avoir été, pendant tout le mois de janvier, presque sans pain, sans viande, sans aucun légume, sans linge, sans aucun argent à vous offrir. Oh! misérables Prussiens qui avez réduit le curé de Fontaine à manquer à un des devoirs les plus sacrés pour un prêtre, à celui de l'hospitalité, je ne vous le pardonnerai jamais.

Priez, mon bon Père, priez le bon Dieu pour moi afin qu'il veuille bien me pardonner d'avoir manqué à tant de monde parce que je manquais de tout.

Et qui méritait mieux les égards les plus délicats de l'hospitalité, si ce n'est les vôtres, qui n'ont pas marchandé leur vie pour nous, et vous qui ne la marchandiez pas pour eux. J'ai le droit d'être cru, en rendant un tel témoignage sur vous, car je vous ai vus tous à l'œuvre sublime du dévouement et du sacrifice.

Les mobiles de l'Aveyron ont laissé ici un parfum de vertus chrétiennes qui continue à embaumer notre terre de Fontaine. Ce sont les plus braves soldats que nous ayons vu passer sous nos yeux. Mes paroissiens me parlent souvent, et toujours avec éloge, de ces jeunes gens pieux, assidus à la prière, bien disciplinés, affables, gais en face du danger, ardents au feu, intrépides devant l'ennemi. Aussi ont-ils payé le plus lourd tribut à la guerre qui s'est faite chez nous. Le sol de ma paroisse a été arrosé de leur sang généreux. Combien il en a coulé sur le Chêne, sur Bouveau, sur Changey, sur Daix et sur Fontaine !

Le samedi 21 janvier, jour de funeste mémoire, où l'Aveyron a payé de son sang le crime abominable commis à Paris en 1793 sur notre saint roi Louis XVI, vos compatriotes ont eu le plus grand honneur de la journée. Une de leurs compagnies a supporté, à elle seule, pendant plus de deux heures, le choc d'une brigade prussienne.

Attaqués à Darois et à Etaule, ils se sont battus, en se repliant devant le nombre, jusqu'à Changey, jusqu'à Daix, jusqu'à Fontaine et Talant. Obligés de céder devant un ennemi vingt fois supérieur, ils lui ont disputé le terrain pied à pied. Il n'est pas un fossé, pas une haie, pas un repli du terrain, pas un mur qu'ils n'aient mis à profit le long de la route de Val-Suzon à Dijon pour retarder sa marche. J'ai suivi plus tard cette route, jadis si triste, désormais si glorieuse, qui a été pour les Aveyronnais le chemin de la croix et de l'honneur ; et les débris de cartouches qu'ils ont semées en cent endroits rendent le plus haut témoignage à leur bravoure. Quand on pense qu'ils étaient à peine 100, avec de vieux fusils à piston, contre

3,500 hommes armés de fusils à longue portée, ayant 12 pièces de canon et une nombreuse cavalerie, et qu'ils ont disputé le terrain sur une longueur de plus de 8 kilomètres. Ce beau fait d'armes n'a pas été remarqué que je sache ; cependant il méritait un autre honneur que celui du silence.

J'en parle savamment : j'ai vu ces trophées sur place. Bien mieux, j'ai vu de mes yeux, du haut de notre montagne de Fontaine, ces braves jeunes gens à l'œuvre, lorsque le général Bosak-Kanké se porta à leur secours avec une nouvelle compagnie des vôtres, qu'il venait de ramasser en passant à Daix. Il rencontra ces héros comme ils descendaient la pente de la route, le long du grand mur de Bouveau, la face contre l'ennemi, le fusil en avant. A la voix de leur général, qui se mit en tête, au milieu de la route, s'arrêter, se remettre en rang, présenter à l'ennemi, à vingt-cinq pas, un mur de 100 poitrines, fut l'affaire d'un instant. Bosak paya de sa vie sa noble témérité : il tomba percé de six balles prussiennes, 30 des vôtres tombèrent à ses côtés, frappés à mort, sans compter les blessés.

Il fallut céder encore devant le nombre et se replier de nouveau. De généreuses victimes marquèrent cette nouvelle étape du courage, des murs de Bouveau à Changey, de Changey à

Daix, et enfin jusqu'au pied des montagnes de Talant et de Fontaine, où leurs camarades, les premiers en avant, purent, avec d'autres troupes, arrêter les efforts de l'ennemi.

Enfin, il fallut recommencer la bataille, le dimanche 22, pour déloger les Prussiens de Daix, et le lundi 23, pour les arrêter à Pouilly-les-Dijon, de l'autre côté de Fontaine. Là encore, plusieurs de vos compatriotes vendirent chèrement leur vie, entr'autres le caporal Fabre, de Coussergues, dont le corps repose en notre cimetière.

Ah ! si j'avais le pouvoir de la croix, je l'aurais déjà placée sur plusieurs braves poitrines de l'Aveyron.

Eh bien, mon Père, voilà déjà six mois que ces grandes choses se sont passées. Vos jeunes gens sont rentrés dans leur pays, ils sont rendus à leurs amitiés, à leurs travaux, à leurs affaires. Le passé leur semble maintenant comme un rêve ; les peines si graves qu'ils ont essuyées sont déjà dans l'oubli. Mais combien de familles sont dans les larmes et la désolation ! Combien de braves qui n'ont pas revu les bords fortunés de l'Aveyron ! Combien sont restés au champ d'honneur !

Nous y pensons, nous aussi, et Fontaine se croit le droit, comme le devoir, de représenter la France, ainsi que le deuil de vos familles désolées. Nous avons le projet de faire des prières publiques pour le repos de l'âme de vos braves soldats, et d'ériger un monument funèbre en leur honneur.

La pièce ci-jointe, que je vous adresse sous ce pli, vous fera connaître ce que nous nous proposons de faire. J'ose croire que notre entreprise aura l'agrément de tous les Aveyronnais qui sont venus à Fontaine.

Tout naturellement, mon bon Père, j'ai pensé à vous pour vous prier d'être notre intermédiaire entre eux et nous. Qui conviendrait mieux que vous? Prêtre, vous qui les avez accompagnés au champ d'honneur, vous comprendrez mieux que personne ce que l'on doit aux morts et à de tels morts, qui reposent dans un pays tel que la patrie de saint Bernard.

Je vous prie donc de faire donner à ces pièces toute la publicité que vous pourrez, et de vouloir bien vous charger de centraliser toutes les petites sommes qui seront recueillies dans le pays. Vous voudrez bien m'écrire à l'époque des fêtes de St-Bernard, pour me tenir au courant de vos démarches.

Il est un autre service que je vous prierai de nous rendre, quand vous le pourrez. Après la bataille de Daix, 28 cadavres furent apportés à l'église de Fontaine; vous les avez vus, avec moi, rangés en bataille, au fond de l'église.

Vous savez aussi que le 23, à 7 heures du soir après la bataille de Pouilly, Garibaldi fit chas-, ser de l'église (l'expression n'est pas trop forte) les corps de ces 28 braves, et qu'il obligea les habitants de Fontaine à les enterrer nuitamment, à la hâte, à côté du cimetière. La précipitation et le trouble avec lesquels cela fut fait ne nous permit pas de constater l'identité de la plupart de ces cadavres.

Or, nous voudrions pouvoir le faire. Pour cela, il faudrait que les chefs de compagnies qui ont souffert au feu, voulussent bien nous déclarer quel jour, à quelle heure, en quel lieu sont tombés leurs soldats frappés à mort. Pour cela je vous adresse un petit plan du champ de bataille. Après votre réponse, j'interrogerai ceux des nôtres qui ont recueilli les cadavres, soit sur Daix, soit sur Fontaine, et après cela, nous finirons par savoir le nom des braves auxquels nous allons ériger un monument funèbre.

Croyez-moi toujours, cher Père, votre hôte bien désolé, mais bien dévoué.

MERLE,
Curé de Fontaine-les-Dijon.

Le maire de Fontaine-les-Dijon (Côte-d'Or) a l'honneur d'informer le public que le conseil municipal de cette commune a résolu d'honorer la mémoire et le courage des braves soldats de l'Aveyron, des Alpes-Maritimes, de la Charente-Inférieure, de l'Isère, du Jura, de la Saône-et-Loire et des volontaires qui, pour le salut de la France, ont généreusement arrosé de leur sang le sol de Fontaine dans les combats des 21, 23 et 24 janvier dernier et dont les corps reposent dans le voisinage de l'église, auprès du berceau de saint Bernard.

Il a décidé, dans la séance du 5 août, qu'il sera célébré un service solennel à leur intention, pendant l'Octave de saint Bernard, le vendredi 25 août, à 9 heures, et que ce jour-là il sera inauguré un monument funèbre vers le lieu principal de leur sépulture.

Jaloux de voir le public s'associer à une pensée si patriotique et contribuer par des dons volontaires à l'érection d'un monument qui sera le signe de la bravoure comme du deuil de la patrie, le maire fait appel aux cœurs généreux, aux familles des victimes, mais principalement aux braves de l'Aveyron, qui ont pris une part si distinguée à ces combats et laissé tant de bons souvenirs à Fontaine.

Fontaine-les-Dijon, le 4 août 1871.

Le Maire : HÉBERT.

LIV

V..., le 22 octobre 1870.

Mon Révérend Père,

Je vous remercie de votre bonne lettre. Si vous saviez quelle consolation pour mon cœur désolé. Recevez ici toute l'expression de ma vive reconnaissance.

Georges était si heureux d'avoir fait son devoir comme il me l'avait promis en partant, qu'il m'écrivit le même jour pour me l'annoncer.

Votre lettre du 14 ne m'est arrivée que le 19. Le service des postes se fait si mal !

J'ai reçu aussi quelques lignes du P. Latieule, qui était presque aussi heureux que moi des nouvelles que vous aviez données à Vabres. Il est depuis si longtemps notre ami. Je sais que lui aussi prie pour mon pauvre enfant et j'espère qu'entre tous, Dieu, la Sainte-Vierge, me le conserveront, et tout en faisant son devoir comme son grand-père maternel sut le faire, il y a longtemps, quand sous le premier Empire, la France fut envahie, il reviendra aussi comme le fit mon pauvre père.

Que d'actions de grâces, mon Père, j'ai à vous rendre et que le Ciel doit vous aimer pour la courageuse conduite que vous tenez et pour

24

la fatigante et noble mission que vous remplissez !

Quand nous vous avons vu, nous pauvres mères, partir avec nos enfants, nos larmes ont été moins amères ! Demain, s'il fallait perdre ces êtres chéris, nous nous consolerions en pensant que vous avez envoyé leurs âmes au Ciel !

Je ne suis pas malheureuse à demie, Mon Père, car mon fils aîné va être appelé lui aussi dans les francs-tireurs ou comme capitaine dans les mobilisés de son canton. Il était magistrat dans un pays occupé par les Prussiens, mais il prétend qu'il ne veut pas rester à se chauffer les pieds devant la position de notre patrie. Je n'ai pas avoué qu'il a raison et cependant, malgré le désespoir où cela me met, je préfère voir mes enfants avec de pareilles idées !

L'abbé Latieule va venir passer quelques jours avec nous. Je parlerai avec lui de vous, mon Père, car à jamais vous serez un nom béni dans ma mémoire. Qu'il me tarde de vous savoir quelque part où vous soyez un peu stable afin de pouvoir vous envoyer un souvenir.

Je suis inquiète de Georges. Il y a déjà trois jours que je n'ai rien reçu, alors que jusqu'ici j'avais presque tous les jours quelques nouvelles de lui. Je ne sais pas même s'il a reçu son cheval parti d'ici depuis dix jours.

Adieu, mon Père, mille remercîments et la prière de continuer vos bontés.

Croyez à ma vive gratitude et à mon respec- pectueux dévouement.

M. J.

Mon fils aîné me charge de mille amitiés pour vous. Il est impatient de faire plus amplement connaissance avec vous.

LV

Vialatelle, près Rodez, le 1er février.

Mon Père,

Je serai venue vous remercier plutôt de votre bonne lettre, mais j'ai été si malade à mon retour de Dijon, que ce n'est qu'aujourd'hui que j'ai la tête assez forte pour vous répondre.

Je vous remercie, mon Père, de l'intérêt que vous prenez de mon pauvre Georges. Je puis dire qu'il a été miraculeusement sauvé : son képi emporté par une balle, son sabre cassé par un éclat d'obus, sa cuisse traversée, et cependant il allait toujours en avant ! Ce n'est que la troisième balle qui l'a blessé très près du genoux et en effleurant l'artère. Il est tombé, se traînant sur ses bras pour échapper à l'ennemi ! Il a été blessé aussi au bras gauche et ce bras le fait encore souffrir. Il a sept trous de balles à son caban.

Grâce à sa bonne constitution, il sera bientôt guéri ; avec une constitution faible, il n'aurait pas résisté : il serait très certainement mort.

Il n'est pas le moins du monde étonné de ses blessures et il rage de pouvoir repartir au plus tôt. Du reste, il a été complètement gâté à l'évêché de Dijon, où Sa Grandeur l'a traité en vrai père.

Que je vous plains, mon Père, de toutes vos fatigues ! Hélas ! elles ont dû être bien plus grandes pendant et après le combat de Dijon. Nous sommes encore sans nouvelles des morts et des blessés !

Pauvre France, que de sang répandu inutilement ! Que de pauvres mutilés ! Et tout cela pour couvrir notre pauvre pays de honte ! Enfin, il faut courber la tête devant la main qui nous frappe et prier.

Je ne vous dirai pas la consternation qui couvre le pays entier !

Ceux qui auront fait leur devoir pour sauver notre chère France auront une auréole de gloire. La vôtre sera grande, mon Père, car vous aurez fait largement votre devoir.

Merci, mon Père; espérons que ce carnage cruel va être terminé.

Croyez au respectueux dévouement de votre servante.

Agathe JALABERT.

P. S. — Georges me charge de ses meilleurs souvenirs ; il ne peut encore pas écrire : sa main est crispée.

LVI

ÉVÊCHÉ
DE RODEZ
Rodez, le 3 février 1871.

Mon bien cher ami,

Nous étions impatients de savoir de vos nouvelles depuis l'affaire de Dijon. Une dépêche télégraphique nous avait fait connaître le nombre des tués et des blessés parmi les braves mobiles de l'Aveyron, mais sans donner leurs noms. Il était donc naturel que nous eussions des inquiétudes sur votre compte. Fort heureusement, votre lettre est venue les dissiper.

Vous avez suivi vos chers enfants sur le champ de bataille, vous associant à tous leurs dangers. Le bon Dieu vous a protégé contre les balles et les obus des Prussiens. C'est à nous à le remercier de nous avoir conserver l'intrépide aumônier de nos mobiles, et nous ne manquerons pas à ce devoir sacré.

Nous devons aussi le remercier de tout le bien qu'il a opéré par votre ministère. Des lettres qui nous sont arrivées des diverses localités que vous avez parcourues nous ont dit la bonne édification qu'ont donnée les jeunes gens de l'Aveyron. « Ils sont pieux comme des séminaristes, » disait-on dans une de ces lettres et dans une autre : « Leur conduite chrétienne contraste avec celle des mobiles des autres pays. Les populations de nos contrées sont touchées de leur piété, » etc. Et ces habitudes religieuses on ne manquait pas de les attribuer au zèle admirable de leur aumônier. Oh ! vous avez bien souffert depuis votre départ de Rodez. Que de fatigues, que de privations, que de dangers ! Mais vous devez vous estimer bien heureux d'avoir, au prix de tant de sacrifices, obtenu des résultats si consolants. Ceux qui sont morts sur le champ de bataille ou dans les hôpitaux vous devront, après Dieu, la couronne du Ciel, et les autres qui retourneront dans leurs foyers n'oublieront pas vos conseils, vos exhortations. J'ai vu quelques-uns de vos mobiles qui, se trouvant fatigués, sont rentrés au dépôt. Ils sont contents de parler de vous. Ils vous aiment tous, et ils savent apprécier votre dévouement.

Que deviendrez-vous maintenant ? L'amnistie ne paraît pas s'étendre au département de la Côte-d'Or. Continuerez-vous de vous battre ? Il n'est pas possible, maintenant que l'armée de Bourbaki est passée en Suisse, que vous supportiez seuls le choc des Prussiens. Il y aurait de la barbarie à vous laisser seuls aux prises avec ces féroces ennemis. On négociera, je l'espère, l'amnistie pour vous, comme pour le reste de l'armée française. S'il en était autrement, que deviendraient nos pauvres Aveyronnais ? Ici on ne croit pas qu'il soit possible de soutenir la lutte contre nos envahisseurs. Les hommes ne manqueraient pas ; mais ils ne sent ni armés convenablement, ni organisés. Nous nous verrons donc obligés de subir la loi du vainqueur. Pauvre France, pauvre patrie ! Voilà où t'a conduite l'oubli de Dieu !

Vous savez sans doute que le Père Majorel est parti avec le 4ᵉ bataillon des mobiles dont l'effectif est de 1250 hommes. Il m'a écrit deux fois de Bordeaux. Il est au comble du bonheur. Voilà encore un prêtre de dévouement.

Les mobilisés de l'Aveyron, au nombre de 14 mille, se disposent à partir prochainement. Nous nous proposons de leur donner cinq aumôniers. Mais nous attendrons, avant de les nommer, que l'Assemblée nationale ait statué sur la question de la paix.

La grande mission consiste à faire de bons chrétiens de nos jeunes gens qu'on envoie à l'ennemi.

Adieu, mon bien cher ami, je vous embrasse de tout cœur.

COSTES, *vic.-gén.*

LVII

ÉVÊCHÉ
D'AUTUN

Autun, le 9 décembre 1870.

Monsieur l'Aumônier,

M. Deseilligny, directeur de l'usine de Decazeville, dans l'Aveyron, m'avait déjà demandé
si M. de Barrau, sous-lieutenant dans le régiment de vos excellents mobiles, avait été blessé.
Je lui ai déjà répondu que M. le colonel avait
assuré à un directeur de mon petit séminaire
qu'il allait bien. Je reçois une lettre de Madame
Deseilligny, dans laquelle elle me dit que la
famille de M. de Barrau est des plus recommandables et à la tête des bonnes œuvres. Elle
voudrait savoir si M. de Barrau aurait besoin
de quelque chose. Je vous serai reconnaissant
de le voir afin que je puisse donner des nouvelles de ce jeune officier aux amis de sa famille.

J'entends dire tant de bien des mobiles de
l'Aveyron et de leur cher aumônier que j'en suis
vraiment édifié. Tous ceux de mes prêtres qui
les ont vus de près, et en particulier les professeurs de mes séminaires, ne tarissent pas
d'éloges sur leur compte. Ils sont un sujet d'édification pour tous les pays qu'ils traversent.

Plût à Dieu que tous nos soldats leur ressemblassent.

J'aurais été vous voir, mais dans l'état où se trouve, en ce moment, notre malheureuse cité, je crois ne devoir pas sortir.

Croyez, Monsieur l'aumônier, à toute ma considération.

† FRÉDÉRIC,

Evêque d'Autun, Chalon et Mâcon.

LVIII

Nous avons reçu la lettre suivante au camp d'Olivet, aux portes d'Orléans. Elle fait honneur aux sentiments religieux du brave général. C'est à ce titre que nous la reproduisons ici :

ÉTAT-MAJOR

—

Quartier-général, Olivet,
le 13 octobre 1870.

Monsieur l'Aumônier,

J'ai l'honneur de vous prévenir que la cour martiale, dans sa séance d'aujourd'hui, a condamné à la peine de mort le nommé Riondel, soldat au 44e de marche (1). Je vous prie de vouloir bien apporter au condamné les secours de votre ministère. Cet homme est sous la garde du poste de police établi à l'entrée du village; vous aurez toute facilité pour vous entretenir avec lui.

L'exécution doit avoir lieu demain à 8 heures du matin.

Recevez, Monsieur l'aumônier, l'assurance de ma considération distinguée.

Le général commandant les troupes du camp,
FAYE.

_____

(1) Originaire des Alpes-Maritimes.

LIX

Réquista, 9 mai 1871.

Mon R. Père et bien cher ami,

Geniez, de Cussac, paroisse de Combradet, canton de Réquista, vient de me communiquer la lettre que vous avez eu l'obligeance de lui écrire. Ce n'est pas lui qui est allé à Vabres pour vous demander des renseignements sur Jean-Pierre Geniez, son fils, qu'on présume être mort à la bataille de Dijon, mais bien un de ses beau-frères. Il me prie de vous répondre pour vous remercier, et puis pour vous fournir tous les renseignements qui sont à sa connaissance pour vous mettre en me.ure de lui donner des nouvelles de ce cher enfant unique, dont il n'a plus reçu de lettre depuis la bataille de Dijon, alors qu'auparavant il en recevait une tous les huit ou quinze jours.

Les camarades de cet infortuné jeune homme disent qu'il fut blessé le premier jour de la bataille. Les uns assurent qu'il est resté un jour et demi à l'hôpital; qu'il vous a remis sa montre, un louis de 40 fr., un autre de 20 fr. et quelques pièces de monnaie. Les autres pensent qu'il a dû rester sur le champ de bataille parce que, disent-ils, ils ne l'ont plus revu ni ouï parler de lui. Ce jeune homme était de bonne mine et était doué d'un excellent caractère.

Si vous pouviez fournir à ce pauvre Geniez quelques renseignements sur son fils, vous consoleriez un peu sa douleur, d'autant plus cruelle et plus légitime que c'était l'unique enfant que Dieu lui avait donné, et qu'il trouvait en lui tous les charmes et la bonté d'un enfant bien né. Il portait son nom, Jean-Pierre Geniez, dit-il, et il le portait dignement, car il ne lui avait jamais donné que de grandes satisfactions.

Je suis heureux qu'une occasion, quoique le sujet de ma lettre me brise le cœur, me permette de vous renouveler l'expression de mes meilleurs sentiments. Mes vœux vous ont suivi partout dans la noble mais périlleuse mission que vous venez de remplir avec tant de dévouement et de zèle. Les pères et les mères de ces pauvres mobiles vous bénissent du fond de leur cœur pour le bien que vous avez fait à leurs enfants. Ces braves soldats vous ont voué une reconnaissance qui durera toujours, et puis Dieu vous donnera la récompense. Reposez-vous un peu de ces longues fatigues et si dans ces quelques jours de loisir vous pouviez venir me voir, vous me rendriez bien heureux.

Adieu mon R. Père et bien cher ami, je vous embrasse de tout cœur.

CONNES, *curé.*

Le jeune Geniez dont il est question dans la lettre précédente fut tué au combat de Dijon. C'est un des vingt-sept mobiles qui furent l'objet d'un enterrement particulier à Dijon et dont nous avons parlé plus haut, à la page 127 et suivantes.

Nous sommes sûr d'avoir écrit à la famille une longue lettre remplie de motifs de consolation, aussi avons-nous été étonné en recevant la lettre précédente plus d'un mois après notre rentrée dans l'Aveyrsn. Comme tant d'autres, elle s'est sans doute égarée et n'a pu arriver à sa destination.

Nous regrettons de ne pouvoir pas donner ici notre réponse au vénérable curé de Réquista. Elle aurait édifié nos lecteurs. Le jeune Geniez était un des mobiles qui nous avait frappé le plus par sa piété et ses sentiments religieux. Une pièce en or de 40 fr., cousue par prudence dans la capote sur sa poitrine, était la seule qui avait échappé à la rapacité des Prussiens ou à tout autre main sacrilège.

LX

Mon cher Aumônier,

Vos lettres sont toujours ici reçues et lues avec le plus grand plaisir, non seulement parce qu'il nous est très agréable d'avoir de vos nouvelles, mais encore à cause de tout le bien que vous nous dites de vos chers mobiles.

Je ne résiste pas au plaisir de vous dire tout de suite la joie que m'a causé la lettre que je viens de recevoir et que je vais lire à bon nombre d'ecclésiastiques. Demain je vais au conseil de l'Evêché, et elle sera lue devant Monseigneur et M. Costes.

Que vous avez, cher Aumônier, une belle mission et je bénis Dieu de la grâce qu'il vous accorde à vous et à tous vos chers enfants. Je vous considère comme le représentant de toutes leurs familles désolées et dont les larmes sont moins abondantes depuis qu'ils vous savent auprès d'eux.

Adieu, cher petit père, père bien-aimé ; je suis de tout cœur à vous.

GEORGEON,
Supérieur du Grand-Séminaire.

LXI

Autun, saint jour de Noël.

Madame,

J'ai le plaisir de vous accuser réception de votre paquet d'habillements et de vous annoncer que le zèle de M. l'abbé Dalquié, aumônier des mobiles de l'Aveyron, en a fait l'exacte distribution. S'il ne m'a pas donné plus tôt le témoignage que je vous transmets, votre charité excusera ce retard. Ce bon et incomparable missionnaire se multiplie pour la plus grande édification de cette jeunesse et Dieu bénit abondamment son œuvre de dévouement.

A notre maison de campagne, où se trouvent cantonnées plusieurs compagnies de mobiles, M. Dalquié a célébré la sainte messe ce matin, jour de Noël, à 9 heures.

Depuis que cette jeunesse est ici, elle a mérité l'estime universelle et l'aumônier l'admiration.

Veuillez agréer, Madame, mes meilleurs sentiments en N. S. J.-C.

L'abbé ANCESSI,
Directeur du Grand-Séminaire d'Autun.

LXII

X..., le 24 octobre 1870.

Monsieur l'Abbé,

Ma femme a reçu votre lettre. Nous vous remercions cordialement de vos bontés pour notre cher fils. Nous tenons plus à la conservation de ses sentiments religieux et de sa pureté qu'à la conservation de sa vie, qui pourtant nous est si chère et si nécessaire. Ce cher enfant a été élevé par les Jésuites. Il n'a eu jusqu'ici que de bons exemples sous les yeux et nous n'avons rien négligé pour entretenir sa piété. Vous comprendrez donc notre inquiétude en ce moment où il vit d'une vie matérielle si absorbante, si tournée à d'autres idées et à d'autres sentiments que ceux que nous avons tâché de lui inculquer dès sa plus tendre enfance.

Il a pratiqué la religion, fréquenté les sacrements et conservé sa pureté jusqu'au moment où il nous a quittés pour vous suivre. Nous espérons bien qu'il sera toujours le même.

Connaissant maintenant ses sentiments religieux, vous pouvez donc vous ouvrir avec lui et lui parler à cœur ouvert. Vous nous combleriez de joie, si nous pouvions apprendre que vous êtes devenu son ami. Nous lui avons écrit pour qu'il s'approche des sacrements le jour de la Toussaint. Ce serait la première fois qu'il y aurait manqué.

Mon fils est bon et doux. Vous pouvez vous adresser à lui avec confiance.

Nous vous confions l'âme de ce cher enfant. Ramenez-nous-le bon, pieux et pur comme nous vous l'avons donné. Nous vous en aurons une éternelle reconnaissance et Dieu vous en récompensera.

Agréez, Monsieur l'abbé, l'expression de notre respectueux dévouement.

XX.

LXIII

Vabres, 29 octobre 1870.

Très cher Père,

Les quatre lettres que vous nous avez fait l'amitié de nous écrire depuis votre départ de Rodez, nous sont parfaitement arrivées. Elles nous ont tous vivement intéressés et nous avons continué à vous voter des remerciements et des félicitations. Le dernier numéro de la *Revue religieuse* a donné à ses lecteurs une lettre que, vraisemblablement, vous aviez adressée à M. Costes, vicaire-général, et qui, j'en suis sûr, fera très bonne impression dans notre diocèse. J'ai su que certains curés l'ont lue en chaire dimanche dernier et que cette lecture a fait couler bien des larmes. Que Dieu ne cesse de vous bénir, vous et vos très chers jeunes gens ! C'est ce que nous lui avons demandé et ce que nous lui demanderons encore.

Je ne vous parle pas de guerre parce que vous en savez là-dessus plus long que nous. Nous vous suivrons par l'esprit et par le cœur avec le secours de vos intéressantes lettres et des journaux. Nous nous plaisons à penser que notre infortunée patrie finira par se relever après s'être courbée sous le poids du malheur. Rien n'annonce encore cependant que la victoire veuille nous revenir....

Madame R. est venue me trouver plusieurs fois pour me prier de vous recommander son fils d'une manière particulière au point de vue de ses devoirs religieux. La pauvre mère prie et se désole! — Notre cuisinière Marie vous recommande aussi son frère Maurice.

Je vous supplie, mon très cher Père, de continuer à nous écrire fréquemment. Vos lettres nous causent un bien grand plaisir. Donnez-nous votre adresse et je vous répondrai fidèlement.

Tous vos confrères s'unissent à moi pour vous faire leurs chaudes amitiés.

Recevez-les avec nos vœux de santé et de bonheur.

Votre tout dévoué ami,

P. NOGUÉRY, *supérieur*.

————

LXIV

Roquebelle, près Millau, 4 décembre 1870.

Monsieur l'Abbé,

Quoique je n'aie pas l'honneur d'être connue de vous, permettez-moi de recourir à votre obligeance pour avoir des nouvelles de mon frère, M. Charles de Gissac, capitaine de la 2ᵉ compagnie des mobiles de Millau.

Nous avons appris avec anxiété, par plusieurs lettres particulières et par un mobile renvoyé à Sévérac, qu'il avait été blessé au combat du 27, à Pasques, près Dijon, ainsi que son sous-lieutenant, M. Villa. Depuis lors, nous n'avons rien reçu de lui, ce qui augmente notre inquiétude.

Il vous sera sans doute facile, Monsieur l'abbé, d'apprendre tous les détails que nous désirons connaître.... Quand mon frère aurait-il été blessé? L'a-t-il été par une balle ou par un obus? Est-ce grave? Les os du pied ont-ils été atteints ou seulement les nerfs? Sera-ce long à guérir? Dans quelle ambulance se trouve-t-il? Les lettres peuvent-elles lui parvenir? Pourriez-vous lui faire dire que mon mari ira le joindre si la chose est possible, mon frère en étant empêché par la santé de sa femme. En un mot, Monsieur l'abbé, vous devinez, je n'en doute pas, toutes les questions que je ne vous fais pas et votre charité voudra bien y répondre pour notre consolation.

Nous désirons aussi des nouvelles détaillées de notre cousin M. Bérenger de Gualy, sur lequel nous sommes en peine aussi. On fait courir des bruits si contradictoires que nous serions heureux d'apprendre de vous, Monsieur l'abbé, toute la vérité.

M. Paul de Serres et M. de Roquefeuil du Bousquet sont-ils aussi en bonne santé?

Veuillez agréer d'avance, Monsieur l'abbé, l'expression de ma gratitude et de mes sentiments très distingués.

Comtesse A. DE VILLEFORT,
née DE GISSAC.

LXV

Autun, le 6 décembre 1870.

Madame la comtesse de Villefort,

Je viens de recevoir votre lettre du 4 décembre. Je suis heureux de pouvoir vous donner des renseignements sûrs au sujet de votre excellent frère, un brave s'il en fut. Il a été, en effet, blessé à un pied près d'un petit village appelé Pasques, sur les hauteurs de Lantenay. Voici comment les choses se sont passées : Arrivés le 26 au soir, à Lantenay, nous sommes montés aussitôt sur le plateau qui le domine. C'est là que les trois bataillons dont se compose notre régiment dressent, à la tombée de la nuit, leurs tentes. C'était une position des plus dangereuses. Nos chefs le comprirent bientôt. Nous commencions à sentir la poudre. On s'était battu par là dans ces parages, pendant la journée. Les Prussiens ne devaient pas être loin. Nous pouvions être surpris à l'improviste pendant la nuit et être écrasés ou faits prisonniers. Aussi notre colonel jugea-t-il prudent de donner l'ordre de lever les tentes et de redescendre à Lantenay. A 11 heures de la nuit nous descendions sans bruit et dressions de nouveau nos tentes dans la plaine, au milieu des vignes. Il va sans dire

qu'une compagnie était restée sur la hauteur
pour veiller et donner l'éveil en cas d'une attaque nocturne. C'était celle de M. de Gissac.
Vers midi, tout à coup, le canon se fit entendre
comme un coup de tonnerre sur nos têtes. L'ennemi étant sorti des bois, était tombé à l'improviste sur notre malheureuse compagnie. En
face du nombre, tout autre aurait battu tout de
suite en retraite ; mais Monsieur votre frère était
trop courageux, trop brave pour ne pas essayer
de résister et favoriser ainsi la retraite. Dans
de pareilles conditions, il devait y avoir des
morts et des blessés. Bientôt, en effet, j'apprends par des témoins oculaires que plusieurs
de nos mobiles ont été tués et que M. le capitaine de Gissac et M. le lieutenant Georges Jalabert sont tombés blessés sur le champ de bataille.

A l'heure qu'il est, je n'ai pas encore vu Monsieur votre frère, mais, d'après des renseignements sûrs qu'on m'a donnés, je puis vous donner la certitude que sa blessure n'est pas dangereuse et qu'il sera bientôt guéri. Je pense
même qu'au premier jour il pourra supporter
le voyage et venir se faire soigner à Roquebelle.
Je ne serais pas même surpris qu'il fût chez
vous avant l'arrivée de ma lettre. Vous pouvez
donc être entièrement rassurée, Madame la
Comtesse, au sujet de votre cher blessé. Il n'a

pas dit encore, j'en suis bien convaincu, son dernier mot à l'ennemi et sous peu nous le verrons de nouveau se mettre à la tête de sa compagnie avec une énergie et une ardeur toutes nouvelles. C'est un homme sans peur et sans reproche et il est bien connu comme tel dans tout le régiment! C'est un brave dans toute la force du terme!

Ce qui vous fera encore plus de plaisir, toutefois, sans vous surprendre, c'est que Monsieur votre frère a continué à être ici comme il avait été chez lui, un rude et fervent chrétien. Le respect humain n'a aucune prise sur lui. Il a jusqu'ici pratiqué sa religion, fait souvent la sainte communion sans se cacher le moins du monde; et je puis vous assurer qu'il n'en est ni moins estimé, ni moins aimé pour cela des soldats et des autres officiers. Je ne craindrais pas même d'être démenti par personne ici en disant que c'est peut-être l'officier le plus aimé et le plus considéré de tout le régiment. C'est un caractère franc, loyal, qu'on aime. Et il ne faudrait pas qu'on vint le gasconner et tourner en ridicule ses sentiments religieux. Il a bientôt lancé, tout en riant, sa pointe acérée et spirituelle à son adversaire, qui n'a plus mot à répondre et devient souvent la risée de tout l'entourage.

Vous pouvez, Madame la Comtesse, rassurer

aussi la famille de Gualy. M. Bérenger n'a pas été blessé. Je viens de le voir et il se porte parfaitement bien. C'est un de mes plus édifiants officiers. Comme Monsieur votre frère, il sait porter haut le drapeau catholique et mettre en pratique les conseils de sa pieuse mère.

Quant à M. Paul de Serre, je le connais très intimement. C'est le plus beau, le plus aimable des officiers. C'est le type de la vraie noblesse, le gentilhomme parfait. Bien qu'il ne soit pas Aveyronnais, il est aimé de tout le régiment et adoré de sa compagnie. Il est pieux comme un ange et vit chrétiennement au milieu des camps comme au sein de sa famille! De tels exemples ne peuvent que faire du bien au milieu de nos soldats. J'en suis vraiment édifié.

Je suis heureux, Madame la Comtesse, de pouvoir vous donner tous ces détails qui, je n'en doute pas, vous causeront un grand plaisir et vous rassureront entièrement.

Veuillez agréer, Madame la Comtesse, mes meilleures civilités.

DALQUIÉ.
Aumônier des mobiles de l'Aveyron.

M. de Roquefeuil, dont vous me demandez aussi des nouvelles, va très bien malgré les fatigues de la guerre. Je l'ai vu ce matin.

LXVI

Vabres, le 12 novembre 1870.

Cher confrère et ami,

Votre bonne lettre nous a vivement intéressés. Mon neveu m'avait déjà fait part de l'heureuse idée que vous aviez eue de célébrer en plein air, au milieu du camp, le saint sacrifice de la messe le jour de la Toussaint. C'était bien de nature à exciter la piété de nos chers mobiles, sans parler de la sympathique exhortation que vous leur avez adressée.

Je suis très heureux d'apprendre que vous dormez bien sous votre petite tente. Puisse le temps ne pas devenir trop rigoureux ; nous allons vers une mauvaise saison et les nuits sont longues. Si vous souffrez un peu ce ne sera pas un temps perdu, Dieu vous en récompensera. Plus tard, le souvenir de cette terrible campagne ne sera pas sans agrément : *Forsan et hoc olim meminisse juvabit.*

Avouez bien, cher ami, que la France est bien éprouvée ! Elle veut se passer de Dieu et Dieu l'abandonne. Elle ne peut guère tomber plus bas. Thiers disait un jour à la Chambre : « Il n'y a plus de faute à commettre ». Il pourrait dire aujourd'hui : La France n'a plus d'humiliation à subir. On ne peut lire sans dégoût la conduite des révolutionnaires à Lyon, à Marseille et surtout à Paris en face des Prussiens.

Les journaux ne parlent plus que de lâchetés, de trahisons ou de capitulations ignominieuses !

Voilà 300,000 prisonniers en Prusse. On ne sait plus mourir pour la Patrie ; on ne sait que rendre les armes à l'ennemi, et ce sont des armées de 80,000 hommes, de 120,000 hommes. L'histoire un jour n'osera le dire et on ne voudra pas le croire. Quand la religion est éteinte dans les âmes, il n'y a plus d'espoir ; avec elle s'éteignent tous les généreux sentiments !...

Ayez la bonté de vous occuper un peu de mon neveu. Il a d'excellents principes en fait de religion. Je ne voudrais pas qu'il les perdit dans cette vie de camp. J'espère que vous ferez pour lui ce que je ferais pour un des vôtres.

Tous les Pères vous envoient les choses les plus aimables.

Votre très attaché en N. S. J.-Ch.,

LAFON,
Missionnaire de Vabres.

LXVII

X..., le 15 novembre 1870.

Monsieur l'Aumônier,

Je vous demande pardon, si je prends la liberté de vous écrire ; mais votre cœur tout évangélique comprendra celui d'une pauvre mère, bien douloureusement atteint dans ce moment. Mon cher fils X... est lieutenant dans le régiment des mobiles de l'Aveyron. Ce cher enfant, bon garçon, mais extrêmement léger, a déjà depuis plusieurs années abandonné toute pratique religieuse. Ce chagrin, le plus violent de ma vie, s'est encore accru par les dangers de sa situation. S'il vous était possible, Monsieur l'Aumônier, de faire quelque chose en faveur de ce pauvre Prodigue, sans lui laisser toutefois soupçonner que je vous ai écrit, je serais toute heureuse et mon dévouement et ma reconnaissance seraient à la hauteur du bienfait reçu.

Monsieur l'abbé B., dont le touchant intérêt m'émeut et me console, m'a conseillé cette démarche, ce qui servira d'excuse, j'espère, à mon indiscrétion.

Soyez assez bon, Monsieur l'Aumônier, pour daigner agréer, avec mes remerciements, les sentiments d'estime et de considération avec lesquels j'ai l'honneur d'être votre très humble servante.   G.

LXVIII

MONUMENT

EN L'HONNEUR DES MOBILES DE L'AVEYRON

Le 21 août 1871, nous adressions à la *Revue religieuse* la lettre suivante :

Vabres, 21 août 1871.

Monsieur le Rédacteur,

Je vous envoie ci-inclus, avec prière de leur donner une place dans votre estimable journal, deux pièces que je viens de recevoir de Fontaines-lès-Dijon. Les détails qu'elles contiennent font honneur à l'Aveyron, et ils seront lus, je n'en doute pas. avec un vif intérêt, non-seulement par les jeunes gens qui formaient le 42e régiment des mobiles, mais encore par leurs parents, leurs amis et, en un mot, par tous ceux qui ont encore dans l'âme un peu de patriotisme, et dans le cœur un peu d'amour du pays.

Ces deux pièces, comme du reste tant d'autres éloges qui ont été donnés à nos bons jeunes gens par les journaux des divers départements que nous avons parcourus durant notre malheureuse campagne, sont une juste et éloquente protestation contre certaines personnes du pays qui, après s'être prodigué les éloges les plus pompeux, n'ont pas rougi de jeter à pleines mains la boue à la face de nos chers mobiles, qui ont cependant bien fait leur devoir et montré même un dévouement et un courage qu'on n'avait pas droit d'attendre de soldats improvisés et mal armés.

Qui parle ? C'est un Conseil municipal, c'est un maire des plus recommandables, c'est un prêtre vénérable, estimé de tous ceux qui le connaissent et qui, par son généreux dévouement et par les précieux renseignements qu'il a fournis sur les lieux et les distances, s'est rendu si utile à notre armée et en particulier à l'artillerie dans l'affaire de Dijon. Ce sont des témoins oculaires ; ils disent ce qu'ils ont vu, et ils le disent mus uniquement par l'amour de la vérité et le sentiment de l'admiration et de la reconnaissance ! Qui proteste encore ? Ce sont les quarante morts que j'ai vus tomber, criblés de balles, à côté du général, à cinquante pas de l'ennemi ; ce sont ces quatre-vingts blessés dont la plupart succombent à la suite de leurs blessures. Je les ai vus ces chers enfants, je les ai comptés, je les ai relevés et leur ai rendu les derniers devoirs ! J'ai donc le droit et le devoir de parler et de dire à leur pays, à leurs amis, à leurs frères, à leurs épouses, à leurs pères, à leurs mères, qu'ils méritent un autre honneur que celui de l'oubli, comme le dit très-bien le digne curé de Fontaines.

J'ai eu des relations trop intimes, trop saintes avec tous ces braves qui sont restés sur le
champ de bataille, je les ai trop aimés, trop
pleurés pour ne pas approuver la décision du
conseil municipal de Fontaines! Je m'associe
donc de tout cœur à cette pensée si patriotique
dont il a eu l'heureuse initiative. Oui, ce sera
avec bonheur que le 25 de ce mois je célébrerai
le Saint-Sacrifice pour le repos de l'âme de ces
chères victimes, et que j'apporterai une petite
pierre pour élever un monument qui sera le
témoignage de leur courage et de leur religion,
de notre reconnaissance et de nos regrets.

Je suis tout heureux de trouver cette occasion pour présenter mes sentiments les plus respectueux et mes remerciements les plus sincères
à MM. les colonels et à tous les officiers du régiment qui, durant toute la campagne, m'ont témoigné tant d'affection, tant d'estime et de
sympathie. Ils voudront, eux aussi, je n'en
doute pas, contribuer à l'érection d'un monument qui leur fera honneur en perpétuant la
mémoire de ceux qui ont si vaillamment com-
battu et sont tombés à leurs côtés, sur le champ
de bataille !

Je ne dirai rien aux parents des malheureuses
victimes. En leur annonçant, il y a six mois, le
terrible coup qui venait de les frapper, je leur
ai dit que leurs chers enfants étaient morts en

braves et surtout en bons chrétiens. Ils ont su alors trouver dans leur foi une grande consolation ; ils sauront trouver maintenant dans leur cœur la mesure de leur générosité pour élever un monument à leur mémoire et à leur gloire.

Quant aux mobiles qui, plus fortunés, ont eu le bonheur de rentrer dans leurs foyers, je les connais assez pour pouvoir dire d'avance qu'ils n'oublieront pas leurs malheureux compagnons d'armes, leurs amis, leurs frères qu'ils ont laissés au champ de l'honneur, et que tous se montreront généreux, en donnant chacun selon la mesure de ses forces.

La plupart de ces mobiles n'auront pas, sans doute, l'occasion de lire ces quelques lignes et de prendre connaissance des pièces qui les concernent. Les prêtres des paroisses qui, pendant la campagne, ont porté tant d'intérêt à ces chers enfants et se sont montrés si zélés pour venir à leur secours, feront acte de charité et de patriotisme en les leur communiquant et en recueillant, le plus tôt possible, leurs petites offrandes. Je leur en serai personnellement bien reconnaissant.

Je souscris pour la modeste somme de 20 fr. Veuillez agréer, etc.

Dalquié,
Missionnaire de Vabres
et ex-aumônier des mobiles de l'Aveyron.

26

Deux mois après, on lisait dans le numéro de l'*Aveyronnais* du 8 novembre :

Nous insérons avec plaisir la lettre suivante adressée par M. le Curé de Fontaine-les-Dijon à M. l'abbé Dalquié, aumonier des mobiles de l'Aveyron pendant la dernière guerre.

Le dévouement de M. l'abbé Dalquié, pendant cette malheureuse campagne, est trop connu pour que nous ayons besoin de nous y arrêter : la lettre ci-dessous en est la meilleure preuve.

Nous nous bornons donc à publier la lettre de M. le Curé de Fontaine, persuadé qu'elle apportera un doux soulagement dans le sein des familles de nos braves compatriotes qui ont succombé en défendant la patrie, en même temps qu'elle rappellera à leurs frères d'armes des souvenirs qui, quoique tristes, ne peuvent que leur être chers :

Fontaine-les-Dijon, le 31 octobre 1876.

Mon brave et cher Père,

Nous n'avons pas oublié ce que nous devons à vos braves mobiles de l'Aveyron, qui ont si généreusement sacrifié leur vie, à Fontaine, pour le salut de la France, dans les journées des 21, 22 et 23 janvier 1871. Grâce à une souscription publique d'environ 2,000 francs, à laquelle, par vos soins, votre département a pris part pour la somme de 555 fr., nous leur avons érigé un monument funèbre, pour rendre un éclatant témoignage à leur glorieuse mémoire.

Mercredi, 8 novembre prochain, à 10 heures, nous allons inaugurer ce monument, et placer à son ombre ceux de vos braves compatriotes qui reposaient ignominieusement dans une vigne du voisinage.

Vous avez eu trop de peine ici, mon bon Père, vous en avez eu trop chez vous en propageant notre souscription, pour être oublié à cette fête.

M. le Maire de Fontaine et moi nous vous prions donc de vouloir bien venir y prendre la part que vous méritez, et de vous joindre au président de votre Conseil général, M. le vicomte de Bonald, que nous avons convié pour y représenter votre département.

M. Dumont, un de mes très honorables paroissiens, a invité aussi M. de Gissac, commandant, M. Clausel de Coussergues, capitaine, et M. de Gualy, lieutenant, qu'il a eu l'honneur d'héberger pendant une quinzaine de jours.

Agréez, etc.

MERLE,
Curé de Fontaine-les-Dijon.

LXIX

Autun, 12 décembre 1871.

Bien cher ami,

Dans ma dernière lettre je vous parlais des grandes consolations de mon ministère auprès de nos chers Aveyronnais, et c'est bien là ce qui me soutient et m'encourage au milieu de mes fatigues et de mes tristesses ! Je suis tous les jours, du matin au soir, en face de morts et de mourants. Oh ! que je souffre de voir souffrir ces pauvres enfants ! Et que c'est pénible de recueillir les derniers soupirs de tant de jeunes gens et de leur fermer les yeux à la fleur de l'âge ! Et puis nouvelles tristesses, nouvelles émotions lorsqu'il faut annoncer ces morts aux parents ! Il me semble, en leur écrivant, voir déjà couler leurs larmes, entendre leurs sanglots et leurs cris de douleur ! Pauvre père ! Pauvre mère ! Pauvre épouse !

Ce n'est pas tout ; on meurt aussi dans l'Aveyron, et c'est toujours au pauvre aumônier à annoncer ces tristes nouvelles à ces chers enfants. C'est un père, une mère, une épouse chérie qui avait versé tant de larmes à notre départ de l'Aveyron ! Comment annoncer ces malheurs à ces pauvres jeunes gens, déjà si malheureux et quelquefois malades ! Souvent le courage me manque et j'ai besoin de faire appel à toute mon énergie pour surmonter mon émotion et retenir mes larmes en leur faisant arriver peu à peu la vérité !

C'est tous les jours que j'ai quelqu'une de ces pénibles corvées à faire.

A l'instant où je vous écris ces lignes on me remet la lettre suivante. Le pauvre enfant ! Comme il va être désolé ! Et comment le consoler ! On ne se fait pas une idée de ces situations !

Decazeville, le 25 novembre 1870.

Monsieur l'Aumônier,

Je suis passé ce matin à Viviez pour voir ma cousine, la femme Souquières, aujourd'hui sous les drapeaux en qualité de mobile de l'Aveyron. J'ai trouvé cette pauvre femme, qui vient de donner le jour à un enfant, dans un état de maladie on ne peut plus grave et donnant à son médecin les plus grandes inquiétudes. Dans son délire, elle réclame son mari, et le médecin croit que sa présence pourrait produire sur elle une crise salutaire.

Malgré toute la gravité de la situation dans laquelle se trouve Souquières en présence de l'ennemi, ne vous serait-il pas possible, Monsieur l'Abbé, d'obtenir de ses chefs une permission de quelques jours pour venir peut-être sauver sa femme et embrasser son jeune enfant?

Il va sans dire que je livre à votre prudence l'état réel de la pauvre malade et que vous ne le ferez connaître à son malheureux mari que dans le cas où, par votre insistance, vous pourrez obtenir une permission, car il ne faudrait pas que le malheureux, en partant sans y être autorisé, ajoutât un nouveau malheur à celui dont il est menacé.

Veuillez agréer, etc.

Le juge de paix d'Aubin,
ALBRESPY.

Peu de jours après, je recevais la nouvelle de la mort de la pauvre femme.

C'est ainsi, cher ami, que je suis continuellement sous le coup de quelque tristesse! Veuille le bon Dieu m'en tenir compte et me continuer la force et le courage dont j'ai besoin pour bien remplir mon ministère de charité!

DALQUIÉ.

LXX

Balaguier, 13 janvier.

Monsieur l'Aumônier,

J'ai reçu la lettre que vous avez eu la bonté de m'envoyer pour m'annoncer la mort de mon pauvre paroissien Ville. Cet extrait mortuaire vaut plus pour moi et pour la famille que les officiels envoyés par la mnnicipalité. J'en ai déjà fait part aux parents. Comme vous le dites très bien, ils ont trouvé une grande consolation dans les sentiments chrétiens avec lesquels leur cher fils a quitté ce monde !

Vraiment, ce que nous apprenons des mobiles de l'Aveyron est bien beau et bien touchant ! Mais, il faut le dire, le Seigneur leur a mis entre les mains un excellent instrument de salut. Par votre piété et votre mansuétude, vous avez su acquérir un si grand ascendant sur cette jeunesse dont vous étiez, du reste, connu du plus grand nombre avant la campagne qu'ils ne savent plus vous résister !

Votre dévouement fait l'admiration de tout le monde. C'était, hier, l'Adoration de Balaguier ; tous les confrères des environs et ceux de la rive droite me prient de vous transmettre leurs vifs sentiments d'estime et d'affection.

Et moi je suis heureux de profiter de cette

circonstance, quelque triste qu'elle soit, ponr
vous offrir mes sentiments d'affectueuse amitié.

RAÏSSAC, *curé.*

LXXI

Château de Ste-Marie (Hérault),
19 novembre 1871.

Monsieur l'Abbé,

Le journal que vous avez bien voulu m'envoyer à Montpellier m'est parvenu à la campagne où j'étais depuis quelques jours, chez un de mes cousins. J'ai lu avec le plus vif intérêt votre lettre et celle de M. le Curé de Fontaine. Notre pauvre régiment avait bien besoin de telles louanges, car le gouvernement semble ne pas foire grand chose pour lui.

Je suis heureux, Monsieur l'Abbé, de pouvoir joindre ma modeste offrande à celles que vous devez avoir reçues et de pouvoir apporter ma modeste pierre à l'édifice de nos pauvres victimes. Il en est une que je regrette plus que tout autre. C'est Sylvain Fabre, que j'ai longtemps eu dans ma compagnie comme caporal. Intelligent et brave, ce jeune homme, désigné pour rester au dépôt à Rodez, nous a supplié de le prendre avec nous au moment du départ. Son dévouement au pays lui a été funeste ! Dieu lui préparait une couronne que les hommes ne pouvaient lui donner.

Veuillez agréer, etc.

Baron Paul DE SERRE,
Capitaine dans les mobiles de l'Aveyron.

P.-S. — Ses amis ajoutent : Le caporal Fabre, Sylvain, était aussi bon chrétien que brave soldat. Ce fut lui qui, quelques jours avant notre départ d'Autun, improvisa, pour M. l'Aumônier, un confessionnal dans un coin de la salle, où était logée sa compagnie. Il voulut avoir l'honneur de passer le premier et de donner ainsi l'exemple à ses compagnons, qui l'imitèrent et firent tous leur devoir.

LXXII

Laguiole, 27 novembre 1870.

Mon Révérend Père,

Permettez-moi de me faire auprès de vous l'interprète d'un certain nombre de dames et autres personnes de Laguiole qui, voulant donner à nos jeunes mobiles un témoignage d'affection sympathique, se sont empressées de préparer des vêtements d'hiver et de les leur adresser par l'intermédiaire du comité des dames de Rodez. J'espère que la caisse qui les contient arrivera bientôt à destination. Elle renferme un petit paquet à votre adresse, mon Révérend Père. Vous voudrez bien l'agréer, non à cause de sa valeur intrinsèque, mais comme un public hommage de respect et de reconnaissance que ces dames, pour la plupart mères de famille, sont trop heureuseses de vous offrir en considération des soins si charitables et si dévoués que vous donnez à ces bons jeunes gens.

Elles désireraient également, mon Révérend Père, que la distribution des objets renfermés dans cette caisse fût faite par vous-même s'il était possible, aux jeunes mobiles de la paroisse de Laguiole. Ils font partie, si je ne me trompe, de la 2ᵉ compagnie du 1ᵉʳ bataillon. Il va sans dire que ces bons jeunes gens, pas plus que leurs chers parents, ne voudront pas être égoïstes et que très volontiers ils feront part à leurs braves camarades de ce qui ne serait pas nécessaire pour eux-mêmes. Je crois que les mobiles de l'Aveyron ne seront pas trop mal partagés. car de tous les côtés on déploie beaucoup de zèle pour leur envoyer des vêtements chauds. C'est bien le moins que l'on puisse faire puisqu'ils sacrifient leur vie pour nous. Toutefois, nous ne nous contentons pas de songer à leur corps, nous pensons aussi et souvent à leurs âmes. Nous prions pour eux afin qu'ils soient prêts à tout événement. Au reste, mon Révérend Père, leurs âmes sont si bien soignées par vous! Nous en trouvons la preuve dans les consolations mêmes que votre héroïque ministère recueille auprès d'eux. Puissent-ils répondre, avec un empressement de plus en plus grand, à vos bons désirs et se conformer à vos sages conseils. Je voudrais bien surtout que mes chers compatriotes de Laguiole et des environs se montrassent toujours dignes de vos faveurs. Oh! que ne puis-je leur en faire la recommandation de vive voix, ou plutôt, mon Révérend Père, que ne puis-je, en ce moment, partager les labeurs de votre ministère.

Je me suis longtemps occupé des soldats, et je sais le bien immense qu'il y a à faire auprès

d'eux ! Oh ! que je regrette ces réunions si noms
breuses, si consolantes que nous faisions à Paris
il y a quelques mois à peine, avec nos chants,
nos confessions en masse et nos belles commu-
nions générales ! Ces beaux jours, hélas, sont
passés et quand je pense à tous ces pauvres jeunes gens qui nous ont tant édifiés et que je ne
reverrai plus sans doute, les larmes me viennent
aux yeux (1). Enfin, que la sainte volonté de
Dieu soit faite ! Il aura du moins, il faut l'espérer, pitié de notre malheureuse France et la dé-
livrera de ses ennemis !

Parmi MM. les officiers, il en est deux que je
vous recommande d'une manière particulière :
M. Georges Jalabert d'Huparlac, mon cousin
germain, et M. de Roquefeuil du Bousquet.
Pardon, mon Révérend Père, de vous entretenir
si longuement, mais en causant avec vous, bien
que je n'aie pas l'honneur de vous connaître personnellement, il me semble que je suis sur mon
terrain.

Agréez, etc.

L'abbé BADUEL,
(Aujourd'hui évêque de St-Flour.)

----

(1) Tout le monde sait qu'avant d'être curé de Notre-
Dame de Villefranche, Mgr Baduel était à Paris, où il
s'occupait d'œuvres militaires avec beaucoup de zèle,
de dévouement et de succès.

LXXIII

Laclau, 3 février 1871.

Monsieur l'Aumônier,

Des lettres de nos mobiles viennent de nous annoncer une bien triste nouvelle. Le jeune Arsène Livignac (1), ancien zouave pontifical, aurait succombé, frappé d'une balle à la tête, aux journées terribles de Dijon. Sa tante, aujourd'hui mariée sur ma paroisse, en est d'autant plus désolée qu'elle lui a servi de mère depuis sa naissance. Elle voudrait bien savoir de vous, Monsieur l'Aumônier, des détails sur ce jeune homme, qui avait toujours mené une vie irréprochable. Nous avons pensé que vous seriez plus en état que personne de nous éclairer sur ce sujet, vu que les lettres qui nous parlent de sa mort nous disent : C'est M. l'Aumônier qui nous assure l'avoir reconnu mort sur le champ de bataille. Sa bonne tante est bien résignée, sans doute, à la volonté de Dieu, mais son cœur, que j'appellerai maternel, sera bien satisfait d'apprendre de votre part tout ce que vous pouvez savoir de précieux sur cet infortuné jeune homme.

---

(1) Frère de Mgr Livignac.

Ma qualité de condisciple de Monsieur votre frère, curé de Vaureilles, me donne le droit d'espérer de vous tout ce qui pourrait nous rassurer relativement au salut de ce cher enfant.

Agréez, Monsieur l'Aumônier, etc.

L'abbé FABRE.

6 février 1871.

Bien cher Curé,

J'ai reçu votre lettre et j'ai la douleur de vous confirmer la nouvelle de la mort de votre cher Arsène Livignac. Ce n'est pas toutefois à Dijon qu'il a été tué, mais bien à Prenois, quelques instants après la sortie des Prussiens de Val-Suzon. Il était, le pauvre enfant, blotti derrière une grosse pierre, occupé à tirer sur l'ennemi lorsqu'une balle est venue le frapper à la tête. Il est resté sur le carreau. J'ignore si la mort a été tout à fait instantanée. Je n'étais pas assez rapproché de lui à ce moment pour pouvoir en juger, et les blessés tombés à côté de moi demandaient tous mes soins.

Le jeune Livignac était un brave soldat et un bon chrétien. Ses parents peuvent être rassurés au sujet de son salut. Je le connaissais particulièrement et il y avait peu de jours qu'il était venu me voir et avait rempli ses devoirs de religion. C'est ce qu'il y a de plus consolant.

Voilà tous les renseignements que je puis vous donner aujourd'hui étant très pressé.

Veuillez agréer, etc.

DALQUIÉ, *aumônier.*

Désirant avoir d'autres renseignements sur ce cher mobile, j'ai écrit, de retour dans l'Aveyron, au bon curé de Prenois, qui m'avait donné une si généreuse hospitalité et tant édifié par son dévouement à l'égard des malades et des blessés. Je suis heureux de faire mémoire ici de ce martyr du dévouement et de la charité. Dans une circonstance, les Prussiens allaient le fusiller et ce ne fut que grâce à son courage et à son énergie qu'il dut son salut.

Voici la lettre que je recevais le 26 mai 1871 :

Prenois, le 24 mai 1871.

Monsieur l'Aumônier,

Je viens vous remercier du bon souvenir que vous avez conservé de mon pauvre et bien aimé cousin qui vous avait donné l'hospitalité avec un bien grand plaisir.

Hélas ! cher Monsieur, c'est moi malheureusement qui suis obligée de répondre à votre lettre qui m'a fait tant de plaisir.

Ah ! quelle triste nouvelle à vous apprendre ! Mon pauvre cousin est mort depuis le 21 mars, après huit jours de maladie et de grandes souf-

frances qu'il a supportées avec une patience
et un courage admirables ! Il est mort, je puis
bien le dire, vous l'avez vu vous-même à l'œuvre de dévouement, il est mort victime de son
bon cœur ! Il a donné sa vie pour ses brebis,
comme le Bon Pasteur ! Sa charité a été encore
plus loin, car pendant les quatre derniers mois
de sa vie, il a soigné tous nos blessés, qu'il
aimait comme ses enfants. Après la bataille où
vous avez eu de si grandes pertes, nous en
avions tant que ce pauvre enfant commençait
ses pansements à 9 heures du matin et en avait
sans relâche jusqu'à 8 heures du soir. Nous les
avons veillés à nous deux pendant dix semaines. Ce serait impossible de pouvoir vous dire
notre fatigue et toute la misère que nous avons
eue durant tout le temps de l'ambulance. Il
n'en est mort qu'un chez nous qui avait eu la
poitrine traversée par une balle. C'était un garibaldien. Il a fait une mort des plus édifiantes, grâce à la bonté, à la patience, au dévouement et aux prières de mon pauvre cousin.

Le 19 mars, fête de Saint Joseph, qui a été
le dernier jour que mon cher et regretté cousin a dit la sainte messe, nous avons reçu
une lettre du frère du pauvre sergent Livignac,
qui est enterré dans le cimetière de Prenois et
dont mon cousin avait conservé la photogra-

27

phie. Ce souvenir avec plusieurs autres objets trouvés sur lui, auraient été envoyés au malheureux frère si le soir même mon pauvre cousin ne s'était mis au lit pour ne plus se relever.

J'aurais bien pu moi-même faire cet envoi à la famille et j'y ai pensé bien des fois, mais je ne savais trop comment m'y prendre ; et puis il faut bien dire aussi que depuis la mort de mon regretté parent, qui était pour moi le meilleur des pères, j'ai été si affligée que je n'ai guère pensé qu'à lui et à mon malheur.

Aujourd'hui me voilà orpheline pour la troisième fois. Ah ! Monsieur l'abbé, quel sacrifice ! Il serait au-dessus de mes forces si Dieu ne me donnait le courage dont j'ai besoin pour supporter cette terrible épreuve.

J'ai la douce confiance que le bon Dieu a déjà récompensé ce cher cousin de toutes ses bonnes œuvres. J'aurais bien long à vous raconter sur sa belle mort et les touchants regrets de toute sa paroisse et de tous ses amis ; mais je n'ai pas le temps aujourd'hui. Si vous désirez les avoir, je vous les enverrai.

Je vous envoie la photographie du pauvre Livignac. Je vous prie de la faire parvenir à sa bonne famille, qui la conservera comme un précieux souvenir. Lorsque je saurais comment il faut adresser les autres choses, je les enverrai. Il y a un portefeuille, la petite veste qu'il avait sur lui quand il a été tué et un corset. Son porte-monnaie avait disparu. Je crois bien que la veille de la bataille il était venu se confesser et je lui avais donné une médaille de Saint-Joseph. C'était un brave enfant !

Quant aux deux autres de vos mobiles qui sont enterrés à Prenois, je ne puis vous en donner aucun renseignement. J'en demanderai et si j'en trouve, je vous les enverrai aussitôt.

Veuillez agréer, Monsieur l'Abbé, mes meilleurs sentiments.

Annette PORCHEROT.

LXXIV

M. Louis Villa, capitaine de la mobile, fut grièvement blessé à Prenois. La longue maladie qui l'a ravi à l'affection de sa famille, plusieurs années après la campagne, n'était que la suite de sa blessure. C'était un brave officier. La lettre suivante témoigne de son bon cœur et de sa modestie. Ses nombreux amis la liront avec plaisir. Nous sommes heureux de rendre ce nouvel hommage à sa mémoire :

Millau, le 25 septembre 1871.

Bien cher Monsieur l'Aumônier,

Vous m'excuserez d'avoir ainsi attendu pour répondre à votre appel patriotique. Je viens de passer une vingtaine de jours à la campagne et c'est là seulement que j'ai eu connaissance de votre lettre. Je suis très heureux que M. le Maire et M. le curé de Fontaine aient pris l'initiative de cette bonne action, tout à la gloire de nos pauvres mobiles qui méritent bien au moins d'être regrettés.

Pour moi, je leur garde un souvenir d'ami, car j'estime, comme vous, que leur courage et leur dévouement étaient bien au-dessus de ce qu'on pouvait attendre d'hommes si mal préparés

au sacrifice qu'on leur demandait et si mal organisés pour l'accomplir avec utilité sinon avec
éclat.

Je suis très heureux, mon cher Monsieur,
d'avoir une occasion de vous exprimer combien
je vous aime d'avoir tant aimé nos mobiles et
de le leur avoir prouvé jusqu'au bout.

Croyez, je vous prie, à la sincérité de mes
sentiments les plus affectueux et les plus reconnaissants.

Louis VILLA,
Ex-capitaine.

LXXV

A. (Saône-et-Loire), 28 décembre 1871.

Monsieur l'Aumônier,

J'ai rencontré tout récemment des gardes mobiles du département de l'Aveyron. J'ai été vraiment affligé à la vue de leur dénuement. Ils m'ont paru si bons et si dignes d'intérêt ! Si quelques chemises pouvaient leur être agréables, je pourrais vous en adresser un petit paquet que vous distribueriez aux plus nécessiteux. Si mon offre vous est agréable, soyez assez bon pour m'en donner connaissance le plus tôt possible.

Un ancien capitaine de frégate vient de me remettre, pour ces chers enfants, 70 francs que je m'empresse de vous envoyer. Le porteur du présent billet vous remettra cette somme. Celui qui donne l'argent et celui qui vous l'expédie vous demandent en retour l'offrande à Dieu pour eux d'un quart-d'heure de vos peines.

Veuillez agréer.....

D., *vicaire à A.*

LXXVI

Rodez, 19 décembre 1870.

Mon Révérend Père,

Permettez-moi, je vous prie, de vous demander des renseignements aussi précis que possible au sujet de M. Jean Maynier, sergent-major du 1er bataillon, 1re compagnie de la garde mobile de l'Aveyron. Plusieurs lettres et même un de nos journaux ont affirmé qu'il aurait été tué à Lantenay en relevant son malheureux lieutenant M. Jalabert. D'autres correspondances assurent, depuis quelques jours, qu'il aurait été simplement blessé. J'ai, notamment, sous les yeux une lettre d'un certain Grégoire, Auguste, mobile, qui déclare avoir vu à Lantenay son lieutenant étendu à terre et le sergent Maynier tomber à côté de lui blessé à la jambe au-dessus du pied. Il ajoute que cette blessure est très légère. Une autre correspondance prétend que celui qui a été tué en relevant M. Jalabert est un certain Luche, du faubourg St-Cyrice. En définitive, sa malheureuse famille n'a pu avoir aucune nouvelle précise et elle est dans une inquiétude mortelle. M. Jalabert a bien écrit de l'ambulance de l'Evêché de Dijon, mais il ne parle pas de lui. Mme Jalabert est partie hier matin pour Dijon; dans la prévision qu'elle s'arrêterait à Autun, j'ai expédié pour elle une lettre au lieutenant Caussignac, qui est mon parent. Si vous la voyez plus tôt ou plus facilement que lui, veuillez l'en prévenir. Je la supplie de prendre des renseignements à Dijon. (1)

Et vous-même, M. l'Aumônier, que savez-vous du jeune Maynier? Est-il mort réellement? Est-il simplement blessé et dans quel hôpital se trouve-t-il? Est-il prisonnier et où...?

De grâce, veuillez me donner au plutôt une réponse sur toutes ces questions, pour que je puisse en faire part à la respectable famille Maynier. Si cela ne retarde pas votre réponse, je vous prierai aussi de me donner des nouvelles de M. Arnal, François, de Livinhac, frère d'un de nos professeurs; Valdet, Auguste, de Via-rouge, frère d'une de nos Sœurs; Combes, Marin, du canton de St-Affrique, frère d'un de nos anciens professeurs, et du sergent d'Haute-rives, de Loupiac, du lieutenant Caussignac, mon cousin.... Les trois derniers ont été nos élèves et m'ont laissé les meilleurs souvenirs.

A la demande du lieutenant C..., nous récitons chaque jour une prière spéciale à la Ste-Vierge pour nos mobiles.

Croyez-moi, mon R. Père, etc.

MARCORELLES,
Directeur de la Maîtrise.

(1) On a lu plus haut tous les renseignements que nous avons pu donner sur le jeune Maynier.

LXXVII

St-Roch, le 14 février 1871.

Monsieur l'Aumônier et cher ami,

C'est une bien triste nouvelle que vous m'avez annoncée hier! J'en ai été tout abattu!... Mais la reconnaissance me porte à vous répondre au premier moment que mon esprit et mon cœur me laissent de libre. Pauvre frère! Il était si bon, si aimable! Nous comptions tous tant sur lui! Le bon Dieu l'aura jugé digne de sa demeure et non de ce pauvre monde. Je me soumets à ses desseins et je tâche de faire partager ma résignation à toute la famille.

Merci maintenant, cher ami, de vos bons soins de père et de consolateur que vous avez prodigués à ce pauvre défunt. Je ne suis pas étonné de sa mort si édifiante! C'est une bien grande consolation pour nous tous! Ce sont de ces services qui n'ont pas de paiement dans ce monde! Aussi, en sommes-nous convaincus, nous qui sommes appelés à en rendre tant!

Auriez-vous quelque particularité à m'apprendre encore? Vous restons-nous débiteurs de quelque somme fournie par vous à mon pauvre frère? Veuillez, je vous prie, cher ami, m'en donner avis et

Recevez, avec l'expression de ma reconnaissance, mes meilleurs sentiments.

FAYT, *curé.*

LXXVIII

v. c. j. s.   Paris, 29 juillet 1870.

Mon bien cher et Révérend Père,

Les examens que nous venons de faire subir à nos théologiens et à nos philosophes ne m'ont pas permis de vous écrire plutôt.

D'abord j'ai saisi avec empressement l'occasion que vous m'avez fournie de faire quelque chose pour vous et reconnaître ainsi un peu ce que je vous dois comme ancien supérieur de notre maison de Graves.

Relativement à votre commission, je ne savais pas mieux que vous à qui il fallait s'adresser. Dès que j'ai été libre, je suis entré dans un omnibus, me dirigeant vers le centre de la ville. Un prêtre m'a indiqué la grande aumônerie. Là j'ai vu M. Lacroix, un des chapelains, qui m'a dit que vous deviez adresser votre demande au ministre de la guerre, en ayant soin de la faire recommander par Mgr l'Evêque de Rodez. De là je me suis rendu au ministère de la guerre, espérant vous faire accepter immédiatement.

L'aumônier a ri en me voyant arriver avec un bâton. Il croyait que je venais offrir mes services personnels. Ce n'est pas moi, ai-je répondu, que je viens présenter, mais un prêtre jeune, rempli de zèle et de dévouement. Je tenais à la main votre lettre. Il n'a pas voulu la lire. Il faut, m'a-t-il dit, que votre ami adresse une demande au ministre de la guerre en lui disant son âge.

Je regrette beaucoup de n'avoir pas été plus heureux.

Ecrivez tout de suite au ministère, faisant appuyer votre demande par Mgr Delalle, qui, ayant été vicaire général de la grande aumône-rie, doit connaître tous ces Messieurs. Ne per-dez pas de temps : 46 aumôniers sont acceptés et 200 sont inscrits. On ne s'est pas adressé aux ordres religieux.

Veuillez agréer, mon bien cher Père, etc.

P. Olivier DRUILHE,
Ancien supérieur du collége de Graves.

————

Il eut été inutile de faire de nouvelles démar-ches. On se souciait peu, au ministère, à cette époque, de donner des aumôniers à l'armée en-trant en campagne. Un très petit nombre furent acceptés.

Après m'être entendu avec Mgr Delalle et le Colonel des mobiles de l'Aveyron, je partis en qualité d'aumônier volontaire, n'ayant, cela va sans dire, ni traitement ni subsistance à toucher de la part du gouvernement durant toute la campagne. Tout ce que je demandais, du reste, c'était d'être entièrement libre pour pouvoir exercer mon ministère de charité, et je dois dire que je n'ai pas eu, certes, à me plaindre sous ce rapport, grâce à la sympathie dont j'ai toujours été l'objet de la part des officiers de mon régiment Je suis heureux de leur renouveler ici l'expression de ma vive reconnaissance.

DALQUIÉ.

LXXIX

Dijon, 16 février 1871.

Monsieur l'Abbé,

Nous venons de perdre, lundi dernier, l'un de vos gardes mobiles de l'Aveyron, Léon Delmas. Vous l'aviez confessé avant votre départ. Il a de nouveau demandé et reçu tous les sacrements la veille de sa mort avec des sentiments de foi et de piété qui nous ont édifiés et donnent toute espérance de son salut. Ce soldat avait été blessé à la cheville dans les derniers combats qui ont eu lieu sous Dijon. Quoique n'attaquant pas le siège de la vie, cette blessure, comme, hélas ! beaucoup d'autres, a fini par mal tourner et amener la mort. Je vous prie de vous charger d'annoncer cette douloureuse nouvelle à sa famille !

Veuillez aussi m'accuser réception de cette lettre afin que je sache qu'elle vous est parvenue.

Pourriez-vous me dire aussi ce que je dois faire d'une montre qui a appartenu à un autre de vos mobiles, le nommé Barthélemy Treillet, que vous avez administré et qui est mort la veille de votre départ de Dijon.

Recevez, Monsieur l'Abbé, etc.

THIBAUT,

*Supérieur du Séminaire de Dijon
et directeur de l'ambulance.*

P.-S. — 5 mars. Je vous avais envoyé cette lettre à la suite du régiment. Elle vient de m'être retournée par l'administration des postes avec la note : *Impossible de trouver le destinataire.*

LXXX

J. M. J. Villefranche, 14 octobre 1870.

Mon Révérend Père,

C'est avec un vrai sentiment d'admiration que j'ai appris votre généreux dévouement pour nos braves soldats de l'Aveyron. Je suis heureuse de trouver l'occasion de vous faire agréer nos félicitations et de vous offrir le secours de nos prières pour que vos braves se montrent dignes de votre héroïque abnégation dans l'intérêt de leur âme. Combien par vous reviendront à Dieu, combien dont vous relèverez le courage en apportant dans leur cœur la paix et la grâce d'en Haut!

Oh! votre mission est belle, mon Révérend Père, et laissez-moi vous dire que je suis vraiment fière que vous ayez été choisi pour la remplir. Notre Seigneur vous avait préparé pour elle puisque vous ne redoutez ni la fatigue ni les périls. Hier, je recevais une lettre de l'un de vos mobiles. Ce cher enfant, dont le père a été très longtemps au service de ma famille, me disait leur joie de vous posséder au milieu d'eux et me parlait avec enthousiasme de votre courageux dévouement. Je me permets de le recommander à votre bienveillance. Je porte à ce jeune homme un vif intérêt à cause de ses parents et il le mérite par sa bonne conduite et la délicatesse de ses sentiments. J'insère cette lettre sous le pli que je lui adresse et je le charge de vous la remettre lui-même.

J'ai encore un autre jeune homme à vous confier : c'est un jeune officier, neveu d'une de nos Sœurs. Il s'appelle X. Il n'a pas voulu se rendre au désir de sa tante avant de partir et elle vous supplie, mon Révérend Père, d'essayer de le gagner à Dieu.

On vient de m'annoncer que les Prussiens ont brûlé la gare d'Orléans et qu'ils occupent les forêts avoisinantes. Vous voilà donc sans doute en visière avec l'ennemi. Oh! que Dieu vous protège et vous rende victorieux!

Veuillez, mon Révérend Père, excuser ma liberté et agréer l'hommage de mon profond respect, avec toutes mes religieuses sympathies pour votre noble courage.

Sr MARIE-COLOMBE,
Supérieure générale de la Ste-Famille.

LXXXI

Nous croyons devoir reproduire ici, comme suite à la lettre de M. Louis Villa qu'on a lue à la page 420, l'article suivant qui parut dans le numéro de la *Gazette de l'Aveyron* du 21 février 1880 :

Mercredi matin, à onze heures, un immense cortège, composé principalement de la bourgeoisie de Millau et des environs, accompagnait à sa dernière demeure Monsieur Louis Villa, fils aîné de l'honorable banquier et frère de Madame Bardoux, ancien ministre de l'instruction publique.

Les communautés, toutes les corporations d'hommes et de femmes de la ville étaient là aussi avec leurs draps mortuaires. Tout le clergé de Millau assistait à la messe de sépulture.

Monsieur Louis Villa a succombé, à l'âge de 28 ans, à la suite d'une longue maladie, à Amélie-les-Bains, où il avait été demander l'hospitalité à un climat plus doux.

Nous laisserons à ses amis, à ses compagnons d'armes qui ont vécu dans son intimité, le soin de dire ce qu'il était. Nous croirions toutefois manquer à notre devoir si , après l'avoir vu à l'œuvre de dévouement et de courage, pendant la guerre de 1870, nous ne venions déposer en passant une fleur sur sa tombe.

A peine la guerre de 1870 eut-elle éclaté, que Monsieur Louis Villa, n'écoutant que son patriotisme et son courage, demanda à être enrôlé, en qualité de volontaire, dans le régiment des mobiles de l'Aveyron.

Il fut, avant son départ, improvisé lieutenant, et ses compagnons d'armes qui ont été témoins de sa bonne tenue militaire et de sa bravoure, pourraient nous dire s'il était digne de porter l'épée d'officier! Ce fut à lui, tous les mobiles s'en souviennent, que fut confié le beau drapeau dû à la générosité des dames de Millau. Monseigneur Delalle, en bénissant cet étendard, du haut des degrés de sa cathédrale, en présence de tous les officiers réunis et d'une foule compacte de plus de dix mille personnes, ne put résister à l'envie de faire ses compliments au beau et sympathique jeune homme qui avait été chargé de la garde de ce précieux dépôt! Ce drapeau ne devait pas, sans doute, le conduire à la victoire, mais il devait le conduire à l'honneur et à la gloire! En effet, dans une sortie offensive que firent les Prussiens, le jeune officier fut grièvement blessé près de Prenois, aux environs de Dijon. C'est à la suite de cette grave blessure qu'il fut, à la grande satisfaction de tout le régiment, nommé *chevalier* de la Légion d'honneur.

Dans les nombreuses relations que nous avons eues avec M. Villa pendant les sept ou huit mois qu'a duré notre malheureuse campagne, nous avons pu apprécier les bonnes qualités de son esprit et de son cœur, et nous n'avons pas encore oublié le bel éloge que nous en fit, à plusieurs occasions, l'honorable famille de Dijon qui voulut avoir l'honneur de soigner sa blessure.

M. Louis Villa était brave, courageux, dévoué, et sous l'habit militaire il n'avait nullement l'air d'un officier improvisé. Au courage et au dévouement venaient se joindre une distinction peu commune, une grande aménité de caractère, beaucoup de franchise, et de bonté, un grand respect pour les autres et pour lui-même ; aussi le jeune lieutenant avait-il conquis l'estime et l'affection de tous les officiers du régiment, et surtout des soldats de sa compagnie qui, mieux que tous les autres, avaient pu apprécier sa valeur morale.

Ce qui dominait chez M. Louis Villa, c'était, ce nous semble, une grande bonté de cœur unie à une grande rectitude de jugement ; en d'autres termes, il était foncièrement bon. Aussi, nous ne doutons pas qu'il n'ait envisagé la mort avec les yeux de la foi et trouvé, à ses derniers moments, la suprême consolation dans les douces espérances de la vie future.

DALQUIÉ.

LXXXII

F., le 1er mai 1890.

Mon très révérend Père,

Les 20 années qui se sont déjà écoulées depuis notre campagne de 1870 ne m'ont pas fait oublier le souvenir de notre cher aumônier et la reconnaissance que je lui dois.

En lisant dernièrement dans la *Gazette de l'Aveyron* la touchante histoire du képi, je me suis rappelé avec bonheur le pieux stratagème dont vous vous êtes servi pour me rappeler à Dieu. Vous l'avez peut-être oublié, mon révérend Père, car vous aviez alors tant d'occupations ! Je vais vous la remettre en mémoire. Elle vous fera peut-être plaisir.

La guerre touchait à sa fin. Nous étions à Cluny (Saône-et-Loire). Je vous avais rencontré bien des fois pendant la campagne, et malgré toutes vos bontés et vos pressantes exhortations j'étais un des rares mobiles du régiment qui avaient échappé à votre zèle et n'avaient pas encore rempli leur devoir de religion. Vous ne l'ignoriez pas, mon Père. Aussi, un jour, m'ayant rencontré dans une des rues de la ville, vous avez tenté une dernière démarche qui, grâce à ma mauvaise volonté, n'aurait pas obtenu, sans doute, plus de succès que les pré-

cédentes, si vous n'aviez pas eu recours à une
de ces pieuses industries que votre zèle et l'amour
des âmes vous suggéraient. Me prenant par la
main et tout en m'adressant quelques bonnes paroles, vous m'avez enlevé la bague que je portais
à un de mes doigts. « Ne craignez pas, m'avez-
vous dit, je ne veux pas vous la voler. Elle
a besoin de bénédiction. Je veux vous la bénir ;
ensuite, elle vous portera bonheur pour vous
faire trouver le cœur chrétien qui doit partager
le vôtre pendant toute la vie. N'oubliez pas de
venir la prendre ce soir ; vous savez où je suis. »
Je compris tout de suite ce que cela voulait
dire. J'avoue que j'en avais plus de besoin que
d'envie. Mais, réflexion faite, je n'étais pas
fâché de faire comme les autres et de pouvoir
dire à mes bons parents, en arrivant au pays,
que j'avais rempli mes devoirs de chrétien pendant notre malheureuse campagne. A la nuit
tombante, je me suis donc décidé à venir vous
trouver pour retirer ma bague, à laquelle je
tenais beaucoup, étant encore toutefois dans
l'indécision au sujet de l'autre question. Vos
paroles, empreintes d'une douceur et d'une bonté
toute paternelles, m'allèrent tout droit au cœur.
Je me sentis, malgré moi, tout changé et je n'eus
pas le courage de vous résister plus longtemps.
La victoire était gagnée ! Vous m'aviez vaincu !
Sans autre préambule, je me mets à vos ge-

noux et fais ma confession en militaire, aussi franchement que possible. Quelques instants après, j'avais retrouvé, avec ma chère bague, la paix et la joie de ma conscience. Je repartais heureux et tout content de moi-même.

Votre bénédiction et vos bons conseils m'ont porté bonheur, mon Père. Je suis aujourd'hui père d'une nombreuse famille et je me sens heureux auprès du cœur que vous m'avez souhaité et qui se joint à moi, avec toute la famille, pour m'aider à vous remercier de tout le bien que vous m'avez fait.

Veuillez agréer, mon très révérend Père, etc...

C.

LXXXIII

Paris, 20 janvier 1871.

Mon bien cher Père,

Je vous remercie de toutes les bonnes et aimables choses que vous avez bien voulu m'envoyer par l'intermédiaire de notre excellent Père Drulhe.

J'ai été on ne peut plus sensible au souvenir affectueux que vous voulez bien conserver en-

core de ma chétive personne. Bien que des années se soient déjà écoulées depuis mon départ
du collège de Graves, je n'ai pas oublié mon
ancien élève et je me sens heureux et tout ho-
noré de le savoir aumônier des mobiles de
l'Aveyron. Le bien que vous faites à ces bons
jeunes gens nous réjouit tous ici et nous faisons
les vœux les plus sincères pour que Dieu vous
donne force et courage pour le continuer. Ce
sera là une des plus belles pages de votre vie.
Votre réputation est arrivée jusqu'à nous et tout
en vous félicitant de votre dévouement nous
vous envions votre sort.

Je ne sais pas si ma lettre vous parviendra.
Il y a longtemps que nous n'écrivons guère plus.
Je l'envoie à tout hasard en l'accompagnant de
mes prières et de mes meilleurs vœux, désirant
vivement que nos malheurs prennent bientôt fin.
Tout n'est pas roses, ici, à Paris, de ce moment-
ci ! Et qui sait ce qui nous attend encore ! A la
garde de Dieu ! Il faut bien se résigner à sa
sainte volonté et accepter de bon cœur les coups
de sa divine justice, heureux que notre pauvre
France soit sauvée à ce prix.

Votre très affectionné,

P. Marcellin ROUCHOUZE.

La lettre précédente est d'un des martyrs de la
Commune. Le père Marcellin Rouchouze, ancien

professeur et supérieur du collège de Graves, près Villefranche, n'est autre que le bon et vénérable père Rouchouze, prêtre des Sacrés-Cœurs de Picpus qui, avec trois autres Pères de la même congrégation, fut fusillé par les Communards, à Paris.

Les nombreux élèves qui ont eu le bonheur de le connaître dans l'intimité comme professeur ou comme supérieur à Graves, n'ont certainement pas encore oublié la bonté, la douceur et la piété angélique de ce saint religieux. C'était une de ces bonnes figures qui ne se perdent pas de vue surtout lorsqu'elles apparaissent avec l'auréole du martyre !

Ils liront avec bonheur ces quelques lignes écrites de sa main peu de temps avant qu'il tombât frappé par les balles des assassins.

Quant à nous, nous sommes heureux de les reproduire ici et de leur donner une place à côté des éloges décernés à nos chères victimes de la guerre, à nos braves Aveyronnais morts en soldats chrétiens sur les champs de bataille.

DALQUIÉ.

LXXXIV

Flagnac, le 31 janvier 1871.

Monsieur et bien cher Confrère,

Diverses lettres arrivées dans les environs, depuis les combats de Dijon, ont vivement alarmé la famille de Pierre-Jean Astorg, de Flagnac. Les uns le donnent comme mort, les autres comme blessé et à l'hôpital de Dijon.

Soyez assez bon, je vous en prie, pour nous dire ce qui en est. Vous rendrez à votre serviteur et à la famille du malheureux jeune homme, l'une des plus honnêtes de la paroisse, un de ces services qui ne s'oublient pas.

Votre dévoué

CRESTEIL, *curé.*

LXXXV

La Romiguière, le 14 février 1871.

Monsieur l'Aumônier,

Dans votre lettre du 4 février à M. le Curé du Truel, pour lui annoncer la mort du jeune Arnal, vous parlez en même temps du mobile

Crassous, mort à l'hospice de Dijon. Ce dernier est mon paroissien et appartient à une des meilleures familles de l'endroit. Je viens, au nom de sa pieuse et désolée mère, vous demander quelques détails sur les derniers moments de ce malheureux jeune homme. Je n'ignore pas que je vous donnerai un surcroît de travail au milieu de vos nombreuses et écrasantes occupations, mais nous connaissons assez votre abnégation et votre dévouement pour être convaincu d'avance que vous vous ferez un plaisir de satisfaire à la légitime curiosité de cette excellente famille, dont votre cœur, mieux que tout autre, comprend la douleur et toutes les angoisses !

Dans l'espoir que vous voudrez bien m'honorer d'un mot de réponse et adresser quelques paroles de consolation surtout pour cette pieuse mère qui me prie de vous demander *si son fils s'est souvenu d'elle à ses derniers moments,*

J'ai l'honneur d'être, Monsieur l'Aumônier, votre, etc.

TAYAC, *curé.*

LXXXVI

Marcillac, le 24 février 1871.

Monsieur l'Aumônier,

Veuillez m'excuser si je prends la liberté de m'adresser à vous pour savoir si un de mes neveux, qui est mobile dans l'Aveyron, est mort ou vivant. Il y a déjà deux mois que nous n'avons pas eu de ses lettres. Serait-il prisonnier, malade, blessé, mort? Je lui ai écrit quatre fois sans avoir de réponse. Son nom est Henri Arnal, du Bré, commune de Veyreau. Vous comprenez, mon Révérend Père, mon inquiétude! Vous obligeriez donc infiniment toute la famille si vous pouviez nous donner de ses nouvelles.

Pauvres enfants! Et vous-même, mon Père, que vous êtes heureux d'être appelé à remplir une si grande et si utile mission. Quel bien ne faites-vous pas dans ces cœurs! J'ai eu l'occasion de parler à quelques-uns d'entre eux qui sont rentrés dans leur famille pour raison de santé et tous sont unanimes à dire mille choses élogieuses de leur cher aumônier. Ils sont tous enchantés de vous! Cela nous fait bien plaisir et nous encourage tous à continuer à prier afin que le Seigneur mette fin à tant de malheurs qui nous désolent. Que le bon Dieu bénisse tous vos sacrifices pour la plus grande gloire de Dieu et le plus grand bien du régiment de mobiles, dont vous êtes le père spirituel.

Veuillez agréer, Monsieur l'Aumônier, etc.

Sœur TH.,
Supérieure du couvent de Marcillac.

LXXXVII

Naussac, 15 octobre 1871.

Mon bien cher Père,

Je vous envoie ci-inclus, en un mandat sur la poste, ma modique obole pour le monument à élever à nos chers compagnons d'armes tombés glorieusement.

Je vois avec un bien sensible plaisir que celui qui a affronté toutes sortes de dangers sur les champs de bataille pour aller au secours des pauvres mobiles, travaille encore, après leur mort, à immortaliser leur mémoire par un monument élévé à leur gloire.

Mon cher Père, je le dis du fond de mon cœur : vous avez fait votre devoir et plus que votre devoir, et vous couronnez cette campagne si rude pour vous en vous mettant à la tête d'une œuvre toute patriotique qui fera honneur à nos braves Aveyronnais, tout en consolant beaucoup de parents de la perte de leurs enfants.

Recevez, mon cher Père, l'expression de mes sentiments les plus affectueux.

SÉGUY, Auguste,
Ex sergent-fourrier des mobiles de l'Aveyron.

LXXXVIII

Tarnos (Landes), le 11 février 1871.

Monsieur l'Aumônier,

Vous seriez bien aimable si vous me consacriez une demi-heure de loisir, et je viens vous le demander. J'ai faim et soif de nouvelles du régiment, de cette famille que j'avais organisée et à laquelle j'ai dû m'arracher si péniblement.

Etes-vous pour longtemps encore à l'armée des Vosges? A mon avis, il est bien désirable que la paix puisse se faire au plus tôt! Nous avons tant et de si saignantes plaies à cicatriser! tant et tant de choses à reconstituer!

Je tiens essentiellement à être renseigné sans retard, dès qu'il sera question pour le régiment soit de rentrer à Rodez, soit de ne plus faire partie de l'armée des Vosges..... Ecrivez-moi, et longuement ; vous recevrez une réponse *in extenso*.

Mes ordonnances ne m'ont jamais donné de leurs nouvelles ; ils m'ont ainsi fait de la peine. Je le leur aurai déjà reproché si j'avais connu leurs noms de famille.

Veuillez, je vous prie, les faire appeler et les engager à m'écrire. Donnez-moi surtout leurs noms de famille. Le temps presse ; dans 8 ou 10 jours nous pouvons avoir la paix. Dieu le veuille. Je vous prie donc de ne pas perdre un instant.

J'espère que cette lettre vous trouvera à Mâcon, où je vous l'adresse.

Recevez, Monsieur l'Aumônier, l'assurance de mes meilleurs sentiments pour vous.

Le lieutenant-colonel,
DUVERT.

––––––––

LXXXIX

Combrouse, 9 janvier 1871.

Mon cher Père,

Je suis dans la plus grande affliction, car je viens de perdre mon cher neveu Emilien, que vous avez vu chez moi pendant la retraite prêchée à Combrouse, et qui est parti avec vous en qualité de mobile. Vous savez comme il était bon et l'affection qu'il avait pour moi ! Vous aviez tellement gagné son cœur que toutes les fois qu'il écrivait du théâtre de la guerre il se plaisait à parler de vous et à dire tout le bien que vous faites à nos pauvres Aveyronnais.

Le cher enfant fut légèrement blessé aux environs de Dijon et pris aussitôt par les Prussiens. Après cinq jours de marche, il est délivré, avec quelques autres de ses compagnons, près Besançon, par les francs-tireurs. Arrivé à Rodez, il entra à l'hospice où sévissait malheureusement une épidémie. Après y avoir passé une semaine, il fut pris par la maladie régnante, et dans 24 heures il rendit, le 30 décembre, le dernier soupir. Il avait reçu son Dieu le jour de Noël. C'est la douleur la plus vive que j'ai éprouvée de ma vie. Veuillez prier pour lui, vous qui aspirez à la couronne des martyrs de la charité ! Vous aviez la bonté de prendre tant de soin de son âme ! Je vous en remercie infiniment ! Le bon Dieu vous en récompensera.

Veuillez agréer, mon cher Père....

SERIN, *curé.*

LXI.

Vabres, le 30 décembre 1870.

Mon bien cher Père,

Où ma lettre vous trouvera-t-elle ? Je l'ignore.
Depuis quelque temps les mobiles de l'Aveyron
ne laissent plus de traces. Est-ce que, de par
ordre de Garibaldi, vous auriez entrepris un
voyage dans le pays de la lune pour de là bom-
barder tout à votre aise les Prussiens ? Lui et sa
bande font tant de choses si merveilleuses
qu'une idée de ce genre ne m'étonnerait pas.
J'en serais pourtant fâché pour ma lettre qui
pourrait bien s'égarer en un si périlleux chemin.
Et cependant nous désirons beaucoup qu'elle
vous arrive, car elle vous apporte le vœu de
bonne année de toute la maison de Vabres.
Quel bonheur pour moi, mon cher Père, d'avoir
été désigné pour venir, au nom de tous, vous
dire combien nous sommes sensibles aux privations et aux souffrances de tout genre qui vous
accablent. Nous souhaitons ardemment que
bientôt viennent des jours meilleurs afin que
vous puissiez vous reposer de vos fatigues et
être rendu à des confrères qui trouvent l'absence
bien longue. Nous prions Dieu qu'il vous sou-
tienne et vous préserve de tout accident.
Nous avons été bien péniblement affectés au

récit de toutes les horreurs dont vous êtes le témoin écœuré. Que de patience et de résignation il vous faut, cher Père. Dieu vous donne l'une et l'autre.

Votre très attaché

MOLY, *missionnaire de Vabres.*

XCI

Bouissous, le 29 mai 1871.

Monsieur le Missionnaire,

J'ai reçu votre lettre. Quelle terrible nouvelle pour le cœur d'une mère ! Pauvre enfant ! J'aurais bien voulu pouvoir venir moi-même à Vabres vous parler et vous dire combien je suis reconnaissant des soins tout paternels que vous avez prodigués à mon cher et si regretté fils, mais la force et le courage me manquent. Ma douleur a été si profonde et si vivement sentie qu'elle m'a mis dans un état tel que je puis à peine sortir de ma maison.

Mes forces reviendront, je l'espère, peu à peu et alors je pourrai venir personnellement vous remercier, et vous dire tout ce qu'un cœur de

29

mère a d'expressif et de reconnaissant pour les services rendus à son cher fils !

Quant au portefeuille que vous avez bien voulu conserver, je tiens à le garder comme un précieux souvenir. Veuillez être assez bon pour me l'envoyer par la femme Bel, qui vous remettra ma lettre.

Veuillez agréer, Monsieur l'Aumônier, l'expression de ma plus vive reconnaissance.

Marie CONSTANS.

XCII

Cluny (Saône-et-Loire), 10 juin 1871.

Mon Révérend Père,

Je suis bien en retard pour répondre à la lettre que vous m'avez fait l'honneur de m'écrire. Vous voudrez bien m'excuser. Il n'y a pas eu mauvaise volonté de ma part.

Laissez-moi, mon Révérend Père, vous dire d'abord tout le bon souvenir que vos chers mobiles ont laissé dans notre ville. On en parle encore. A la communauté, nous conservons celui de votre passage, qui sera pour nous une bénédiction. Votre dévouement et votre charité nous ont tant édifiées !

Voici les renseignements que je puis vous donner sur les jeunes gens restés après vous, tant à l'ambulance qu'à l'hospice et à Massilly :

Pélissier est resté trois semaines à l'ambulance après lesquelles, rentré dans sa famille, il nous a écrit pour nous annoncer sa parfaite guérison et nous remercier.

Pons et Barascud ont quitté l'ambulance dans le courant de mars ; ils allaient bien.

Miquel et Forestier ont été très malades et par suite sont restés les derniers. Miquel a eu la petite vérole noire et Forestier la fièvre typhoïde. Il y a un mois environ qu'ils ont quitté Cluny.

Des quatre jeunes gens que vous avez laissés à Massilly, l'un, nommé Burguière, Antoine, a fait une imprudence en sortant trop tôt et est venu mourir à l'ambulance d'une petite vérole rentrée. Il a compris sa position et s'est bien préparé à la mort. Il a exprimé souvent et avec amertume le regret de ne pas revoir sa mère et sa sœur qu'il paraissait affectionner particulièrement. Il est mort le 23 mars.

Les mobiles Curan, Delmas et Bourgade, que vous avez laissés à l'hospice très malades, sont morts en bons chrétiens.

Le sergent-major Ménel est parti, après trois

mois de convalescence, sans être guéri. Il avait promis aux sœurs de l'hôpital de leur donner de ses nouvelles ; elles n'ont rien reçu de lui depuis ce moment. Aussi craignent-elles qu'il n'ait été forcé de s'arrêter en route ou qu'il ne soit mort en arrivant dans sa famille, car il était encore bien fatigué à son départ.

Vos Aveyronnais sont bien bons et nous conservons de ceux qui sont passés ici le meilleur souvenir. Tout le monde leur était sympathique et on était heureux de les héberger. Ils ont fait du bien à notre population peu chrétienne en général. On aime à trouver dans des jeunes gens de cet âge la religion franchement pratiquée. Vous avez dû avoir un ministère bien consolant. Ces chers enfants étaient si heureux de parler de leur brave aumônier et de raconter sa belle conduite pendant la campagne !

Il faut dire aussi que vous leur rendiez le réciproque. Vous étiez pour eux un vrai père.

Veuillez agréer, etc.

Sr SAINTE-MARIE,
Supérieure provinciale des sœurs de
St-Joseph de Cluny.

XCIII

Autun, 20 novembre 1870.

Madame,

J'ai reçu votre lettre, et si je ne vous ai pas écrit plus tôt, c'est uniquement à mes nombreuses occupations que vous devez vous en prendre.

Je suis tout heureux de pouvoir venir aujourd'hui satisfaire votre légitime curiosité de mère chrétienne.

Oui, je puis vous certifier que votre cher fils a fait et bien fait ses devoirs, et pour que vous ne puissiez pas en douter, je vais vous raconter en détail dans quelles circonstances et comment je suis arrivé à son cœur, ce qui, du reste, n'était pas aussi difficile que vous vouliez bien le craindre. Lorsqu'un jeune homme a été élevé pieusement sur les genoux d'une bonne mère chrétienne, il peut bien, sans doute, pendant quelque temps, s'éloigner des pratiques religieuses, surtout si, comme le vôtre, il quitte le foyer paternel pour aller habiter une de ces villes où tout est un entraînement pour la jeunesse ; mais il ne tarde pas ordinairement à revenir à de bons sentiments, lorsqu'une occasion, surtout comme celle-ci, se présente.

Qu'y a-t-il, en effet, de plus terrible et qui donne plus à réfléchir qu'une guerre?

Comme vous le savez, votre fils est sous-officier. Un de ces jours derniers, je l'ai trouvé dans une des salles du rez-de-chaussée du petit Séminaire d'Autun, où notre régiment est consigné depuis quelque temps. Il est là avec plusieurs autres de ses compagnons d'armes, tous sous-officiers et du même pays. La plus franche gaieté régnait parmi eux, malgré les tristesses de la guerre! Et c'est encore bien heureux de pouvoir faire quelquefois bon cœur contre mauvaise fortune. C'était ici le cas.

J'étais entré là en passant pour remplir les devoirs de mon ministère d'aumônier. On pouvait, d'un moment à l'autre, se trouver aux prises avec un ennemi des plus redoutables. Il fallait y penser.

Ils ont tous été fort aimables à mon égard, mais j'ai eu bientôt compris que j'avais à faire à des jeunes gens qui avaient déjà passé quelque temps hors de leur famille pour se livrer à diverses études et se créer une honorable position dans le monde. Plusieurs d'entre eux appartenaient même à la classe élevée et étaient, avant la campagne, étudiants en médecine, en droit, clercs d'avoué, de notaire, etc. J'étais bien sûr d'avance qu'il y avait à faire et que je me trouvais en face de jeunes gens bien élevés, sans doute, bons même au fond, mais en retard pour la plupart pour leurs devoirs religieux. J'ai vu que ce n'était pas encore le moment de parler de religion et de confession. Ils n'étaient pas encore assez mûrs pour cela. Il fallait attendre une occasion un peu plus favorable. Elle n'a pas tardé à se présenter. Heureusement l'un d'entre eux est tombé malade. Vous me pardonnerez cette expression, Madame, lorsque je me serais expliqué.

Comme ils s'affectionnaient beaucoup entre eux, étant du même pays et frappés par les mêmes malheurs, ils n'ont pas voulu laisser transporter leur camarade à une ambulance, et, bien qu'il eut un commencement de fluxion de poitrine, ils ont préféré le garder auprès d'eux dans leur salle et le soigner de leurs propres mains.

J'ai abondé dans leur sens et leur ai aidé à faire un lit, aussi commode que nous avons pu, dans un coin de l'appartement. Et puis je n'ai pas manqué de venir plusieurs fois la nuit porter de la tisane et autres adoucissements au cher malade qui, bientôt touché de mon affection et des soins que je lui prodiguais, s'est laissé facilement gagné et s'est confessé avec cette foi et cette franchise qui caractérisent nos Aveyronnais! Tout heureux d'avoir fait son devoir de soldat chrétien, il s'est mis aussitôt à faire, du lit étant, l'apôtre auprès de ses compagnons d'armes. Une parole de sa part a suffi. Demi heure après, tous avaient suivi son exemple et étaient rentrés, par le sacrement de pénitence, en grâce avec Dieu.

Ce fut un véritable bonheur pour moi ! J'avais fait une bonne soirée de travail !

Vous pouvez donc encore une fois, Madame, être rassurée sur le compte de votre fils ! Il a fait son devoir comme les autres, et, à l'heure qu'il est, il vous l'a probablement écrit.

DALQUIÉ.

XCIV

Roquebelle, 18 février 1871.

Mon cher Monsieur l'Abbé,

La nouvelle que vous m'avez apprise m'a fait de la peine, car je tenais beaucoup à mon ordonnance, qui était un bien brave garçon. Je le rencontrais à l'ambulance ; il me parut avoir une blessure dans les chairs, sans danger ; aussi je suis étonné qu'il en soit mort.

J'ai envoyé mon cousin, Monsieur de Montéty, de St-Georges, avertir sa famille avec les ménagements voulus et votre lettre, qui était aussi consolante que possible.

Vous devez mener, bien cher Aumônier, une vie toujours bien occupée et surtout très pénible, mais aussi vous avez la consolation de faire partir pour l'autre monde ces pauvres enfants avec les douces espérances de la suprême récompense. Tout cela doit singulièrement adoucir les tristesses et les douleurs de se voir mourir loin de leur famille !

Je remercie le Ciel de n'avoir pas eu besoin de votre ministère pour m'aider à passer dans l'autre vie, bien que j'ai été blessé. Si la guerre continuait, cela pourrait bien venir ; tant va la cruche à l'eau qu'à la fin elle se casse.

Ma blessure se guérit dans de bonnes conditions.

Veuillez agréer, etc.

Ch. DE GISSAC,
Commandant.

———

XCV

Creissels, 8 septembre 1871.

Monsieur l'Abbé,

J'ai lu avec un bien vif intérêt, dans les journaux de l'Aveyron, votre lettre relative à

nos chers et braves mobiles. Je suis tout heureux
d'apprendre qu'à Fontaine on n'a pas oublié
leur bravoure et qu'on se dispose à élever un
monument en l'honneur de ceux qui sont morts
victimes de leur devoir.

Je vous remercie pour ma part de ce que vous
voulez bien dire d'aimable au sujet des officiers
de notre régiment ; mais aussi croyez bien, Monsieur l'Abbé, que nous avons tous su apprécier
le dévouement dont vous nous avez donné tant
de preuves.

Je vous envoie, au nom de toute la famille,
50 fr. pour le monument à ériger à Fontaine.

J'espère que tous nos braves Aveyronnais
tiendront à contribuer à cette œuvre patriotique
qui rappellera de tristes mais glorieux souvenirs
pour notre pays.

Je vous prie de vouloir bien agréer, etc.

DE GUALY,
Sous-lieutenant dans la mobile de l'Aveyron.

XCVI

X., 6 décembre 1870.

Mon Révérend Père,

Je ne sais si vous avez reçu ma lettre que je
vous ai écrite le 16 novembre. Mon fils me dit
qu'il ne reçoit rien depuis quinze jours.

Quoique je n'aie pas l'honneur d'être connue de vous, je sais qu'une mère dans la douleur et l'affliction peut, sans craindre d'être importune, s'adresser à vous parler en toute franchise de son jeune fils, officier dans la mobile de l'Aveyron, exposé, tous les jours, à de grands dangers de toutes sortes.

Je viens donc vous réitérer la prière que je vous faisais dans ma dernière lettre, que vous n'avez pas sans doute reçue, de m'appeler auprès de lui s'il venait à être blessé. Ne me refusez pas, je vous en conjure, cette consolation, c'est la seule que je puisse avoir dans mon malheur ! Mon fils pourra bien, dans sa tendresse pour moi, vouloir vous en empêcher ; mais, je l'espère, vous ne l'écouterez pas. Il y aurait de la barbarie à me priver de le soigner moi-même. J'en suis convaincue aujourd'hui, si après la perte si cruelle de son bien-aimé père, Dieu ne m'a pas retirée de ce monde comme je l'en ai supplié, ne me croyant plus nécessaire à nos enfants, c'est que ma tâche n'était pas encore remplie. Je devais vivre encore pour porter leur cœur vers lui avant le moment du danger et leur donner mes soins, s'il entre dans les desseins de la Providence qu'ils soient blessés en défendant la patrie !

Toute ma confiance est en Dieu et en Marie. J'ai deux fils sous les armes. Ils seront, je l'espère, couverts de la protection d'en Haut. Tant de saints de leur famille le demandent au Ciel. Ils reviendront sains et sauf, et pleins de reconnaissance tous ensemble nous remercierons Dieu et sa Sainte Mère.

Vous voyez donc, mon Révérend Père, qu'il ne me reste rien à faire dans ce monde qu'à consacrer mes tristes jours à nos enfants !

Veuillez agréer, etc.

X.

LXLVII

X., 13 décembre 1870.

Mon Révérend Père,

Je reçois votre lettre à l'instant et je ne veux pas tarder à vous remercier d'abord de la promptitude que vous avez mise à me répondre et des promesses que vous voulez bien me faire et qui sont si précieuses pour une mère désolée.

J'arrive de suite au sujet de ma lettre. En quittant mon fils, je l'engageais à remplir sans tarder ses devoirs religieux. Il me le promit. Malgré cela, je le lui ai rappelé plusieurs fois. Voici ce qu'il m'écrivait le 7 novembre de

Salbris : « Vous désirez avoir la certitude que j'ai rempli mes devoirs religieux. Cette certitude, je ne veux pas tarder à vous la donner. Oui, j'ai rempli ces devoirs; la miséricorde divine fera le reste, j'en ai la confiance. »

Je crois, mon Révérend Père, que mon fils ne m'a pas trompée. Il a bien rempli ses devoirs, mais ce n'est pas assez à mon avis, le sachant continuellement au milieu des dangers de tous genre qu'il court. Je voudrais bien qu'il allât de temps en temps puiser dans les sacrements cette force qui lui est nécessaire pour les affronter, et je vais l'y engager fortement.

Je vous en conjure, veuillez, mon Révérend Père, le faire de votre côté. Il n'attend peut-être que cela pour les renouveler. A cet âge, on a besoin d'être encouragé; vous avez de l'expérience, vous le savez mieux que moi. Il est profondément attaché à sa religion; il ne vous résistera pas.

Nous sommes bien malheureux! Oh! que Dieu et sa Sainte Mère veuillent prendre en pitié notre pauvre France! Je voudrais que nos chers soldats comprissent bien que peut-être Dieu attend un retour vers lui du fond du cœur, pour nous venir en aide et nous sauver.

Veuillez agréer, etc.

X.

XCVIII

Beaujeu (Rhône), 5 mai 1871.

Monsieur l'Aumônier,

Je réponds un peu tard à votre honorée lettre, ayant été obligée de passer une semaine à la campagne avec quelques-unes de nos sœurs malades. Ce n'est qu'à mon retour que j'ai pu recueillir les renseignements désirés au sujet de vos braves mobiles; encore ai-je dû attendre quelques jours pour vous dire plus précisément l'état du jeune Bonnefous, Ferdinand, qui était très fatigué, et nous laissait peu d'espoir; aujourd'hui, j'ai demandé à M. le docteur Descostes ce qu'il en pensait. Il m'a dit qu'il le trouvait mieux et il espère l'en tirer. Toutefois, sa convalescence sera probablement fort longue. Le jeune homme paraît être d'une faible constitution : la poitrine surtout serait extrêmement délicate et bien mauvaise. Est-ce la suite des fatigues de la guerre ou vice de constitution ? On l'ignore, mais nous aimons à croire que petit à petit ses forces reviendront un peu. On le transporte sur un lit portatif jusqu'à la terrasse, où il peut respirer l'air du printemps et jouir du beau soleil de mai. Cela lui fait plaisir et le ranime en le distrayant. Ce cher enfant a été très sensible à votre bon souvenir et vous offre sa respectueuse reconnaissance en vous priant de vouloir bien informer ses chers parents de son état.

Il ne nous reste plus du 42ᵉ que lui et le caporal Cabrit, Joseph, de Vabres, canton de Rieupeyroux, qui, atteint de variole bien complète, a donné d'abord beaucoup d'inquiétude. Le voilà maintenant en pleine convalescence, mais malheureusement avec un œil qui n'y voit plus et l'autre bien faible. La petite vérole lui a laissé cette fâcheuse infirmité.

Le nº 18, Jugieu, Jean, est mort le 22 mars. Son père a écrit à Monsieur l'Aumônier pour être renseigné et on lui a envoyé l'argent qu'il avait sur lui.

Aucun autre Aveyronnais n'est décédé depuis. Jugieu a été le dernier.

Monsieur Mouton a gardé son dernier mobile, Delpal, jusqu'à cette semaine. Il doit être rentré chez lui. Aucun des vôtres n'est mort chez Monsieur Mouton, non plus que chez Monsieur Michaud. Il n'y a eu de décès que dans notre hôpital et Jugieu était le onzième.

Monteils, Eugène, après avoir bien bataillé, bien battu la campagne, s'est fort bien tiré d'affaire et il est parti pour son pays le 17 avril.

Mas était assez rétabli pour s'en aller chez lui en convalescence le 28 mars.

Quant aux petites sommes appartenant aux décédés et qui ont été remises pour leurs parents, après avoir vérifié nos notes et rappelé nos souvenirs, nous croyons que vous pouvez être assuré de n'avoir reçu de nous que ce que vous avez retrouvé dans votre valise. Monsieur l'Aumônier dit qu'il ne vous a remis en argent que 35 francs pour Constans, et vous offre son souvenir le plus affectueux.

Les consolations et l'édification que nous ont donné vos chers enfants de l'Aveyron nous ont bien amplement dédommagé des peines et des fatigues qu'ils nous ont occasionnées. Ils étaient si bons et si pieux. On les soignait avec plaisir et affection. Nos Sœurs et moi nous les avons tous regrettés.

Veuillez agréer, Monsieur l'Aumônier, votre très humble servante

Sr ESCALLIER,
Supérieure de l'hospice de Beaujeu.

XCIX

La lettre suivante est d'une de mes Sœurs, décédée en 1872, un an après la guerre. La pauvre femme ! que de lettres ne m'a-t-elle pas

écrites ! que de larmes n'a-t-elle pas versées !
que de prières n'a-t-elle pas faites pour moi !
Cette lettre sera un précieux souvenir pour la
famille et en particulier pour ses enfants. Que
du haut du Ciel elle les protège tous !

Asprières, le 15 décembre 1870.

Mon bien cher frère,

Tu ne saurais comprendre avec quelle joie
nous avons lu ton aimable lettre que nous attendions avec la plus vive impatience. Depuis
le 20 novembre, je n'avais pas reçu de tes nouvelles, ce qui m'inquiétait beaucoup, ayant appris que les mobiles de l'Aveyron avaient donné
deux fois depuis peu. Je craignais que tu ne fusses du nombre des morts ou des blessés, ou bien
encore que tu ne fusses malade ! Avec le temps
épouvantable qu'il fait depuis quelques jours,
on peut s'attendre à tout. Je ne savais pas à
quoi attribuer le retard de ta réponse.

Tu ne saurais croire les larmes que j'ai versées depuis que je sais que vous vous êtes rencontrés avec ces barbares de Prussiens. Je ne croyais
pas, lorsque tu es parti, que tu t'exposerais volontairement de la sorte. Tu cherches bien à me
rassurer pour ne pas m'effrayer ; mais je lis entre tes lignes. Lorsqu'on se bat et qu'on est en
face l'ennemi, les balles ne respectent pas plus

30

un aumônier qu'un simple soldat. Tout en étant touché et édifié de ton courage et de ton dévouement, je ne puis que t'engager à être plus prudent, car un aumônier ne se remplace pas aussi facilement qu'un soldat. Songe donc que si tu te dois aux morts et aux blessés, tu te dois aux vivants et aux bien portants.

Malgré toute ma tristesse et ma douleur, je me résigne et me soumets à la volonté de Dieu en pensant que c'est bien lui qui t'inspire ce dévouement qui est plus qu'humain! Depuis quelques jours je ne dormais plus; toute la nuit je pensais à toi et je me disais : par un froid si épouvantable, coucher sous la tente; mais ce n'est pas possible! ce pauvre frère va mourir de froid sous la neige! Enfin, ton aimable lettre est venue me rassurer un peu et me donner quelque courage en m'apprenant que tu te portes bien et que tu ne couches plus depuis quelques jours sous la tente, étant tous logés dans les séminaires d'Autun.

Quant à nous, nous allons bien malgré les peines et les tristesses que nous éprouvons en te sachant exposé à toutes sortes de dangers et de misères.

D'après ce que tu me dis, il faut que ma dernière lettre, dans laquelle je t'offrais de t'envoyer tout ce dont tu aurais besoin, se soit perdue. Ce n'est pas difficile. Il doit y avoir partout, dans les gares, dans les postes, un désordre sans pareil !

Si tu as besoin de quelque chose, je t'en supplie, dis-me-le et je te l'enverrai tout de suite. J'ai six paires de bas à ta disposition. Ne te gênes pas. Je t'en conjure, bien cher frère, donne-moi de tes nouvelles le plus souvent possible. Je ne veux pas être trop exigeante, car je sais que tu es très occupé ; si tu n'as pas le temps, dis-moi tout simplement que tu te portes bien. C'est ce qui m'intéresse et ce que je désire savoir avant tout.

Le jour que le fils Debous, l'un de tes mobiles, est revenu à Asprières, j'ai passé un moment bien agréable à parler de toi. Il m'a dit que tout le monde t'aime comme un père et que tu les soignes avec le dévouement d'une sœur de charité et la tendresse d'une mère ! Il est si bon, a-t-il ajouté, que quand bien même on n'aurait pas envie de se confesser, il faut le faire. Tous ces détails, comme tu le comprends bien, m'ont fait un grand plaisir. J'en bénis le bon Dieu, auteur de tout bien !

Toute la famille va bien, ainsi qu'à Viviez.

Mille choses aimables et affectueuses de notre part, et nos vœux les plus ardents pour la cessation de la guerre et ton prompt retour dans le pays.

Pauline DALQUIÉ.

C

Salles (Tarn), 6 novembre 1870.

Mon très cher frère,

Je suis désolée de ce que mes lettres ne te parviennent pas ; je mets pourtant bien l'adresse et toujours à la suite du régiment. Les tiennes m'arrivent parfaitement et sans retard. Je ne sais comment expliquer ce mystère ! Mes lettres tomberaient-elles entre les mains des Prussiens ou bien restent-elles dans les bureaux de poste ? Je n'y comprends rien.

C'est avec peine que j'apprends que tu es logé sous une tente. Nous voilà au mauvais temps et assurément tu ne peux qu'en éprouver les rigueurs dans un tel logement !

Dans plusieurs de tes lettres tu me dis que tu n'es pas exposé ; mais je n'en crois rien. Du moment que tu campes avec les soldats et que tu vis continuellement au milieu d'eux, tu es évidemment aussi en danger qu'eux d'être surpris par les Prussiens.

Je suis bien triste et bien désolée, mais j'ai la confiance que, grâce à nos prières, le bon Dieu te ramènera sain et sauf au milieu de nous. Un tel dévouement pour une si sainte cause ne pourrait rester sans récompense. Les journaux

donnent pour sûre la triste nouvelle de la capi-
tulation de Metz et de la trahison du maréchal
Bazaine. S'il en est ainsi, pauvre France !

Espérons que Dieu écoutera nos prières et
qu'après nous avoir fait passer par de grandes
et terribles épreuves que, peut-être, nous méri-
tons, il aura pitié de nous et nous enverra des
jours meilleurs.

Henriette DALQUIÉ.

P.-S. — Je reçois à l'instant une lettre de
toi et je vois avec plaisir que tu as reçu ma dernière. Il va sans dire qu'elle est la bienvenue,
surtout après avoir appris par les journaux
qu'on s'était battu à Orléans. J'étais très inquiète à ton sujet, vous sachant campés dans ces
parages et presque aux portes de cette ville.

Me voilà un peu rassurée ; mais ce ne sera
pas pour longtemps. Du moment que vous allez
à Orléans, vous approchez de l'ennemi. Il se
livrera probablement sans tarder quelqu'autre
bataille. Aussi comme je vais être triste ces
jours-ci et qu'il me tardera de recevoir une autre lettre de toi. Je t'en prie, qu'elle ne se fasse
pas longtemps attendre. Il y aurait de la cruauté
de ta part.

CI

La Capelle St-Martin, le 17 février 1871.

Monsieur l'Aumônier,

Vous me pardonnerez si je prends la liberté de vous écrire pour vous demander des nouvelles de mon neveu Hippolyte Higonenc, qui n'a pas donné depuis longtemps des nouvelles à ses parents.

Dans sa dernière lettre il nous disait, ce cher enfant, qu'il était très content de vous et que vous l'aviez confessé à la Noël. Après les batailles qui ont eu lieu, jugez de la désolation de ma pauvre sœur, qui est sa mère, en ne recevant pas de ses nouvelles.

Je me serais adressé au chef du régiment, mais je ne sais pas son nom et puis en connaissant votre bon cœur et votre dévouement pour ces pauvres enfants, j'ai pensé que vous ne me refuseriez pas ce service et que j'aurai plus tôt des nouvelles de ce cher neveu.

J'ose me dire votre dévouée,

FOISSAC, Marie.

CII

Taurines, 3 mars 1871.

Mon Révérend Père,

J'ai reçu, hier, votre lettre, datée du 24 février, par laquelle vous me chargez d'annoncer à la famille Bouteille la triste nouvelle de la mort de leur fils Antoine. Je me suis acquitté, ce matin, de cette pénible commission. Comme vous le comprenez, ces pauvres gens ont été très affligés et sont inconsolables. Ils perdent un fils sur lequel ils avaient fondé leurs espérances pour leur vieillesse et l'avenir de leur maison ; mais ils ont trouvé un grand adoucissement à leur douleur dans la mort chrétienne et si édifiante qu'il a faite. Ils me prient de vous témoigner toute leur gratitude pour les soins dont vous avez entouré leur cher défunt au moment suprême de son trépas et pour l'attention que vous avez eue de les informer de sa mort.

Veuillez agréer, mon Révérend Père,....

SOLINHAC, *curé*.

CIII

X., 3 septembre 1871.

Monsieur l'Aumônier,

J'ai lu avec un vif plaisir, dans un des derniers numéros du *Journal de l'Aveyron*, la lettre que vous a adressée Monsieur le Curé de Fontaine-les-Dijon et celle que vous consacrez à la mémoire de nos pauvres mobiles morts pendant la campagne, et aussi à la défense de votre régiment... Vous me permettrez de vous dire à ce propos, Monsieur l'Aumônier, que votre voix, plus que celle de tout autre, était bien faite pour imposer silence à ceux qui semblent ne pouvoir se grandir eux-mêmes qu'en rabaissant les autres. Vous avez cent fois raison ; vous avez été à même de le voir de près sur les champs de bataille. Nos mobiles ont fait ce qu'ils devaient et surtout ce qu'ils pouvaient faire dans les conditions déplorables où nous nous trouvions. Le plus grand honneur qu'ils pussent ambitionner vient de leur être rendu par les habitants de Fontaine. Aussi, c'est avec bonheur que je souscris à leur pensée généreuse en vous priant de me servir d'intermédiaire pour leur faire parvenir ma petite offrande.

C.

CIV

Petit-Séminaire de St-Pierre, 28 juin 1871

Mon très Révérend Père,

Les lettres de mon frère Joseph m'ont souvent parlé de vos bontés pour les mobiles, de votre dévouement sans bornes et du grand bien que vous leur faites. Au nom de toutes les familles Aveyronnaises, soyez remercié et béni.

Qu'ils nous occupent, qu'ils nous désolent, ces pauvres enfants ! Tout est ennemi et danger autour d'eux : Prussiens, climat, maladies, compagnons d'armes étrangers ! Vous êtes, mon Révérend Père, notre unique consolation. Ceux qui sont morts ou qui mourront vous devront le Ciel. Ceux qui demeureront vous nous les conserverez et nous les rendrez purs et innocents, comme les veulent leurs mères et leurs frères. Notre reconnaissance est de celles qui sont fortes et éternelles.

Mon pauvre frère nous a écrit tout récemment. Il est malade et sans nouvelles de nous. Depuis le 1er janvier nous lui avons écrit plusieurs lettres, envoyé plusieurs fois de l'argent et il n'a rien reçu. Oh ! qu'il doit souffrir à cause de nous !

Soyez assez bon, mon Révérend Père, pour

lui faire passer le mandat de 20 fr. ci-inclus. Je vous en serai très obligé. Je ne sais plus quelle voie prendre pour communiquer avec lui. Dites-moi, je vous prie, ne serait-ce qu'en deux lignes, quel est son état ? De quoi il manque plus spécialement ? Serait-il utile que nous allions le voir et pourrions-nous l'emmener avec nous ?

Recevez, mon Révérend Père, nos remerciements pour la peine que vous prenez pour nos chers mobiles et en particulier pour mon frère.

VIDAL,
Professeur à St-Pierre.

CV

Viviez, le 10 décembre 1870.

Bien cher frère,

J'ai reçu, il y a déjà quelques jours, ta lettre que nous attendions avec une grande impatience et ce n'était pas sans raison, car je viens d'apprendre indirectement et avec beaucoup de peine, qu'une balle t'a percé le caoutchouc dont tu étais revêtu. Je n'aurais jamais cru que tu fusses aussi exposé que cela ! Il me semble que ça doit provenir d'une imprudence de ta part.

Je n'en ai pas parlé à notre père. Il se chagrine assez, Dieu merci, à ton sujet, et ce ne serait pas le moyen de diminuer ses chagrins et calmer ses légitimes inquiétudes. Je t'assure qu'à partir de ce jour je ne serai guère rassuré sur ton compte. Tu auras beau me dire que tu n'est pas exposé, je n'en croirai rien. Je vois maintenant que tes lettres jusqu'ici n'ont eu d'autre but que de ne pas nous effrayer.

Chaque fois que tes lettres se retarderont un peu plus qu'à l'ordinaire, nous serons tous dans une mortelle inquiétude. Aussi j'espère bien qu'à l'avenir, plus que jamais, tu nous écriras souvent, ne serais-ce que deux mots pour donner signe de vie. Je t'en conjure, bien cher frère, ne t'expose donc pas plus qu'il ne faut pour faire ton devoir et remplir ton ministère de charité. Je ne crois pas que ta mission exige que tu t'exposes à être tué. Au contraire, ce me semble, car si tu viens à succomber par ton imprudence, qui pourra porter secours aux malades, aux blessés et aux pauvres mourants. Il doit y avoir dans tout régiment des hommes chargés de ramasser les blessés et de les faire transporter dans les ambulances voisines. C'est là surtout que ton ministère doit être utile ; sans compter qu'un aumônier connaissant comme toi les mobiles de l'Aveyron, ne serait pas peut-être facile à improviser ! Je crois donc que c'est de ton devoir, à moins que je ne sois aveuglé par l'amour fraternel de te conserver pour continuer à faire du bien à nos chers Aveyronnais.

Dans ta prochaine lettre tu me donneras des nouvelles du jeune Bezat, de La Bastide, qui n'a pas écrit déjà depuis longtemps. Ses pauvres parents sont dans une grande inquiétude à ce sujet.

Depuis huit jours, nous avons ici vingt centimètres de neige et il fait un froid épouvantable. Cela commence de nous ennuyer et nous couchons dans un lit bien chaud ! Que penser de vous ? C'est bien autre chose ! Vous avez peut-être encore plus de neige et il fait un froid plus intense, et vous êtes obligé, sans doute, de coucher sous la tente ou dans quelque mauvais réduit ! Comme vous devez souffrir et que je vous plains ! Comment vous arrangez-vous pour ne pas mourir de froid ? J'y pense souvent et j'en souffre beaucoup !

S'il y avait quelque mobile du pays ou des environs qui ne fut pas bien habillé, fais me le savoir tout de suite, car je pourrais leur envoyer quelques gilets de flanelle.

Nous allons tous bien.

Ton très affectionné frère,

Marcellin DALQUIÉ.

CVI

Villeneuve, 9 octobre 1870.

Cher Père,

J'adresse à des gardes mobiles de ma connaissance quelques objets de piété venus de Rome. Dans la distribution que j'en fais je ne pourrais oublier mes chers Villeneuvois, car je les affectionne doublement, ils le savent, à titre de compatriote et de leur vicaire. M. Henri Turq vous remettra un petit paquet de médailles indulgenciées par Sa Sainteté Pie IX à l'occasion du Concile. Vous voudez bien avoir la bonté de les distribuer, en mon nom et comme souvenir d'un ami, aux gardes mobiles de la compagnie de Villeneuve. Elles leur porteront bonheur, je le désire et l'espère.

Dites-leur que l'éloignement ne les fait pas oublier ici. On prie beaucoup pour eux. On demande et on reçoit avec bonheur de leurs nouvelles. J'ai déjà des lettres de plusieurs d'entre eux qui me sont un témoignage précieux de leur foi et de leur courage. Dieu en soit béni.

Inutile de recommander à de tels soldats d'astiquer proprement la conscience : la main se sent ensuite plus de force pour fourbir les armes ! A l'heure des batailles, tout doit être net, depuis le fond de l'âme jusqu'au bout de la baïonnette. De la sorte, l'homme ne peut manquer d'avoir l'allure militaire au dedans et au dehors et rien ne résiste à l'arme blanche que dirige une âme qui se déclare sans peur parce qu'elle est sans reproche.

Adieu, mon cher Père ; c'est vous être agréable que de porter intérêt à la famille que notre digne Evêque vous a confiée ; croyez-moi votre tout attaché confrère,

MASSABUAU,
Vicaire à Villeneuve.

CVII

Salles, 29 janvier 1871.

Mon très cher frère,

J'ai reçu, ce matin, ta lettre du 23, que j'attendais avec une impatience facile à comprendre.

Comme je lis tous les jours les journaux, je savais déjà qu'on s'était battu pendant trois jours à Dijon. Aussi je ne vivais plus ! J'étais dans tous les états. Je craignais qu'il ne te fut arrivé quelque malheur ! Mais, que Dieu soit béni ! ta lettre m'apporte de bonnes nouvelles de ta santé !

Je voudrais bien ne pas me faire trop de mauvais sang, mais je ne puis pas m'en empêcher, car je comprends très bien, quoique tu cherches à me rassurer, que tu es grandement exposé. Et puis lorsqu'on a à faire avec des sauvages qui ne respectent rien, pas même les ambulances, comment pouvoir être rassuré !

Je prie tous les jours le bon Dieu de te conserver la vie et de te ramener bientôt au milieu de nous. Que de choses n'auras-tu pas à nous dire, car je sais bien, en lisant tes lettres, que tu ne veux pas dire tout.

S'il y a eu à Dijon des blessés de notre connaissance, tu me le diras. Pauvres enfants ! et pauvres mères ! que de souffrances et que de larmes ! Plaise à Dieu que tout cela finisse bientôt !

Toute la famille va bien.

Ton affectueuse et dévouée sœur,

Henriette DALQUIÉ.

CVIII

Millau, 17 janvier 1871.

Bien cher Aumônier,

Je vous remercie bien sincèrement de tout ce

que vous me dites dans votre bonne lettre. Elle était la désirée et croyez qu'elle a été la bienvenue. Que le bon Dieu vous récompense de tout le bien que vous avez fait et que vous faites encore au corps et à l'âme de nos pauvres mobiles ! On a bien raison de dire que ce que le bon Dieu garde est bien gardé. Oh ! oui, sans un secours tout particulier d'en Haut, vous n'auriez pu, cher et bon ami, résister sain et sauf à tant de fatigues et de privations qui se sont abattues sur vous depuis le mois de septembre.

Je demande à Notre-Seigneur qu'il vous continue ces secours si précieux.

Une bonne famille de Millau est en peine sur le compte d'un de ses membres, soldat dans votre régiment. Mieux que personne vous pouvez nous fournir quelques renseignements. Il s'agit de Courtines, Numa, parti de chez lui laissant femme et enfant. On lui a fait plusieurs envois d'argent et d'objets d'habillement et depuis il n'a pas donné le moindre signe de vie. Est-il mort ? Est-il blessé ? Est-il prisonnier ? Il faut qu'il y ait quelque chose de plus ou de moins.

Je vous remercie des nouvelles que vous m'avez donné de MM. de Serre, de Gualy, d'Hauterives et autres.

Je ne vous dirai pas combien je suis heureux de la bonne édification que nos jeunes gens portent, sous votre paternelle direction, dans un pays si peu habitué à être édifié.

Les prières nombreuse qui se sont faites et se font encore tous les jours dans le diocèse n'auraient-elles amené d'autres résultats que le retour à Dieu de ces pauvres enfants dont plusieurs étaient sans doute de véritables Prodigues, nous ne saurions assez dire merci à Notre-Seigneur.

Monsieur l'abbé Marty me charge de vous remercier de votre petit billet. Il vous retourne ses amitiés les plus affectueuses.

Votre tout dévoué

C. BOYER, *aumônier du Collége.*

CIX

Brusque, 11 novembre 1870.

Mon cher Monsieur l'Aumônier,

Je dois tout d'abord vous féliciter du bien que vous faites à nos chers mobiles de l'Aveyron et particulièrement à ceux de Brusque. Les lettres écrites par ces jeunes gens à leurs familles vous ont conquis l'estime et l'affection de tous les parents et amis, tant elles font connaître votre zèle et votre dévouement; et je dois vous dire que cette estime et cette affection ne sont pas stériles. En prenant connaissance de toutes les peines que vous prenez pour eux, la mère d'un de ces enfants, si chers à votre cœur, m'offrit incontinent 20 francs pour vous envoyer afin de vous dédommager un peu de vos peines ; je n'ai pas cru devoir les accepter, la personne n'étant pas riche. Je vous dis ceci pour vous donner une légère idée de l'attachement que nous vous portons tous et pour vous faire comprendre que si vous constatiez des besoins réels parmi nos enfants de la paroisse de Brusque, vous nous tronveriez prêts à vous offrir quelques secours, sans compter que ces petites sommes d'argent pourraient être entre vos mains un moyen dont la Providence se servirait peut-être pour amener à vos pieds ceux de vos mobiles qui n'auraient pas encore mis ordre à leur conscience. Vous voudrez bien me donner un mot de réponse à ce sujet.

Je vous remercie bien, mon cher Père, de l'empressement avec lequel vous avez remis ma lettre aux mobiles de la paroisse. Ils se sont empressés, à notre grande satisfaction, de nous en prévenir.

Vous trouverez ci-inclus un mandat-poste. Vous le distribuerez selon votre bon plaisir. Je pourrais vous envoyer quelques autres petites sommes si vous le désirez,

Votre tout dévoué ami,

ROQUES, *vicaire à Brusque.*

CX

DÉVOUEMENT DES FRÈRES
Pendant la campagne de 1870.

Dans le numéro du 14 mars 1886 du *Progrès Aveyronnais*, journal républicain, qui vient de nous tomber par hasard sous la main, nous lisons à la fin d'un article à fond de train et très injuste contre les Frères :

« M. l'abbé Dalquié, l'honorable directeur de la *Gazette de l'Aveyron*, est des mieux placés pour renseigner nos lecteurs et les siens à cet égard ; aumônier des mobiles de l'Aveyron pendant la guerre de 1870, M. Dalquié doit savoir le nombre de ces courageux congréganistes qui l'ont suivi et accompagné devant l'ennemi. Nous avons ouï dire, non pas par un ancien élève des Frères, mais par un franc-maçon (M. Dalquié sera étonné qu'un franc-maçon ait pu lui rendre justice) que M. l'abbé Dalquié s'était prodigué pendant cette campagne, que son dévouement avait été au-dessus de tout éloge, notamment à Autun, où une épidémie de variole sévissait et faisait de nombreuses victimes. Eh bien, peut-il nous dire combien d'émules du frère Philippe étaient venus l'aider dans la tâche qu'il s'était imposée, car, enfin, ce n'était seulement pas à Paris qu'il y avait des Frères, l'Aveyron, de tout temps, en a été abondamment pourvu, et s'il est vrai qu'en 1870 ils aient pris leur vol vers les champs de bataille, M. l'abbé Dalquié a dû en trouver quelques-uns à ses côtés. Combien en a-t-il compté ? »

Laissant au public le soin de juger le *Progrès Aveyronnais* au point de vue des *convenances*, nous nous contenterons, pour ce qui concerne la belle conduite des Frères sur le champ de bataille, pendant la triste guerre de 1870, de renvoyer notre aimable confrère au long discours que M. l'abbé Carayon, archiprêtre de Millau, a prononcé, au milieu des applaudissements, il y a deux ans, à la distribution des prix des Frères. Ce sont tout simplement de nombreux extraits de rapports ou documents officiels que le *Progrès Aveyronnais* ne saurait suspecter puisqu'ils émanent, pour la plupart, de sources républicaines, et sont des plus élogieux.

Maintenant, puisque notre excellent confrère en appelle à nos souvenirs particuliers et personnels, nous ajouterons quelques lignes.

Voici ce que nous pouvons lui assurer, comme en ayant été les témoins oculaires :

Après l'affaire de Dijon et avant que les Prussiens se fussent complètement retirés, les bons Frères des écoles chrétiennes de la ville ont traversé les lignes ennemies pour aller à la recherche des morts et des blessés. Dans quelques heures ils sont revenus avec des tombereaux chargés de cadavres appartenant aux divers régiments qui avaient pris part aux combats des jours précédents. Nous nous trouvions à l'hospice, lorsqu'ils y sont arrivés. Parmi ces nombreux cadavres, qui furent déposés pêle-mêle dans une grande salle de cet établissement de charité, nous avons trouvé 27 de nos chers Aveyronnais, que nous avions vu tomber sur le chemin de Darrois sans avoir la consolation de pouvoir les emporter avec nous ! Si l'honorable franc-maçon qui a bien voulu conserver un bon souvenir de notre humble personne et nous donner des éloges qui prouvent son bon cœur et dont nous le remercions bien sincèrement, se fût trouvé là, il nous aurait vu avec les deux mobiles Féral, de Boussac, et Plégat, de Nauviale, occupés, les mains tout ensanglantées, à trier, au milieu de ce monceau de cadavres, nos pauvres morts, pour prendre le signalement de ceux que nous ne connaissions pas et faire donner à tous ces chers compatriotes une sépulture particulière et honorable ! Nous tenons à ce que les parents de ces malheureuses victimes de la guerre sachent que si nous avons pu sauver de la fosse commune leurs pauvres enfants, et les accompagner à leur dernière demeure, c'est au dévouement des bons Frères qu'ils le doivent ! Sans eux ils n'auraient peut-être jamais su ce qu'ils étaient devenus ! C'est si vrai, qu'à notre retour dans l'Aveyron, l'administration supérieure n'ayant pas de renseignements sûrs au sujet d'un bon nombre de mobiles qui manquaient à l'appel, nous fit écrire, à la date du 5 juin 1872, par le capitaine-major de la garde nationale mobile, pour nous demander une copie d'une liste de morts assez complète que nous avions eu le soin de dresser, non sans peine, dans l'intérêt des familles ! Ce document était évidemment des plus importants, car il fallait, tous les jours, délivrer des extraits mortuaires aux personnes intéressées qui les demandaient avec instance et souvent inutilement. Aussi M. le Préfet nous fit-il écrire, par le même officier, une lettre de remerciements qui est trop élogieuse pour l'ancien aumônier des mobiles, pour être livrée à la publicité. Et si nous en parlons après un silence de 14 ans, c'est uniquement parce qu'elle fait indirectement autant d'honneur aux bons Frères qu'à notre personne.

Et que n'aurions-nous pas à dire si nous voulions raconter ici tout ce que nous avons vu dans les ambulances organisées et desservies par les Frères ! Et quelle reconnaissance ne leur doivent pas plusieurs de nos anciens soldats ? Dieu le sait et cela suffit à des hommes qui attendent leur récompense d'en Haut.

Ces quelques lignes tracées à la hâte, au milieu de nos courses apostoliques, nous les devions à la justice et à la vérité, et nous ne doutons pas qu'elles ne soient lues avec quelque intérêt.

DALQUIÉ.

CXI

Autun, le 7 février 1871.

Monsieur l'Aumônier,

Vous me dites que vous ne vous rappelez pas si, avant de partir, vous avez vu le jeune Laporte, décédé le 22 janvier. Je ne suis pas surpris de cela. Vous aviez tant de malades à cette époque! Je crois pouvoir vous assurer toutefois que vous l'avez confessé avant votre départ. Il a conservé sa pleine connaissance, pour ainsi dire, jusqu'au dernier soupir. La veille de sa mort, Monsieur l'aumônier de la Providence ne le croyant pas en danger, ne jugea pas opportun de l'administrer; mais dans la nuit, comme on s'aperçut que la vie s'échappait, on alla chercher M. Larton, aumônier du *St-Sacrement*, qui vint l'administrer. Il reçut ce dernier sacrement avec les sentiments de la foi la plus vive et, dans la matinée, il mourut de la mort des saints. Il fut un des malades les plus aimables que j'aie rencontrés. Malgré ses souffrances (fièvre typhoïde et fluxion de poitrine), il était toujours aimable et souriant. Je pourrais affirmer les mêmes choses de son compatriote Durand, Pierre, qui, entré le même jour à l'ambulance, partit le même jour pour entrer dans la patrie céleste. Il mourut aussi après avoir reçu tous les sacrements avec les sentiments de la plus vive piété. Ces bons Aveyronnais nous donnent tous ces grandes consolations.

Nous n'avons plus maintenant de mobiles de l'Aveyron. Il y a 10 à 15 jours qu'ils sont tous partis, les uns pour le Midi, les autres pour rentrer chez eux.

Madame la Supérieure vous présente ses respectueux hommages.

Recevez, Monsieur l'Aumônier,.....

L'abbé LEBROT,
Infirmier à l'ambulance de la Providence.

CXII

Vaureilles, 3 février 1871.

Mon bien cher frère,

J'ai reçu ta bonne lettre du 23 janvier avec le plus grand plaisir. Connaissant déjà l'affaire de Dijon et sachant que les mobiles de l'Aveyron y avaient pris part, je craignais qu'il ne te fut arrivé quelque accident. Ta lettre est heureusement venue me tirer de mon inquiétude en m'apportant de bonnes nouvelles de ta santé et de celle de mes nombreux paroissiens qui se trou-

vent dans ton régiment. Leurs parents étaient
dans une mortelle inquiétude. Il n'y avait que
Guiraudie qui avait écrit depuis le combat de
Dijon. Nous étions bien loin d'être rassurés.
Nous savions qu'on s'était battu pendant trois
jours, et bien que la victoire fût restée de notre
côté, nous ne pouvions pas nous faire illusion au
point de croire que ces combats se seraient livrés sans de pertes considérables de notre côté.
Aussi si une lettre a jamais été la bienvenue, je
le répète, c'est bien la tienne. Bien qu'il m'ait été
facile de lire entre les lignes que tu ne me disais
pas toute la vérité, ta lettre nous a fait du bien
en nous donnant la certitude qu'il n'y avait,
parmi les morts et les blessés, aucune des personnes auxquelles je porte un intérêt particulier. Mais tout cela n'est l'affaire que d'un moment! et qui sait si à l'heure où j'écris ces lignes
vous n'êtes pas de nouveau aux prises avec ce
terrible ennemi! Pourrait-on avoir un instant
de contentement et de joie en pensant aux dangers qui vous poursuivent partout et aux souffrances qui vous accablent du matin au soir!

Tu es parti, sans doute, pour faire le bien!
Tu te dois à ces pauvres jeunes gens que tu ac-
compagnes et qui, au milieu de leurs malheurs,
sont si heureux de t'avoir continuellement à
leur côté. Je comprends tout cela et je te félicite
de ton courage et de ton dévouement que je

connais par les lettres des mobiles de la paroisse ; cependant je ne puis m'empêcher de te recommander de ne pas t'exposer sans nécessité. La campagne n'est pas encore finie et nos chers Aveyronnais peuvent encore avoir besoin de toi.

Donne-moi des nouvelles de tous mes paroissiens : Foissac, Petit, Grès, Casimir, Cassan, Vinel, Cavaignac, Guiraudie, Lagarrigue, Vergnes. Les parents sont si heureux de savoir par toi des nouvelles de leurs enfants ! Je te les recommande d'une manière particulière, soit au point de vue spirituel, soit au point de vue matériel. Je ne doute pas, du reste, qu'ils n'aient fait tous leur devoir, étant connu leurs sentiments chrétiens.

Ecris-moi le plus souvent possible ; au moins deux lignes pour me dire l'état de ta santé, cela me suffira, car je comprends très bien que tes nombreuses occupations ne te permettent pas d'écrire toujours de longues lettres, même aux parents.

Ton frère tout dévoué,

DALQUIÉ, *curé.*

P.-S. — M. Boyer, de Drulhe, me prie de t'écrire pour te demander des nouvelles de son fils François Boyer. Un mobile a écrit qu'il avait disparu ; Guiraudie, mon paroissien, vient d'annoncer qu'il est mort. Je te prie de me dire ce qui en est.

Tu viens d'annoncer à M. le curé de Lalo la mort de Marty. Comme il y a dans la mobile trois Marty, natifs de Lalo, et que tu ne donnes pas de prénom, on ne sait trop à quoi s'en tenir. On comprend facilement l'inquiétude des familles. Donne donc au plus tôt le prénom de la victime.

CXIII

Bourg-en-Bresse, 24 février 1871.

Mon Révérend Père,

Si j'ai tardé autant à vous donner des nouvelles de vos chers enfants, c'est afin qu'elles fussent plus précises. Le mobile que vous avez laissé à Ceyseriat est mort, il y a quelques jours, avec d'excellents sentiments de religion. On lui a fait un magnifique enterrement. Les soldats et les pompiers du village y ont assisté. Quant à celui de l'hôpital, il va beaucoup mieux, et le jeune Sicard est en pleine convalescence.

Nous avons toujours beaucoup de malades et de bien malades en dehors des Aveyronnais.

Permettez-moi, mon Révérend Père, de profiter de cette circonstance pour vous remercier de tout le bien que vous nous avez fait durant votre séjour dans notre ville.

Croyez, mon Révérend Père, au dévouement de votre servante en N -S.

Sʳ MARIE ALOYSIA, *supérieure.*

CXIV

Boissieux (Haute-Loire), 5 janvier 1871.

Bien cher frère,

Ta lettre, quoique bien triste et bien désolante, est venue m'apporter un peu de consolation en m'apprenant que, malgré tes fatigues, tu jouis d'une bonne santé et que tu as toujours bon courage. Aussi, avec quel bonheur l'ai-je reçue ! Lorsqu'il y a quelques jours que je n'ai pas eu de tes nouvelles, je ne puis me supporter. Je compte les heures, et elles sont mortelles. Pourrait-il en être autrement lorsqu'on sait que tu es si exposé ! Et encore, bien sûr, tu ne me dis pas tout de peur de m'effrayer ! Ecris-moi souvent, souvent, ne serait-ce que deux mots.

Tu ne me parles pas de mes lettres, et cependant je suis très exacte à répondre et tout de suite aux tiennes. Evidemment tu ne dois pas les recevoir. Dis-moi dans ta prochaine ce qui en est.

Je pensais que votre régiment des mobiles, comme celui de la Haute-Loire, serait rappelé sur Bourges, où je voulais aller te voir, mais je vois qu'il n'en est rien.

Il fait, sur nos montagnes, un temps épouvantable. L'énorme quantité de neige qui est tombée nous a empêché, aujourd'hui dimanche, d'aller à la messe. Pauvres enfants! Comment pouvez-vous vous supporter avec un pareil temps! Je suis souvent à me le demander, et cette pensée me fait souffrir et me rend malheureuse au-dessus de toute expression! Oh! que nous sommes malheureux, et que nous avons besoin que le bon Dieu vienne bientôt à notre secours!

J'ai vu cette semaine, dans la *Revue religieuse* de Rodez, une de tes lettres adressées aux dames de Laguiole. J'avais souvent pensé que tu nous cachais tes peines, tes misères et les dangers que tu cours tous les jours; cela n'est que trop vrai; je ne puis plus en douter!

Quel malheur que votre régiment ait été versé dans l'armée de Garibaldi! Mon cœur est navré de douleur en pensant à ces pauvres soldats et à notre pauvre France si humiliée!

Je t'en prie, en grâce, si tu étais malade ou

qu'il t'arrivât quelque accident, tu me ferais écrire tout de suite. Nous ne sommes pas très éloignés, je me rendrais immédiatement auprès de toi.

Toute la famille va bien et t'embrasse avec moi.

Ton affectionnée sœur,

Adèle DALQUIÉ.

————

CXV

Dijon,   mai 1871.

Mon Révérend Père,

Le Père Le Tellier ne pouvant pas répondre aux renseignements que vous lui demandez, a prié notre mère de s'en charger et c'est de sa part que je viens, hélas! non vous satisfaire, mais vous exprimer notre regret bien sincère d'en être empêchées. Monsieur l'Econome m'assure que tous les extraits mortuaires des Aveyronnais morts soit à l'hôpital, soit chez les Capucins, soit chez les Ursulines, ont été envoyés directement aux familles des défunts. S'il en manque à l'appel, ce sont sans doute ceux qui ont été soignés dans des petites ambulances particulières.

Quant aux vôtres, bien des noms peuvent être incorrects : les pauvres enfants étaient si nombreux, si mourants que, n'ayant d'autres renseignements que ceux qu'ils pouvaient donner eux-mêmes, ils étaient fort courts et souvent mal compris.

Ne pas savoir au sûr ce que sont devenus ces pauvres enfants, c'est là un rude sacrifice pour les parents, sacrifices précédés de bien plus rigoureux encore ! Cependant, Monsieur l'Aumônier, il nous semble que les pieux enfants de l'Aveyron étaient moins déshérités que bien d'autres ! En votre personne, le bon Dieu leur avait donné un doux gage de sa bonté paternelle ; nous en avons toutes béni sa miséricorde et c'est tout ce que votre humilité nous permet sur ce chapitre.

Veuillez agréer, mon Révérend Père, etc.

Sr Marie BÉNIGNE,
Religieuse hospitalière à Dijon.

CXVI

Lunet, 14 décembre 1870.

Mon Révérend Père,

Je viens, aux vœux d'une famille bien désolée de la paroisse de Lunet, vous demander des nouvelles de Louis Naujac, mobile de l'Aveyron. Toutes les informations qu'on a prises depuis le combat d'Autun ont été inutiles. Comme vous le comprenez sans peine, toute la famille est dans la plus grande désolation. Il est marié et sa jeune épouse est au lit malade de chagrin. J'ai cru faire un acte de charité en vous écrivant pour avoir au plus tôt de ses nouvelles. Elles seront probablement mauvaises, mais si le pauvre enfant est mort, il vaut mieux encore le savoir dans son intérêt et dans celui de ses parents. Nous prierons pour le repos de son âme et les siens ne s'occuperont plus qu'à faire le pénible sacrifice que Dieu exige d'eux.

Quelques-uns de ses compatriotes ont écrit qu'il avait été blessé à une épaule, mais nous craignons qu'il ait encore plus que cette blessure, car, s'il n'avait pu écrire, il aurait du moins prié quelqu'un de lui rendre ce service.

Vous voudrez bien, mon Révérend Père, m'honorer au plus tôt d'un mot de réponse.

Dans cet espoir, veuillez agréer, etc.

Sʳ St-Joseph, *supérieure.*

CXVII

X., 12 février 1871.

Mon Révérend Père,

Bien que je n'aie pas l'honneur d'être connue de vous, permettez-moi de prendre la liberté de m'adresser à votre paternelle bonté pour une œuvre que j'ai bien à cœur. Votre dévouement héroïque pour les enfants de l'Aveyron m'est un sûr garant que ma prière trouvera écho dans votre cœur de prêtre. Voici ce dont il s'agit :

J'ai un neveu dans l'armée de Garibaldi. Il s'appelle X., et il est officier. Ce cher enfant, élevé avec tous les soins possibles par les RR. PP. Jésuites, a, depuis quelque temps, mis de côté les pratiques si consolantes de notre sainte religion. Le séjour de la capitale lui a été funeste à ce point de vue. Je viens vous prier, mon Père, au nom de toute la famille, de vouloir bien le voir et de lui donner quelques soins particuliers.

Nous sommes dans la plus grande anxiété, car dernièrement il a failli être tué par un obus. Comme tant d'autres, il est tous les jours exposé à perdre la vie. Je ne crois pas qu'il ait de scapulaire, mais il a une médaille de la Très Sainte-Vierge.

32

Veuillez avoir la charité de le voir. Il n'est pas méchant. Il est seulement indifférent et négligent. Je crois qu'il se laissera faire du bien, car il est très bon et a d'excellents principes.

Veuillez agréer, mon Révérend Père, etc.

XX.

———

CXVIII

Asprières, le 28 janvier 1870.

Mon bien cher frère,

Je viens de recevoir ta lettre du 23. Bien qu'elle nous rassure sur ta santé, nous ne laissons pas que d'être toujours dans une grande inquiétude à ton sujet en voyant que vous êtes si souvent aux prises avec notre terrible ennemi. Ton courage te pousse à t'exposer au danger plus peut-être que tu ne devrais. Je l'ai appris encore dernièrement par un mobile de Rignac, nommé Mercadier, que mon mari a trouvé à la gare de Capdenac. Il a fait mille éloges de toi, ajoutant que tu les suis partout et que tu t'exposes beaucoup à être tué. Tu me disais, au commencement de la campagne, que tu resterais dans les ambulances et que tu n'irais pas sur les champs de bataille. Aujourd'hui je n'en crois rien. J'ai trop de preuves du contraire. Tu me disais tout cela, je le vois bien maintenant, pour me rassurer et ne pas m'effrayer. Aussi lorsqu'il y a quelques jours que je n'ai pas eu de tes nouvelles, je ne puis me supporter. Je crains que tu ne sois malade ou mort ou blessé. Hélas! quand finira-t-elle cette malheureuse guerre, qui fait tant de victimes et verser tant de larmes!

Je viens d'apprendre que Victor Delon a été blessé. Son père, qui se trouve ici aujourd'hui, m'a dit que tu l'avais écrit toi-même à Viviez. Il en serait de même, paraît-il, du jeune Calvet, de Faugère, neveu de Cantarel. Tu me donneras des détails là-dessus.

Je t'en conjure, bien cher frère, écris-moi le plus souvent possible.

Ta toute dévouée sœur,

Pauline DALQUIÉ.

CXIX

Autun, le 8 décembre 1871.

Monsieur l'abbé,

C'est toujours avec tristesse que nous nous

rappelons la terrible campagne de l'année dernière et le désastreux passage de Garibaldi à Autun. Mais pourtant ce n'est pas sans un sentiment de bonheur que nous nous remettons en mémoire les jours que vous avez passés près de nous et les touchantes fêtes que nous célébrions ensemble dans notre chapelle et même dans nos dortoirs convertis en ambulance. Quels jours que ceux-là, Monsieur l'abbé ! Le souvenir de vos fatigues et des misères de vos mobiles me serre encore le cœur. Et pourtant, ce qui console, c'est que vos soldats étaient de bons chrétiens et pour nous des amis, tandis que tant d'autres..... Il faut les avoir vus, entendus, coudoyés tous les jours...

Vos jeunes gens doivent se rappeler encore avec effroi ces longues nuits passées dans nos bois sans feu, sans vêtements pour ainsi dire.

Vous n'êtes pas sans doute sans le savoir à présent : votre colonel était des plus mal notés à l'état-major de Garibaldi. Chaque fois qu'il arrivait à la Sous-Préfecture ou à l'Hôtel-de-Ville, c'était un *tolle* général parmi tous ces bandits affublés de chemises rouges. Toujours ses demandes étaient écartées ; il n'y avait pour lui ni vêtements, ni chaussures, ni chassepots. Et cependant il y avait des salles pleines de souliers, de chemises, de capotes, etc... envoyés de Lyon à l'armée des Vosges. On ne savait qu'en faire; les garibaldiens en avaient tant qu'ils voulaient, les commis aux habillements s'en attribuaient à souhait ; mais les mobiles ; il n'y avait rien pour eux.

C'est d'un de nos anciens élèves, sergent d'habillement, que je tiens tous ces détails. Pauvre France !

Vous avez dû recevoir, ces jours-ci, un numéro de l'*Echo de Saône-et-Loire*. Je vous l'ai adressé dans la pensée que vous liriez avec intérêt le compte-rendu de la cérémonie du 1er décembre dernier. Le journal n'exagère pas quand il dit qu'une foule nombreuse, bravant la neige, s'est rendue au cimetière. La ville presque entière s'y trouvait, pour honorer nos défenseurs et prier pour eux.

Je dis presque entière, car les rouges s'étaient abstenus, ils n'avaient pas voulu, dit la feuille radicale le *Morvan*, prendre part à une cérémonie inspirée par le clergé et se mêler aux insulteurs de Garibaldi. Ils se rappelaient qu'ils avaient signé, le 1er décembre 1870, une pétition demandant qu'Autun ne se défendit pas ! Et ils nous accusent de n'avoir pas de patrie, ni de patriotisme, eux qui voulaient livrer sans défense notre ville à l'ennemi !

Je termine en vous exprimant, avec le respect affectueux de mes confrères, mes meilleurs sentiments.

Veuillez agréer.

Autun, le 22 janvier 1871.

Monsieur l'Aumônier,

Je vous transmets la liste de vos morts de cette semaine. Le temps de l'épreuve n'est pas encore fini pour votre cœur de père et pour les pieuses familles de l'Aveyron. Cependant, le nombre des morts s'est un peu diminué ces jours-ci. Espérons que la semaine prochaine offrira encore moins de décès à vous annoncer.

Le journal mentionne, dans cette dernière semaine, 22 décès militaires aveyronnais. Je vous envoie ci-dessous les noms et les ambulances où ils sont morts.

L'épidémie de la petite vérole semble sévir avec moins de rigueur.

Je vous ai adressé, dimanche dernier à Dijon, une première lettre contenant, avec la liste des décès des quinze jours précédents, les noms des malades qui se trouvaient encore aux ambulances de la *Charité* et du *St-Sacrement*. Si elle ne vous était pas parvenue, je vous expédierais de nouveau ces noms.

J'adresse encore aujourd'hui ma lettre à Dijon. Je n'ose attendre une longue réponse. (Il nous serait cependant si agréable de recevoir de vos nouvelles et de celles de vos chers enfants, dont nous conservons un si doux souvenir!) Une ligne seulement pour me dire si mes deux lettres vous sont parvenues.

Le blessé Gaudin, Théophile, que vous avez vu au St-Sacrement, n'est pas celui dont on vous demandait des nouvelles. Ce dernier Gaudin, Etienne, est mort à la Visitation.

Merci des soins que vous avez donnés à nos pauvres mobilisés de Charolles. Votre charité et votre zèle n'ont pas assez avec vos nombreux malades et blessés! Il leur faut encore le soin des blessures des étrangers. Que votre dévouement est beau et admirable et comme le bon Dieu et les hommes sont contents de vous!

Notre bon économe a, dans la 3ᵉ légion des Charollais, un cher neveu dont il n'a pas de nouvelles depuis les combats des 21 et 22, auxquels il a dû prendre part. Il se nomme Berland, Jean-Benoit, 4ᵉ compagnie, 2ᵉ bataillon.. Si vous apprenez quelque chose de certain sur son compte, soyez assez bon, Monsieur l'Aumônier, de m'en informer de suite. Les journaux n'ont encore publié aucune liste de morts ou de blessés.

Recevez,....

Autun, 28 janvier.

Monsieur l'Aumônier,

J'ai reçu les deux lettres que vous m'avez adressées, mais je vois, par votre dernière, que vous n'avez rien reçu de moi, alors que je vous ai écrit au moins deux fois pour vous envoyer les listes de vos morts et des nouvelles des malades.

Les lettres viennent bien de Dijon à Autun, mais elles ne vont pas aussi sûrement d'Autun à Dijon. Plusieurs personnes m'ont signalé le même fait. Je ne sais d'où cela vient.

Je vous envoie aujourd'hui la liste complète de vos morts, telle que je la trouve dans le *Journal d'Autun*. Souvent, les indications sont incomplètes. Je vous les transmets telles quelles. Vous reconnaîtrez facilement les vôtres.

Je visiterai, ces jours-ci, les registres des ambulances pour vous envoyer une liste aussi exacte que possible. Si en quelque chose je puis vous être utile, ne craignez pas, je vous en prie, de me mettre à contribution. C'est bien le moins que nous aidions selon nos faibles moyens, ceux qui travaillent de toutes leurs forces à l'œuvre de dévouement, supportant du matin au soir tout le poids des dures journées que vous traversez déjà depuis longtemps.

Voici ci-dessous une nouvelle liste de 42 de vos morts.

Recevez,....

Autun, le 12 février 1871.

Monsieur l'Aumônier,
J'ai reçu votre lettre datée de Dijon. Confor-

mément à votre pieux désir, je vous adresse l'état des morts de l'Aveyron, depuis votre départ, aussi complet que j'ai pu le dresser. Vous en trouverez la liste ci-incluse.

Les visites que j'ai faites à cette occasion aux diverses ambulances de la ville m'ont été fort agréables. Je dois vous remercier, Monsieur l'Aumônier, de m'avoir procuré ce plaisir. Les religieuses que j'ai vues m'ont toutes dit les choses les plus édifiantes et les plus touchantes sur le compte de vos chers Aveyronnais qu'elles ont eu à soigner. Leur patience au milieu des souffrances et leur résignation chétienne en face de la mort étaient admirables !

Ces bonnes sœurs me chargent de les rappeler à votre souvenir et de les recommander à vos bonnes prières.

A l'heure qu'il est, il reste peu d'Aveyronnais aux ambulances d'Autun qui étaient si remplies lorsque vous étiez au milieu de nous.

Au 1er février, il en restait 4 à la *Visitation*, 1 à la *Retraite*, 2 aux *Oblats*. Au *St-Sacrement* ils y sont plus nombreux, mais tous en bonne voie de guérison.

Si vous avez besoin de nouveaux renseignements, vous voudrez bien me le dire. Je me ferai un plaisir de vous les faire tenir.

Veuillez agréer,....

L'abbé B.
Professeur au Petit-Séminaire.

CXX

La lettre suivante a été trouvée avec un chapelet et une médaille de la Sainte-Vierge sur le
jeune Aigalenq, mort à l'ambulance des Frères
à la suite de ses blessures, quelques jours après
les combats de Dijon. Ces objets sont encore,
après vingt ans, tous maculés du sang du pauvre jeune homme. Sa mort et sa résignation
chrétiennes nous ont bien édifiés !

Sa famille sera peut-être heureuse de trovver
ici ce souvenir. La lettre est de son bon père.

Anterrieux, le 2 octobre 1870.

Bien cher fils,

J'ai reçu ta lettre que j'attendais avec la plus
grande impatience. Je suis heureux d'apprendre
que, malgré toutes vos fatigues et les maladies
qui règnent partout, tu jouis d'une excellente
santé.

J'ai été bien fâché de n'avoir pu venir à
Rodez, avec ton frère, au moment de ton départ.

J'ai reçu une lettre de Cécile, qui est bien
affligée de ton absence. Elle me dit qu'elle a tout
perdu quand tu t'es éloigné d'elle. Je lui ai fait
réponse et, pour la consoler, je lui ai assuré
qu'avec la grâce de Dieu tout s'arrangerait et
que nous aurions le bonheur de nous revoir.

Tu donneras à ton cousin François Batut des nouvelles de ses parents. Ils vont tous bien ; qu'il ne se chagrine pas à leur sujet, mais plutôt qu'il se soigne bien lui-même.

. Tu diras aussi à Sebrier que toute sa maison va fort bien ; mais on désire qu'il donne plus souvent de ses nouvelles.

Quant à toi, je désire que tu m'écrives au moins deux fois par semaine. Tu dois comprendre dans quelle inquiétude mortelle nous sommes lorsque tu passes quelque temps sans nous écrire. Vous êtes tous les jours si exposés ! Nous prions beaucoup pour toi, afin que le bon Dieu te ramène bientôt en bonne santé.

Si tu étais malade ou si quelque accident venait à t'arriver, tu ne manquerais pas de m'écrire ou de me faire écrire tout de suite. Je viendrai moi-même te chercher où tu te trouverais.

Ton tout dévoué père,

AIGALENQ.

CXXI

Taussac, le 4 mai 1871.

Mon Révérend père,

Nous savons tous l'intérêt que vous portez, même depuis votre retour dans l'Aveyron, aux

mobiles que vous avez accompagnés avec tant
de zèle sur les champs de bataille. C'est pourquoi je me permets de vous écrire au sujet du
nommé François Manhes, soldat au 42ᵉ régiment, 1ᵉʳ bataillon. Ses camarades disent l'avoir
laissé à Dijon malade de la petite vérole. Il y a
trois mois ou plus, depuis cette époque. Ce
jeune homme vit-il encore ou bien a-t-il succombé? Ses parents désolés se le demandent
sans pouvoir obtenir le moindre renseignement
de personne. Monsieur l'Aumônier de l'hôpital
général, à qui on avait écrit, vient encore de
répondre que son nom ne se trouve ni sur les
registres de l'hôpital ni sur ceux des ambulances
de la ville; pourriez-vous peut-être, Monsieur
l'Aumônier, nous donner vous-même quelques
nouvelles sur ce pauvre jeune homme. Elles
peuvent être tristes, mais enfin vaut-il encore
mieux connaître tout son malheur que de de-
meurer sous le poids d'une inquiétude mortelle.
Vous obligerez infiniment celui qui est heureux
d'avoir l'occasion de vous remercier des soins
prodigués à ses jeunes paroissiens.

VEYRE, *curé de Taussac.*

CXXII

Bourg-en-Bresse, février 1871.

Bien cher ami,

Nous voilà encore à Bourg-en-Bresse. La guerre est sans doute finie. Ce n'était pas trop tôt. Que va-t-on faire de nous maintenant? Allons-nous, au premier jour, être désarmés et rentrer dans nos foyers? C'est le désir de tous, mais nous l'ignorons encore. En attendant, nous venons d'accomplir notre devoir d'électeur. Dans notre régiment, la République n'a pas brillé. La liste monarchiste est passée à une majorité écrasante. M. de B. est arrivé la veille de l'Aveyron avec une quantité considérable de bulletins imprimés et tout prêts à être jetés dans l'urne électorale. La distribution s'en est faite rapidement. Depuis quelques jours, le bruit courait dans le régiment et en ville que, si nous votions pour les républicains, loin d'être désarmés, nous serions, au contraire, envoyés en Afrique. Jugez de l'effet de ce bruit sur nos pauvres Aveyronnais, déjà si fatigués de la guerre! Il n'en fallait pas davantage pour faire le succès de la liste monarchiste. Aussi, à l'exception de quelques soldats et de quelques rares officiers intéressés à faire de la propagande en faveur de Garibaldi et des républicains, le régiment a voté comme un seul homme pour notre liste. Il aurait fallu entendre qualifier par nos jeunes gens la République et ses partisans, pendant les quelques heures qui ont précédé le scrutin.

Votre tout dévoué,

Dalquié.

CXXIII

Banc-Anglars, 2 avril 1871.

Bon Père Dalquié,

Depuis quelques jours, j'ai appris que vous aviez recueilli la liste des morts, des blessés et prisonniers ou disparus du régiment de nos chers mobiles et que vous vous faisiez un plaisir d'en donner des nouvelles aux intéressés.

Pourriez-vous nous dire ce qu'est devenu Pierre Guers, de la 4e compagnie du 2e bataillon. Il est originaire de St-Dalmazy et neveu de ma fille de service. Depuis les affaires de Dijon, il n'a rien écrit. Vous comprenez les mortelles angoisses des pauvres parents! Ses camarades assurent l'avoir vu, le matin du 19 janvier, à la bataille qui a eu lieu aux environs de Dijon. Depuis ce moment, il n'a plus paru. On a écrit de tous côtés et personne n'a pu donner aucun renseignement sur son compte, s'il faut en excepter un mobile du canton de Sévérac, qui prétendrait, ce dont cependant il n'est pas bien certain, l'avoir vu tomber blessé au moment où sa compagnie a été obligée de se replier sur Dijon. A côté de cette version, il y aurait un autre mobile de Lavernhe, prisonnier en Prusse, assurant qu'il a été fait prisonnier en même temps que lui, mais que depuis lors il ne l'a plus revu.

Quelle désolation pour ces pauvres parents en ne voyant pas leur cher enfant rentrer avec ses camarades! et n'en ayant même aucune nouvelle si ce n'est ces vagues données.

Si vous avez quelques renseignements, quels qu'ils soient, veuillez être assez bon pour nous les donner au plus tôt.

Si, malheureusent, il est mort, comme ses parents seraient heureux d'apprendre de vous dans quelles dispositions! Si vous avez pu lui administrer les derniers secours de la religion; s'il y avait longtemps que vous l'aviez vu en particulier. Après avoir donné un libre cours à leurs larmes, ils s'empresseraient de lui faire faire les prières d'usage pour le repos de son âme.

Dans cette atttente, veuillez agréer,....

AGRIFOUL, *curé.*

CXXIV

Valzergues, 15 octobre 1871.

Monsieur Dalquié,

Je me rappelle trop bien encore ces journées si malheureuses de la guerre que nous avons passées ensemble pendant toute la campagne et particulièrement aux environs de Dijon ; mon cœur a trop souffert pour que je ne m'associe pas un peu à la bonne œuvre que vous proposez en l'honneur de mes compagnons d'infortune ! Je suis tout heureux de voir ce monument patriotique élevé à la gloire des mobiles Aveyronnais tombés sur le champ de bataille.

Croyez, Monsieur Dalquié, que tout le bien que vous m'avez fait n'est pas oublié. Mon souvenir va souvent vous trouver à Autun et aux autres endroits où vous avez bien voulu être un de mes meilleurs amis. Je vous en remercie bien sincèrement.

Croyez, je vous prie, à mes sentiments les plus respectueux et en même temps les plus affectueux.

A. COLOMB,
Mobile de l'Aveyron.

CXXV

Bourg-en-Bresse, 3 février.

Bien cher ami,

Nous sommes encore à Bourg-en-Bresse.
Bien que tout ne soit pas rose, à cause des maladies qui semblent ne vouloir plus nous abandonner tant elles se sont acclimatées chez nous,
il n'y a pas de comparaison cependant entre les
temps passés et le présent. Je suis logé dans un
couvent tout à côté des casernes où se trouvent
nos mobiles. Ces bonnes Sœurs sont excellentes
pour moi, comme elles le sont pour tous les malades de leur ambulance que je visite tous les
jours.

Dans ce couvent se trouve, pour le moment,
la dame d'un général originaire, des environs
de Périgueux. Son mari est à la tête de ses
troupes dans l'armée des Vosges.

Elle a eu la gracieuseté de m'offrir un beau
gilet de flanelle qu'elle avait fait pour le général. Figurez-vous si je suis fier de porter ce vêtement destiné à cet officier supérieur.

Depuis quelques jours je puis dire régulière-

33

ment la sainte Messe. Je n'ai plus besoin de mon calice et de mes ornements particuliers. Je tiens toutefois à les conserver et à les porter dans l'Aveyron. Ce seront là des souvenirs fort précieux pour moi. Je les dois aux bonnes Sœurs de la Visitation d'Autun qui voulurent bien m'en faire cadeau presqu'au commencement de la guerre. Ils m'ont rendu bien service. Je suis heureux de remercier ces bonnes dames, comme je remercie toutes ces religieuses qui, soit à Autun, soit à Dijon, soit ailleurs, ont donné des soins si maternels à nos chers mobiles. Il n'y a que Dieu qui puisse récompenser dignement tant de charité et de dévouement! Nous les avons vues si souvent à l'œuvre au chevet de nos pauvres mourants!

Tout à vous de cœur,

DALQUIÉ.

CXXVI

Fondamente, 4 février 1871.

Mon cher père,

Le franc-tireur Fabre, de Fondamente, vous remettra ce billet. Je n'ai pas voulu le laisser partir sans lui remettre ce petit mot pour vous, cher père, qui avez fait du bien dans notre paroisse et qui en faites encore à nos pouvres mobiles. Fabre m'a dit le soin dont vous entourez nos pauvres soldats Aveyronnais et l'amour dont ceux-ci vous entourent. Cela ne me surprend pas, car je sais tout ce que peut votre zèle ! Aussi , nous vous sommes tous reconnaissants de ce que vous faites pour eux, et tous les jours nous prions le bon Dieu pour qu'il veuille écarter tout danger du pieux et dévoué aumônier qui les guide, les console, les fortifie et leur montre si bien, par son exemple, ce que doit être un soldat chrétien.

Nous avons fait parvenir aux mobiles de Fondamente un bon nombre d'effets d'habillement. Je pense qu'ils les ont reçus.

Donnez-moi des nouvelles de M. Boyer, aide-major, et de Gaston Barascud, du Bosc.

Mes jeunes gens sont-ils tous venus vous trouver ? Je le pense.

Tout le monde ici est dans la consternation.

Votre tout dévoué

QUATREFAGES, *curé*.

CXXVII

Belleville (Rhône).

Bien chers parents,

Tous ces jours-ci on faisait courir le bruit dans le régiment, je ne sais dans quel but, que nos mobiles ne seraient pas encore désarmés et qu'ils seraient même envoyés en Afrique. Cette nouvelle, bienqu'elle parût n'avoir rien de fondé et de sérieux, avait cependant tellement agacé et exaspéré nos mobiles, si fatigués d'une guerre si désastreuse et si humiliante, que je craignais qu'ils ne se portassent à des excès regrettables, surtout lorsqu'on donnait pour cause de cette détermination à leur égard leurs sentiments religieux et politiques. Mais il n'en a été rien. Nous venons d'être désarmés, à la grande jubilation de tout le monde. Il tardait tant à ces pauvres enfants de rentrer dans leurs foyers! Aussi, je renonce à vous décrire ce qui s'est passé après le désarmement. Dans quelques minutes, les trois mille hommes étaient à la gare, dans le plus grand désordre. On a voulu les maintenir en dehors de la ligne, mais on a bientôt vu qu'il n'y avait rien à faire et que tous les efforts seraient inutiles. Il aurait fallu voir lorsque le premier train venant de Mâcon est arrivé. Le chef de

gare et ses employés ont eu beau crier, protester, jurer, ils n'ont pu résister au flot envahis-
sant. Nos jeunes gens se sont précipités tous à la
fois sur ce train, se plaçant partout où ils pouvaient. Lorsque tous les wagons et tous les fourgons ont été combles au-dedans, on a vu alors
ceux qui n'avaient pas de place grimper en toute
hâte et malgré toutes les défenses des chefs et
des employés, au-dessus des wagons. Après quelques minutes d'arrêt, la vapeur a emporté rapidement cette forêt d'hommes, dominant le train
sur toute sa longueur. Au milieu de ce désordre
indescriptible, on ne voyait que bras s'agiter en signe de contentement. On n'entendait
que cris manifestant la joie du départ.

Bien que tout heureux de voir mes chers
Aveyronnais reprendre le chemin de la maison
paternelle, je ne pouvais sans tristesse être témoin d'un tel désordre, car je craignais qu'il
n'arrivât quelque fâcheux accident, quelque
malheur. Heureusement, Dieu les a protégés.

Quant à nous, nous croyons plus prudent
d'attendre un autre train, qui passera bientôt.
Nous coucherons ce soir à Lyon et demain, après
avoir visité cette ville, nous reprendrons le chemin de l'Aveyron en passant par Riom, Clermont
et l'Auvergne. Nous arriverons après-demain.

Ce n'était pas trop tôt. *Deo gratias*.

Votre tout dévoué fils,

DALQUIÉ.

CXVIII

On lisait dans le n° du 26 octobre du *Journal de l'Aveyron* la lettre suivante :

Le 22 octobre 1871.

Monsieur le Rédacteur,

Au mois de juin dernier j'écrivis à un prêtre de l'Aveyron quelques détails sur la belle conduite de M. l'abbé Dalquié durant notre malheureuse campagne, avec prière de faire insérer ma lettre dans un des journaux de la localité. La modestie de M. l'Aumônier qu'on avait prévenu de ma démarche, s'opposa à cette publication. Aujourd'hui je crois devoir vous demander l'hospitalité de votre estimable journal, sans l'en prévenir, espérant qu'il voudra bien me pardonner cette petite licence. C'est pour moi un devoir de reconnaissance et de justice.

M. l'abbé Dalquié se distingua au combat d'Autun : au fort de l'action il ne craignit pas d'affronter une pluie de balles et de projectiles pour prodiguer ses soins et ses consolations aux blessés et aux mourants. Dans cette même ville, il soigna, comme une vraie sœur de charité, durant tout le mois de décembre, environ 400 mobiles, tous atteints de maladies épidémiques telles que le typhus, la variole. Ces infortunés étaient entassés dans une vaste salle du petit séminaire, couchés sur de la paille, couverts de deux simples couvertures de campement, et cela par vingt degrés de froid ! C'est dans ce milieu que de nuit et de jour on rencontrait M. Dalquié se dévouant sans réserve, exposant sa santé et sa vie et donnant à ces pauvres malades les soins les plus pénibles à la nature, avec cette simplicité et cette affection paternelle que tous lui connaissent.

Le 21 janvier, nos avant-postes furent obligés, au Val-de-Suzon, de se replier devant le nombre trop supérieur de l'ennemi. M. Dalquié se trouvait sur la ligne de retraite à 4 kilomètres d'Etanbs, dans un village appelé Darois, occupé par un bataillon des mobiles de l'Aveyron. Là nos soldats firent volte-face et un combat s'engagea. Nous n'avions ni chirurgiens, ni voitures d'ambulance : nos blessés devaient donc rester entre les mains de l'ennemi et leur sort n'était pas douteux ; mais l'intrépide aumônier avait tout prévu. Il s'était procuré, non sans peine, une grande charrette, qu'il conduisit lui-même au milieu d'une grêle de balles. Ce ne fut que forcément convaincu que le véhicule ne pouvait plus contenir aucun blessé qu'il suivit à regret les traces des troupes qui, ne pouvant plus tenir, continuaient leur retraite sur Dijon.

Dans un retour offensif de notre part, qui coûta la vie au brave général polonais Bosach. Hanké je rencontrai M. Dalquié conduisant sa charrette et consolant, comme un ange du ciel, ses pauvres blessés qu'il escorta ainsi, toujours à portée des balles prussiennes, pendant plus de dix kilomètres.

Le surlendemain de la bataille de Dijon, deux grandes salles de l'hospice de cette ville se trouvaient remplies de morts des deux armées, jetés pêle-mêle, les uns sur les autres à plus d'un mètre de hauteur. On vit alors M. l'abbé Dalquié, aidé de ses deux ordonnances, que son exemple entraînait, remuer de ses bras ensanglantés ces cadavres de trois jours..., distinguer les aveyronnais pour les faire enterrer à part et chercher à les reconnaître pour envoyer à leurs familles, avec la triste nouvelle de leur mort, les objets de prix qu'ils pouvaient avoir sur eux.

Je pourrais citer un grand nombre d'autres actions de notre bon et brave aumônier, qui, pour être moins héroïque en apparence, ne prouvent pas moins le dévouement et l'inépuisable charité de ce prêtre de Dieu, qui faisant abnégation de lui-même, s'est tout entier sacrifié pour nous. Mais j'en ai trop dit pour sa modestie.

Daignez agréer, etc.

X.

ex-lieutenant des mobiles »

CXXIX

Beaujeu, 12 mars 1871.

Bien cher Aumônier,

Nous voilà à la fin de la campagne et sur le point de rentrer dans nos foyers. Une chose à laquelle, bien sûr, vous n'avez pas pensé ; vous avez fait le bien avec trop de désintéressement pour cela : c'est la croix d'honneur que vous avez si bien méritée. Nous vous avons vu tous à l'œuvre de dévouement et de sacrifice ! Pas un soldat, pas un officier dans le régiment qui ne soit de cet avis. Dans quelques jours, les présentations vont se faire. Notre colonel ne manquera pas, sans doute, de vous mettre sur la liste ; mais il faudra compter avec Garibaldi, et vous savez s'il aime les prêtres et les aumôniers militaires. Vous n'aboutirez certainement pas sans qu'on fasse, en dehors du régiment, des démarches actives en votre faveur.

Nous vous en prions, faites-nous donc le plaisir d'en écrire un mot à Monseigneur l'Evêque, qui sera heureux de ce témoignage d'estime de notre part.

La croix d'honneur ne saurait aller mieux que sur la poitrine d'un prêtre, surtout lorsque, comme vous, ce prêtre l'a si bien méritée.

Veuillez agréer, Monsieur l'Aumônier, nos meilleurs sentiments d'estime et toutes nos sympathies.

XX.

La lettre précédente me surprit singulièrement. J'avoue, en toute simplicité, que l'idée d'une distinction honorifique ne m'était encore venue. J'avais été si préoccupé, si absorbé par les soins de mes nombreux malades et le travail énorme de mes correspondances, que cette idée ne s'était jamais jusque-là présentée à mon esprit. Et puis il faut bien dire aussi que ces défaites journalières et ces humiliations sans pareilles n'étaient guère faites pour donner des désirs de récompenses honorifiques. On se sentait si humilié !

Aussi je me suis d'abord contenté de répondre que je pensais qu'il ne convenait pas à un prêtre, aurait-il fait plus que son devoir, de solliciter la croix d'honneur.

Toutefois, sur de nouvelles instances très

pressantes, j'ai consenti à envoyer le résumé de la précédente lettre à l'un des grands vicaires avec lequel j'étais en relation. Ce dernier, après l'avoir communiquée à Monseigneur et à son conseil, me fit une réponse comme il convenait de la faire et comme je l'avais prévue. J'en fis part à l'officier en question, mais on se tint pas pour battu, et quelque temps après notre rentrée dans l'Aveyron, je recevais à Vabres, du chef du régiment de mobiles, la lettre suivante :

Paris, le 28 septembre 1871.

Bien cher Aumônier,

Je viens de vous présenter pour la croix d'honneur. Je serais heureux, avec tout le régiment, de vous voir décoré et ce ne serait que justice, car vous avez fait largement votre devoir durant toute la campagne; mais il vous faut savoir qu'à l'heure qu'il est, il n'y a pas moins de soixante mille demandes de ce genre et que ce ne sont pas toujours les plus méritants qui aboutissent, mais bien les plus intrigants, ceux qui font le plus de démarches.

J'ai fait, de mon côté, tout ce que je pouvais faire. Si vous voulez aboutir, il faut donc que vous vous remuiez beaucoup et que vous fassiez agir des personnes influentes, comme évêque, sénateur, député, préfet, etc...

Veuillez agréer, bien cher Aumônier, avec

mes vœux les plus sincères, l'expression de mes sentiments d'estime et de vive sympathie.

WILLAMME,
Lieutenant-colonel de la mobile de l'Aveyron.

Je répondais presque courrier par courrier :

Vabres, 1er octobre 1871.

Mon colonel,

Je viens de recevoir votre honorée et trop flatteuse lettre. Je vous en remercie bien sincèrement.

Si on me donne la croix d'honneur sur votre présentation je l'accepterai avec reconnaissance, mais étant prêtre et appartenant à une maison de missionnaires dont le règlement porte, en propres termes, que les membres de la communauté ne doivent pas rechercher les distinctions honorifiques, il me répugnerait souverainement de faire des démarches personnelles pour obtenir celle pour laquelle vous m'avez fait l'honneur de me présenter.

Je dois vous dire, du reste, que je trouve, dans la satisfaction d'avoir rempli consciencieusement mon devoir d'aumônier militaire et dans les sympathies, l'estime et l'affection que tout le régiment a bien voulu me témoigner durant toute la campagne, une assez ample récompense de mon dévouement et de mes sacrifices, sans compter les grandes et nombreuses consolations que j'ai trouvées dans l'accomplissement de mon ministère de charité, que vous avez su me rendre si facile par vos bontés à mon égard.

Veuillez donc agréer, mon colonel, avec mes remerciements les plus sincères, mes meilleurs sentiments.

L'abbé DALQUIÉ,

ex-aumônier des mobiles de l'Aveyron.

Ces dernières pièces auraient bien pu rester autres 20 ans encore dans l'ombre sans que notre modestie y eût perdu. Si nous les avons reproduites, à la fin de ce volume, nous avons eu un motif sérieux et plus que suffisant pour nous excuser aux yeux de nos lecteurs. Il est inutile de le faire connaître ici.

***

OBSERVATIONS

—

Beaucoup de vêtements ont été expédiés de l'Aveyron à nos mobiles pendant la guerre. Ces ballots étaient ordinairement adressés à l'aumônier du régiment, avec prière d'en faire lui-même la distribution. Malheureusement, grâce au désordre qui régnait partout et aussi à l'indélicatesse de certains corps de troupes et en particulier des Garibaldiens qui se les appropriaient eux-mêmes, un grand nombre de ces ballots ne me sont pas arrivés et n'ont pu, par

conséquent, être distribués à nos chers Aveyronnais. Nous l'avons regretté bien vivement, et
pour que personne ne puisse nous accuser de
négligence ou de mauvaise volonté à ce sujet,
nous tenons à donner les pièces suivantes, que
nous pourrions accompagner de beaucoup d'autres :

Decazeville, le 17 novembre 1870.

*A Monsieur le Révérend Père Dalquié, aumônier
de la garde mobile de l'Aveyron, à Orléans.*

Monsieur le Curé de Decazeville a dû vous
écrire, hier, pour vous annoncer que les Dames
de Charité de Decazeville vous adressaient un
ballot de lainage en gare à Orléans, et vous
prier de vouloir bien faire la distribution des
objets qu'il contient aux mobiles de la commune
de Decazeville.

Ce ballot a été remis au chemin de fer ce matin ; il est expédié par grande vitesse et sera à
la gare d'Orléans dans la journée du 18. Il contient les objets suivants : 14 tricots, 33 flanelles,
3 gilets molleton et 33 paires de chaussettes.
C'est le produit d'une quête faite à domicile ou
à l'église. Tous ceux qui ont donné, c'est à con-
dition que le produit serait principalement distribué aux mobiles de la commune de Decazeville qui en ont besoin et, s'il y a quelques objets de reste, aux plus nécessiteux des environs.

Quoique inconnu de vous, mon Révérend Père, tout en connaissant beaucoup votre famille, je viens joindre mes instances à celles de notre bon curé pour vous prier de faire cette distribution conformément aux vœux des habitants de Decazeville. Les sergents Duval, Costes, Nectout, Combes et, le caporal Cerles sont chargés par les familles de vous aider dans cette distribution.

Veuillez agréer,....

MOULINOU.

Ce ballot ne m'est pas arrivé. Ce n'est que le 7 mai, plusieurs mois après la guerre, que j'en ai su des nouvelles par la lettre suivante :

Capdenac, le 6 mai 1871.

Monsieur l'Abbé,

J'ai l'honneur de vous informer qu'il y a à la gare d'Orléans une balle objets, marquée C, n° 2453, portant adresse Dalquier, aumônier des mobiles de l'Aveyron, étiquetée grande vitesse de Brives à Orléans.

Evidemment, ce colis doit être pour vous. La différence peu sensible de l'orthographe du nom et surtout le titre me font supposer que cette balle est bien à vous.

Vous n'avez qu'à vous mettre en rapport avec

mon collègue d'Orléans et il vous mettra en possession de votre colis.

Veuillez agréer,....

BRUTAILS,
Chef de Gare à Capdenac.

J'ai écrit aussitôt à M. le Chef de gare d'Orléans, le priant tout naturellement de renvoyer le ballot en question à M. le Maire de Decazeville. Ce qui a été fait, comme le prouve la lettre ci-dessous :

Orléans, 12 mai 1871.

Monsieur,

En réponse à votre lettre du 1er courant, j'ai l'honneur de vous informer que le ballot effets militaires, objet de votre réclamation, a été retourné par nous à Decazeville le 4, et en vertu d'un ordre de cette gare, en date du même jour, vous pouvez le réclamer en toute assurance.

Nous avons reçu ici, le 10 de ce mois, une lettre de Decazeville nous accusant réception de ce colis.

Recevez,....

Le Chef de gare d'Orléans.

Que sont devenus les autres ballots que nous n'avons pas reçus? Nous l'ignorons. Ils se sont égarés ou sont devenus la proie des premiers venus, peu honnêtes.

TABLE DES MATIÈRES

Rodez. — Imprimerie E. CARRÈRE.

www.ingramcontent.com/pod-product-compliance
Lightning Source LLC
Chambersburg PA
CBHW070353030726
47504CB00001B/169